W0292881

LES SŒURS DE LA NUIT

COLLECTION TERREUR
dirigée par Patrice Duvic

JOHN PRITCHARD

LES SŒURS DE LA NUIT

POCKET

Titre original :
NIGHT SISTERS

Traduit de l'anglais
par Thomas Bauduret

Si vous souhaitez être régulièrement tenu au courant de nos publications, écrivez au :

Club Terreur/S.-F.
Service Promo Pocket
12, avenue d'Italie
75627 PARIS Cedex 13

PRESSECO
PAPIER RECYCLÉ
NATURE PROTÉGÉE

Le Code de la propriété intellectuelle n'autorisant, aux termes de l'article L. 122-5 (2° et 3° a), d'une part, que les « copies ou reproductions strictement réservées à l'usage privé du copiste et non destinées à une utilisation collective » et, d'autre part, que les analyses et les courtes citations dans un but d'exemple et d'illustration, « toute représentation ou reproduction intégrale ou partielle faite sans le consentement de l'auteur ou de ses ayants droit ou ayants cause est illicite » (art. L. 122-4).
Cette représentation ou reproduction, par quelque procédé que ce soit, constituerait donc une contrefaçon sanctionnée par les articles L. 335-2 et suivants du Code de la propriété intellectuelle.

© 1993, John Pritchard
© 1990, pour l'extrait de la Chanson *Ribbons*, reproduit avec l'autorisation de Eldritch Boulevard Ltd/EMI Songs Ltd.
© 1996, Pocket pour la traduction française.
ISBN : 2-266-04837-6

Remerciements :

Je remercie :

Toutes les équipes d'infirmières et de médecins qui m'ont prodigué leurs conseils et contributions. S'il reste des erreurs, j'en suis le seul responsable ; attribuons-les à la licence poétique.

Fields of the Nephilim (First Seal) *pour l'inspiration — et l'accompagnement musical — durant l'écriture de ce livre.*

Les infirmières et le personnel du YCB Casualty, où j'ai appris à aimer travailler pour le NHS[1].

Sergio Corbucci, Sergio Leone, Clive Barker et Richard Stanley, autres sources d'inspiration.

Remerciements additionnels à Heather Stewart du British Film Institute, pour avoir lâché The Last of the Western Heroes *sur un public innocent ; Alan Gregory, pour le kit de survie de Django ; et Jane Giles, du cinéma Scala de King's Cross, pour sa programmation de rêve.*

Tangerine Dream, The Sisters of Mercy, All About Eve *et Mike Olfield pour m'avoir encouragé dans les mauvaises passes.*

Et Rachel G (pour sa lumière).

1. National Health Service : la médecine publique anglaise, gratuite et souvent sous-équipée, concurrente de la médecine privée. (*N.d.T.*)

À « The Company of Bright Angels[1] »
(Faites de beaux rêves...).

Don't be afraid now
Just walk on in...
N'aie plus peur
maintenant, entre...

The Sisters of Mercy
(*Ribbons*, sur l'album *Vision Thing*)

1. ... *We are the lost one, in the company of Bright Angels* : « Nous sommes les âmes perdues, en compagnie d'anges brillants. » Texte extrait de l'album *Elizium* des Fields of the Nephilim déjà cités, et objet de plusieurs clins d'œil dans le texte même du roman. Un groupe essentiel des années 80, assimilé au gothique, dont les albums à l'atmosphère et à l'imagerie étonnantes sont fortement recommandés en bande sonore pour ce roman (dont ils rythmèrent la traduction) : *Dawnrazor* (1986-1987), les extraordinaires *Fields of the Nephilim* et *Elizium* (1990) plus le live *Earth Inferno* (1990) et le mini-album *BBC Radio 1 Live in Concert*. De plus, en Angleterre, on qualifie souvent les infirmières d'anges ; ce livre est donc dédié à toutes les « femmes en blanc » qui s'y reconnaîtront. (*N.d.T.*)

PREMIÈRE PARTIE

LES VICTIMES DE LA NUIT

CHAPITRE PREMIER

Ce n'est que plus tard que je devais apprendre ce qui s'était vraiment passé le jour où mourut Mme Lennox. Il existait plusieurs versions de l'histoire, mais tout le monde était d'accord sur un point : Jenny — réputée pour être l'infirmière la plus gaie, la plus patiente, la plus *aimante* de toute son unité —, en apprenant le décès de cette patiente particulière, aurait prononcé très distinctement ces mots : « Enfin ! Dieu merci. »

Voilà une remarque qui peut paraître déplacée ; mais les filles qui me l'ont rapportée, et moi-même, pensions tout autrement. Nous ne savions que trop ce que Jenny avait dû endurer ; la façon dont cette sinistre veillarde avait érodé la patience et l'enthousiasme de son infirmière, jour après jour, jusqu'à la faire pleurer de rage. Et ce n'était pas tout : Jenny avait peur. Nous en étions tous conscients. Malgré sa façade de professionnelle que rien ne pouvait ébranler, elle avait fini par redouter cette chambre obscure tout au bout du couloir, et sa sinistre occupante. Mais nous, ses amis et ses collègues, avions pris tout cela à la légère, quitte à ignorer les signes avant-coureurs. Nous n'avons réalisé que trop tard l'étendue du mal. Car l'infirmière Jenny Thomas était réellement épouvantée à l'idée d'entrer seule dans cette chambre, même après la mort de son occupante. Ou plutôt : *surtout* après la mort de son occupante.

C'était par un sombre après-midi d'hiver que le docteur avait été convoqué pour qu'il reconnaisse le décès de

Mme Lennox. De l'avis général, il avait fait aussi vite que possible et s'était empressé de quitter cette petite pièce malodorante. Jenny m'avait un jour décrit la vieille dame, et je pouvais très bien l'imaginer, gisant dans son lit, sa peau présentant cette immobilité cireuse qui permet de distinguer du premier coup d'œil la mort du sommeil. Un visage émacié posé sur l'oreiller, les rides créant un étrange contraste avec les cheveux teints d'un noir de jais. Les yeux entrouverts ; la mâchoire molle.

Il n'y avait pas de famille à prévenir : cela faisait toujours une corvée en moins. Mais c'est lorsque Jenny refusa de s'occuper du cadavre qu'il y eut vraiment problème.

Ses collègues reconnurent ensuite que la patiente n'était pas réputée pour son hygiène : sa chemise de nuit et ses draps étaient souillés et sentaient le rance. Le corps était encore moite de sueur, après son ultime combat contre la mort. La tâche n'aurait certes rien de bien agréable, mais il fallait bien que quelqu'un s'y colle. De plus, on avait besoin de la chambre.

Pourtant, Jenny refusa tout net de s'en charger.

On eut beau lui rappeler les carences de personnel dont souffrait l'hôpital : deux infirmières expérimentées, elle y compris (la surveillante allait être transférée dans un autre service), plus une externe sans expérience se partageaient une unité de vingt lits. L'autre infirmière allait partir pour sa tournée, poussant le plateau de médicaments : il fallait que Jenny se charge de la chambre. Seule. Mais rien n'y fit.

Elle refusa une troisième fois. La surveillante dut en rester toute perplexe : Jen était une infirmière de première catégorie et une fille qu'elle connaissait personnellement et appréciait. Elle n'avait plus d'autre solution, pourtant, que de la menacer d'une sanction disciplinaire. Finalement, et à contrecœur, Jen finit par obtempérer et se dirigea vers la chambre où l'attendait le cadavre de Mme Lennox.

La toilette d'un mort est une procédure on ne peut plus « standard », bien sûr. On lave le corps, on redresse les membres et on colmate les orifices avec du coton. Quoi qu'il arrive, ce n'est jamais un travail très ragoûtant, mais, lorsqu'il faut le faire seul, cela devient une véritable corvée. Pour ma part, il m'arrive de parler aux cadavres ; de leur expliquer ce que je leur fais et de m'excuser pour cette profanation. Je me souviens encore de ce jour où, lorsque j'ai retourné un cadavre, tout l'air que contenaient ses poumons s'est échappé en un long soupir sépulcral. Je n'étais alors qu'en deuxième année. J'en ai tremblé comme une feuille pendant des heures entières.

Je peux donc m'imaginer ce que devait ressentir Jenny en faisant la toilette de ce cadavre, seule dans cette chambre qu'elle redoutait tant, nimbée par la clarté grisâtre de l'hiver. À un moment donné, elle est sortie pour respirer un peu et était en train d'échanger quelques mots avec l'externe lorsqu'elle a frissonné et s'est retournée brusquement. L'externe, surprise, lui a demandé ce qui n'allait pas, et Jen a répondu, rien, rien du tout ; mais je n'y crois pas. Je pense que, alors qu'elle tournait le dos au cadavre, quelque chose — un courant d'air, un froid soudain sur sa nuque — lui avait donné l'impression d'être surveillée. Peut-être s'attendait-elle à voir que le cadavre avait bougé, même de façon infime.

En tout cas, elle reprit son ouvrage ; et, quelques instants plus tard, les agents de service arrivèrent, munis de leur brancard de métal tintinnabulant, pour emporter le corps. Celui-ci était maintenant recouvert d'un drap de la tête aux pieds. On le chargea sans grande cérémonie avant de l'emmener vers les ascenseurs. Destination : le frigo de la morgue. Jenny n'était certainement pas la seule à s'être dit : *bon débarras*.

Peu de temps après, la même externe dut passer devant la chambre de Mme Lennox pour aller chercher quelque chose dans le placard qui se trouvait tout au bout du couloir. Elle allait repartir lorsqu'une infirmière sortit de l'autre unité, située derrière elle.

Du moins c'est ainsi qu'elle identifia la personne en question, qui portait un uniforme. Mais sa silhouette était courbée, comme desséchée, et elle avançait d'un pas lent et traînant. Un instant, avant que ses yeux ne s'accoutument à la demi-obscurité glauque qui régnait dans le couloir, l'externe eut l'impression absurde de se trouver face à une jeune infirmière qui aurait vieilli en une nuit, comme vidée par le stress constant de son travail. Puis l'apparition leva les yeux, et l'externe put voir son visage.

C'était celui de Mme Lennox, encadré de ses cheveux noirs qui dégoulinaient de dessous la coiffe d'infirmière. Et elle lui souriait.

C'est alors que la pauvre fille s'évanouit; cela peut faire cliché, mais vous n'auriez guère agi mieux à sa place. Lorsqu'elle reprit ses esprits, l'« infirmière » avait disparu — et Jenny aussi. On fouilla tout l'étage, en vain.

Je ne sais pas à quel moment cet horrible doute s'infiltra dans nos esprits; mais, finalement, quelqu'un émit l'idée d'aller jeter un coup d'œil à la morgue. Peut-être était-ce pour calmer l'externe qui, alors qu'elle racontait son histoire de morte revenue à la vie, était au bord de l'hystérie. Ainsi descendirent-ils jusqu'à la chambre froide; ils ouvrirent le compartiment où l'on avait rangé Mme Lennox. Et, avant même qu'ils aient soulevé le linceul qui recouvrait son visage, je crois qu'ils durent réaliser ce qu'ils allaient y trouver.

C'était Jenny, bien sûr, nue et gelée; son cadavre toiletté dans les règles. Quelqu'un l'avait étranglée à mains nues. Quelqu'un qui avait des ongles longs et sales.

On ne revit jamais Mme Lennox. Mis sur le gril, le docteur qui l'avait déclarée morte admit qu'il n'avait pas dormi depuis très, très longtemps et avait peut-être oublié de vérifier tous les signes vitaux, ou négligé une dernière étincelle de vie. Et, un jour, Jenny Thomas m'avait dit, avec toute la franchise dont elle était capable, que cette vieille femme avait quelque chose de maléfique. Qu'elle était une sorcière.

L'un des deux avait forcément raison. J'espérai que c'était le docteur.

Mais maintenant que je suis là, assise dans cette pénombre glauque... que j'écoute le silence assourdissant des couloirs... je redoute de connaître la réponse.

CHAPITRE DEUX

Peut-être étais-je tout simplement de mauvais poil.

Ce soir-là, il n'y avait pas foule aux Urgences. Le flux habituel d'après la fermeture des bureaux s'était peu à peu rétréci pour ne laisser qu'une arrière-garde de traînards — et nous autres, membres du corps médical, étions en animation suspendue jusqu'au lendemain. Sur le coup de quatre heures du matin, alors que votre garde de nuit doit se prolonger jusqu'à une aube si lointaine, il peut vous venir d'étranges idées. J'étais crevée, ça c'est sûr, et sur les nerfs : c'était ma première garde après mon retour de congé maladie, et je n'avais pas encore repris le rythme. Mais ce n'était pas tout.

J'aimais bien Jenny Thomas ; c'était une fille extra. Et elle avait été assassinée, sans mobile valable, par... qui ? Une vieille femme grabataire ? Je n'y croyais pas. Pourtant, qui d'autre aurait pu commettre une chose pareille ?

Qui... ou quoi ?

Drôle de question, me direz-vous ; et, un mois plus tôt, je n'aurais certainement pas envisagé une quelconque hypothèse surnaturelle, même pour éclaircir la mort de ma meilleure amie. Peut-être qu'à la chaude lumière du jour, j'aurais pensé différemment. Mais maintenant... assise face à ma table de travail dans mon bureau mal éclairé, alors que je tentais de rattraper un mois d'absence... mes sombres pensées n'en finissaient pas de revenir sur ces quelques étranges expériences que j'avais vécues. Comme ces pas traînants que j'avais entendus dans une unité déserte, alors que j'étais encore assistante. Ou cette soudaine chute de température en Chirurgie au moment précis où un patient succombait.

Ou l'accident de la semaine dernière, où j'avais bien failli rester moi-même sur le carreau.

J'avais pris ma voiture pour rendre visite à une amie. Elle vivait dans la cambrousse, et j'avais quitté la ville qui s'étalait derrière moi comme une galaxie de soleils orangés dans la nuit hivernale. Le halo citadin ne tarda pas à s'affadir pour ne laisser qu'une route de campagne non éclairée, sinon par mes phares qui illuminaient ses tours et détours alors qu'un mur de ténèbres était lancé à mes trousses. J'étais déjà en retard et roulais un peu plus vite qu'il n'eût fallu. Alors que j'abordais un tournant, une silhouette apparut sur la route, marchant droit vers moi : aussi noire et insubstantielle qu'une ombre. Je me rappelle avoir lancé un juron tout en donnant un coup de volant — puis plus rien du tout, jusqu'à ce que je me réveille dans le fossé, toujours retenue par ma ceinture de sécurité au siège de ma Fiat Panda cabossée. Je restai là, impuissante, inerte, nauséeuse, attendant l'assaut de la douleur; Je sentis le courant d'air frais qui s'infiltrait par ma fenêtre brisée, et j'enregistrai aussi quelque chose d'autre. C'était un pressentiment plus qu'une véritable sensation, mais un frisson descendit néanmoins le long de mon échine. Parce que, soudain, je sus qu'il y avait là, quelque part dans les ténèbres, deux yeux qui me regardaient; quelque chose de vivant et, pourtant, d'incroyablement *froid*. Quelque chose qui resta là durant un moment interminable, puis s'en alla pour finalement se fondre dans la fraîcheur de la nuit.

Lorsqu'on me tira de l'épave, j'étais au bord de l'hystérie. Le contrecoup du choc, bien sûr. Après une nuit en observation et une bonne dose de médicaments, je me sentis mieux et acceptai presque leurs explications rationnelles. Après l'accident, j'étais restée hébétée, incapable de penser de façon cohérente. Ils admirent que je devais avoir subi une légère commotion — et que je m'en tirais à bon compte. Quant à ce que j'avais vu à la lumière de mes phares... eh bien, il n'y avait pas une seule trace d'impact, bien que j'aie dû frapper la chose de plein fouet. Ce devait être une illusion d'optique, un reflet bizarroïde. Peut-être une hallucination due au stress et à la fatigue. « Cela fait longtemps que vous n'avez pas pris un congé, mademoiselle Young ? »

Et me voilà, résignée à prendre une semaine de dispo, supportant tant bien que mal les douces railleries de mes collègues (qui trouvaient très drôle d'avoir pour patiente leur propre surveillante — même s'ils avaient pu constater que, quand l'ambulance m'avait déposée, j'étais sacrément secouée), lorsque mes yeux tombèrent sur un exemplaire du journal local. On y relatait mon accident, bien sûr — mais je n'avais pas été la seule victime de la nuit. Plusieurs collisions sans gravité s'étaient produites en ville, et bien d'autres furent évitées de justesse. Tous ceux qui y avaient pris part avaient invoqué la même cause : une étrange silhouette à peine entrevue, noire comme une ombre, marchant au beau milieu de la chaussée comme pour affronter le trafic. Et pourtant, on n'en avait pas trouvé la moindre trace ; lorsque les conducteurs avaient repris leurs esprits, la chaussée ou la route était déserte. Heureusement, concluait le journaliste, cette étrange plaisanterie de mauvais goût n'avait entraîné qu'un seul et unique véritable accident.

Lorsque Karen vint prendre ma température, je lui montrai l'article.

— Tu vois bien que je n'ai rien inventé, dis-je, non sans satisfaction.

— Peut-être, mais tu avais bien besoin de repos ! répondit-elle gentiment avant de me fourrer un thermomètre dans la bouche.

Mon café tournait et tournait en une longue spirale laiteuse. Les lits restaient vides. Les téléphones se taisaient. L'hôpital était aussi paisible qu'il puisse l'être.

Une plaisanterie de mauvais goût, disait le journal ; je n'en étais pas si sûre. Je pouvais encore sentir le frisson qui m'avait parcourue — cette *présence* glaciale tapie au cœur de la nuit. Alors que je gisais là, prise au piège, quelque chose de froid m'avait frôlée de près. Et mon instinct me disait que, quoi que cela ait pu être, ce n'était certainement pas humain.

Alors qu'était-ce exactement ? Bonne question. Mais je savais aussi, avec une certitude malsaine, que, si *cela* s'était arrêté pour fouiller ma voiture, je ne serais plus là pour en parler.

Une pensée déjà bien effrayante en soi — surtout pour quelqu'un d'aussi calme et sensé que je le suis habituellement. Mais il y avait pis : elle me faisait considérer d'un autre œil la mort de Jenny ; un nouveau facteur des plus dérangeants. Car si les fantômes existaient vraiment sous une forme ou une autre... et si, même à notre époque, des *silhouettes noires* erraient toujours dans la nuit... alors, alors peut-être les morts pouvaient-ils bel et bien revenir à la vie. Et étrangler de jolies infirmières.

Bien sûr, cet hôpital abritait un ou deux fantômes, du moins le prétendait-on ; et j'avais moi aussi pris plaisir à écouter ces racontars et fait de mon mieux pour y croire ne fût-ce qu'à moitié. Mais il avait fallu cette dernière rencontre, aussi inexplicable qu'effrayante, pour me faire vraiment réfléchir.

Et maintenant que mes pensées caracolaient dans cette direction, il était bien difficile de les arrêter.

Quatre heures et demie du matin. Il fait encore noir ; la ville est silencieuse, comme morte et rêvant dans son halo de sodium. Mais, bientôt, elle renaîtra à la vie ; les fenêtres des chambres et des salles de bains s'éclaireront les unes après les autres, dans une réaction en chaîne ; les employés du petit matin arpenteront les artères vides du grand corps immobile, lui insufflant une vie nouvelle. Jusque-là, la nuit avait été paisible, mais qui sait, peut-être aurions-nous droit à un bon vieux carambolage des familles avant le petit déjeuner.

À cette idée, mes lèvres s'étirèrent en un sourire

dépourvu d'humour. Je reposai mes graphiques et parcourus des yeux le bureau en désordre, puis m'emparai de la dernière *Gazette des infirmières* pour lire un article sur la régulation des arrivées aux portes des hôpitaux. Puis je reposai aussitôt le magazine. Une pensée nouvelle me chatouillait l'esprit — réactivée par toutes les idées noires que j'avais ressassées au cours de cette interminable nuit. Je pouvais toujours essayer de l'ignorer ; je l'avais déjà fait. Mais en vain.

Je me cramponnai à ma tasse froide (le goût immodéré de la surveillante pour le café glacé était un sujet de plaisanterie pour tout le département), quittai le bureau et traversai les couloirs jusqu'à la réception, prenant juste le temps de m'arrêter dans la buanderie pour voir Mike et Brenda, qui étaient en plein inventaire. Cette nuit, je fus particulièrement heureuse de voir que, même à cette heure indue, ils étaient pleins de vitalité et d'enthousiasme.

— Tout va bien ?

— On ne peut mieux, fit Mike avec un sourire. Pas moyen de bosser tranquillement sans se faire harceler par les patients.

Il gribouilla une note sur son clip et finit de parcourir des yeux les étagères murales. Les manches de sa blouse blanche étaient roulées jusqu'aux coudes et sa cravate était desserrée. Bizarrement, ces petites touches négligées le faisaient paraître encore plus professionnel, mais ça, c'était tout Mike. « Il est tellement relax qu'on a envie de s'asseoir dessus », s'était une fois plaint un médecin trop imbu de lui-même pour reconnaître que Mike méritait largement ses épaulettes bleues de chef du personnel.

Brenda continua son propre inventaire avec un sourire intérieur. Il est vrai que, juste avant que j'entre dans la pièce, tous deux se faisaient les yeux doux. Ce qui me convenait parfaitement : ces derniers temps, Mike me prêtait une attention disproportionnée, et j'avais la nette impression qu'il n'allait pas tarder à me demander de sortir avec lui. C'était quelqu'un de très sympa, et je n'avais pas envie de le voir perdre son temps.

— Vous avez vu Fran? m'enquis-je.

— Elle est dans le coin. Je lui ai dit que, s'il n'y avait pas plus d'animation que ça, elle pouvait toujours donner un coup d'éponge au tableau.

— Michael. Nous n'avons pas eu la moindre entrée depuis trois heures. Le tableau est tout propre.

— Eh bien, elle pouvait toujours repasser les chiffres à la craie et les essuyer à nouveau...

L'infirmière Frances Stansfield était une nouvelle. Elle s'habituerait aux façons de Mike.

Je les laissai faire et continuai mon chemin à travers le département, ressentant plus que jamais le calme qui régnait dans les couloirs, mais aussi cette atmosphère froide, déprimante de l'hôpital, tout en lumières tamisées sur des surfaces stériles, des sols nus et polis. Je passai la sombre chambre de réanimation et les rangées de brancards parqués près de l'entrée des ambulances avant de tourner à droite, dans le hall silencieux. À cette heure, la réception était déserte, puisque notre personnel administratif ne travaille que de huit heures à minuit. La salle était plongée dans l'obscurité, à l'exception de la clarté d'un vert spectral émise par les deux ordinateurs derrière le guichet. Au-delà des vitres de la réception, la salle d'attente elle-même semblait beaucoup trop éclairée et beaucoup trop vide, une longue pièce emplie de rangées de sièges en plastique moulé typiques — comme le disait Mike, le choix de couleurs attribuées à ces sièges démontrait le bon goût proverbial du NHS : vert bilieux, orange dégeulis, jaune pus ou gris cervelle. Certaines chaises étaient encombrées de magazines en provenance du porte-revues : des *Cosmo* cornés, des *Bella* froissés. Et, à l'autre bout du hall, les ténèbres se massaient contre les doubles-portes fermées.

Alors que j'allai m'installer devant l'un des deux terminaux, je me répétai encore que je ne faisais que tuer le temps; mais je n'y croyais guère. Je n'allumai même pas la lumière : alors que je m'asseyais face à l'écran, sa lumière verdâtre baigna mon visage. Et je restai là un long moment, immobile, comme hypnotisée par le curseur qui clignotait à l'infini. Puis je tapai un nom tout en le regardant s'inscrire sur l'écran :

KAUFMANN, JOSEPH

L'ordinateur émit un bip poli et me demanda des informations plus complètes. Mais j'avais appris par cœur tout ce qu'il me fallait.

DATE DE NAISSANCE — 29/07/32

ADRESSE — Inconnue

DATE D'ADMISSION — 14/06/93

Le disque dur bourdonna tranquillement et, au bout de quelques instants, les données d'admission du patient se dévoilèrent à moi. Joseph Karol Kaufmann, 60 ans, pas d'adresse connue, pas de papiers. Amené par ambulance à 21 : 54. Mort dans le département à 22 : 16.

Il y avait d'autres infos et d'autres références codées ; mais l'essentiel tenait en ces quelques mots. Ceux-ci n'avaient pas vraiment tout l'impact souhaité. À première vue, il s'agissait d'une simple admission de routine. Mais c'était bien plus que ça. Oh, que oui.

Les ambulanciers avaient averti le département à l'avance, par téléphone : leur client souffrait de graves douleurs dans la poitrine. Ayant fini de noter le pouls et l'état de santé du malade, je tendis le papier à Kathy Jones, le docteur de service cette nuit-là, avant de me diriger avec lui vers la salle de réanimation. En voyant la façon dont elle fixait le papier d'un œil torve tout en passant machinalement sa main dans ses cheveux noirs, je compris qu'elle était totalement épuisée ; en général, elle ne laissait jamais apparaître le moindre signe de fatigue.

— Il est conscient ?

J'acquiesçai.

— Mais en pleine panique, apparemment. D'après toi, c'est un infarctus ?

— Probable. Dès qu'il arrive, on le branche sur moniteur.

L'ambulance arriva deux minutes plus tard, et je sortis à sa rencontre, les bras croisés pour combattre le froid de la nuit. Je regardai les infirmiers débarquer le brancard. L'homme qui y reposait était émacié, et son visage aussi blanc que son oreiller. Nous lui avons fait franchir les doubles-portes des Urgences et traverser la salle d'attente ; un ou deux patients vinrent regarder ce qui se passait.

Une fois dans la salle de réanimation, la procédure de routine se déploya autour de nous avec le calme confiant qui imprègne les gestes mille fois répétés. Nous avons transféré le patient du brancard sur la table ; Karen et moi l'avons aidé à retirer son manteau et sa chemise — vu l'odeur qui s'en dégageait, notre client était à la rue — pendant que Mike et Kathy préparaient l'électrocardiogramme. Tout en m'affairant, je discutai avec les ambulanciers, vérifiai les détails ; Karen parlait au patient, doucement et calmement afin d'apaiser la panique qui faisait briller ses yeux d'une lueur fiévreuse.

Helen Wright était à côté de moi, maintenant rôdée et prête à m'assister. Je lui donnai les vêtements à empaqueter et saluai par-dessus l'épaule les ambulanciers qui repartaient. *À la prochaine, les gars...* Les électrodes étaient déjà fixées sur la poitrine osseuse et couverte de cicatrices du patient, et Kathy lisait les informations qui s'affichaient.

— Comment va-t-on ? lui demandai-je.

J'eus l'impression qu'elle ne savait que répondre. Mais, après avoir fait filer entre ses doigts toute la bande de données et avoir à nouveau écouté les battements de son cœur, elle hocha la tête et me regarda.

— Infarctus du myocarde. On va s'assurer que son état reste stationnaire, puis l'envoyer en Cardio. Tu peux les avertir, Rachel ?

Je me dirigeais déjà vers le téléphone, tendant au passage les clés de l'armoire à pharmacie à Mike.

— Je crois que vous avez fait un infarctus, disait Kathy au patient d'une voix lente et claire. Une crise cardiaque sans gravité. Il va falloir que vous restiez en...

C'est alors que l'homme la regarda, et ce regard laissa Kathy à court de mots. Au milieu de cette face blême luisante de sueur, ses yeux étaient fixes et vitreux — et irradiaient un désespoir d'une intensité presque effrayante. Sa gorge émit un gargouillement d'outre-tombe.

Et voilà, il va vomir, pensai-je avec résignation tout en me demandant si, pour une fois, Karen réagirait assez vite pour éviter de se faire arroser. Kathy fit un pas en arrière et j'attrapais déjà la cuvette en plastique lorsque je remarquai un détail qui me fit hésiter... puis froncer les sourcils.

Un mince filet de sang apparaissait à la commissure de ses lèvres.

Ma main tendue s'immobilisa. Pendant un instant, nous sommes tous restés figés sur place, puis il se mit à baver une écume sanglante.

Bien sûr, c'était un phénomène que je connaissais déjà. Hématémèse et hémoptysie ; des patients qui vomissaient ou toussaient du sang. Mais soudain, en regardant ce flot qui prenait de l'ampleur, je sentis mon estomac se serrer alors qu'un grand froid m'envahissait. Un pressentiment me disait qu'il allait se produire quelque chose de terrible.

Kathy se tourna vers moi pour se saisir de la cuvette, et notre patient réussit à reprendre son souffle avant de tousser une tache de liquide écarlate sur la blouse blanche immaculée de Kathy. Elle émit un juron las et fit signe à Karen pour qu'elle l'aide à soutenir l'homme pris de convulsions. Sa bouche s'ouvrit toute grande.

Et le sang jaillit pour de bon.

Brutal, incroyable, horrifiant ; un niagara rouge qui semblait ne jamais devoir s'interrompre, aspergeant le patient, Kathy, Karen, pour parvenir jusqu'à moi. Son corps eut un soubresaut violent, puis un autre, éclaboussant la pièce d'écarlate. Je restai là, à le regarder avec la sensation d'étourdissement qui naît de la panique ; puis je plongeai pour aider les autres à étancher le déluge. Les mesures de prévention des infections n'avaient plus cours : inutile de mettre des gants lorsqu'on est plongé dans le sang jusqu'au coude, lorsqu'il vous éclabousse le visage. Et tout cela en vain : notre patient se vidait sous nos yeux sans que nous puissions l'en empêcher, aspergeant le sol de la salle de Réa en un lac rouge qui menaçait de s'étendre sous les portes. Alors que nos efforts désespérés finissaient par se relâcher, quelque chose en moi prit la peine d'imaginer les réactions des patients qui se trouvaient de l'autre côté du rideau de caoutchouc en voyant cette marée écarlate qui rampait vers eux.

Et voilà. Joseph Kaufmann, vagabond ; mort de façon spectaculaire dans notre département, il y avait huit mois de cela. Je bus une gorgée de café tiède sans quitter l'écran des yeux.

On n'y racontait guère que la trame de l'histoire ; seul son dossier contenait les détails les plus sanglants. Kathy avait écrit le résumé ; si les hiéroglyphes qui lui tenaient lieu d'écriture étaient un signe de fatigue, les espèces de graffitis dans lesquels elle avait consigné son expérience indiquaient un état plus proche du choc postopératoire. Je le savais : depuis, j'avais consulté bien souvent ces notes. Bien sûr, tous les détails n'avaient pas été enregistrés pour la postérité. On avait oublié l'intrusion du Dr Kessler, notre conseiller, venu demander ce qu'on pouvait bien branler ici ; ou la façon dont Mike glissa dans le liquide visqueux et s'esquinta le genou. Ou la réaction d'Helen, pâle et tremblante, qui pleura pendant des heures dans la salle des infirmières pendant que Karen et moi la réconfortions tant bien que mal. Une chose, au moins, était des plus claires : personne ne savait ce qui avait bien pu se passer.

L'autopsie conclut que la mort avait été entraînée par une hémorragie interne foudroyante — mais nous nous en serions doutés. Quant à la raison de ce bain de sang, le pathologiste préféra ne pas trop s'avancer, mais, visiblement, les résultats de ses analyses l'avaient à la fois intrigué et ébranlé. Certes, je n'avais pas lu le rapport qu'il avait envoyé au médecin légiste, mais les gens finissent toujours par parler. L'histoire s'était légèrement déformée au fil des versions, mais, s'il faut en croire celle qui nous était parvenue, l'ami Kaufman avait récemment subi une grave opération chirurgicale. Abdominale et thoracique. Peut-être avait-il souffert d'un cancer, car on lui avait retiré un bon morceau d'intestin. D'autres organes avaient été grossièrement tailladés. C'était la fatigue subie par son organisme ravagé qui avait causé l'infarctus. Et sa configuration interne évoquait une expérience ratée. Du moins le voulait la rumeur.

On fouilla consciencieusement les archives, histoire de couvrir les arrières du service ; mais on ne trouva rien, ni dans notre hôpital ni dans un autre. Si quelqu'un avait vraiment tenté d'élargir les frontières de la médecine moderne, il l'avait fait hors du NHS. La police enquêta aussi côté privé — bien que personne ne puisse croire qu'un patient comme Kaufmann ait pu se présenter dans une clinique privée quelconque. Et la quête se révéla tout aussi infructueuse.

Retour à la case départ.

Mike évoqua le cas d'une malade qu'il avait soignée après un avortement clandestin particulièrement mal fait. Je vis où il voulait en venir, mais une opération à cœur ouvert s'effectue rarement sur une table de cuisine. C'est Karen qui, dans un accès de délire macabre, suggéra que les labos de vivisection s'étaient mis à disséquer les humains. Comme monsieur l'Anglais moyen semblait se préoccuper davantage du bien-être des animaux que des sans-abri qui campaient devant sa porte, pourquoi se gêner ?

Cette idée nous fit sourire, non sans cynisme, et entraîna pendant la pause café une nouvelle bordée de théories toutes plus folles les unes que les autres. Mais nous étions déjà résignés : nous n'en savions pas plus que le premier jour, lorsqu'on avait emporté le cadavre, nous laissant une pièce qui, comme dit Mike, donnait l'impression qu'on y avait chargé un fusil à canon scié de sauce tomate avant d'ouvrir le feu.

Ainsi, la vie reprit son cours normal ; jusqu'à ce que JOHNSTON, MICHAEL fasse son entrée dans notre département. Un ou deux mois s'étaient écoulés, et nous avions vu bien trop de patients pour consacrer au cas Kaufmann plus qu'une simple pensée passagère. M. Johnston — *feu* M. Johnston — avait été admis en urgence après avoir percuté un mur de plein fouet au volant d'une voiture volée.

Il fut envoyé en Réa, déchiré de partout, couvert de sang, mais toujours en plein délire. Les ambulanciers durent nous aider à le maîtriser. Toute l'équipe se massa autour de cette pièce et, à nouveau, la routine reprit ses droits. Nous avons découpé ses vêtements au ciseau pour mieux les retirer pendant que le docteur examinait les os, les plaies, les réflexes, avant de passer sa loupiote sur les yeux du patient.

— Comment s'appelle-t-il ?

L'un des ambulanciers répondit :

— Michael. Michael ? Vous m'entendez ? Michael ?

Mais l'interpellé était dans son propre monde ; un enfer privé fait de douleur et de panique. S'il fallait en croire ses discours peu cohérents, il n'aimait pas trop les médecins. Eh bien, il n'avait pas frappé à la bonne porte. Le docteur — un des remplaçants, Sayeed ou quelqu'un d'autre — lui passa son stéthoscope autour du cou.

— Bien... il me faut des radios du tibia gauche, du pelvis, des côtes, des deux bras... et un scanner du cerveau. En premier lieu, si possible.

J'acquiesçai et demandai à Brenda d'appeler le radiologue de service. Puis elle discuta avec Sayeed pendant que nous faisions de notre mieux pour nettoyer Johnston avant de le préparer au transfert dans l'unité de Craniologie, de l'autre côté du bâtiment. Johnston s'était calmé ; ses yeux étaient vitreux. Comme tout se passait bien, je sortis un instant de la pièce — pour trouver deux policiers qui traînaient dans le couloir comme des vautours.

— Vous ne pourrez pas l'interroger avant un certain temps, fis-je avec un zeste d'impatience. Cette nuit, on va lui faire subir de nombreuses analyses.

Le plus grand des deux haussa les épaules.

— De toute façon, on reste dans le coin.

— Il a piqué une voiture pour sortir, ce soir ?

— Sais pas. On nous a parlé d'une bagnole volée, et bing. D'après les témoins, il n'a même pas ralenti.

— Vous voudrez sans doute le faire souffler dans le ballon.

— À un moment ou à un autre. (Il regarda autour de lui.) Y a moyen d'avoir du café par ici ?

— Il y a une machine sur le devant, lui dis-je avant d'aller voir ce qui se passait dans la salle.

Ils eurent leur café, pas leur interrogatoire. Ni le test d'alcoolémie. Michael Johnston mourut ce matin-là, à dix heures six.

D'après le scanner, son crâne était intact, mais son cerveau avait subi d'irréparables lésions.

Et il lui manquait un lobe entier.

Autre autopsie. Autre énigme pour le pathologiste. Car Johnston semblait lui aussi être passé entre les mains d'un chirurgien. Un neurochirurgien, plus précisément. Ce qui nous surprit, parce qu'il n'avait aucun dossier médical chez nous, sinon pour sa toxicomanie. Un policier qui l'avait vu environ une semaine avant l'accident affirma qu'il lui avait paru tout à fait raisonnable — et pourtant, après ce qu'on avait fait à son cortex cérébral, il n'était guère plus qu'un zombie, et n'avait pu conduire cette voiture que par la force de son instinct. On trouva aussi autre chose. Bien que la technique de trépanation et de lobotomie employée parût plutôt sophistiquée — audacieuse même —, tout indiquait une certaine improvisation. Car l'opération avait été pratiquée dans un environnement qui n'avait rien de stérile.

— Encore un charcutage clandestin ? se demanda joyeusement Mike.

Pour ma part, j'attendais que les canards à sensation prennent le relais avec des titres du genre LA POLICE AUX TROUSSES D'UN CHIRURGIEN DÉMENT. Et que marmonnait Johnston à son arrivée ? Il parlait de docteurs. « Salopards de médecins... sont toujours après moi. Z'arrêtent pas... » Sauf qu'il n'avait pas parlé de médecins. Il avait employé un terme plus spécialisé qu'il ne pouvait avoir entendu que dans la bouche de professionnels.

Cliniciens. Il les appelait des cliniciens. Un mot froid en soi. Mais je me demandais encore pourquoi, lorsque Johnston l'avait prononcé, un frisson m'avait parcouru.

CHAPITRE TROIS

Le téléphone sonna au moment où je tapais le troisième nom.

Prise de cours, je tendis la main par-dessus le clavier pour décrocher, renversant au passage un fond de café, et jurais encore comme un charretier lorsque je portai le combiné à mon oreille.

— Si j'avais voulu joindre le département Scatologie, j'aurais composé le 221 ! dit Mark d'un ton doux-amer.

— Vous voulez sans doute parler du département de Pathologie, docteur Drew, corrigeai-je avec la plus parfaite neutralité tout en vérfiant du coin de l'œil si j'avais taché mon uniforme. Et, au fait, où êtes-vous ?

— Au standard.

Qui était juste à l'autre bout du couloir.

— En ce cas, espèce de fainéant, pourquoi n'as-tu pas bougé ta graisse jusqu'ici ?

Sa voix me transmit son sourire.

— C'est pour ça qu'on a inventé le téléphone. Mais si tu insistes, ma sœur, je peux toujours venir te régaler de mon physique d'athlète.

Ma sœur. Une appellation archaïque remontant à l'époque où les hôpitaux étaient encore tenus par des religieuses des ordres dits, justement, hospitaliers. Maintenant, elle ne désignait plus que les surveillantes chargées de diriger un service — comme moi-même. Le terme, quoique désormais dépourvu de connotations religieuses, avait survécu à des décennies de laïcité. Sœur j'étais donc. Du moins pour Mike, qui ne laisserait jamais passer une raillerie.

— J'en suis déjà tout émoustillée. (Je laissai passer un instant avant d'ajouter :) Tu as deviné où j'étais ?

— Et ce que tu faisais.

Cette fois-ci, son ton se fit sérieux.

— Pourquoi ne pas les laisser reposer en paix, Rachel ?

J'en restai coite. Puis je repris :

— Qu'est-ce que tu veux dire ?

— Tu m'as compris. Tu ressasses toujours les mêmes cas. Tu sais bien qu'il n'y avait rien à faire pour les sauver — et la police n'a pas fait mieux que nous. Alors pourquoi est-ce que tu t'entêtes à chercher ?

En moi-même, je dus admettre que je n'en savais rien. L'étrangeté de ces décès pouvait certes engendrer une certaine fascination morbide, mais il n'y avait pas que ça. Le simple souvenir de ces patients, de leurs morts inexplicables, me laissait un sale goût dans la bouche ; un malaise sourd, comme un robinet qui goutterait lentement dans les profondeurs de mon esprit.

Mark choisit de rompre ce silence qui devenait trop long.

— Je serai là dans une minute. À tout de suite.

— À tout de suite, répétai-je machinalement avant de raccrocher.

Les événements récents — la mort de Jenny, mon accident presque fatal, plus une semaine d'inactivité à remuer des idées noires — étaient à l'origine de cette fascination morbide. Et je commençais vraiment à me demander ce qui se passait là-dehors.

C'était ce troisième décès qui m'avait le plus secouée ; et il s'était produit une semaine avant l'assassinat de Jenny. C'était une de ces nuits où le débit du robinet à idées noires s'était enflé jusqu'à devenir un jet ténu et effrayant.

ALISON SCOTT : son dossier d'admission défilait devant mes yeux au moment où Mark passa la tête par l'entrebâillement de la porte, puis vint s'asseoir sur la chaise à côté de moi ; il portait son uniforme vert stérile comme un pyjama sous sa blouse blanche déboutonnée. Je lui jetai un regard en coin : il ne s'était pas rasé, mais avait donné un coup de peigne à ses cheveux blonds et ses yeux bruns pétillaient. Il est vrai qu'il avait pu dormir une partie de la nuit. Il me rendit mon regard en levant des sourcils innocents, puis se tourna vers l'écran. Nous étions l'un contre l'autre, mais sans tension ni sous-entendus. Je crois qu'il s'était rendu compte de mon attirance pour lui, même si celle-ci restait une vue de l'esprit. Notre relation était purement professionnelle — nous nous respections et avions confiance l'un en l'autre. Et nous travaillions très bien ensemble.

Alison Jane Scott, 22 ans, prostituée notoire, admise pour ce qu'on supposait être une infection post-opératoire. Décédée dans le département à deux heures vingt.

Celle-ci était le cas le moins spectaculaire, mais peut-être le plus dérangeant. Elle avait passé la porte du hall peu après minuit, les yeux vitreux, l'air hagard. Elle se plaignit de fièvre et d'accès de sueur. L'examen révéla qu'elle avait subi une opération gynécologique et avait probablement contracté une infection.

Elle n'avait pas sciemment refusé de coopérer ; mais, la plupart du temps, elle était restée là, inerte, à nous regarder tour à tour de ses yeux ternes, Mark (qui était lui aussi de service cette nuit-là) et moi. Lorsqu'on aborda le sujet de l'opération elle-même, elle refusa ne fût-ce que d'admettre qu'elle ait pu exister. Et j'eus la très nette impression que seule la peur la poussait à nier l'évidence ; que sa frayeur était telle qu'il lui était impossible d'en parler. De plus en plus, je soupçonnais une sorte de clinique clandestine. Et la personne qui avait charcuté Alison l'avait menacée — terrifiée même — pour s'assurer de son silence.

D'une certaine façon, j'avais raison.

En fin de compte, nous avons renoncé à chercher un éventuel responsable, et Mark décida de consulter le registre gynécologique. Pendant son absence, je revérifiai le pouls d'Alison en lui faisant la conversation d'une façon purement routinière lorsque sa main jaillit et s'empara de mon poignet, qu'elle serra avec une force étonnante. De surprise, je me retournai — et son regard me fit ravaler mes protestations. Son visage avait pris une couleur de cendres et luisait de sueur ; j'essayai de me dire qu'elle avait seulement un accès de fièvre, mais ces yeux de bête traquée me persuadèrent du contraire. Le pis était sans doute la lueur d'intelligence froide qui y pétillait : elle savait très bien ce qu'elle disait, et ses mots en devenaient plus horripilants encore.

— Dites-leur que je veux être incinérée, murmura-t-elle. Et le plus tôt possible, afin qu'il ne reste rien qu'*ils* puissent prendre.

Prise de court, j'ouvris la bouche, puis la refermai. Je réussis à balbutier :

— Ne dites pas de bêtises. Quelques jours en gynéco et un traitement aux antibiotiques vous remettront sur pied. Inutile de...

— Laissez tomber. *Ils* sont là. *Ils* sont déjà arrivés. Et je ne peux plus fuir. (Elle me regarda avec franchise.) Il faut que vous me laissiez seule, sinon *ils* vont vous prendre, vous aussi.

Il y eut un silence.

— Que voulez-vous dire ? fis-je prudemment.

C'est alors qu'elle perdit patience ; sa voix monta jusqu'aux bornes de l'hystérie.

— Foutez-moi le camp, pauvre conne ! *Je vous en prie...*

Je gardai mon calme.

— De qui avez-vous peur ?

— D'eux. Des Cliniciens. (À nouveau, sa voix ne fut plus qu'un murmure sec.) Vous ne sentez pas leur présence ?

Les Cliniciens. Encore. Et, bien que je n'aie pas directement répondu à sa question, je constatai que la température ambiante s'était altérée. La température n'avait pas baissé, pas vraiment, mais la chaleur s'était... retirée. L'air semblait plus frais. Et, alors que je la fixais des yeux, il devint carrément froid.

— Les Cliniciens ? Vous voulez parler des docteurs ?

— Je veux parler des Cliniciens. Et maintenant, barrez-vous d'ici.

— C'est bon, c'est bon. Je vais voir où nous en sommes. Je reviens dans une minute, d'accord ?

Je trouvai Mark en train de remplir une demande de radiographie.

— Tu connais cette femme, dans la chambre 2...

— Alison Scott ? Le gynécologue va descendre l'examiner ; ils voudront sans doute la faire transférer...

— Je crois que tu devrais aussi appeler le psychiatre de service. Elle raconte de drôles de trucs.

Mais, tout en parlant, je savais qu'elle n'avait rien d'une folle. J'avais seulement besoin qu'on m'affirme le contraire.

— Tu veux que j'aille lui parler ?

— Pourquoi pas ? fis-je avec un haussement d'épaules.

Lorsque nous sommes retournés au chevet d'Alison Scott, elle était morte.

Nous l'avons trouvée affalée dans un coin de la petite chambre, le visage contorsionné par l'épouvante. Nous avons tout fait pour la réanimer, mais en vain. L'examen post mortem conclut à une crise cardiaque ; mais on ne put en déterminer la cause précise.

Je me tournai vers Mark.

— Tu te rappelles comme il faisait froid dans la chambre lorsque nous y sommes retournés ? Quelques intants plus tard, la température était redevenue normale.

— Puisque tu le dis.

Il semblait sur ses gardes ; il n'a jamais voulu admettre qu'il l'avait lui-même ressenti.

— Et alors ?

Comme je ne lui avais pas parlé des aspects les plus étranges de mon accident, je me contentai de hausser les épaules.

— Ça m'a paru bizarre, voilà tout.

Mais, maintenant, il n'entendait pas en rester là.

— Et qu'est-ce que tu suggères? Qu'elle a vu un fantôme? Qu'elle est morte de peur? *Allons...*

— Écoute, je ne suggère rien du tout, d'accord? fis-je d'un ton plus dur que je ne l'aurais souhaité.

Il leva les mains.

— Désolé. Mais cette fille souffrait des premiers signes d'une septicémie...

— Ce n'est pas ça qui l'a tué. Pas d'une façon aussi spectaculaire.

— D'accord, tu marques un point. Nous ne savons pas pourquoi elle est morte si brusquement. Mais tu ne dois pas en faire une obsession. Et c'est aussi valable pour les autres cas. Il y a là des éléments qui restent inexplicables, c'est vrai; mais la vie continue. Je sais que, pour toi, c'est une sale période, mais...

Il s'interrompit, et je savais ce qu'il pensait : que la mort de Jenny m'avait sérieusement ébranlée. C'était vrai — mais je gardais toute ma raison. Dans un endroit comme celui-ci, nous avons notre content de misère et de sordide. Mais je n'avais jamais vu une peur comme celle qui se reflétait dans les yeux de ces trois patients.

Il se passait quelque chose, je le savais. Là. Dans notre ville.

Quelque chose... de terrible.

Certes, maintenant, l'aube se levait, filtrant à travers les doubles-portes : on aurait dit que l'hôpital, un univers-île naviguant au cœur de la nuit, abordait à nouveau la terre ferme. Une sombre pensée entama encore mon septicisme; puis le robinet mental se referma après cette ultime goutte.

Je regardai ma montre et réussis à sourire.

— Bientôt l'heure d'aller se coucher.

Il sembla admettre que le dossier était refermé.

— Alors, contente d'être revenue parmi nous?

— Tu peux le dire.

J'appuyai sur EXIT, et l'écran clignota alors que les données — et mes sinistres souvenirs — retournaient dans le disque dur.

La nuit se termina aussi tranquillement qu'elle avait commencé. Une fois le relais avec l'équipe de jour assuré, je m'aspergeai le visage d'eau froide dans les toilettes pour dissiper mon abrutissement — et chasser les pensées les plus dérangeantes. Maintenant, le soleil était bien levé ; le monde extérieur revenait à la vie. Bienvenue dans celui des rêves, Miss Young.

J'étudiai mon reflet dans le miroir. La fatigue ne m'avantageait guère, mais je ressemblais toujours à la professionnelle que je me targuais d'être. On peut s'imaginer les « sœurs » sous les traits de vieillardes riches de nombreuses années d'expérience, mais j'avais vingt-six ans et l'hôpital de Ravensfield General était mon premier poste. Depuis que j'étais qualifiée, j'étais passée par les unités de Traumatologie ou de Chirurgie, et j'en avais bien assez vu ; mais, lorsque vous êtes censée diriger une unité, c'est une autre paire de manches. Parfois, cela peut être assez terrifiant.

Pendant que j'y étais, je décidai que je n'étais pas si mal. J'avais un peu l'allure d'une enfant perdue, avec mon teint pâle et mes grands yeux bleus que faisaient ressortir mes cheveux noirs — un peu trop, à mon goût. Mais on disait que j'avais un sourire resplendissant et je savais que j'étais jolie, à ma façon.

Dans les vestiaires, j'enlevai mon uniforme, mes bas et mes chaussures pour mettre un chemisier, un pull, un jeans et des baskets, tout en discutant avec Fran qui faisait de même. Elle semblait s'être bien intégrée à l'hôpital, ces dernières semaines ; c'était une fille de Liverpool à l'accent épais, pleine d'entrain et possédant les deux conditions essentielles pour travailler ici : une tête bien posée sur ses épaules et un sens de l'humour acéré. Elle était une bonne recrue, et je m'en réjouissais : dans un département aussi soudé que celui-ci, il fallait être dans la même mouvance.

Dans le couloir, Mark salua à la cantonade. Il avait une réunion avec Kessler ; et, alors que je m'en allais, Steve — l'un des agents de service — se donna la peine de dire qu'il était content que je sois de retour. En marchant vers l'arrêt d'autobus, je me sentais épuisée, mais heureuse. Les idées noires qui m'avaient assaillie durant la nuit me paraissaient lointaines et évanescentes ; et, sous le soleil du matin, elles s'effaçaient pour disparaître dans les profondeurs de mon subconscient.

Derrière moi, les bâtiments de Ravensfield General partaient à l'assaut du ciel comme de sinistres monolithes ; des blocs de ciment modernes greffés sur de sombres briques victoriennes. D'innombrables rangées de fenêtres me surveillaient ; des unités empilées les unes sur les autres. Nous avions environ six cents lits, bien que, grâce aux coupes dans le budget, certains ne soient jamais utilisés. Ce qui, bien sûr, ne viendrait pas à l'esprit du promeneur insouciant — à moins qu'il ne passe devant l'hôpital la nuit et ne voie que, alors que les fenêtres donnant sur la rue étaient brillamment éclairées ou, du moins, arboraient la lueur tamisée typique des veilles nocturnes, l'ancienne aile nord restait sombre et silencieuse. Ses unités et dortoirs désaffectés prenaient la poussière derrière des portes verrouillées.

Je savais l'effet que produisait cette vision étrange : cette tranche d'ombres et de silence découpée dans la clarté et le bourdonnement de l'hôpital. Et, bien sûr, certains prétendaient y avoir vu des fantômes, ou entendu des pas traînants dans les couloirs déserts. Mais, maintenant, il faisait jour et je rentrais chez moi pour dormir dans mon appartement sis dans une banlieue tranquille et verdoyante, pendant que les rayons du soleil affluaient derrière mes rideaux.

S'il me restait encore un vague soupçon de malaise, il attendrait bien la nuit pour se manifester.

CHAPITRE QUATRE

Les deux nuits suivantes furent tout aussi calmes. Des blessures sans gravité ; des plaies et bosses. Autant dire rien, du moins pour nous autres. Le point culminant (enfin, tout est relatif) fut atteint lorsque Adrian Bell me demanda à nouveau de sortir avec lui.

C'était ce vendredi — ou très tôt le samedi. Chargé d'assister notre service, il était venu pour garder un œil dissuasif sur l'un de nos clients les plus agressifs. Après que celui-ci fut allé se faire pendre ailleurs quelque part dans la nuit dont il était sorti, j'étais retournée dans mon bureau pour lire un brin ; et j'avais à moitié dévoré mon sandwich au fromage et cornichons lorsque Adrian passa sa tête dans l'embrasure de la porte.

— Repérée !

— Ravitaillement en vol, fis-je, la bouche pleine.

Il acquiesça avec emphase. Ses yeux pétillaient d'amusement.

— Tout va bien ?

— Beaucoup mieux. Merci d'être descendu, répondis-je avec une sincère gratitude.

— C'est rien.

Il se tut un instant, plongé dans ses pensées ; son regard évitant le mien. Puis :

— Dites... vous faites quoi, la semaine prochaine ?

— Oh. Eh bien...

Je souris et laissai errer mon propre regard pendant que mon esprit passait en avance rapide.

— Je n'ai pas encore mes horaires...

Pour une infirmière, c'était l'équivalent de *Je suis très prise*, et il le savait. Beau joueur, il me décocha un sourire et n'insista pas.

— C'est bon. Au fait... comment s'en tire Danny ?

Notre agent de service — autant dire notre homme à tout faire. Je fis une grimace éloquente. Son sourire s'élargit :

— Pas à ce point, quand même ?

J'hésitai, me sentant soudain presque coupable.

— Eh bien, non. En fait, il fait bien son boulot. Disons que...

Et c'était bien ça : je n'avais rien de précis à lui reprocher. Ce soir-là, il n'était pas de service, mais il aurait fort bien pu se débrouiller face à l'autre ivrogne. Il faisait partie de l'équipe ; consciencieux et compétent. Mais je ne l'aimais pas. Pour une raison ou une autre, il me donnait le frisson.

Mea culpa, je présume. Personne n'est parfait.

— Il fera l'affaire, prédit sèchement Adrian comme s'il savait fort bien de quoi il parlait. Si vous avez le moindre problème, vous m'appelez.

J'acquiesçai.

— Vous savez... reprit-il pensif, si je devais avoir, disons, une crise cardiaque, là, tout de suite... il serait de votre devoir de me réanimer, non ? De me faire le bouche à bouche et...

J'eus un sourire.

— Oh, il faudrait d'abord que je vous ouvre la gorge pour vous permettre de respirer sans encombre. Puis je mettrais une canule sur la plus grosse veine...

— Mmmm. Tout compte fait...

—... et vous enverrais deux cents joules dans les électrodes pour faire repartir la mécanique...

— Ouais, ben, je suis en pleine santé, non ? (Il cligna de l'œil.) À bientôt, Rachel.

Je lui fis un signe joyeux de la main et écoutai décroître l'écho de ses pas ; puis mordis dans mon sandwich et revins à ma lecture de *Les Brûlures et leurs traitements (Illustré)*.

Le samedi serait sans doute plus animé (*beaucoup* plus animé, vu notre chance proverbiale), mais ce n'était pas mon problème : je n'étais pas de service. Je me réveillai tard le samedi matin et traînai un peu en T-shirt, heureuse de pouvoir profiter du calme de mon appartement enfin désert. Je ne regrettais pas de partager mon logement avec Sarah — une infirmière intelligente et un peu écervelée, qui travaillait en Chirurgie. En outre, elle prenait à son compte la moitié du loyer. Je m'entendais bien avec elle — et, à vrai dire, comme elle travaillait le jour et moi la nuit, nous ne nous marchions pas souvent sur les pieds. Mais il y a des jours où l'on aime à garder son espace vital, sans piles de repassage traînant sur les chaises, sans plats mal cuits dans la cuisine, sans étrangers mâles sortant des toilettes au moment où l'on s'y attend le moins.

Pour ma part, je dormais régulièrement avec Wendy. Sa présence m'était de plus en plus indispensable. Quelqu'un contre qui se blottir. Quelqu'un à qui se cramponner dans le noir. Elle était toujours dans ma chambre, allongée sur mon lit défait. C'était une grande poupée de chiffons qui souriait au plafond. Je l'avais gagnée à la tombola de Noël de l'unité Pédiatrie, il y avait des années de cela.

Le chat vint se frotter contre mes jambes alors que je me préparais des toasts et du café. Nous l'avions appelé Trinity, ce qui est original, je présume. Comme il avait déjà été nourri deux fois, j'ignorai ses gémissements et regardai par la fenêtre les toits et les jardins. Le ciel était lourd de nuages boudeurs. Quelqu'un taillait sa haie, mais, à part les claquements du sécateur, tout était calme, comme il sied à un après-midi d'hiver. Sans raisons particulières, je me souvins des thés du samedi de mon enfance, lorsque mon père et mon frère aîné regardaient les résultats du football pendant que maman et moi préparions le thé et les toasts, bien au chaud dans la cuisine alors que, dehors, la lumière du jour s'assombrissait.

Un regard par-dessus la grille du toasteur m'apprit que le pain était aussi blanc que lorsque je l'y avais glissé, et je retournai à la fenêtre. La radio gazouillait joyeusement sans que je l'écoute vraiment lorsque les pubs firent place aux nouvelles locales— mais le titre principal harponna mon attention et me fit tourner la tête.

Meurtre.

Ce mot s'inscrivit tout de suite dans mon esprit; le reste de la phrase, très vite s'assembla tout autour.

« Un homme a été retrouvé assassiné dans une maison abandonnée à... »

Notre ville. Je passai mon pouce entre mes dents.

« ... multiples coups de couteau. Un examen post-mortem... »

Voilà une rareté — même pour une cité aussi grande, aussi dure que celle-ci. On nous promit le résumé d'une conférence de presse imminente avant le prochain bulletin, puis le journaliste passa à d'autres sujets — me laissant loin derrière, ressassant les mots qu'il avait prononcés, encore et encore. Je savais que la plupart des meurtres ne dépassaient pas un cercle restreint, une famille, des amis; il y avait de fortes chances pour que celui-ci ne soit qu'un banal règlement de comptes privé. Mort et enterré. L'idée d'un tueur fou en cavale, traquant des personnes isolées et les massacrant sans véritable raison, passa à travers mon esprit, mais ne s'y attarda pas. C'est ce qui se passe dans les films, ou en Amérique; mais pas *ici*. Non : mon émoi un rien malsain provenait de ces mutilations invraisemblables que j'avais moi-même constatées. Pas les destructions aveugles que provoque un choc automobile, pas même les plaies mal dégrossies d'un couteau ou d'un tesson de bouteille. Plutôt l'intervention précise et impitoyable de l'acier chirurgical — avec pour résultat l'éclatement d'un cœur, le sectionnement d'un cerveau; un utérus stérile et balafré. Ces dernières années, un individu qui connaissait très bien la médecine avait causé tous ces malheurs, voire d'autres encore — et peut-être n'était-il qu'un dément. Ou pis.

Bien pis. Je vis où m'amenaient mes propres pensées et secouai tout de suite la tête pour les disperser. *Laisse tomber; fini, les cauchemars.* Après tout, le soleil brillait et j'étais en plein dans la réalité. Et il y avait bien assez de malice dans certains êtres humains sans que j'aie à inventer des spectres...

Assassiné...

C'est alors qu'une bouffée âcre frappa mes narines : mon toast avait viré au noir et commençait à se consumer.

Sarah étant partie pour le week-end, je passai une soirée tranquille et vide devant la télévision avant de me coucher tôt. Mais le dimanche s'annonçait sous de meilleurs auspices ; plus clair, plus brillant. Il était temps de rendre visite à Jenny.

Je pris le premier bus de l'après-midi et parcourus la ville jusqu'au cimetière de Milston Road, traversant des rues presques vides : juste une voiture de-ci de-là, ou un passant promenant son chien. Je descendis à l'épicerie du coin, qui semblait vraiment ouverte vingt-quatre heures sur vingt-quatre, et achetai un modeste bouquet de fleurs (assez mal assorties) avant de me diriger lentement vers les grandes portes en fer, et d'entrer dans le silence radieux du cimetière.

C'était un après-midi parfait ; l'air était d'un froid vif, les branches dénudées des arbres se découpaient sur un ciel d'un bleu limpide, les pelouses étaient impeccables ; l'endroit tout entier respirait le calme et le repos. Je marchai sans me presser au milieu des pierres tombales, profitant à fond de cette atmosphère... de cette paix... et de la morsure du froid. Mais peut-être éprouvais-je aussi une certaine hésitation, comme si je retardais le moment où j'atteindrais ma destination et devrais à nouveau faire face à la sinistre réalité.

Et pourtant, au bout du compte, je finis par y arriver — dans la portion la plus récente du cimetière, où les monticules de terre n'étaient pas encore recouverts par une pierre tombale. D'une certaine façon, elle semblait mieux marquer l'image de ceux qui y reposaient ; le brun humide du sol retourné et, de-ci de-là, les éclaboussures criardes des fleurs. Un spectacle beaucoup plus émouvant que les monuments tourmentés de pierre et de marbre qui m'entouraient. Il fallait que la terre repose pour qu'on puisse ériger une pierre tombale. Ce qui signifiait que le cercueil pourri finissait par s'effondrer alors que le compost noir s'y engouffrait pour engloutir la dépouille de son occupant.

C'est ainsi que je me représentais le destin post-mortem de Jenny, que j'avais vue pour la dernière fois six semaines plus tôt, pleine d'une vitalité qui illuminait ses yeux bleus — et ce n'était certainement pas cette même personne qui gisait, froide et immobile, six pieds sous ce monticule de terre que je contemplais maintenant !

Toujours sans y croire, je m'agenouillai et déposai mes fleurs sur le sol nu.

Silence. Ni voix ni circulation ; pas même un oiseau. J'aurais voulu prier, mais mon esprit refusait de coopérer. Je restai assise sur les talons, mon manteau effleurant la poussière, et sentis une humidité acide qui s'infiltrait dans mes yeux et mes narines. Je ne pouvais la refouler. Je n'essayai même pas.

Je reniflai, m'essuyai les joues et me mouchai — et me sentis un peu mieux. Le temps passa. Finalement, avec un soupir, je me relevai ; j'allai jusqu'à un banc tout proche et m'y assis.

Je savais que la mort de Jenny recelait bien des zones d'ombre que je ne pourrais jamais accepter. Son absurdité flagrante ; toutes ces questions sans réponses. Mais, alors que je restais assise là, me laissant imprégner par le calme qui m'entourait, je dus reconnaître que je commençais à me faire à cette idée. Mes larmes m'avaient fait du bien, m'avaient libérée d'une partie de ma douleur et de mon tourment. Je ne savais toujours pas pourquoi elle était morte, mais, maintenant, le tumulte qui bouillonnait en moi s'était calmé pour laisser la place à une sorte de résignation. Je savais que je l'aimais beaucoup ; que je chérirais toujours son souvenir, que je le porterais toujours au fond de moi.

Je laissai errer mon regard sur le cimetière et me dis qu'elle n'aurait sans doute jamais voulu être enterrée dans les règles : pas une libre penseuse matérialiste comme Jenny ! Une crémation bien propre, avec un minimum de tralala, eût été plus son style. Le service à l'église était plutôt destiné à apaiser sa mère, qui souhaitait faire les choses convenablement. Quoique la cérémonie eût été fort belle. Et qu'elle m'eût fait pleurer, aussi.

On pouvait imaginer un pire endroit où reposer pour l'éternité. Je parcourus des yeux les rangées de pierres tombales, comptant les bouquets de fleurs et m'arrêtant brièvement sur mes frères de douleur agenouillés face aux tombes. Puis sur un clochard qui se tenait près d'un if, à cinquante mètres vers la route.

Et qui me regardait.

Je clignai des yeux ; fronçai les sourcils. Je ne pouvais distinguer son visage, mais j'étais sûre qu'il me fixait. Il restait là, immobile, les mains fourrées dans les poches d'une vieille gabardine. Ses cheveux étaient longs et emmêlés. J'eus l'impression que, si le vent changeait de direction, je pourrais sentir son odeur d'ici.

Son apparence n'avait rien d'inhabituel : ces deux dernières années, le nombre de sans-abri s'était considérément agrandi, alimenté par tous ceux qui étaient venus en ville à la recherche d'un emploi qu'ils ne trouveraient jamais. Nous avions notre dose de squatters et de gens qui dormaient sous des porches, et tous les problèmes qui s'ensuivaient, relatifs à l'alcool et la drogue. Aux Urgences, nous avions souvent affaire à ce quart monde des rues — sans oublier feu MM. Kaufmann et Johnston. Ce qui me rendait furieuse, c'était la vérité qui se cachait derrière la blague de Karen : le fait que tout le monde s'en fichait éperdument.

Mais moi, je n'étais pas comme ça ; du moins je l'espérais. Je pouvais certainement toucher du doigt les défauts de la société dans laquelle j'avais trouvé ma niche confortable. Mais il est facile de balancer des idéaux ; plus que de les mettre à l'épreuve sur un clochard bien réel, tout crasseux et malodorant qu'il soit.

Et celui-là commençait à me taper sur les nerfs.

Je détournai les yeux pour regarder la tombe de Jenny,

puis de l'autre côté du cimetière, contemplant l'horizon en feignant l'intérêt.

Après une minute ou deux, je regardai en arrière. Il était toujours là ; il n'avait pas bougé d'un poil.

Lorsque je détournai les yeux, cette fois-ci, ce fut pour voir si quelqu'un était assez près pour m'assister, le cas échéant. Mais cette partie du cimetière était déserte. Il y avait bien une ou deux personnes, mais trop renfermées dans leur deuil pour s'occuper de ce qui se passait autour d'elles.

L'atmosphère de calme s'était dissipée ; l'endroit était souillé. Et, bien que l'idée de briser ma communion avec Jenny me révulsât, je ressentis le besoin de partir, loin de cet espace vide, pour aller là où il y avait de la vie. Je me relevai en regardant dans la direction de l'homme. Pas de réaction. Je lui tournai le dos et partis vers les grilles d'un pas vif qui, je l'espérais, suggérait l'irritation plus que la fuite.

Je fis cinquante mètres avant de résister à l'envie de regarder derrière moi, pour savoir s'il me suivait.

Ce n'était pas le cas. Il avait disparu.

Je m'arrêtai. Pas trace de mon bonhomme, ce qui me sembla quelque peu dérangeant — bien que les buissons que j'apercevais puissent toujours lui servir d'abri, tout comme les pierres tombales. Mais sa disparition n'avait rien pour me rassurer. Comme si j'avais découvert une araignée figée sur le mur de ma chambre (je suis arachnophobe) : tant qu'on peut la voir, on localise le danger ; si on la perd de vue, au contraire, on sait seulement qu'elle est tapie là, quelque part ; et qu'il faut dormir dans cette même chambre.

Je rejoignis bien vite les grilles. Je me retournai une dernière fois, mais le cimetière était tout aussi vide que lorsque j'étais arrivée, et le clochard restait invisible.

Je continuai de marcher, plongée dans mes pensées ; maintenant qu'il n'était plus là, ma propre conduite ne me plaisait guère. J'avais déjà réagi de cette façon — et recommencerais certainement.

Comme cette fois, la semaine précédente.

Ç'avait été une nuit lourde de menaces. L'aiguille de l'horloge se traînait autour de minuit et demi, le département puait l'alcool et toutes sortes de gens y piétinaient. Des patients, des parents, un policier en vadrouille. On criait, on riait avec des voix amplifiées par l'ivresse. Quelqu'un avait gerbé dans la chambre 6. Vu la situation, Kathy restait d'un calme olympien.

Les plus bruyants étaient une poignée de flics qui attendaient à la réception pendant qu'un de leurs potes se faisait recoudre la main. Tous étaient en civil, mais leurs cheveux courts et leurs visages livides présentaient une uniformité assez déprimante. Et, qui plus est, tous étaient uniformément bourrés.

Avec tout le boucan qu'ils faisaient, il était difficile de se concentrer; nous n'avions pas, en prime, à leur faire la conversation. Finalement, Mike réussit à les flanquer dehors avec leur pote recousu, ignorant les malédictions dont ils l'abreuvèrent avant de filer doux. Brenda et moi eûmes un soupir de soulagement.

Mike revint en murmurant que l'IRA n'était jamais là quand on avait besoin d'elle.

Cinq minutes plus tard, il y avait un chien dans le département.

Lorsque le berger allemand passa la truffe par la porte du placard avant de s'engager dans le couloir, Bren faillit lâcher la piqûre antitétanique qu'elle était en train de préparer. Moi qui essayais de rétablir l'ordre dans les chambres, je me retournai en entendant son hoquet étonné. Je vis, je jurai, je courus — mais une voix en provenance de la réception tonna : « Carl, au pied ! », et le chien — qui était vraiment très, très gros — disparut dans cette direction. Je le suivis avec détermination.

Lorsque j'arrivai dans le hall, l'animal avait retrouvé son maître et était assis à son côté alors que l'homme caressait sa fourrure sale. Affalé sur une des chaises — le maître, pas le chien —, il me jeta un regard de défi que je lui renvoyai tout en remarquant ses vêtements; son blouson rapiécé, son embryon de barbe, ses cheveux crasseux ramenés en une queue-de-cheval. Certainement un de ces

Travellers[1]. Ces derniers temps, ils nous causaient bien des problèmes.

Certains les appelaient hippies ; ou bien pis. Apparemment, ils allaient et venaient au rythme des saisons, errant et établissant leurs campements au hasard jusqu'à ce qu'ils se fassent virer et continuent leur chemin.

— Si vous ne pouvez contrôler votre chien, je devrai vous demander de partir, lui dis-je d'un ton sans réplique.

Il haussa les épaules et ne répondit pas. Il ne cessa de me dévisager.

— Puis-je vous aider ? continuai-je d'un ton très pro, mais sans un poil de politesse.

— L'accueil est super, dans votre turne, marmonna-t-il.

— Nous sommes très occupés. Vous avez un problème ?

Son regard descendit et tomba sur le crucifix passé autour de mon cou.

— Z'êtes chrétienne ?

Je clignai des yeux et faillis dire *qu'est-ce que ça peut vous foutre* ; puis acquiesçai.

— On dirait pas.

Touché, coulé.

Un instant, j'eus envie de dire, *la chrétienne elle t'emmerde*, quoique en plus court. J'avais tort, je le savais, mais n'allais certainement pas l'admettre. J'eus bien du mal à inspirer, sourire et dire, *excusez-moi*.

Il leva la main, la paume en avant, révélant une coupure suppurante.

— J'suis tombé sur des barbelés.

J'acquiesçai.

1. Sorte de néo-hippies mâtinés de punks, se massant dans des camionnettes hors d'âge pour sillonner la campagne et se rassembler lors de festivals rock improvisés et pourchassés par la police de Sa Majesté. De tous les mouvements sociaux/musicaux récents, les Travellers sont le plus insaisissable et le plus intéressant ; la musique à laquelle ils se réfèrent va de la *house* au punk en passant par les groupes comme Carter USM ou les géniaux Tansads. Leur idéologie tient du rejet punk mélangé à des valeurs tribales et communautaires très baba. Un mélange comme seule l'Angleterre peut en créer, pour le meilleur ou pour le pire... (*N.d.T.*)

— Pas très beau à voir.

J'allai chercher une carte d'admission au bureau et revins; après une hésitation qu'il ne manqua pas de remarquer, je m'assis à côté de lui.

— J'sens pas la rose, hein? dit-il sèchement.

Nos regards se croisèrent.

— Vous avez raison : pour moi, ce genre de détails ne devrait pas compter, n'est-ce pas?

Et pourtant, il avait compté. Et j'avais appris ma leçon.

Les bus étant rares le dimanche, je décidai de rentrer chez moi à pied. Je connaissais quelques raccourcis, et il faisait encore assez jour pour que je les emprunte — bien que le soleil commençât à décliner. Depuis Milston Road, j'empruntai la passerelle enjambant le périphérique et continuai vers le centre jusqu'au domaine de Stoneham; l'air charriait un avant-goût d'aurore, avec sa froidure mêlée aux odeurs de thé du dimanche qui s'échappaient des cuisines chaudes et éclairées. Je ratai mon bus au coin de Clarke Street et dus couper par Lamborn, un des plus anciens quartiers de la ville où les maisons abandonnées aux ouvertures scellées par des planches sont légion. Mais j'étais à mi-chemin sur Stone Road lorsque je réalisai que le meurtre de la veille avait été commis ici, dans un de ces immeubles décrépits qui m'entouraient et que le crépuscule transformait en monolithes noirs emplis d'ombres inquiétantes. Du coup, je m'arrêtai net.

Ce que je ressentais n'était pas de la peur; pas vraiment. Plutôt une sorte de curiosité macabre. Lors du journal télévisé, on avait soigneusement mis l'accent sur la violence du crime : apparemment, le pauvre bougre avait été mis en pièces. Avaient-ils mentionné le numéro du lieu du crime? Le 18, me souvins-je après un instant. Juste là, sur ma gauche. Je m'immobilisai à nouveau.

Le temps se rafraîchissait. Les rues étaient désertes. Je savais que je ferais mieux de rentrer à la maison au lieu de traîner sur les pas d'un assassin. Mais l'immeuble me fascinait. Deux étages, le toit perdant ses tuiles, les fenêtres obstruées par des planches; un taudis parmi tant d'autres. Je restai là, parcourant lentement des yeux sa façade impavide, essayant malgré moi de me représenter ses pièces plongées dans l'obscurité — et ce qui s'y était produit.

Puis la porte s'ouvrit en grinçant. Je faillis bondir hors de mes chaussures.

Un policier en uniforme apparut sur le seuil, boutonnant son anorak. Le choc m'avait laissée tout étourdie, et je ne pus que rester là, m'efforçant de reprendre mon souffle, alors qu'il me jetait un regard dédaigneux. De toute évidence, il devait surveiller l'endroit jusqu'à ce que les médecins légistes et les policiers en aient terminé avec leurs examens; il était chargé de décourager les curieux — comme moi. Le froid devait l'avoir poussé à quitter son poste sur le seuil, sans doute pour boire une tasse de thé dans la cuisine.

— Voulez-vous bien circuler, mademoiselle? Il n'y a rien à voir.

Je reconnus alors Bill Roberts, qui passait souvent dans notre département, pour une raison ou une autre; la dernière fois, c'était pour évacuer un ivrogne envahissant. Quant à lui, il ne m'avait pas identifiée et prenait son ton le plus autoritaire. Je ne pus m'empêcher de sourire.

Après un instant, il finit par me regarder et se détendit tout en me rendant mon sourire.

— Bonjour, Rachel. Désolé, je ne vous avais pas reconnue.

J'avais entendu dire qu'il ne reconnaîtrait pas un voleur s'il passait près de lui avec un masque et un sac portant les initiales d'une banque quelconque. Mais c'était un jugement peu flatteur : lorsqu'il ne cherchait pas à impressionner son monde, Bill était un brave type. En outre, il pouvait me raconter ce qui s'était passé.

— Ils ont fini leurs examens?

Il haussa les épaules.

— Sais pas. Possible. Merde, ce type était pas beau à voir...

— C'est ce que j'ai cru comprendre.

— Vous ne savez pas tous les détails.

Il s'arrêta, se demandant s'il devait tout me dire. Je levai un sourcil inquisiteur ; il dut décider que, entre professionnels, nous n'avions rien à nous cacher, et continua.

— Vous vous souvenez de cet accident, au début novembre ?

Je m'en souvenais très bien ; je faisais même tout pour l'oublier. J'acquiesçai.

— Eh bien, celui-ci était pire.

— À ce point ? fis-je, intéressée.

— Eh bien, ce bonhomme a aussi été ouvert comme un poulet — mais la coupure était nette et précise. C'est ça le pire : on a fait ça de sang-froid, avec une précision *clinique...*

Clinique. Le mot s'incrusta dans mon esprit. Mon estomac se figea. Mon regard plongea dans l'entrée derrière lui, une bouche béante sur un monde de ténèbres. Les fenêtres aveugles nous fixaient, mais que voyaient-elles vraiment ? Je ne pus réprimer un frisson.

Il me jeta un regard intrigué.

— Hé, ça va ? Désolé, je pensais que vous autres infirmières étiez habituées à tout ça.

Habituées à quoi ? me dis-je ; ma peau se souvenait du froid qui régnait dans la chambre d'Alison. Je pouvais revoir son regard fixe et dilaté. Sentir l'odeur douce-amère de son infection...

Couper. Froid. *Cliniciens.*

Je fis la grimace et détournai les yeux.

Le réverbère le plus proche s'alluma ; son halo rosâtre vacilla avant de s'épaissir en une lueur glauque. Je consultai ma montre et allais prendre congé lorsqu'une voiture passa dans la rue et alla se garer à peu de distance. Un homme en civil en sortit. Un policier, certainement ; cette fois-ci, il fut le premier à me reconnaître.

— Salut, ma sœur. Comment ça va ?

Joe Davies ! La dernière fois que je l'avais vu, il y avait deux mois de ça, il était encore en uniforme. Du même âge que son collègue (que moi, en fait), il était plus calme, plus posé, avec des cheveux clairs et des yeux pâles et mobiles derrière ses lunettes. Lorsqu'il était de service, il ne prenait guère soin de son uniforme auquel il manquait toujours un bouton. En civil, ce soir-là, il n'avait pas l'air plus soigneux : sa chemise était froissée et sa cravate de guingois sous son col ouvert.

Sa question était de pure réthorique ; il n'attendit pas ma réponse et se tourna vers Roberts.

— Tout est calme ?

Le policier grogna. Je jetai un regard inquisiteur à Davies.

— Je croyais que vous étiez passé à la Mondaine.

— C'est le cas, fit-il avec un sourire.

J'attendis qu'il poursuive ; devant son silence, je désignai la maison.

— Alors ?

Tout comme Roberts, il rechigna à répondre. Mais je savais qu'il finirait par parler. On fait toujours confiance à une infirmière.

— Vous trouverez tout ça dans le journal, dit-il avec un haussement d'épaules. Le défunt était un mac, et sans doute un dealer. On l'avait à l'œil depuis quelque temps déjà. Un vrai salopard, à ce qu'il paraît.

Je me sentis soulagée. Je réalisai ensuite pourquoi.

— Et, d'après vous, c'était un règlement de comptes lié à la drogue ?

À nouveau, il haussa les épaules.

— Qui sait ? Peut-être était-ce une affaire personnelle — il tabassait régulièrement ses gagneuses ; je crois qu'on vous en a amené une il n'y a pas longtemps, mais elle a refusé de porter plainte. Peut-être que l'une d'entre elles a un grand frère qui n'a pas apprécié...

— Fallait vraiment qu'il ait un sale caractère, intervint Roberts.

— En tout cas, continua Davies en ignorant l'interruption, on en saura plus lorsque nous aurons les résultats de l'autopsie. Du moins les résultats officiels.

— Il y eut une autopsie... officieuse ?

— Ouais. Oh, que oui, fit-il avec un petit sourire malsain. D'après ce qu'elle raconte, c'est arrivé là, en haut de l'escalier. On lui a découpé jusqu'au moindre organe, et il n'y avait pas un coup de scalpel en trop ou en moins. Le meilleur pathologiste en activité n'aurait pas fait mieux.

— Oh, fis-je, et mon soulagement mourut comme une bougie soufflée par un courant d'air.

Bien sûr, ils se lanceraient sur la piste d'un dealer ou d'un vengeur quelconque; mais, maintenant, je savais qu'ils perdraient leur temps. Quelque chose qui dépassait de loin l'imagination du flic moyen était venu dans cette baraque moisie — pour y tuer à nouveau.

Une autre *goutte* contre la pierre. De l'eau froide. Ou du sang, plus froid encore...

Et Davies, alors qu'il se tournait vers la maison, ne put résister à l'envie d'ajouter un dernier détail macabre :

— Lorsque le légiste a fait son examen préliminaire ici même, dans la chambre, il a émis la possibilité que le pauvre bougre était encore en vie pendant qu'on le découpait en rondelles. En vie et encore conscient...

Il hocha la tête en guise d'adieu et rentra dans les ténèbres de l'immeuble. Roberts eut un sourire.

— Inutile de trop vous monter la tête, Rachel. C'était sans doute un règlement de comptes entre dealers...

— Je sais ce que vous allez dire : n'allez pas nous faire des cauchemars. C'est ça ?

Je ne pouvais réprimer un ton sarcastique, mais il parut ne pas le remarquer.

— En tout cas... (Il leva les yeux sur un ciel terne.) Si j'étais vous, je ne m'attarderais pas trop. Il va bientôt faire nuit. Vous serez mieux en sécurité chez vous, non ?

— En effet. Merci.

Je le regardai retourner à l'intérieur et refermer la porte derrière lui ; puis me détournai et continuai mon chemin en direction de Stone Road. Et bien que je sois contente, très contente même, de pouvoir mettre quelques kilomètres entre le numéro 18 et moi, le fait de tourner le dos à cette sinistre demeure n'avait rien pour me réjouir.

Au bout d'une minute, je pressai le pas.

CHAPITRE CINQ

Dès le lundi soir, le travail reprit ses droits.

Je m'y étais préparée de la façon habituelle : j'avais veillé tard dans la nuit de dimanche et profité de la journée de lundi pour dormir. J'avais eu du mal à trouver le sommeil, dérangée par les bruits de la vie quotidienne qui s'insinuaient entre les rideaux, comme les rayons d'un soleil printanier. Heureusement, ma rue était relativement calme ; peu de voitures, peu de gamins. Juste ce foutu glacier qui s'était pointé vers trois heures, gueulant sa musique de bastringue désaccordé.

La nuit était tombée depuis longtemps lorsque je pris le bus qui me déposerait ensuite devant l'hôpital. Plusieurs autres collègues s'y trouvaient déjà, et je les connaissais presque tous. J'échangeai quelques mots avec Janice, une autre infirmière, et dus supporter les vannes de Ken, gardien d'une des usines qui entouraient les bâtiments. Mais, lorsque nous sommes arrivés en vue de l'hôpital, celui-ci attira mon regard ; forteresse dressée sur fond de ciel sombre, mosaïques de fenêtres éclairées plus ou moins faiblement ou totalement noires. J'avais toujours aimé faire la nuit, savouré la sensation d'être éveillée dans un monde de sommeil — et goûté l'atmosphère d'un endroit qui ne dort jamais. Pourtant, un hôpital de nuit a ses côtés étranges, ses zones d'ombre. C'est cet aspect qui me frappa le plus.

Je ne me référais pas aux meurtres et aux mystères de ces derniers jours. La routine est ce que je connais de plus réconfortant, et la perspective d'une nuit aux Urgences m'éclaircissait l'esprit. Mes terreurs larvées battaient toujours la campagne, mais la vie continuait. Vaille que vaille.

Le bus s'arrêta face au porche de notre département brillamment éclairé, et je descendis. Au moins, il n'y avait pas d'ambulance garée toutes sirènes et gyrophares dehors : j'aurais peut-être droit à un répit avant de passer aux choses sérieuses.

Je passai mon uniforme dans les vestiaires, boutonnant jusqu'au col ma robe bleu marine avant d'en retrousser les manches. J'essayais toujours de fixer ma coiffe malgré une pénurie de barrettes lorsque Judith, mon homologue de la journée, vint me rejoindre à côté du miroir.

— Rachel. C'est bien de te revoir.

La surveillante Parsons — Judith, mais certainement pas Judy. Malgré ses cheveux blancs, elle n'avait qu'une quarantaine d'années, et ses yeux bleus respiraient la jeunesse. C'était une femme du Nord aux manières directes, voire brusques, et certains étudiants ne s'entendaient guère avec elle. Mais ils avaient tort, car elle était tout ce qu'ils aspiraient à devenir : compétente, calme et pleine de compassion. Il est vrai qu'elle me maternait un brin, mais cela ne me gênait pas. Parfois, j'en avais bien besoin.

— Alors, comment a été la journée ? demandai-je entre deux bouchées de barrettes proéminentes.

— Pas trop mal. Un accidenté en observation, quelques plaies et bosses. Un coma éthylique — une bouteille de paracétamol et un demi-litre de vodka. Et la pauvre fille n'avait guère plus de seize ans.

Je fis la grimace.

— Le tubage a dû être une vraie partie de plaisir. Elle va mieux ?

— On l'espère. En tout cas, le médecin l'a fait admettre.

— Pourvu qu'il ne fasse pas d'histoires.

Je finis d'ajuster ma coiffe et fis un pas en arrière pour admirer le résultat, puis me tournai et lui souris.

— Tu te réinstalles dans la routine, alors ? me dit-elle gentiment. Mais tu as toujours su t'y adapter. Certaines filles de ton âge ne s'habitueraient pas à la nuit. Toi, tu adores ça, pas vrai ?

C'était vrai ; comme je l'ai dit, cette atmosphère est stimulante. La majorité des autres femmes préféreraient certainement un emploi de jour, plus acceptable socialement ; mais, n'ayant ni amant ni famille, ce choix m'était aisé. Les horaires inhabituels paient bien et, de toute façon, dans une petite ville comme la nôtre, il n'y a pas de vie sociale digne de ce nom.

J'ajustai la montre à gousset passée dans ma poche de poitrine et elle regarda la sienne.

— Parker prend le relais, ce soir...

Je mis un visage sur ce nom ; opinai.

— Apparemment, elle se rappelle toujours sa première nuit, lorsque tu lui as dit de passer ses cheveux par-dessus son col...

Je m'en souvenais aussi ; se faire rembarrer par une fille qui n'avait que trois ans de plus qu'elle ne semblait pas la déranger.

— C'était une dure nuit, fis-je, sur la défensive.

Le sourire de Judith s'élargit.

— En tout cas, ça a marché. Et elle est en train de devenir une infirmière de première bourre. Le mois prochain, elle devra faire encore quelques nuits ; tu pourras la prendre en main.

J'acquiesçai à nouveau. Qu'il était agréable d'être traitée en égale par la professionnelle que je respectais le plus, et avec qui je partageais la formation de nos équipes ! Elle avait raison : Joanna Parker irait loin. J'espérais l'aider à faire sortir le meilleur d'elle-même.

C'est bien d'être de retour, Judith.

C'est alors que Karen entra, déjà en uniforme si ce n'était sa ceinture et sa coiffe. Nous nous saluâmes et Judith nous laissa finir de nous préparer alors que l'horloge marquait le début d'une nuit de travail.

•

Le département était déjà en plein boum et Joanna s'était perchée sur le bureau des docteurs, près des alcôves, pour distribuer les rapports. Judith n'aurait pas approuvé une telle désinvolture, mais elle était derrière un rideau, à faire un pansement. Pour ma part, cela ne me gênait pas. Je l'avais assez fait moi-même.

— Bien, dit-elle en regardant sa feuille, son stéthoscope toujours autour du cou. Un accidenté en courte durée pour observation. Darren Allen, vingt-quatre ans, commotion. Un type à la jambe blessée dans l'alcôve 24...

Et ainsi de suite, énumérant les patients à divers stades de soins et d'autres qui n'avaient pas encore vu de docteur. Les deux dernières heures devaient avoir été plus chargées que ne l'avait laissé entendre Judith, mais Joanna semblait s'être bien débrouillée. Son visage piqueté de taches de rousseur ne montrait aucune trace de fatigue et sa voix était énergique à souhait.

Et ses cheveux ne touchaient pas son col.

— ... demande de pneumothorax à la 6, Mme Jean Fowler, 51...

Mike et deux étudiants laissèrent passer l'assistant médical qui poussait la machine à rayons X et glissait le cliché noir sous l'objectif. La lueur blanche spectrale éclaira des poumons d'ombre. De toute évidence, l'un des deux était déformé. Encore un lit occupé ; en restait-il seulement un de libre ? Vu l'air sinistre du docteur qui examinait le cliché, je n'eus plus de doute.

S'ils commençaient à installer des lits ici, dans *notre* salle, il y aurait du sport.

Joanna termina sa liste. La routine ; rien de dramatique ni de dangereux. Mike, Karen et les autres avaient pris quelques notes et se dispersaient avec un murmure de remerciement. Je la remerciai, moi aussi — avec un compliment qui la fit sourire — et allai prendre les clés de l'armoire à pharmacie que tenait Judith.

— Je te confie le département, dit-elle ; puis elle eut un petit soupir. Eh bien, il est temps pour moi d'aller voir si Jack a suivi les instructions ou encore laissé brûler son dîner. Au moins, la circulation sera moins dense que cet après-midi...

Elle partit vers les vestiaires après un *bonne nuit* vigoureux — et sincère. Ce qui prouve que les souhaits ne servent pas à grand-chose.

Nous ne manquions pas de patients, tous plus ou moins amochés; mais, d'ici à minuit et demi, les choses s'étaient stabilisées. Je nous autorisai même à prendre notre pause casse-croûte à la cantine (parfois, lorsqu'il y a trop de travail sur place, il faut envoyer un brancard de ravitaillement et nous mangeons ici, dans la salle des infirmières). Mon tour vint aux alentours d'une heure. Je passai le trousseau de clés — symbole d'autorité — à Mike, et Karen et moi partîmes ensemble. Je portais toujours un bipeur à la ceinture; à la moindre urgence, je retournerais illico vers mon unité.

La moitié de la cantine était plongée dans l'obscurité; l'autre était illuminée et sillonnée d'infirmières des différentes sections et de quelques agents de service rassemblés à une table, près des fenêtres. Malgré la nourriture médiocre, l'endroit avait le don de me remonter le moral : une île de lumière au milieu d'un hôpital plongé dans la nuit. Karen et moi remplîmes nos plateaux avant de rejoindre la queue pour la caisse; je passai la première et lui désignai une table près du distributeur de coca, où s'installait déjà Anne O'Brien, notre spécialiste nez-gorge-oreilles.

Elle leva les yeux et nous sourit.

— Salut. Alors, la nuit est calme?

— À part ce carambolage de vingt-huit voitures, nous tenons le coup, fis-je.

Karen dégrafa sa ceinture avec un soupir de soulagement et en fourra les extrémités dans les poches de sa blouse.

— Il est comment, le curry? demanda-t-elle en examinant son plat sans grand enthousiasme.

— Deux cuillerées de plus et il atteignait le stade critique.

Annie eut un sourire malicieux. Elle avait dévoré la moitié de son plat lorsque, soudain, ses yeux s'écarquillèrent, et elle se pencha avec une exclamation (étouffée).

— Hé, mais c'est ton anneau, ça?

Karen baissa les yeux sur le cercle doré orné d'un petit diamant brillant, attaché à sa robe par le clip de sa montre afin de lui laisser les mains libres. Elle rosit légèrement.

— Oui. Il me l'a donné ce soir, avant que je parte au travail. J'ai hâte de pouvoir le porter normalement...

L'infirmière Karen Kane ; trois ans de moins que moi et très amoureuse. Rien d'étonnant à cela : elle était jolie comme un cœur, avec ses yeux brillants et ses gestes un rien nerveux. Cela faisait un an qu'elle sortait avec Steve et il y avait une semaine qu'il s'était décidé à lui poser la question à dix francs. Elle en était encore toute chose — mais son professionnalisme ne s'en ressentait nullement et elle était toujours aussi compétente dans son travail. C'était une bonne infirmière et une amie très chère ; j'aimais travailler avec elle. Un plaisir rare car, en général, elle travaillait de jour avec quelques nuits, en accord avec les rotations du personnel interne : comme il lui faudrait bientôt acheter une maison, elle faisait des heures supplémentaires en prévision du crédit à venir.

— Vous avez convenu d'une date ? demanda Anne.

Elle n'eut pas le temps de répondre : le bipeur passé à ma ceinture se mit à carillonner. Nous nous sommes tus. Alerte en Cardio ; brandissant encore une fourchette de frites, j'attendis l'annonce.

Le message crachota un instant plus tard.

— *Arrêt cardiaque, service Infarctus...*

Il fut répété par quatre fois, mais, après une décharge instinctive d'adrénaline, nous nous détendîmes. Cette fois-ci, ce n'était pas pour nous. Un des assistants avait reçu le message et se précipitait vers l'escalier. Karen le regarda, puis haussa les épaules.

— Quelqu'un a vu ce qu'il y avait, au dessert ?

— Tarte aux fruits.

— C'est-à-dire à la rhubarbe ?

— En général, fis-je avec une grimace. Entre autres.

Elle prit malgré tout le risque et, pendant qu'elle payait, nous nous lançâmes dans un grand débat pour savoir si Mike Shannon finirait par sortir avec Brenda Griffith. Karen en doutait, mais je trouvais qu'ils étaient bien assortis ; de plus, Mike était irlandais et Bren galloise : la solidarité celtique était en jeu. Mike avec ses traits de beau gosse tempérés par quelques traces de gris dans les cheveux et la barbe, arborait une trentaine énergique. Brenda, plutôt de l'âge de Karen, était très sage, et avait une voix douce; mais son sourire était un rayon de soleil qui nous remontait toujours le moral.

— Et toi, fit Karen avec une lueur malicieuse dans l'œil, quand vas-tu te décider? Il n'y a pas de jeune médecin qualifié dans le coin? Pourquoi pas le Dr Wright?

— Je ne crois pas. Il est gentil, mais...

Mais je ne suis pas prête, Kaz. Ma vie est encore trop agitée...

La pause se termina bien trop vite. Nous avons fini nos cigarettes (si vous saviez combien d'infirmières fument comme des pompiers, vous n'en reviendriez pas), salué Anne, ramassé nos sacs et retourné sans hâte inutile dans le département. Le hall d'attente restait presque vide — juste deux personnes affalées sur les chaises et une fille debout face au distributeur de boissons, la tête baissée comme pour compter ses dernières pièces. À part son écharpe brune et ses gants, elle était tout de noir vêtue, des bottes au chapeau de cow-boy en passant par un long manteau élimé. Le genre bohémienne gothique, décidai-je. Je remarquai ses cheveux noirs coupés très court avec une seule tresse qui descendait plus bas que son col. Et même dans ce hall brillamment éclairé, aux premières heures d'un matin d'hiver, elle portait des lunettes noires.

Je présumai qu'on l'avait inscrite sur le registre, mais vérifiai néanmoins auprès de Mike lorsque je récupérai mes clés. Il leva les sourcils.

— Pour autant que je sache, on a deux types qui attendent — une main à suturer et un poignet foulé; plus ce gazier qui est avec Graham pour se faire recoudre...

Je regardai le long du couloir vers la salle des sutures.

— Qu'est-ce qui lui est arrivé?

— Bagarre dans un night-club — le Ramon's, je crois. Comme toujours. Un brave garçon lui a cassé un verre sur la tête.

— Son état?

— Coupures superficielles ; plus de sang que de dégâts. Mais, avec tous les fils qu'on va lui mettre, il va ressembler à ce monstre de Frankenstein !

Et Graham Hancock maniait l'aiguille. Quelle chance. Graham était un de nos docteurs les moins agréables ; il était peu enclin à la patience et, à une heure pareille, était toujours d'une humeur de dogue.

— Qui est avec lui ? Helen ?

Il acquiesça.

— Ça lui fait un bon exercice pratique : « comment supporter un ours mal léché qui manque de sommeil ».

Cette idée me fit sourire.

— Et le poignet foulé ? On l'a radiographié ?

— Ça ne devrait pas tarder. Dois-je... ?

— Je m'en charge, si tu veux, fit Karen qui revenait des vestiaires où elle avait mis son sac sous clé.

Elle portait encore son cardigan bleu trop grand d'une taille qui lui donnait un air égaré.

— Si tu veux, merci. Je pourrai m'occuper de notre dernière cliente.

En regagnant la salle d'attente, je vis que celle-ci s'était assise et tenait un gobelet de café entre ses mains gantées. Elle devait profiter de sa chaleur : vu l'état de ses vêtements, elle devait être à la rue — ou dans un squat, si elle avait cette chance. Tout était sale et mal assorti, du manteau qui lui tombait jusqu'aux chevilles à son pull gris qui atteignait ses genoux. Même ses bottes à lacets étaient rembourrées de chaussettes. Ses cheveux ras, pourtant faciles à laver, donnaient la même impression. Et je pouvais sentir son odeur à distance.

Une Traveller, alors. Un autre exemple de ces exclus dont nos politiciens locaux parlent en termes si abstraits.

Elle fixait son café et ne leva les yeux que lorsque je me plantai devant elle et me raclai la gorge. De près, son visage crasseux était pâle. Elle était très jeune, mais son expression avait quelque chose de dur, suggérant qu'elle était jeune, certes mais bien trop âgée en termes d'expériences. D'expériences bien amères... Ses yeux m'en auraient dit davantage, mais ils se cachaient sous ses lunettes impassibles et vaguement dérangeantes.

— Excusez-moi (*mademoiselle? je laissai glisser*), puis-je vous aider?

Il y eut un long silence, et je crus qu'elle ne répondrait pas. Alors que j'attendais, je remarquai que nos deux autres patients se tenaient cois eux aussi. Je sentis leurs regards peser sur mon dos. Deux jeunes types vigoureux s'étaient assis à distance raisonnable de cette fille solitaire — et, maintenant, ils se tortillaient nerveusement sur leurs sièges. Je ne pouvais les en blâmer : j'avais du mal à supporter ce regard froid, inhumain, et brisai le contact pour passer à ses mains, à ses gants troués ; à la lueur de l'argent brillant sur ses phalanges. L'un des anneaux arborait un pentagramme, un autre les doubles masques symbolisant le théâtre — sauf que tous deux étaient des crânes dont les orbites vides me dévisageaient.

Je revins à son visage.

— Je voudrais voir le docteur, s'il vous plaît, fit-elle d'une voix basse et légèrement rauque.

— Qu'est-ce qui ne va pas?

— J'suis malade... depuis quelques jours. Et je vomis tout ce que j'avale, sauf le liquide.

Elle but une goutte de café comme pour confirmer ses dires.

— Vous êtes allée voir votre médecin traitant?

Elle fit non de la tête.

— J'en ai pas. Je fais... que passer, si on veut.

Ouais ; les cas comme elle n'étaient pas rares. L'homme au chien était le dernier en date — et, lui, avait présenté une vraie blessure. Certains venaient chercher un abri, même temporaire ; d'autres voulaient se défoncer aux médicaments — se bourrer de pilules à l'œil, s'ils pouvaient en dénicher. En général, notre police interne nous demandait de les virer ; mais cette fille n'avait pas l'air en pleine santé, et qui sait quel genre de maladie elle pouvait couver?

Mieux vaut prévenir que finir avec un procès (soyons réalistes). Et Graham aurait de quoi s'occuper. Sur cette idée fort agréable, je me détendis.

— Très bien. Le docteur va vous examiner dès que possible. Entre-temps, puis-je noter quelques détails...

Je sentis son regard soupçonneux qui me suivit jusqu'au bureau, où je pris une carte d'admission.

— Quels détails ?

— Nom, adresse, date de naissance, ce genre de choses.

Mon stylo était levé. Je voulais me montrer conciliante, mais c'était difficile. Peut-être cherchait-elle un brin de sympathie ; en tout cas, elle me collait des frissons.

— McCain, fit-elle après une hésitation. Carol McCain. Sans domicile fixe.

— Date de naissance ? fis-je, pleine d'espoir.

Elle esquissa un sourire.

— Je suis plus vieille que j'en ai l'air.

Et elle ne dit rien de plus.

J'étais derrière le comptoir, en train de rédiger un rendez-vous en chirurgie orthopédique pour notre « poignet foulé », lorsqu'on finit par l'appeler. Elle se leva lentement et suivit Mike tout en me jetant un regard en coin. Inconsciemment, mon propre regard devait la suivre avec une fixité étonnante, parce que le jeune type qui attendait que j'aie terminé ma rédaction marmonna :

— Alors, vous aussi, elle vous tape sur les nerfs ?

Je clignai des yeux.

— Pardon ; où en étions-nous ?

Je revins à ma fiche, mais il regardait toujours vers le couloir en fronçant les sourcils.

— L'est bizarre, celle-là, dit-il doucement. Vraiment... *bizarre*.

Je me demandai s'il cherchait à engager la conversation. Il avait l'air du dragueur moyen, très satisfait de lui-même, et je me demandai si elle l'avait rembarré. Ou peut-être était-il sincère ; cette jeune fille l'intriguait autant qu'elle le mettait mal à l'aise...

— À une heure pareille, on voit parfois de drôles de clients, admis-je sans me mouiller. On finit par s'y habituer.

Une jolie phrase à graver sur ma pierre tombale.

Je le regardai partir avec la carte que je venais lui donner, traînant son avant-bras dans le plâtre. Les deux patients à suturer étaient repartis; deux autres blessés légers avaient pris leur place. Finalement, la nuit s'annonçait assez calme. Je vis Graham qui remontait le couloir. Il avait l'air crevé, et son visage replet était pâle et défait.

— Plus que trois, lui dis-je, impitoyable.

Il jeta un regard mélancolique vers la salle des infirmières, où l'interne préposé aux plâtres se faisait une tasse de thé.

— Qui reste-t-il à la une? demanda-t-il, résigné.

— Une fille qui dit qu'elle n'arrive plus à garder ce qu'elle mange. Elle est à la rue...

Il me jeta un regard exaspéré.

— Rachel, voyons, elle doit aller voir un docteur en ville; se faire inscrire comme résidente temporaire. Bon sang, on est censés s'occuper des accidents et des urgences...

Je haussai les épaules.

— Ouais, ben, elle est ici, et nous ne sommes pas vraiment débordés, non? (Il ouvrit la bouche, mais avant qu'il ait pu protester, j'ajoutai :) Et puis, qui sait si ce n'est pas plus grave que ça en a l'air? Vous devriez l'examiner.

Afin qu'on en soit débarrassés le plus tôt possible, faillis-je ajouter.

— C'est bon, c'est bon.

Il bâilla, consulta sa montre, puis regarda à nouveau vers la salle des infirmières, d'où émanait le sifflement joyeux de la bouilloire à thé.

— Ne vous inquiétez pas, affirmai-je, on vous en laissera.

Il me jeta un regard suggérant que mon sourire doucereux ne le convainquait qu'à moitié; puis il marmonna quelque chose et partit vers les cabinets médicaux.

J'entrai dans la salle des infirmières où Dave, le spécialiste ès plâtres, fixait la bouilloire comme s'il voulait la faire chauffer plus vite.

— Il a l'air de bonne humeur, ce soir, remarqua-t-il sèchement.

— Comme toujours.

Je m'assis sur une chaise, retirai mes chaussures et, en chaussettes, m'étirai les pieds.

— J'ai vu des péniches plus petites que ça, fit-il sans me regarder.

— J'ai vu des petits pois plus gros que ta cervelle.

Il sourit et me regarda alors que j'examinais mes bas. Notre Dave (ainsi nommé pour éviter de confondre avec l'un des ambulanciers) avait l'air placide, mais cette façade cachait un redoutable sens de l'humour. Je me radossai à ma chaise lorsque Mike passa la tête par la porte.

— Hé, Raitch... combien de goths faut-il pour changer une ampoule électrique ?

— Aucun, ils préfèrent rester dans le noir, répondis-je du tac au tac. Allez, casse-toi.

— Flûte, elle la connaissait déjà, marmonna Karen.

Tous deux retournèrent vers la réception, l'air déconfit. Dave désigna la bouilloire qui glougloutait tout ce qu'elle savait.

— Tu en veux ?

— Merci. Un café, s'il y en a.

— Et Sa Seigneurie ?

— Je crois qu'il appréciera l'attention.

Il faut dire qu'il était resté en service depuis neuf heures du matin.

— Thé ou café ?

Je n'en savais rien ; il y avait bien longtemps qu'il n'avait daigné prendre le thé avec nous.

— Je vais lui demander.

Je renfilai mes chaussures et entrai dans la salle d'examens, une grande pièce brillamment éclairée, tapissée de graphiques de références ; substances toxiques, conseils sur l'hépatite B (*Tout sang est coupable jusqu'à ce qu'il fasse preuve de son innocence*), la Règle des Neufs de Wallace sur la définition des brûlures... Dix brancards-lits étaient alignés contre un mur, séparés par des rideaux qui les transformaient en alcôves d'examen. L'un d'entre eux, le plus éloigné de la porte, était occupé. Je passai au milieu des éviers, des projecteurs à rayons X et des petits pupitres tout en regardant chaque alcôve pour vérifier que tout était en ordre. C'est ainsi que j'atteignis le dernier brancard sans remarquer que derrière ses rideaux régnait le plus profond silence — et soudain, sans raison valable, j'hésitai à entrer. Et le silence persista. Pas un mot, pas un bruit; rien.

Or un examen est souvent un dialogue entre le docteur et le patient. Mes nerfs se mirent à vibrer, comme s'ils sentaient une menace sourde, là, tout près, derrière ce mince rideau vert.

Encore un tour de mon imagination. Si ça se trouve, elle était partie Dieu sait où et Graham s'était lancé à sa recherche. Je tirai le rideau.

En une fraction de seconde, j'en vis bien assez; la silhouette en blouse blanche allongée sur le sol à côté du brancard et la forme noire qui se redressa en percevant ma présence; la lueur d'une lame de couteau sous la lumière crue. J'avais suivi tous les cours qui vous apprennent à réagir face à un patient armé — mais alors que ces lunettes noires se tournaient vers moi, je n'avais qu'une seule idée : tourner les talons et m'enfuir. Avant que je puisse faire un geste, sa main s'était refermée sur mes cheveux, étirant ma gorge, ce qui fit que mon cri s'étouffa et ne produisit qu'un hoquet alors qu'elle me tirait derrière le rideau. Je me débattis désespérément pour me libérer, soulager la douleur qui poignardait mon cuir chevelu; mes deux mains griffèrent la sienne en essayant de défaire ces doigts d'acier. Mais elle tirait toujours. Du coin de l'œil, je vis luire la lame de son couteau et, dans un dernier effort, je réussis à me tourner à moitié et à la frapper. Ses lunettes tombèrent au sol.

J'entrevis des yeux froids, d'un bleu délavé. Les pupilles se rétractèrent immédiatement au moment où la lumière les inondait et, avec un feulement de douleur, elle tourna la tête.

Elle était photophobe : elle ne supportait pas la lumière. Avant que je ne puisse en profiter, elle tira à nouveau sur mes cheveux et m'envoya heurter le mur. J'eus un hoquet, à bout de souffle. Ses doigts me lâchèrent; je les sentis qui se posaient sur mon épaule et me retournaient lentement.

Et un coup de poing sec à l'estomac me fit tomber à ses pieds.

Un instant, le monde entier ne fut plus qu'un brouillard douloureux ; ma tête tournait et je n'avais même pas la force de vomir. Puis je réalisai qu'elle s'était accroupie face à moi.

Elle avait remis ses lunettes noires et tiré son chapeau en arrière. Maintenant, elle tenait son couteau à deux mains, comme si elle se contentait de tester son équilibre. Mes yeux se concentrèrent sur l'arme, un cran d'arrêt d'acier froid et immaculé avec une poignée qui semblait sculptée dans de l'os. Et, si elle le tenait d'une façon détendue, sa lame était toujours braquée vers moi.

— J'avais des questions à poser au docteur, dit-elle de cette même voix sèche et monocorde, mais il n'a pas voulu y répondre. J'allais lui montrer son erreur, mais... (elle inclina la tête tout en m'examinant pensivement) peut-être pourras-tu répondre, toi.

Oh merde, me dis-je. Je parvins à lui demander à voix haute :

— Quel genre de... questions ?

— Ce soir, on a amené une jeune fille dans votre département ; elle a fait une overdose — tenté de se suicider. Que lui est-il arrivé ?

J'avalai ma salive.

— On l'a internée...

— Dans quelle unité ?

J'hésitai ; nous avons tant l'habitude de respecter l'anonymat des patients que cela devient une seconde nature. Mais elle se pencha en avant et siffla :

— Ne crois pas pouvoir me mentir ; je le lirai dans ton *âme*.

Et je la croyais ; ce regard glacial pulsait encore en moi. Heureusement, comme j'avais feuilleté le registre, je me trouvai à même de lui répondre.

— Elle est au second étage... en Médecine...

Elle accepta l'information en silence, puis leva le couteau et utilisa sa pointe pour couper la chaîne d'argent de mon crucifix et le retirer de mon col. Elle dit d'une voix plus basse encore que précédemment :

— Ce n'est qu'un pendentif... ou plus que ça ?

À nouveau, j'avalai une absence de salive.

— C'est ce en quoi je crois. En *qui* je crois...

Elle acquiesça et le laissa tomber dans le sillon de ma poitrine.

— Tu en auras besoin, promit-elle — et même son haleine était glaciale.

Sur ce, elle se leva et s'en alla.

Après que le rideau se fut refermé sur elle, je restai un long moment affalée sur le sol, les yeux écarquillés. Puis mon corps réagit, parcouru d'un frisson impérieux qui me glaça. Malgré ma faiblesse soudaine, je réussis à me redresser.

J'étais presque debout lorsque Mike passa la tête par l'entrebâillement du rideau; son expression joyeuse se flétrit avec une rapidité presque comique.

— Rachel... que...

Mes jambes faillirent me lâcher, et je dus me retenir au brancard. Il s'avança, mais je l'arrêtai d'un geste.

— Ça va. Ça ira. Et Graham... ?

Sur le sol, quelque chose bougea, puis émit un grognement étouffé. Je me penchai. Graham essayait de se lever; son visage était blanc comme un linge et taché du sang qui coulait d'une plaie, sur sa tempe. Je n'avais jamais été aussi contente de le voir parmi nous.

— Que s'est-il passé? demanda Mike en l'aidant à se relever.

— Cette fille... c'est une dingue, elle a un couteau. Il faut prévenir la sécurité, elle va à Jenner — elle en veut à la fille qui a fait une O.D. — appelle vite la section. Et la sécurité...

Karen, qui s'approchait de nous, pivota sur ses talons et alla décrocher le téléphone mural. Mon attention revint à Graham, que Mike avait assis sur une chaise avant d'examiner sa blessure; mais, lorsque je revins à Karen, elle fronçait les sourcils tout en appuyant sur le bouton d'urgence.

— Je n'y arrive pas... Le téléphone ne marche pas, je n'entends qu'un bourdonnement...

— Merde ! Essaie celui de mon bureau.

Elle obtempéra ; je la suivis. Lorsque nous y sommes arrivées, mon pas était à peu près assuré — mais son expression lorsqu'elle décrocha le téléphone suffit à m'arrêter net.

— Pareil. Une interférence, peut-être. Il n'y a même pas de tonalité...

— Oh mon Dieu...

Je n'arrivais pas à croire à une panne de standard ; pas maintenant. Et cette folle armée d'un couteau se dirigeait vers une unité endormie — où elle allait débarquer sans crier gare...

Mike était arrivé derrière moi ; je me tournai et le pris par les revers de sa blouse.

— Viens. Il faut aller la chercher.

Il acquiesça et nous partîmes en courant. C'est par pur instinct que je sortis mes clés et me retournai pour les jeter à Karen ; derrière moi, alors que Mike s'éloignait, je l'entendis crier :

— Danny, où est Danny ? Que quelqu'un aille chercher ce fainéant !

Puis je courus derrière lui, passant devant les salles de traitement, les Sutures, le petit bloc opératoire, jusqu'aux couloirs mal éclairés menant aux ascenseurs.

CHAPITRE SIX

Dans ce cauchemar de claustrophobe, nos pas résonnaient sur le linoléum et leur claquement éveillait mille échos qui se répercutaient d'un mur à l'autre, masquant tout autre son. Peut-être avait-elle déjà atteint les escaliers, ou s'en rapprochait ; mais peut-être aussi s'était-elle arrêtée, dans l'attente d'éventuels poursuivants — comme nous. Cette idée me traversa l'esprit alors que nous atteignions un angle du couloir, mais j'allais trop vite pour m'arrêter net et, hors d'haleine comme je l'étais, je ne pouvais même pas pousser un cri d'alarme. Mike passa le premier et, un moment, je le perdis de vue avant de le revoir quelques instants plus tard, courant toujours droit devant moi, les pans de sa blouse se soulevant derrière lui, fonçant vers une longue portion de couloir au bout de laquelle se trouvaient les ascenseurs.

Une fois en face des portes, nous nous sommes tous deux arrêtés dans un dérapage à peu près contrôlé. Ce côté de l'immeuble était desservi par quatre ascenseurs et deux étaient encore à cet étage, béants et immobiles. Le troisième était en dérangement, ce qui n'avait rien d'inhabituel.

Le quatrième était en pleine ascension.

L'indicateur désignait encore notre étage, mais la mécanique était lente à réagir. Sous nos yeux, la lumière passa à l'étage suivant. Mike jura et fonça dans l'une des cabines, mais j'avais déjà ouvert la porte menant au grand escalier et lui criai :

— Viens ! On ira plus vite par là !

Cette partie de l'immeuble était certes moderne, mais les ascenseurs à bout de souffle avaient tendance à grincer et se coincer, et à s'arrêter à des étages incongrus. Lorsque je suis pressée, je prends les escaliers.

Ainsi avons-nous escaladé les marches, suant et soufflant, agrippant la rambarde pour nous propulser d'un palier à l'autre. En arrivant au second étage, nous avons jailli des portes à incendie pour passer à la réception, déserte à cette heure — et voir que la cabine était arrivée et grande ouverte. Elle était vide. Alors que nous restions là, hors d'haleine, la porte se referma dans un sifflement pneumatique, comme pour se moquer de nous.

— Oh... merde, murmurai-je. Elle est déjà là.

Mike se dirigea vers les portes qui s'ouvraient sur le couloir central. Celui-ci était plongé dans la pénombre ; il n'y avait que des bureaux et des débarras vides de toute présence humaine. À gauche comme à droite, des portes anti-incendies scellaient l'accès aux deux premières unités médicales, Harvey et Radcliffe. Idem à l'autre bout, pour Lipscomb et Jenner.

Je le suivis d'un pas incertain. J'étais hors d'haleine après notre cavalcade dans les escaliers, mais j'essayais de respirer aussi silencieusement que possible. Devant nous s'étendaient des profondeurs glauques et immobiles.

Nous avons descendu le couloir, vite et sans bruit. La porte de la salle des séminaires était entrouverte ; Mike la poussa et tendit la main pour allumer la lumière. J'attendis, le cœur battant — mais la pièce était vide. Nous sommes donc repartis.

Bienvenue à l'unité Jenner, disait un panneau fixé au-dessus des doubles-portes, à notre droite. À travers leurs fenêtres de verre grillagé, je pus voir un passage sombre uniquement éclairé par les veilleuses ; le couloir traversait des baies vitrées et des dortoirs assoupis jusqu'à la seule lampe allumée, celle du poste des infirmières. Personne en vue. Je poussai les portes d'un geste las.

Nous n'avions pas la moindre idée du dortoir où se trouvait notre suicidée. Nous filâmes droit vers le bureau, attirés instinctivement par la lueur douce qui l'entourait, car les ténèbres de l'unité étaient dérangantes ; *vivantes*. J'entendis des respirations hachées, des toussotements et des marmonnements ; la respiration spectrale de la maladie. J'avais assez travaillé dans de telles unités pour connaître cette atmosphère, mais jamais je ne m'y étais habituée, et je la trouvais toujours inquiétante. Surtout ce soir, alors qu'une démente armée d'un couteau pouvait fort bien être tapie quelque part dans l'obscurité.

Nous avons atteint le poste sans encombre, sans avoir pu distinguer quoi que ce soit derrière les baies vitrées donnant sur les dortoirs. Je cherchai la bible des infirmières, une compilation de fiches sur tous les patients de l'unité, et commençai à la feuilleter avant de réaliser que j'avais oublié son nom.

— Crénom de nom... Jones... ?

— James, corrigea calmement Mike sans cesser de regarder autour de lui. Angela James.

De toute évidence, il avait fouiné dans le registre des admissions. Je trouvai la fiche et vis qu'on l'avait mise dans une des chambres à quatre lits proche des portes. Nous étions déjà passés devant elle sans le savoir. J'eus soudain la déprimante impression que sa poursuivante ne l'avait pas ignorée si facilement.

Nous nous sommes retournés pour revenir sur nos pas au moment où une infirmière émergeait du dernier dortoir, poussant un chariot. Elle haussa les sourcils.

— Salut... je peux vous aider ?

J'hésitai un moment, puis, essayant de ne pas avoir une intonation trop mélodramatique, je dis :

— Nous avions une patiente aux Urgences... je crois qu'elle a trouvé le moyen de monter jusqu'ici. Elle a mentionné une de vos patientes, Angela James. Et... heu... elle a un couteau.

Elle changea de couleur, mais ne se départit pas de son calme.

— Avez-vous bipé les agents de service ?

— Pas encore ; nos téléphones ne fonctionnent pas...

Son regard incrédule me fit rougir. Elle alla au comptoir, décrocha le téléphone et me le tendit.

— En ce cas, vous feriez mieux de le faire maintenant.

Je m'empressai d'obéir. Mike se tourna vers l'infirmière, peu impressionnée.

— Il vaudrait mieux aller voir Angela, et tout de suite, suggéra-t-il.

Tous deux partirent dans le couloir. Je les regardai en composant le numéro. Il y eut un crachotement dans le combiné, puis un gémissement monotone. Occupé. Merde, fis-je avant de recommencer avec la même absence de résultat. Tout le monde était suspendu au téléphone ou quoi ? Je raccrochai brutalement, puis me dis — trop tard — que j'étais entourée de gens qui essayaient de dormir. Je me demandais que faire lorsqu'un bruissement me fit virevolter.

La fille qui se tenait devant moi avait l'air d'une adolescente de quinze ans tout au plus, mais devait être plus âgée, sinon ils l'auraient mise en pédiatrie. Elle portait une robe de chambre d'hôpital bien trop grande qui la faisait paraître encore plus frêle qu'elle ne l'était. Son visage était pâle, ses yeux cernés d'ombres, et ses cheveux blonds tout emmêlés. Et, à voir son expression, elle ne se sentait pas bien du tout.

— J'ai encore vomi, m'dame, fit-elle d'un ton malheureux et, alors que je la dévisageais, je réalisai qui elle était, qui elle devait être.

— Angela ! Nous croyions... heu, que tu dormais.

Ce qui la fit sourire — si c'est bien le bon mot pour désigner le rictus qui étira ses traits.

— Non, je ne dormais pas. C'est trop dangereux...

J'acquiesçai, compréhensive.

— Où étaïs-tu ? Aux toilettes ?

Je cherchai Mike des yeux. C'est alors que j'entrevis quelque chose — un courant d'ombres dans les ténèbres du dortoir derrière elle. Quelqu'un venait d'en sortir. *Un patient qui va aux toilettes*, espérai-je avec une ferveur qui me surprit moi-même. En vain. Car la silhouette qui émergea était tout de noir vêtue. Et portait des lunettes noires.

Angela dut sentir cette présence derrière elle ; en tout

cas, elle vit mon expression horrifiée. Elle se retourna, puis recula avec un sanglot étouffé. Et celle qui se faisait appeler McCain avança dans le couloir. Ses vêtements se confondaient avec la pénombre, mais son visage était calme et blême comme celui d'un cadavre. Elle tendit une main gantée vers la fille, la paume tendue, comme on secourt un homme qui se noie.

— Angela. Viens avec moi. Il n'est pas trop tard...

Elle m'ignora complètement, bien qu'Angela se blottît contre moi, raidie par la peur, et que mes mains fussent posées sur ses épaules. Toutes deux auraient aussi bien pu être seules, partageant un secret commun pendant que le monde dormait du sommeil du juste. Mais, alors que j'entraînais la fille terrifiée à ma suite, loin de la lente approche de sa poursuivante, je vis quelque chose se nicher dans la main de McCain, et entendis le déclic du cran d'arrêt.

— Il n'est jamais trop tard pour me suivre, chuchota-t-elle, son regard vide m'ignorant toujours.

Je risquai un regard anxieux le long du couloir. Personne. Pourtant, Mike et l'infirmière devaient avoir vu qu'Angela n'était pas dans son lit. Ils finiraient bien par réapparaître et venir à mon secours ; mais, à une seconde près, il pouvait être trop tard.

Je fis pivoter Angela, m'emparai de son poignet et partis en courant.

Nous avons tourné à l'angle et couru vers Radcliffe dans un brouillard de dortoirs entraperçus. Un vieux conseil du guide des infirmières clignota dans mon esprit. *Une infirmière ne doit courir qu'en cas d'incendie ou d'hémorragie.*

Derrière nous, McCain s'était mise en marche. Lorsque je regardai à nouveau, un instant plus tard, elle s'était mise à courir.

... hémorragie...

Nous avons jailli des portes anti-incendies avant de traverser Radcliffe à toute allure. Une infirmière et un étudiant étaient assis face au bureau et écrivaient tranquillement à la lueur de leur lampe. Tous deux levèrent brusquement la tête, avec un ensemble si parfait qu'il en était presque comique. Mais je n'avais pas le temps de m'expliquer, ni même de lancer un avertissement. Nous avons continué de courir; Angela d'un pas peu assuré, mais je l'aurais traînée derrière moi s'il le fallait — et la fille au couteau qui était sur nos talons. Qu'ils appellent les agents de service. S'ils trouvaient un téléphone en ordre de marche.

Mon Dieu, faites qu'ils y arrivent. S'il vous plaît.

Un autre angle, le couloir central — et soudain, quelqu'un apparut sur notre chemin, sortant des toilettes d'un pas traînant. Un vieil homme au visage gris, en robe de chambre délavée, s'aidant laborieusement d'une canne. Il tourna lentement la tête, mais n'eut pas le temps de réagir. Je virai et l'évitai de justesse; Angela en fit autant.

McCain le percuta de plein fouet.

Tous deux s'affalèrent au sol dans un grincement de métal et un choc étouffé qui me fit grimacer; malgré moi, je ralentis et regardai en arrière. Mon instinct d'infirmière m'interdisait de laisser ce pauvre bougre à terre, hoquetant lamentablement en roulant des yeux effarés. Et, alors même que j'hésitais, je vis Mike qui s'annonçait à l'autre bout du couloir, écartant de son chemin une infirmière stupéfaite pour se précipiter vers nous. Inutile de courir; à nous tous, nous pouvions la maîtriser. Mais McCain s'était déjà redressée. Elle leva la tête et me regarda, montrant les dents comme un fauve acculé. Son couteau luisait faiblement dans la pénombre.

Nous nous sommes remises à courir.

Un jeu de portes, puis un autre, et nous fûmes de retour à la réception. Il nous restait l'escalier. Monter ou descendre? Un instant, je ne pensai qu'à Mike qui, peut-être, avait pu agripper la démente et luttait pour la désarmer — puis je vis une des cabines d'ascenseur, grande ouverte.

Quelqu'un devait l'avoir appelée, une infirmière ou... peu importe. Nous nous sommes précipitées alors que, derrière nous, les portes de Radcliffe s'ouvraient en coup de vent.

Dans la cabine, je me retournai, appuyai sur un bouton, n'importe lequel, maintins ma pression.

Rien. Évidemment.

Pas le bon bouton, réalisai-je. J'appuyais sur celui de l'étage où nous étions. Merde. Et, de tout mon poids, je pressai le bouton du rez-de-chaussée alors que Carol McCain apparaissait déjà, jaillissant des dernières doubles-portes de l'unité.

La porte commença à se refermer, si lentement que, pendant un horrible instant, je crus qu'elle était bloquée et allait se rouvrir. Et McCain fonçait vers nous, prête à passer son pied entre la porte et le chambranle. Je reculai pour me retrouver le dos au mur, Angela blottie derrière moi, et tout ce que je vis de McCain fut sa grimace exaspérée alors que la porte se refermait à son nez et à sa barbe.

Puis l'ascenseur tressauta et se mit à descendre.

Je vidai mes poumons en un sanglot qui me laissa pantelante. Soudain, mes jambes se firent de coton et je dus lutter pour conserver mon équilibre. Derrière moi, Angela James pleurait silencieusement; mais je sentis que ses sens étaient affinés par l'adrénaline, et qu'elle était prête à reprendre sa course.

Mais *qui* la poursuivait ainsi ?

Je le lui demanderais plus tard; maintenant, l'ascenseur atteignait le rez-de-chaussée, et nous avions autre chose en tête. Je ne pouvais empêcher l'ouverture des portes; si elle était déjà là, j'appuierais sur le bouton du dernier étage et me jetterais sur elle pour la faire reculer jusqu'à ce que la cabine se referme sur nous. Je n'eus pas le temps de réfléchir à ce qui pouvait m'arriver si elle était plus rapide que moi. Toute hésitation nous serait fatale, à Angela comme à moi.

L'ascenseur s'immobilisa; encore une pause. Le cœur au bord des lèvres, je vis coulisser les portes sur...

Le vide.

Personne dans mon champ de vision. Je regardai Angela, avalai ma salive et m'avançai.

Le hall était désert.

Et, alors même que nous hésitions, j'entendis claquer des pas dans le couloir — plusieurs personnes qui marchaient rapidement; et je reconnus leurs voix.

Ils atteignirent les ascenseurs un instant plus tard; Adrian, l'agent de garde pour cette nuit, et trois autres hommes, dont Danny. Lorsqu'il nous vit, ses yeux s'arrondirent.

— Rachel ! On nous a appelés pour dire que tu pourchassais une cinglée armée d'un couteau...

Au moins, les téléphones fonctionnaient à nouveau. J'acquiesçai avec empressement.

— Oui, une fille qui est en Médecine générale. Elle doit y être encore. On a appelé la police ?

C'était fait. L'infirmier en chef également. Toutes les unités étaient prévenues ou en passe de l'être. J'acquiesçai à nouveau et fis signe à Angela, qui se tenait près de moi, les bras croisés comme pour se réchauffer.

— C'est Angela. La fille qu'elle poursuivait. Je voudrais qu'on la fasse asseoir et qu'on lui donne une tasse de thé. Quelqu'un vient avec nous ?

Danny se porta volontaire, et tous trois nous remontâmes le couloir vers les Urgences. J'avais passé mon bras autour des épaules d'Angela en un geste de réconfort. Mieux valait qu'elle reste avec nous plutôt que de se retrouver entourée d'inconnus, dans la cantine ou ailleurs. J'étais encore préoccupée par ce qui se passait là-haut, avec cette folle lâchée dans les dortoirs, armée et dangereuse; et qu'était-il arrivé à Mike ? Mais maintenant, la fille avait besoin de mon attention; j'écartai de mon esprit toute autre pensée pour me concentrer sur elle. Je lui parlai doucement tout en guidant ses pas.

Une tasse de thé. Je ne désirais rien de plus lorsque tout avait commencé. Il y avait de cela dix minutes. Une éternité.

CHAPITRE SEPT

— Tu ne veux pas me le dire ?

Elle leva un regard fatigué qui, jusque-là, contemplait les profondeurs de sa tasse de thé.

— Te dire quoi ?

— Qui elle est.

Elle baissa à nouveau les yeux, sans répondre.

Je n'insistai pas. La police était arrivée et les interrogatoires en chaîne ne tarderaient pas. Je pouvais entendre la voix féminine de l'agent qui téléphonait dans mon bureau, juste en face de la salle où nous nous trouvions. Un de ses homologues masculins arpentait le couloir, et son talkie-walkie crachotait parfois des bribes de conversation. D'autres agents fouillaient toujours le bâtiment, mais ils n'avaient toujours pas localisé l'intruse.

Mike nous tenait compagnie : une fois remis, Graham avait suturé sa propre plaie et décidé qu'il ne souffrait d'aucun traumatisme. Bien sûr, il était officiellement en congé maladie, mais la police voudrait certainement prendre sa déposition ; il les attendait en buvant du café.

Mon regard croisa le sien, et il haussa les épaules. Il s'en tirait très, très bien, et le savait. En se débattant, elle l'avait frappé avec une férocité terrifiante ; et, à voir son visage blême, il était conscient d'avoir échappé de justesse à la mort. Depuis que j'avais rejoint l'équipe de nuit, nous avions déjà connu des situations difficiles ; je me rappelais très bien ce soir où il avait désarmé un poivrot armé d'un tesson de bouteille, pour en plaisanter ensuite avec nous. Et, malgré tout son sang-froid, je ne l'avais jamais vu aussi abattu.

La mort l'avait frôlé, mais McCain était passée plus près encore. Et, tout comme moi, il avait dû sentir le froid qu'elle irradiait, la démence qui se cachait derrière une apparence de calme. C'était ce qui l'avait mis dans un tel état ; je savais ce qu'il devait éprouver.

Et elle était toujours là, quelque part dans cet obscur labyrinthe de couloirs et de salles emplies d'ombres. Malgré tous les agents qui avaient envahi le département, je n'étais pas rassurée. Après tout, le bâtiment est immense, divisé en une demi-douzaine d'unités débordantes de placards, de chariots, d'amphithéâtres... Cette nuit, il était désert — et paraissait plus vide encore sous la lumière crue des néons. Il y régnait un silence assourdissant.

Je bus mon café. Encore chaud, mais qu'importe ?

Angela passa la première dans la salle où les policiers s'étaient installés et, à sa demande, je l'y accompagnai. Elle ne put guère les renseigner, et ils durent se contenter de monosyllables et de haussements d'épaules. Vu le tour que prenait l'interrogatoire, ils devaient croire que McCain était une criminelle des rues, une droguée ou une prostituée agissant pour son propre compte, à défaut d'être aux ordres d'un caïd quelconque. Angela, pâle comme la mort, n'infirma pas cette possibilité — mais je savais qu'ils se trompaient. Pourtant, je ne dis rien et, lorsque vint mon tour de déposer, ne formulai pas mes propres soupçons. Je ne savais rien, rien de précis. Mais j'avais regardé Carol McCain droit dans les yeux et avais entendu ce qu'elle disait. Et je savais que ce qui l'avait amené ici n'était pas aussi simple et sordide qu'ils le croyaient.

Lorsque l'interrogatoire fut terminé, je vis que Kessler était là. Cette affaire était assez démente pour qu'on le tire de son lit. Il me vit entrer dans son bureau et s'assit, le front soucieux. Je lui racontai ce qui s'était passé d'une façon plus ou moins claire : j'avais les nerfs en pelote. Puis il me demanda si je voulais une cigarette — ce qui, vu son opinion concernant le tabac sous toutes ses formes, était une concession importante. J'acquiesçai avec gratitude, farfouillai dans mon sac pour en tirer mon paquet de Players et en allumai une. J'inhalai, fermai les yeux, et me détendis enfin. Lorsque je rouvris les yeux, il me regardait.

— Vous pensez tenir le coup ?

J'acquiesçai, presque avec empressement, et il sourit : c'était la réponse qu'il attendait. Somme toute, Kessler était un bon patron ; il connaissait son boulot et, au besoin, n'avait pas peur de se salir les mains. Et si, parfois, il pouvait se conduire en salaud, c'était une prérogative qu'il se réservait ; il nous protégeait avec ardeur lorsque quelqu'un d'autre menaçait les intérêts de l'équipe. Ou dans des moments comme celui-ci.

— Est-ce qu'ils... l'ont trouvée ? demandai-je.

— Non, répondit-il en secouant la tête. Aux dernières nouvelles, ils la cherchent toujours.

Je consultai ma montre. Presque trois heures du matin. Kessler retira ses lunettes pour se frotter les yeux. Sa main passa sur son front, sous ses cheveux qui commençaient à s'éclaircir. Il devait être beaucoup plus fatigué qu'il n'en avait l'air.

Je respirai, tout doucement, pour ne pas trop polluer son air.

— Rachel, dit Kessler, puisque nous y sommes, il y a un point dont je voulais débattre avec vous — et cette nuit me semble être le moment rêvé pour le faire.

Je haussai les épaules et attendis.

— Vous vous souvenez de ces seringues qui ont disparu de la réserve ?

C'était il y a un bon bout de temps. J'acquiesçai.

— Cela ne s'est pas reproduit, n'est-ce pas ?

— Pas depuis que j'ai pris des mesures de sécurité.

À son tour de hocher la tête.

— C'est bien ce que je pensais. Mais, apparemment, le problème refait surface. Quelqu'un a fouillé dans les bidons à ordures; on pense que l'intrus a piqué des pointes de seringues.

— Il faut être vraiment désespéré.

Assez pour prendre des épingles déjà utilisées dans les containers où elles attendaient d'être incinérées; ces poubelles de plastique constellées d'autocollants et de légendes prévenant des dangers d'infection. Quiconque s'en approchait risquait d'être contaminé; hépatite B, sida... À cette simple idée, je fis la grimace.

— En effet, acquiesça Kessler. Comme vous le savez, les problèmes liés à la drogue n'ont cessé d'empirer dans le secteur. L'autre jour, des policiers sont venus me voir pour me dire de prendre des précautions contre les drogués qui cherchaient des seringues et des aiguilles. Que la sécurité ait été renforcée ou non, je veux que tout le monde ouvre l'œil, et le bon. Assurez-vous que tout est comptabilisé et sous clé. Et que le département ne serve pas de voie romaine; tous ces gens qui errent dans les couloirs...

— Est-ce une critique? fis-je d'un ton neutre.

Il eut un sourire crispé.

— Il en est de même pour tous les services, Rachel. Peut-être le vôtre est-il le moins exposé. Tout ce que je vous conseille, c'est de bien surveiller la clientèle.

— Et si la clientèle tire un couteau? Que doit-on faire en ce cas?

J'étais plus tendue que je ne l'aurais pensé; j'avalai ma salive, détournai les yeux un instant, puis le regardai à nouveau.

— Désolé. Mais, apparemment, ce n'est pas demain qu'on nous attribuera un second assistant. Ou un système d'alarme à distance.

Les yeux de Kessler croisèrent les miens.

— Je fais mon possible pour qu'on augmente la sécurité de nuit, dit-il tranquillement. Vous le savez très bien. Après ce qui est arrivé ce soir, je vais revenir à la charge. L'administration se plaint de contraintes financières, mais nous devrions pouvoir la convaincre.

— Pas trop tôt, marmonnai-je.

Oh, ça y est, j'en arrivais au même point que Mike : je commençais à réaliser que, ce soir, j'aurais pu y rester. J'aurais pu *mourir* ce soir.

Kessler haussa les épaules.

— Ça, je suis entièrement d'accord avec vous. Et, Rachel... je voulais vous dire une chose. (Il s'arrêta un instant et me regarda finir ma cigarette, avant de terminer :) Vous avez fait preuve d'un sang-froid admirable ce soir. Je saurai m'en souvenir.

Je le remerciai et m'en allai. Mike traînait près de la salle, prêt à partir, mais pas sans avoir dit au revoir. J'avais envie de le serrer longuement dans mes bras ; nous étions encore secoués par ce que nous avions vécu. Je crois que, si je n'avais pas dû m'occuper d'Angela, le choc aurait été plus brutal.

— Comment va-t-elle ? Lui demandai-je en regardant la salle vide par-dessus son épaule.

— Ils l'ont ramenée dans la section ; l'auxiliaire féminine s'occupera d'elle. La pauvre ! Elle voulait t'attendre, mais là, en-haut, ils tenaient vraiment à la mettre en observation.

— J'irai la voir avant de rentrer.

Au fond de moi, j'étais plutôt contente de savoir que tous, tant Kessler que la fille dont j'avais sauvé la vie, m'étaient reconnaissants. Je remarquai un policier qui arpentait le couloir, et mon humeur s'assombrit quelque peu.

— Oh, ne me dis pas qu'ils ne l'ont pas encore trouvée.

— J'en ai bien peur. Mais ils pensent qu'elle a réussi à filer. Ils ont posté des gardes par acquit de conscience uniquement.

— J'espère qu'ils ne se trompent pas.

Parce que l'hôpital regorgeait de cachettes et de coins d'ombre, de couloirs de services et de placards, et que l'aile nord était presque entièrement déserte. Et qui que puisse être vraiment celle qui se faisait appeler McCain, je savais qu'elle reviendrait chercher Angela. Et moi aussi peut-être.

Mike interrompit le flot de mes pensées.

— Eh bien, Raitch, à bientôt.

— Oui, fis-je en me forçant à sourire. Bonne nuit, Mike. Dieu te garde.

CHAPITRE HUIT

Je promis à l'infirmière de service que je n'en aurais que pour une minute, et elle se décida à me laisser voir Angela. Elle était toujours éveillée, bien que ses traits tirés et son teint blême trahissent sa fatigue, et tenta de se redresser en voyant s'ouvrir la porte de la salle. Elle me reconnut et se détendit ; elle essaya de sourire, n'y arriva pas et se laissa aller sur son oreiller.

— Salut, fit la policière assise à son chevet. Vous venez de quitter votre service ?

J'acquiesçai. La veilleuse était toujours allumée, mais, au-delà des vitres, le ciel avait viré au gris bleuté qui précède l'aube. Je portais toujours mon uniforme, à l'exception de la coiffe, et avais gardé ma longue cape noire d'infirmière — comme pour encourager cette désobligeante rumeur qui veut que les infirmières de nuit doivent retourner dans leurs cercueils avant le lever du soleil sous peine de tomber en poussière. Je m'approchai du lit.

— Bonsoir. Comment va ?

Angela émit un bruit qui ne me renseignait guère. Je présumai qu'elle ne me dirait rien en présence de la policière ; peut-être avait-elle bel et bien des liens avec la pègre. Je regardai l'intruse assise au chevet d'Angela ; c'était une jolie jeune femme aux cheveux blonds coupés court et au nez constellé de taches de rousseur.

— Vous êtes chargée de lui tenir compagnie, alors ? demandai-je.

Elle acquiesça et eut un sourire sympathique.

— Nous ne nous sommes pas dit grand-chose, mais dans de telles circonstances, mieux vaut ne pas rester seul. Je lui ai dit et répété qu'elle devrait dormir un peu, mais elle ne m'écoute pas — n'est-ce pas, Angela ? Elle ne veut même pas entendre parler de sédatifs.

Ce qu'elle confirma silencieusement d'un hochement de tête.

— Cette demoiselle a raison, confirmai-je. Cela ne peux te faire que du bien.

Elle me rendit un regard malheureux et, à ce moment précis, je me souvins de ce qu'elle m'avait dit la dernière fois.

Je ne dormirai plus jamais. Ce n'est pas prudent.

La policière se leva et s'étira.

— En fait... si ça ne vous ennuie pas de lui tenir compagnie quelques instants pendant que je vais aux toilettes.

J'attendis qu'elle soit sortie de la pièce, puis m'assis au bord du lit d'Angela.

— Alors, comment vas-tu ? Entre nous ?

Elle resta là, à me dévisager, sans répondre ; puis s'humecta les lèvres.

— Ils ne l'ont pas trouvée, n'est-ce pas ?

Ce qui n'était pas une question.

— Non, pas encore. Mais cela ne devrait pas tarder. Et puis, il y aura toujours quelqu'un pour te protéger.

Elle secoua la tête d'un geste las.

— Oh, vraiment ? Si elle veut me prendre, personne ne pourra l'en empêcher.

— Mais bon sang, qui est-ce, à la fin ? insistai-je. Écoute, je te promets que je ne le répéterai à personne... mais, cette nuit, elle a bien failli me tuer, moi et deux de mes amis. Tout ce que je veux savoir, c'est *pourquoi.*

— Elle veut que je vienne avec elle.

Une réponse des plus vagues. Elle fit rouler sa tête sur l'oreiller et regarda à l'extérieur, vers le jour qui s'annonçait ; puis ses yeux emplis d'ombres hagardes se tournèrent à nouveau vers moi.

— Et c'est ce que je veux vraiment. La suivre. Mais j'ai si peur.

Ce qui me laissa sans voix.

— La suivre... Où? pus-je enfin articuler. Je veux dire... elle ne te veut aucun mal, en ce cas?

Elle secoua à nouveau la tête.

— Elle dit vouloir me sauver, et je la crois. Il le faut. Mais s'*ils* s'en aperçoivent...

— Qui? De qui veut-elle te sauver?

Mais maintenant, son visage était exsangue, comme s'il avait perdu toutes ses couleurs, et elle fit non de la tête.

— Écoutez, mettons que je n'ai rien dit, d'accord? S'il vous plaît?

Sa voix tremblait; pas de doute, elle était épouvantée. J'étais prête à insister, bien qu'elle m'eût demandé le contraire, lorsqu'un souvenir me fit taire. Alison Scott aussi avait été terrifiée. Rendue muette d'épouvante par quelque chose qui, plus tard, l'avait tuée dans mon service, juste en bas des escaliers. Quelque chose qu'elle appelait les Cliniciens...

Tout d'un coup, ce mot me brûla les lèvres et je ne désirai rien de plus que le prononcer à voix haute pour observer sa réaction. Je m'humectai les lèvres... et ne dis rien. Je ne voulais pas aggraver son tourment. Ou peut-être avais-je peur de ce qu'elle pourrait me répondre. Il était tellement plus facile, plus rassurant de tout mettre sur le compte d'une vendetta entre gangsters. Une affaire sordide entre gens capables des pires cruautés, mais qui restaient des êtres humains.

— C'est bon, lui dis-je, comme tu veux. Ceci restera entre nous. Mais cette femme... est malade. Démente. Et il faudrait l'être tout autant pour la suivre...

Angela ne dit rien; soudain, j'eus peur de la voir se refermer comme une huître. Puis elle murmura :

— Oh, elle est folle, c'est sûr. Du moins... je l'espère.

Je la regardai sans comprendre. La policière ne tarderait pas; peut-être étaient-ce ses pas que j'entendais résonner dans le couloir.

— Parce qu'elle croit être un ange, dit la jeune fille d'un ton monotone — et elle me regarda droit dans les yeux avant de continuer :

— *L'Ange de la Mort.*

Une fois rentrée à la maison, je me glissai sous ma couette, mais ne pus trouver le sommeil ; ce qui n'eut rien pour me surprendre. Je restai là, à fixer le plafond. J'étais chez moi, dans mon environnement familier ; le soleil brillait, Sarah profitait de son jour de congé et était en train de tricoter dans la pièce d'à côté... et pourtant, ce sentiment de malaise refusait de s'en aller. Pendant le trajet en bus, une nouvelle idée s'était insinuée dans ma tête avant de descendre dans mon estomac, le rendant plus lourd qu'un morceau de plomb.

Si quelqu'un était assez dément pour se prendre pour l'Ange de la Mort, peut-être pouvait-il jouer ce rôle jusqu'au bout — et se munir d'un couteau pour disséquer le premier quidam venu.

Mais McCain avait-elle commis de telles atrocités ? Avais-je vraiment côtoyé cette psychopathe que recherchait la police ?

Si près que j'avais senti son souffle sur ma peau...

Je me tournai et me retournai dans mon lit. Allumai la radio. L'éteignis. Me demandai si elle pouvait découvrir l'endroit où j'habitais et...

— Oh, pour l'amour de Dieu...

J'essayai de penser à autre chose ; en vain. Puis je renonçai à penser et me concentrai sur mes *sensations*. C'était un truc que j'avais déjà employé au terme de nuits (et de jours) d'insomnie et de déprime, et qui me permettait d'effacer le tumulte de mes pensées par la simple force de mes sens. Je me blottis bien au chaud sous la couette et passai mes bras sous mon T-shirt pour entourer mes seins nus. Et les caresser, doucement, langoureusement.

Je me détendis, lentement ; caressai et massai ma chair fatiguée ; jusqu'à perdre tout contact avec le monde réel pour plonger dans un délicieux abîme de ténèbres.

Au bout d'un moment, je sentis le froid sur ma peau. Peut-être avais-je fait tomber les couvertures. Je m'accrochai aux ténèbres aussi longtemps que je le pus — mais cette morsure glaciale dissipait mes rêves, et je sentis que je ne tarderais pas à m'éveiller. Et, comme toujours, j'eus l'impression de perdre quelque chose de rare et précieux qui s'éloignait de moi alors même que je remontais vers la surface des choses.

Et l'air était de plus en plus froid.

Je frissonnai et ouvris les yeux — et eus un sursaut en apercevant, non pas le décor familier de ma chambre, mais une longue salle aux murs blancs. Malgré la lueur crue des néons, c'était un endroit morne et stérile. Et froid. Un endroit que j'avais déjà visité. Souvent. C'était une morgue.

D'une façon ou d'une autre, je me trouvais revêtue de mon uniforme d'infirmière, cape comprise. Mais celle-ci ne me tenait guère chaud. Que pouvais-je bien faire ici ? Je me retournai car, soudain, je ne voulais pas tourner le dos aux lourdes portes des congélateurs. Et c'est alors que je vis que l'une d'entre elles était entrouverte.

Je restai là, à fixer cette anomalie. Puis me dis que je ferais mieux de fermer cette porte si je voulais quitter cette salle sans danger. Vite — avant que quelque chose ne s'échappe...

Je me levai et, d'un pas lent, marchai vers la porte. Plus je m'en approchais, plus mon estomac se serrait. Enfin, je me trouvai assez près pour agripper les bords de métal glacé de la porte.

Et pour l'ouvrir toute grande.

C'était un acte inconscient, comme indépendant de ma volonté, alors que mon esprit se figeait d'horreur. Je vis que le congélateur avait un occupant : un cadavre qui occupait un brancard au milieu de la salle, enveloppé d'un drap blanc souillé.

J'avais envie de découvrir le visage du mort. Je résistai tant que je le pus. Mais en vain. Le cœur au bord des lèvres, je tendis la main et tirai sur le drap. Découvrant les épaules, le haut de la poitrine et la face tournée vers moi.

Jenny. C'était Jenny.

Elle était là, gisant devant moi, comme endormie. Sauf que sa peau était blanche, si blanche, et que sa poitrine ne se soulevait pas — et que des marques de strangulation tachaient sa gorge et son cou.

Je posai mon poing sur ma bouche, étouffant un gémissement, ravalant mes larmes, ou ma nausée, ou les deux. Puis me détournai.

Et une main glaciale se referma sur mon poignet.

Je virevoltai en poussant un cri. Et vis que ses yeux étaient grands ouverts. Ils étaient ternes, maintenant; pas une étincelle de vie ne les illuminait. Mais ils me dévisageaient. Me suppliaient.

— Je t'en prie, Rachel, dit le cadavre de Jenny. Ne me laisse pas ici. J'ai si froid. Si *froid*...

Et elle m'attira tout contre elle...

Je m'éveillai instantanément, haletante et baignée de sueur. Je restai allongée quelques instants, immobile, refusant de bouger et de sentir le drap humide contre ma peau. La clarté du soleil qui s'insinuait entre les rideaux me parut moins lumineuse... grise, presque. Je jetai un coup d'œil à mon réveil; quatre heures.

Vu mon humeur du moment, il valait mieux que je retourne au travail. Le plus tôt serait le mieux.

Neuf heures vingt. Je finis de boutonner mon uniforme bleu marine et me regardai dans le miroir pour vérifier l'ordonnance de ma tenue. Tout était en place; la montre à gousset, le badge à mon nom, le clip d'identification; l'insigne de la faculté de Londres où j'avais étudié pour devenir infirmière... Dans ma poche gauche, mes ciseaux et mes stylos. Mon uniforme était impeccablement repassé, mes manches déboutonnées et remontées, ma ceinture à boucle argentée serrée autour de ma taille de guêpe.

Avant de mettre ma coiffe, je marchai jusqu'à mon

bureau. Avant de me lancer — et, je l'espère, de me perdre — dans mon travail, j'avais encore un coup de fil à passer. Je voulais savoir comment allait Angela.

À la onzième sonnerie, quelqu'un décrocha. Ils devaient être très occupés, là-haut; l'infirmière me parla avec rudesse.

— Unité Jenner, à votre service.

— Heu... bonjour, ici l'une des sœurs de l'étage du dessous. Hier, une jeune fille a été admise dans votre unité... avant tout ce désordre. Elle s'appelait Angela James...

— Et alors?

— Je voulais juste savoir comment elle va...

Je pus l'entendre feuilleter des paperasses. Puis :

— Non, elle n'est pas dans cette section.

J'avais collé le combiné entre mon épaule et mon menton tout en ajustant ma coiffe, comme si je me forçais à agir de façon naturelle. Je fronçai les sourcils; j'avais eu tant de mal à me détendre, et voilà que j'étais à nouveau sur les nerfs.

— Vous voulez dire qu'on l'a transférée? demandai-je. Peut-être l'a-t-on admise dans une unité psychiatrique, ce qui expliquerait bien...

— Non, fit l'infirmière après une nouvelle pause. Elle est partie; elle a signé sa décharge cet après-midi.

Un instant, je me retrouvai à court de mots.

— C'est tout? fit-elle, non sans impatience.

— Non, je... ils n'ont rien fait pour l'en empêcher?

— Demande de sortie malgré avis médical contraire; j'ai tout cela noir sur blanc et contresigné.

— Elle était sous surveillance policière, pourtant.

— Je n'en sais rien. Si vous voulez bien m'excuser, nous sommes débordés en ce moment...

— Oui... oui, bien sûr, dis-je machinalement, et elle raccrocha.

Bien sûr, il est impossible de garder un malade contre sa volonté — à moins qu'il n'entre dans le cadre régi par le *Mental Health Act* et ne soit déclaré irresponsable. Il aurait été si facile de considérer Angela comme une folle.

Pourtant, telle n'était pas mon opinion et, de toute évidence, les docteurs pensaient comme moi. Certains suicidés en puissance acceptent de se faire interner volontairement dans l'unité de psychiatrie. Mais Angela voulait seulement sortir d'ici.

Où était-elle allée ? Avait-elle suivi Carol McCain ? Ou trouvé un endroit tranquille où réussir ce qu'elle avait raté la première fois ?

Un coup d'œil dans le registre des admissions confirma ce que je savais déjà : Angela James était sans domicile fixe. Maintenant, elle était là, quelque part, dans les ténèbres et le froid. Peut-être cherchait-elle encore un abri où passer la nuit. Dans sa robe d'hôpital, elle semblait si frêle, si menue ; à l'idée qu'elle puisse arpenter les rues, seule et vulnérable, mon estomac se crispait. Mais pis encore était de penser à ceux qui pouvaient être lancés à sa poursuite. Peut-être un maquereau vindicatif. Ou un dealer ulcéré.

Ou pis. Bien pis.

Quelqu'un, ou quelque chose, qu'elle connaissait déjà. Et qui avait déjà failli la faire mourir de peur, même par le biais du suicide...

Quelque part dans la nuit, les Cliniciens l'attendaient. Et McCain — qui qu'elle soit, qui qu'elle puisse être — était là, elle aussi. Des loups rôdaient dans les ténèbres, attendant de voir passer l'agneau effrayé.

CHAPITRE NEUF

Après mercredi, j'eus mes nuits libres jusqu'au week-end.

Et, le jeudi, je me lançai à la recherche d'Angela.

J'étais épuisée; les dernières nuits avaient été infernales. Je n'avais dormi que quelques heures après être rentrée jeudi matin. Mais je savais que je ne pourrais trouver le sommeil, ou le repos, si je ne faisais rien pour la retrouver.

Ainsi, alors que le matin laissait la place à un après-midi de grisaille, je partis pour le centre commercial de la ville, là où traînaient la plupart des sans-abri. En tout cas, c'était un point de départ. Ensuite, je pouvais passer à la gare des autobus... ou même les squats de Heath Lane... ou même l'hôtel qui venait de s'ouvrir sur Greville Road — bien que mon instinct me soufflât qu'elle ne risquait guère d'aller s'enfermer entre quatre murs. L'idée d'approcher délibérément les individus les plus repoussants de la ville n'avait rien de très enthousiasmant, mais je savais qu'elle avait dû les rejoindre et n'avais donc pas le choix. Et puis... j'avais assez prêché de nobles idéaux tels que l'avènement d'une société plus juste envers ses pauvres et m'étais offert ma dose de culpabilité face aux problèmes énoncés dans les quotidiens. Eh bien, les véritables pauvres étaient là, et ils m'attendaient. Peut-être était-il temps de passer à la pratique.

Le quartier était des plus calmes et je n'y vis personne qui ressemblât à un vagabond. Peut-être les agents de la sécurité — la *Volkspolizei*, comme les appelait Mike — les avaient-ils tous chassés. Je marchai vers la gare des autobus. Le ciel émit quelques grondements menaçants, et le vent qui balayait Market Square et charriait des vieux papiers m'apporta quelques gouttes de pluie.

Je tournai le coin de la rue, et il était là ; un homme aux cheveux et au visage gris engoncé dans un imperméable miteux. Il était assis sur le trottoir, adossé au mur, juste à côté d'un magasin d'informatique. Alors même que je m'approchais de lui, je l'entendis grommeler quelque chose d'indistinct. Peut-être s'adressait-il au couple qui passait devant lui ; en tout cas, celui-ci l'ignora.

Mon instinct me conseilla de faire comme eux. Baisser les yeux, éviter son regard et espérer qu'il ne me remarque pas. Puis je me rappelai la raison de ma présence en ces lieux. Peut-être pourrait-il m'aider ? Je ralentis et il me jeta un regard plein d'espoir.

— T'as pas de la monnaie, chérie ?

Un Irlandais. Quelle surprise. Il ne lui manquait plus qu'une bouteille enveloppée dans du papier d'emballage. Il sourit en me voyant farfouiller dans mon sac. Cinquante pence, pourquoi pas ? Je lui montrai la pièce, puis ma main se referma sur le rond de métal.

— Peut-être pouvez-vous m'aider ? Je cherche quelqu'un...

— J'aurais cru qu'une belle jeune femme comme vous ne manquerait pas d'amis, fit-il avec un grand sourire.

Ne fais pas le malin, vieux schnoque, me dis-je. Puis, à voix haute :

— Elle a dans les seize ans, cheveux clairs. Pas bien épaisse. Elle s'appelle Angela.

— Et qu'avez-vous à faire d'une fille du nom d'Angela ? reprit-il d'un ton raisonnable.

Je haussai les épaules.

— C'est une amie à moi, voilà tout. (Je me tus un instant, puis ajoutai :) Je crains qu'elle n'ait des ennuis.

Il me dévisagea ; soudain, je réalisai combien ses yeux

verts semblaient étinceler au milieu de son visage hirsute et tanné par les vents.

— Ouais. Et de gros ennuis, en plus.

Sa voix était d'une douceur surprenante qui me mit mal à l'aise. J'attendis qu'il continue.

— Possible qu'elle soit votre amie, reprit-il. Et si c'est vrai, eh bien, écoutez-moi bien. Si vous voulez rendre service à cette pauvre petite, ne vous approchez pas d'elle. *Ceux dont on ne doit pas parler* la cherchent pour lui prendre son sang. Il faut qu'elle se mette au vert. Je sais de qui vous parlez, et vous ne pouvez rien faire pour elle. (Il pencha la tête sans me quitter des yeux :) Bien sûr, je ne vous ai rien raconté du tout. Tout ce que je vous ai dit, c'est que vous avez l'air honnête. Votre visage. Vos yeux.

Je lui rendis son regard, en silence. Puis :

— *Qui* la cherche ?

Il secoua la tête. Autant se taper la tête contre un mur. Je haussai à nouveau les épaules.

— D'accord... eh bien, merci quand même.

J'allais lui jeter la pièce lorsque je réalisai à quel point ce geste aurait été insultant. Je préférai m'accroupir devant lui, le regarder dans les yeux et lui mettre l'argent dans la main.

— Merci.

Il prit la pièce et sourit.

— Merci, chérie. L'argent ne vaut pas grand-chose ; le respect, ça, c'est un vrai trésor.

Et, alors que je me relevais, il tendit la main pour tirer sur ma manche.

— Faites attention à vous. Y a de drôles de types en ville. Pires que votre pire cauchemar.

Sa voix, son visage respiraient la franchise. Il se faisait du souci pour moi. Et, venant d'un vagabond sans abri, il y avait de quoi vous mettre sur les nerfs.

Comme je ne savais trop que faire, je m'aventurai jusqu'à la gare des autobus, un bâtiment gris comme mon humeur. Il m'avait dit la vérité, je n'en doutais pas un seul instant. Quoi qu'il arrive, je n'y pouvais rien. Pourtant, comment pourrais-je m'en laver les mains ? Comment, sachant ce que je savais, pourrais-je jamais trouver le sommeil ? Je ne ferais qu'imaginer tout ce qui pouvait rôder dans l'ombre...

Les mêmes Cliniciens qui avaient assassiné Kaufmann, Johnston et Alison Scott étaient aux trousses d'Angela ; j'en étais sûre et certaine. Ils voulaient sa peau. Mais qui me croirait ? Je n'avais aucune preuve. Même si j'allais à la police et trouvais un moyen de rendre mon histoire à peu près plausible, que pouvaient-ils faire ? Où commencer ? Où chercher ?

Et moi, que pourrais-je faire si les Cliniciens avaient vent de mon existence et décidaient de s'occuper de mon cas... ?

Tant de questions, et pas de réponses. J'étais perdue dans mes pensées, mais revins sur terre en entendant tinter des pièces de monnaie. Placées dans un gobelet de plastique tenu par un mendiant.

Je me retournai d'un geste las, indécise sur la conduite à tenir.

Le mendiant sourit.

Je me figeai.

C'était McCain.

Je fixai les profondeurs sombres et scintillantes de ses lunettes noires et sentis une onde glacée me parcourir. L'adrénaline galopait dans mes veines, me laissant deux options : fuir ou combattre — mais, de toute façon, j'étais figée sur place et incapable de faire l'un ou l'autre.

Elle était tout aussi mal fagotée que la dernière fois — mais aujourd'hui, ne portait ni chapeau ni manteau. Rien qui puisse attirer l'attention, si ce n'étaient ses lunettes noires qui lui donnaient l'allure déplaisante d'une fillette aveugle mendiant quelques piécettes. Une fillette qui voyait tous ceux qui passaient à ses côtés — et les jugeait.

Elle portait un long pull crasseux dont le col en V s'ouvrait sur une chemise de laine noire ; je remarquai une cordelette passée autour de son cou et retenant un petit sachet de cuir, sans doute une quelconque amulette New Age. À la lumière du jour, ses bagues d'argent semblaient ternes et oxydées. Elle tenait son gobelet de la main gauche, et la droite pendait à son côté. Je savais que, en une seconde, elle pouvait tirer son couteau et le plonger dans mon estomac. À quelques mètres de là, un couple était assis sur un banc. McCain frapperait en un clin d'œil ; le temps qu'ils tournent la tête, il serait trop tard. Et il n'y avait personne d'autre à proximité.

— Z'avez pas une petite pièce ? fit McCain avec un enthousiasme parodique.

— Vous ne manquez pas d'estomac, finis-je par émettre.

Son sourire s'agrandit.

— Tu crois que quelqu'un m'a repérée ? Les journaux ont diffusé ma description. Peut-être a-t-on déjà appelé la police ? (Elle secoua la tête :) Inutile de te faire des illusions, Rachel. Personne ne viendra à ton secours.

Pourtant, quelqu'un s'approchait de nous le long des couloirs de bus déserts. Je pensai appeler au secours, mais je savais que cela ne servirait à rien. Elle nous tuerait tous les deux. Sans l'ombre d'une hésitation.

Alors que l'inconnu nous dépassait, elle alla jusqu'à s'écarter de moi en tendant son gobelet.

— Z'avez pas une petite pièce, m'sieur ? Pour manger.

Mais il l'ignora. Elle décocha un regard impassible vers la silhouette qui s'éloignait. Saurait-il un jour qu'il avait frôlé la mort ? Non, bien sûr. Veinard.

McCain se tourna à nouveau vers moi.

— Tu sais, fit-elle d'un ton badin, tu m'as impressionnée, l'autre soir. Tu as fait très fort. Tu as tout fait pour sauver Angela. Inutile de te reprocher quoi que ce soit.

— Et maintenant, où est-elle ? fis-je en fronçant les sourcils.

— Toujours au fond du canal, sans doute. Cela m'étonnerait qu'on l'ait déjà découverte.

C'est son ton tranquille, comme si elle énonçait un simple fait de la vie quotidienne, qui me frappa; un instant, je restai muette, figée par l'horreur. Puis :

— Vous...

Elle haussa les sourcils.

— Quoi, moi ?

— Bon sang, elle... c'était une gamine.

— Elle était bien assez grande, à mon goût.

— Meurtrière, sifflai-je.

— Oui.

— Eh bien, va te faire foutre.

— Je ne l'ai pas tuée.

Je passai une main sur mon front, dans mes cheveux.

— Ah, oui ? Alors qui l'a fait ?

— Elle-même. Elle s'est noyée.

— Mais tu l'as forcée à le faire, n'est-ce pas ? accusai-je sans me soucier de sa réaction. Elle s'est tuée pour échapper à tes griffes.

McCain fit non de la tête.

— J'aurais pu la sauver, Rachel. Et elle le savait très bien. Mais elle avait trop peur.

Je me rappelai ce que m'avait dit Angela elle-même. Peut-être McCain disait-elle la vérité. Mais, avant que j'aie pu insister, elle posa un doigt ganté sur ses lèvres.

— C'est fini, Rachel. Pour toi, tout est terminé. Oublie jusqu'à mon existence. Oublie que tu as un jour rencontré une fille du nom d'Angela. Crois-moi, c'est mieux ainsi.

Elle se détourna et s'éloigna, me tournant le dos.

— Qui sont les Cliniciens ? criai-je.

Elle s'arrêta et me regarda par-dessus l'épaule.

— Oh, Rachel, fit-elle d'un ton évoquant presque la pitié. Il vaut mieux que tu ne le saches pas. Crois-moi.

Et elle s'en alla.

CHAPITRE DIX

— Rachel ? demanda Mike. Et pour toi, ce sera ?

Je consultai ma montre ; c'était l'heure du dernier verre et je n'étais même pas ivre. Du moins pas assez.

— Un autre gin tonic, s'il vous plaît.

— Ça va ? dit Karen d'un ton convenablement désinvolte pendant que Steve lui proposait de l'aider à ramener nos verres.

— Oui, ça va. (Je me forçai à sourire.) La semaine a été dure...

— Tu peux le dire, murmura-t-elle, et son regard se porta sur Mike qui se dirigeait vers le bar. Merde, tu as eu de la chance.

J'acquiesçai ; je ne le savais que trop. Et, bien sûr, j'avais bien d'autres préoccupations — mais je les gardais pour moi.

C'était Mike qui avait suggéré d'aller boire le petit verre du vendredi soir tous ensemble — il était rare que nous nous rencontrions en dehors de l'hôpital, et nous avions tous besoin de surmonter les événements de la semaine dernière. Cette suggestion avait été bien accueillie, et ceux d'entre nous qui avaient terminé leur service avaient passé une soirée fort sympathique à la caféteria de l'hôpital. Mark et Cathy purent venir avec nous, mais Graham était de service. Même s'il ne l'avait pas été, il eût sans doute refusé l'invitation.

En si bonne compagnie, je n'eus aucun mal à oublier un temps mes idées noires pour profiter au maximum de la soirée. L'alcool était de la partie, bien sûr ; quoique je ne fusse pas ivre, je commençais à sentir sa chaleur étourdissante, et je riais des plaisanteries les plus éculées. Tout autour de moi, je voyais des gens, des hommes et des femmes normaux, ordinaires, qui buvaient, discutaient et se détendaient après une dure journée ; des gens qui n'avaient jamais entendu parler des Cliniciens et s'en fichaient éperdument. Peut-être ferais-je mieux de suivre le conseil de McCain et de les rejoindre dans leur ignorance béate.

Si je buvais jusqu'à être complètement bourrée, peut-être pourrais-je oublier ce sentiment de malaise, logé comme une écharde dans mon estomac.

Les hommes revinrent à notre table. Steve me tendit mon gin tonic, puis reprit sa place à côté de Karen ; elle l'embrassa sur la joue et lui décocha un sourire radieux. Elle avait passé à son doigt son anneau de fiançailles, et le diamant étincelait sous les néons du pub. Je les regardai ; quel beau couple.

Kathy, qui conduisait pour rentrer, se contentait d'un jus d'orange.

— Il paraît que tu es en congé la semaine prochaine ? dit-elle à Mike. Tu vas partir un peu ?

Cette semaine, j'avais bien assez entendu Mike vanter les mérites de la marche à pied dans les Brecon Beacons ; mon attention dériva vers Mark et Fran, qui parlaient d'un film quelconque. Mark, qui venait de reprendre une pinte de bière, était déjà joyeusement bourré ; à le voir et à entendre ses propos joyeux, on ne l'aurait jamais pris pour un docteur. Mais j'imagine que nous autres ne ressemblions guère à des infirmières. Peut-être les patients oublient-ils que nous avons une vie en dehors de notre fonction ; peut-être cette idée leur est-elle inconcevable. Pourtant, ce soir, nous n'aurions rien pu faire si un client du pub était tombé raide.

Parfois, j'ai d'étranges sujets de méditation.

— Rachel ! disait Mike. Tu as vu ce film, comment s'appelait-il...

— *Les Incorruptibles*, compléta sèchement Fran.

— *Les Incorruptibles*, c'est ça. Voilà un putain de bon film...

— Exact, admis-je. Un peu trop sanglant à mon goût, mais...

— Oui, oui. Mais ce type qui jouait Al Capone, tu vois ? Je suis sûr que c'était Danny DeVito, et cette jeune personne (il désigna Fran, qui souriait) n'est pas d'accord.

— Elle a raison, confirmai-je. C'était Robert De Niro.

Mark cligna des yeux ; peut-être essayait-il d'assimiler cette information.

— Non, non, j'suis sûr que c'était Danny DeVito. Un p'tit bonhomme...

— Bien que De Niro ne soit pas l'acteur initialement prévu, fis-je d'un ton docte.

En fait, je répétais ce que j'avais lu dans un magazine de notre propre salle d'attente. Ses yeux s'illuminèrent.

— Ah, oui. C'est ce que je voulais dire, bien sûr. L'acteur *initialement prévu* pour jouer Al Capone était...

— Bob Hoskins, fis-je avec un grand sourire.

Il ouvrit de grands yeux, me dévisagea, puis se tourna vers Fran.

— C'est pas vrai, c'est un complot, décida-t-il au bout d'un moment, et il prit toute la table à témoin de son indignation : J'vous dis, c'est un complot...

Toute la table choisit de répondre par l'hilarité. Sans cesser de sourire, je pris mon sac à main.

— Mark...

— J'vous emm...

— Mark. Attention à ce que tu dis. Il y a des dames dans l'assistance.

Et, alors que je me levais pour me diriger vers les toilettes, je lui ébourrifai les cheveux.

— Tu peux parler, Rachel ! cria-t-il derrière moi, assez fort pour que tout le pub l'entende. Je me rappelle cette fois où une ambulance a débarqué sans prévenir, et tu es venue en disant : « Qu'est-ce que vous nous amenez, cette fois-ci ? », et l'infirmier a dit : « Arrêt cardiaque », et tu as crié : « Oh, putain de merde... » devant tout le monde...

Je m'enfermai dans les toilettes avant de virer à l'écarlate. Mon Dieu, ce type pouvait être si désagréable, parfois. Et pourtant, si j'étais un jour hospitalisée, je demanderais à être soignée par lui et personne d'autre...

Lorsque j'émergeai des toilettes, je découvris que Mike s'était posté devant l'une des machines à sous encadrant la porte, comme s'il voulait me sauter dessus en criant « Bouh ». Mais il m'avait l'air plutôt mal à l'aise. Et, soudain, je compris pourquoi. J'essayai de sourire pour l'encourager.

— Rachel..., fit-il. Je peux... te poser une question ?

— Vas-y, répondis-je en haussant les épaules.

— Je... me demandais... Peut-être qu'à mon retour, on pourra aller boire un verre, tous les deux.

Toutes ces précautions ne lui ressemblaient guère. Je laissai passer un instant pour qu'il comprenne que je prenais sa demande au sérieux.

— Merci, Mike. C'est gentil. Mais je doute que ce soit une bonne idée...

Oh, bien sûr, je pensai à dire oui, et de voir où cela nous mènerait. Après tout, nous nous entendions fort bien et étions tous deux sans attaches. Mais, là où Adrian avait posé ses jalons avec une certaine nonchalance, Mike me semblait un peu trop honnête. Et il me semblait incorrect de commencer quelque chose que je n'avais pas l'intention de mener à bout.

Et puis, il n'est jamais bien malin de sortir avec quelqu'un de votre équipe. Surtout si les choses tournent au vinaigre.

Il réussit à sourire.

— D'accord. Excuse-moi.

— Je... croyais qu'il y avait quelque chose entre toi et Brenda, fis-je pour arrondir les angles.

Je le sentais venir depuis un moment déjà, mais n'avais pas encore les mots justes. Il secoua la tête.

— Non... pas vraiment...

Il y eut un silence gêné. Puis, alors que je me demandais comment m'en tirer, il ne put résister à la tentation :

— Tu as... quelqu'un d'autre ?

Le rire sonore de Mark nous parvint depuis sa table.

— Non, dis-je fermement, je n'ai personne. Écoute, Mike, toi et moi formons une équipe. J'aime travailler avec toi. Pourquoi ne pas en rester là ?

Il eut un hochement de tête peu convaincu et se tourna vers la machine à sous ; mais, alors que je retournais à la table, je pus sentir son regard posé sur mon dos. Et, même si mes principes me disaient que « non » était une réponse claire et nette, j'avais mal de le voir si triste. Mais que pouvais-je lui dire de plus ? Que j'attendais toujours le prince charmant, où qu'il puisse se cacher. Et que, au fond de moi, j'avais toujours été du genre indépendante — et, parfois, je n'aimais guère révéler le fond de ma pensée. Peut-être était-ce un signe d'insécurité, ou de bon sens. Qui sait ?

Je finis mon verre et récupérai mon manteau.

— Bon, c'est pas tout ça, annonçai-je avec une bonne humeur un peu forcée. À dimanche.

— Comment vas-tu rentrer ? demanda Kathy.

— Je vais prendre le bus.

— Mais ton arrêt est plutôt loin, non ? fit-elle d'un ton soucieux. Écoute, Rachel, mieux vaut que je te ramène. Ces temps-ci, les rues ne sont pas sûres...

— Je m'en sortirai, dis-je.

Karen me proposa la même chose ; je refusai pareillement. Je saluai toute la compagnie et me dirigeais vers la porte lorsque Mike s'interposa.

— J'espère que tu ne vas pas m'offrir de me raccompagner, toi aussi ? marmonnai-je.

— Non, dit-il. Mais les autres ont raison, tu le sais bien. C'est la jungle, là-dehors ; la semaine dernière, on a assassiné quelqu'un, si tu t'en souviens. Tu n'es pas obligée de rentrer seule...

Je me tournai vers lui, souris et secouai la tête.

— Ça va aller, Mike. Ne t'en fais pas. Passe de bonnes vacances, d'accord ? Il paraît que c'est agréable de marcher dans Brecon Beacons, à condition d'éviter de glisser sur les cadavres des soldats. Prends garde à toi.

Il me sourit en retour, et je sortis dans la pénombre orangée de la nuit.

À cette heure, les rues de ce quartier résidentiel étaient vides. Je restai un instant sur le seuil, inspirant l'air nocturne, laissant sa fraîcheur m'éclaircir les idées. Puis je me tournai vers les lumières qui marquaient l'autre bout de Yateley Road et l'arrêt de bus qui s'y trouvait. Je n'avais qu'une centaine de mètres à parcourir.

J'avais couvert la moitié de la distance lorsque j'entendis claquer des pas sur le trottoir.

Quelqu'un me suivait.

CHAPITRE ONZE

Soudain, mon estomac se souleva. Ce n'était pas de la peur, cependant. Pas vraiment. Ce genre de choses n'arrive qu'aux autres. Du moins c'est ce qu'on croit toujours — jusqu'au dernier moment.

Peut-être était-ce Mike qui faisait une ultime tentative ? Mais non, Mike portait des baskets, et les pas qui résonnaient derrière moi étaient lourds.

Je regardai droit devant moi et continuai de marcher. Un peu plus vite, peut-être. Peut-être ces pas n'étaient-ils que le fruit de mon imagination. Et peut-être que, si je ne faisais semblant de rien, ils s'en iraient...

Ils me suivaient toujours.

Les journaux écrits ou télévisés débordent de récits d'agression. Et comportent toujours les mêmes phrases chocs. *On a découvert le cadavre d'une jeune femme... la victime a été violentée... la police est sur les dents...* Pas plus tard que la nuit dernière, une émission à sensations avait présenté le cas d'une adolescente de Rochdale. Violée. Poignardée. Et je savais qu'à ses derniers instants, ses pensées avaient été les mêmes que les miennes à ce moment précis. Non, cela ne peut pas m'arriver à moi. C'est impossible... Ce n'est qu'un cauchemar...

Et pourtant, c'était arrivé.

Et elle aussi avait été une jolie jeune fille pleine de santé, élevée dans l'affection de ses parents. Elle avait vécu dix-sept années bien remplies et un avenir tout aussi brillant s'ouvrait devant elle. Et, en une nuit, tout avait été gâché, sa vie éteinte comme on souffle une chandelle — et cela sans la moindre raison valable.

Sans la moindre raison valable. C'était bien le pire. Comment peut-on se protéger de ce qui frappe au hasard ?

L'arrêt de bus était là, devant moi, mais je continuai mon chemin. De chaque côté de la rue, les maisons étaient plongées dans l'obscurité, et je me demandai si, en hurlant, je parviendrais à réveiller quelqu'un, n'importe qui. Ou peut-être ferais-je mieux de courir, tout simplement...

Les pas me semblaient plus éloignés. Je me forçai au calme et tournai le coin de la rue. Puis je m'aperçus avec horreur que certains des réverbères étaient éteints, et entre ceux qui émettaient encore leur chaude lueur ambrée s'étendait de vastes flaques de noirceur. Mais je ne pouvais pas revenir en arrière. Pas maintenant. À nouveau, je repris mon chemin. Marcher, je devais marcher. Toute la nuit, s'il le fallait.

J'entendis le raclement d'une semelle de botte. Qui que soit mon poursuivant, il avait atteint le coin de la rue. Je continuai ma route, qui m'amena au cœur du premier cercle de ténèbres étouffantes. Ma peau se hérissa, comme si cette noirceur était quelque chose de tangible. Quelque chose de froid...

Maintenant, je n'entendais plus rien, sinon le claquement de mes propres talons hauts. Je fourrai mes mains dans les poches de mon manteau ; mon unique protection. Et, alors que le silence se prolongeait, je commençai à croire que, peut-être, je m'en tirerais à bon compte. C'est au moment où j'entrais dans le halo de ténèbres du second réverbère hors d'usage que je ne pus résister à l'envie de regarder derrière moi. Comme si les ombres me protégeaient de mon poursuivant, qui ne verrait pas mon coup d'œil furtif.

Je me retournai.

Il n'y avait personne. Derrière moi, la rue s'étendait dans une alternance d'ombres et de lumières. Vide.

C'est son haleine qui me frappa en premier ; une bouffée acide et alcoolisée. Avant que j'aie pu réagir, des mains s'emparèrent brutalement de moi, des bras puissants m'étouffèrent en me tirant vers une chape de ténèbres plus profondes encore. Puis vint la peur, cette giclée malsaine d'adrénaline; trop tard. Cette fois-ci, c'était *moi* qui ferais la Une des journaux.

Il s'était embusqué dans la ruelle où il m'entraînait maintenant : un chemin de terre, une simple voie d'accès non éclairée aux garages situés derrière le pâté de maisons. Il m'avait attendue, alerté par le claquement de mes talons hauts qui résonnaient bien trop fort dans le silence de la nuit. Et, en cherchant à échapper à un poursuivant imaginaire, je m'étais jetée dans ses griffes.

Je me débattis, en vain, son bras entourant mon cou étouffant mes cris. Il continua de m'entraîner au milieu des portes de métal verrouillées, cachant le ciel étoilé; et la seule lumière provenait de ces mêmes étoiles, si froides et si lointaines. Il me jeta dans un coin bétonné, me fit tomber et s'abattit lourdement sur mon corps.

Ses doigts passèrent sur mon visage pour se glisser dans mes cheveux. Son visage, invisible dans la pénombre, était très proche du mien. Sa respiration haletante empuantissait l'atmosphère. Quelque chose de gluant coulait sur ma tempe; du sang, réalisai-je avec un temps de retard.

— Allez, poupée, siffla-t-il, fais pas ta rosière. J'vais t'donner du bon temps — et c'est ça que tu cherches, pas vrai ? Tu en veux, j'le sais...

Oh que non, je n'en voulais pas. Mais il pesait sur moi de tout son poids et je n'avais pas assez de souffle pour protester. En fait, je pouvais à peine bouger. Et il se penchait plus encore pour chuchoter à mon oreille :

— Si tu ne fais pas de bruit, j'te ferai pas de mal. Mais si tu gueules ou si tu griffes, j'te tue, compris ? T'as compris ?

J'acquiesçai, secouée de sanglots.

Il se redressa un peu et commença à dégrafer sa ceinture.

Juste à côté de lui, des bottes martelèrent le gravier.

Avant qu'il ait pu se retourner, une ombre se dressa au-dessus de nous, épouvantail d'encre sur fond d'étoiles. Et l'ombre s'empara de mon assaillant pour l'arracher à mon corps. Sur ma gauche, je pus voir évoluer une seconde silhouette. Même dans mon état, étourdie et hors d'haleine, je sentis l'aura fétide que ces deux êtres traînaient derrière eux; un relent de crasse et d'urine. L'odeur de la rue.

Des vagabonds, réalisai-je. Je venais d'être sauvée par des vagabonds.

Alors que je gisais là, incrédule, ils tirèrent des lames d'acier qui étincelèrent à la clarté des étoiles, puis fondirent sur mon assaillant, ignorant ses faibles tentatives de défense, et le plaquèrent au sol. Et se mirent au travail.

Sous mes yeux, ils se mirent à le disséquer.

J'émis un petit cri horrifié qui amena la brûlure de la bile au fond de ma gorge.

Il ne hurla même pas, ou plutôt, son cri se perdit dans un gargouillement sanglant passant par sa gorge ouverte. Ses tueurs œuvrèrent en silence, l'ouvrant comme un poisson pour retirer des organes qui luisaient d'un éclat sombre sous le ciel. Je pus sentir la puanteur de ses entrailles torturées; les gaz qui s'échappaient de la plaie, une bouffée excrémentielle...

Alors que des tremblements incontrôlables me secouaient, je pris soudain conscience de l'arrivée d'une troisième silhouette qui se tenait agenouillée à côté de moi. Je voulais crier, me dégager — mais à peine pus-je gémir en sentant une aiguille perforer mon bras. J'entrevis la seringue, sentis la pression urticante de son contenu pénétrant dans mon système.

Et soudain, une noirceur douloureuse m'aspira en son sein.

Je me réveillai, allongée sur une surface dure, dans une pièce sombre.

Je restai ainsi un long moment — une heure, peut-être? —, immobile, attentive au moindre son. J'étais étendue sur le dos et quelques mouvements discrets confirmèrent que mes membres n'étaient pas entravés. J'étais tout habillée, jusqu'à mon manteau — une protection bienvenue dans l'atmosphère glaciale et humide de la pièce. Mes doigts touchaient une surface rugueuse ; du bois. Une table, probablement.

Quelle que soit la drogue qu'ils m'avaient administrée, ses effets tardaient à se dissiper : je me sentais encore faible et détachée de moi-même, comme si mon âme allait se dissocier de mon corps pour s'élever dans les airs, une douleur sourde me taraudant la tête. Je n'arrivais pas à réfléchir et mes tentatives ne s'étaient soldées que par un surcroît de douleur. Mais là, dans les profondeurs de mon esprit, surnageait le souvenir de ce que j'avais vu juste avant de perdre conscience, et mon estomac répondait à cette rémanence par un spasme occasionnel.

Je restai absolument immobile, sans même ciller. Impossible de percevoir la moindre présence dans la pénombre hostile qui m'enveloppait, mais il fallait bien qu'il y ait quelqu'un, là, tout près. *Eux*. Je n'avais pas la force de chercher à définir ces entités à peine entr'aperçues ; mais je savais qu'au sein des ténèbres se cachait quelque chose de terrifiant, quelque chose qui attendait patiemment son heure.

À nouveau, le néant m'entraîna dans sa chape d'oubli ; j'y résistai faiblement, puis me laissai sombrer.

Lorsque je revins à moi, mes narines étaient emplies d'un relent familier, l'odeur forte d'un désinfectant. Quelque chose de froid caressa mon front, écartant mes cheveux. Puis il y eut une douce pression répétée sur ma tempe gauche, et la douleur se calma.

Alors je me souvins de ma chute ; la coupure, le sang. Maintenant, on nettoyait ma plaie. Je me forçai à ouvrir les yeux et vis, à quelques centimètres de moi, une tache jaune. Des gants de latex tels qu'on en utilisait en chirurgie. Soudain, une onde de soulagement m'envahit : j'étais de retour à l'hôpital, où l'on me soignait avant de me faire une piqûre antitétanique, puis...

Mais je réalisai que l'air était toujours chargé d'humidité et toujours glacial, et que la chambre restait plongée dans une semi-obscurité. Rien à voir avec les néons aseptisés des Urgences. Pas de brancard douillet non plus. J'étais toujours allongée sur une table ; maintenant, je pouvais voir que les gants de celui qui s'occupait de moi sortaient des manches effilochées d'une parka verte.

Il se redressa et se retourna avant que je puisse distinguer son visage. Mais la vision de ses vêtements suffit à m'effrayer : son manteau était crasseux et déchiré, et son chapeau noir couvert de poussière pâle. Ses gants ne changeaient rien au fait que celui qui me soignait n'était qu'un clochard.

Son attention s'était reportée sur quelque chose, derrière moi ; il se penchait et, dans la pénombre, le rebord de son chapeau occultait son visage. Sans comprendre, je fis rouler ma tête de côté pour voir l'objet de son attention.

Une seconde table, plus petite, était disposée à hauteur de la mienne, recouverte de draps verts tachés. Il y avait posé une petite bassine de métal, et il y avait jeté ses cotons utilisés et toute sorte d'instruments chirurgicaux qui luisaient faiblement. Des scalpels, surtout, quelques ciseaux, et un coupe-sutures...

La vision de ces instruments acérés, aux mains d'un individu aussi peu qualifié pour les manier, et qui, pourtant, passait soigneusement en revue ce matériel comme pour choisir le scalpel le plus approprié à ses sombres desseins, me rendit la mémoire. Je revis la rue vide, les flaques d'obscurité, la tentative de viol — qui avait bien failli aboutir —, mon sauvetage, ces créatures tranchant la chair de...

J'eus un hoquet horrifié. Il se tourna et me regarda.

J'étouffai à grand-peine un hurlement.

La peau de son visage, aux pommettes hautes et au front proéminent évoquait du vieux cuir. Des mèches de cheveux courts et clairs débordaient de sous son chapeau, et une barbe blonde de trois jours foisonnait sur sa mâchoire. Ses yeux se cachaient derrière des lunettes de soudeur, lui donnant un regard opaque et, pourtant, bien présent sous ce verre inexpressif. C'est ce qui m'effraya le plus : ces lentilles sombres, hallucinantes, dominant son sourire malsain.

De l'autre côté de la table, une voix sèche surgit des ténèbres :

— Elle est éveillée ?

— Maintenant, oui, répondit le clochard sans détourner son regard vide, pénétrant.

Sa propre voix, mécanique, était pourtant chargée d'une intensité angoissante, qu'aucun ordinateur n'aurait jamais pu exprimer.

— Parfait : voilà qui va faciliter le travail. Veuillez procéder à l'examen.

Je tentai de parler ; avalai ma salive ; réessayai.

— L'examen ?

Moi-même trouvai ma voix trop faible, trop chargée d'épouvante. Mais ils ignorèrent mon intervention.

— L'hématome sur son front est sans gravité, nota sèchement le clochard tout en examinant ses instruments, pendant que mon esprit survolté reliait involontairement cet attirail aux récentes disparitions des poubelles de l'hôpital.

— On peut remarquer quelques marbrures sur la gorge et le sternum...

Il choisit une spatule de métal et l'empocha.

— Le viol a-t-il été consommé ?

— C'est ce qu'il nous faut découvrir.

Le clochard s'était emparé d'un objet qu'il tournait et retournait entre ses doigts gantés. Je le reconnus tout de suite, et un poing d'acier se referma sur mon estomac, l'essorant comme une éponge. C'était un spéculum, un appareil de gynécologie, une sorte d'entonnoir de métal qui servait à ouvrir le vagin pour mieux l'examiner. Je le vis, incrédule, emporter son ustensile à l'autre bout de la table. De plus en plus inquiète, je tentai de me débattre, en vain : toutes mes forces, toute ma coordination s'étaient enfuies et mes terminaisons nerveuses, court-circuitées, ne transmettaient plus le moindre influx. Je ne pus même pas protester lorsqu'il reposa son instrument pour s'emparer de mes chevilles et me tirer jusqu'à ce que mes jambes pendent dans le vide; puis il les écarta brutalement.

Le premier outil qu'il tira de sa poche fut un scalpel.

Il me suffit de l'apercevoir pour que je me débatte de plus belle, puisant au fond de moi des réserves d'énergie que je n'aurais jamais cru posséder. Mais le troisième clochard — mystérieux — s'approcha pour me maintenir en place, et l'odeur fétide qu'exhalaient ses vêtements faillit me faire défaillir. Au bout d'un instant, mes forces m'abandonnèrent à nouveau, et je me retrouvai impuissante. Je pus à peine émettre un gémissement alors que le clochard découpait ma culotte de chez Marks & Spencers avec sa lame glaciale et acérée et rejetait les lambeaux de tissu dans l'obscurité. Puis il souleva ma jupe, et je sentis la caresse fraîche de l'air sur ma peau.

— Oh, non, murmurai-je. Je vous en prie...

Mais le spéculum était à nouveau entre ses doigts gantés et, sans plus de préambules, il se pencha et commença son examen.

Des plus intimes.

Je restai là, regardant le plafond, jusqu'à ce que mes larmes m'aveuglent et dégoulinent le long de mes joues pour se perdre dans mes cheveux. Il m'explora, froidement — ses instruments stériles glacèrent ma chair, et ses doigts recouverts de latex touchèrent et palpèrent le plus tendre de mon être. Pourtant, ces attouchements n'avaient rien de douloureux, ni même de brutal ; mais son examen était dépourvu de chaleur, compétent jusqu'à l'inhumanité, et ignorait totalement ma propre détresse ! Il resta silencieux, et j'étais incapable de prononcer le moindre mot. Je n'avais pas le courage de lever la tête pour le voir à l'œuvre entre mes cuisses alors que mes secrets les mieux cachés s'offraient à son regard aveugle.

Après ce qui me parut être une éternité, je sentis qu'il retirait ses instruments et se relevait. Ses pas craquèrent sur le parquet alors qu'il se rapprochait du chariot abandonné près de moi, là où étaient étalés ses ustensiles. Je risquai un coup d'œil, bien que ma vision fût encore brouillée ; à travers une vitre embuée, je pus distinguer la spatule, jetée dans un bol métallique avec les tissus vaginaux qu'il venait de prélever. Puis il sélectionna un autre scalpel. Enfin, il se tourna à nouveau vers moi.

Une onde rouge me submergea.

Impossible de déchiffrer l'expression de son visage ; et, lorsque sa voix sinistre résonna à nouveau à mes oreilles, je regrettai le silence. Pour la première fois, il s'adressait directement à moi, et son ton était assez éloquent. Feignant la sympathie, alors que son souffle même restait glacial sous ses mots de réconfort.

— Vous avez eu de la chance : il n'y a pas eu pénétration. Sinon, on aurait risqué... l'infection, et il aurait fallu opérer. Une ablation du clitoris aurait peut-être suffi ; ou une hystérectomie, pour prévenir le risque d'une conception indésirable.

Je clignai des yeux pour chasser mes armes ; ma vision s'éclaircit enfin. Et, contre ma volonté, j'entrevis son sourire. Sous cette absence de regard, c'était plutôt un rictus torve, vicieux.

— Bien sûr, en ces lieux, nous n'avons pas l'équipement pour vous anesthésier...

Je faillis m'étouffer en apercevant la lame luisante dans ses doigts gantés ; un outil de chirurgien comme j'en avais tant vus en salle d'opération. Mais mon quotidien était à cent lieues de cette pièce glaciale et obscure où je me trouvais face à un être assez dément pour trancher l'organe de ma féminité alors que j'étais encore consciente. Et tout cela sans la moindre raison. Ils savaient bien que le pauvre bougre — curieux : maintenant, je le plaignais presque ! — qui m'avait attaquée avait été neutralisé avant d'avoir pu faire quoi que ce soit ; et depuis quand une opération chirurgicale était-elle un remède au viol ? Non : ce que j'avais enduré n'avait pas d'autre but que de m'humilier. Ce n'était qu'une simple démonstration de pouvoir. Ce qui, d'une certaine façon, était le seul véritable viol que j'aie subi ce soir-là.

Lorsque je réalisai cela, la colère brûla en moi, amère et violente. Elle s'évapora au moment où l'autre homme, qui, à ma droite, s'était écarté durant toute la durée de l'examen, se pencha soudain sur moi et saisit ma mâchoire, puis me fit tourner la tête de force pour croiser mon regard. Et ce nouveau visage était si noir de crasse qu'il semblait jaillir des ténèbres qui l'entouraient; mais ses orbites étaient plus noires encores — deux puits d'ombre où l'on ne distinguait pas la moindre lueur.

À nouveau, il feignit de s'occuper de moi :

— Vos yeux. Ils ont souffert...

Et, de sa main libre, il prit une mini-lampe de sa poche. Puis il dirigea son pinceau de lumière vers mon œil droit, et ses doigts étirèrent la peau autour de mon orbite pour faire ressortir le globe oculaire. Je ne pus que fixer cette lueur aveuglante.

— Je vous en prie, murmurai-je. Ma vision est impeccable...

Mais, à nouveau, il m'ignora. Un instant plus tard, la lumière de la torche s'éteignit; il se redressa et jeta un coup d'œil à son compagnon.

— Il est possible qu'elle souffre d'un décollement de la rétine, dit-il, comme si je n'étais pas là pour l'entendre. En ce cas, il faudrait opérer sur-le-champ.

L'autre homme se déplaça en dehors de ma vue, puis réapparut pour voir par lui-même l'état de mon œil. D'un geste précis de chirurgien, il abaissa son scalpel... plus bas encore, jusqu'à ce que sa pointe plane à un millimètre au-dessus de la conjonctive, la membrane invisible qui protège le globe oculaire. Je ne pouvais faire le point sur cette lame d'acier, mais, au-delà de ce flou métallique, je vis le visage de celui qui se penchait vers moi et son sourire exhibant des dents jaunies sous ces verres opaques.

Je lui rendis son absence de regard, vibrante de terreur. Je n'osais même pas cligner de l'œil, de peur que cette lame ne découpe ma paupière...

Un instant, ce tableau cauchemardesque s'immobilisa; puis l'homme retira lentement sa lame, presque à contrecœur, et se retira dans la pénombre.

Le second homme se rapprocha et posa sa main contre mon visage. J'entrevis ses gants gangrenés de poches d'air emprisonné sous le latex. Il parla très doucement à mon oreille.

— Vous ne direz rien de ce qui vous est arrivé en ces lieux, Rachel Young. Sinon, nous vous opérerons à nouveau, et même vos pires cauchemars ne vous ont pas préparée à ce que vous ressentirez. Nous sommes des Cliniciens. Nous nous reverrons. Souvenez-vous de nous...

L'autre était à nouveau à mes côtés et tenait une seringue face à son regard d'aveugle. Un mince jet de liquide jaillit de la pointe de l'aiguille et, dans la pénombre, me parut brillant comme de l'argent liquide.

— Dors bien, mon ange, fit-il — avec un sourire qui alimenterait mes plus beaux cauchemars.

Et, avec cet adieu résonnant encore à mes oreilles, je sentis la morsure de l'aiguille dans mon bras gauche — et mon esprit s'éteignit comme une ampoule électrique.

CHAPITRE DOUZE

L'aube finit par poindre.

Je restai là, regardant le ciel, de l'autre côté de la fenêtre de mon bureau. Je vis la lumière rose virer au doré alors que le soleil invisible s'approchait de l'horizon. Ce qui n'avait rien pour me rasséréner.

Le jour approchait, dissipant les ombres. J'aurais dû en concevoir un certain réconfort. Mais l'arrivée de l'aube n'était jamais que la fin d'une nuit de travail — et il me faudrait bien oublier un peu le rythme et la routine de l'hôpital.

Alors viendraient les souvenirs.

Ces derniers jours, mon esprit avait tout fait pour évacuer ces horreurs sanguinolentes que les médias du lendemain matin avaient surnommées « le dernier forfait du Boucher des Ruelles », ainsi que ma propre rencontre avec ceux qui s'appelaient eux-même les Cliniciens. Car, encore maintenant, je ressentais la souillure de ce moment intemporel, ténébreux, dépourvu de toute réalité, si ce n'était la description que les journalistes avaient faite de mon violeur potentiel : un homme falot, ordinaire, travaillant dans un bureau avant de retrouver sa femme et son bébé, et qui, sur la photo qu'ils avaient diffusée dans toute la presse, arborait un sourire presque timide. John Lester. Tel était son nom. C'était encore le plus déconcertant : comment pouvais-je associer ce sourire, ces détails des plus quotidiens, au visage grimaçant de mon agresseur ? Et pourtant, tout était bien réel, et la preuve était là, dans les images qui défilaient sous mes paupières ; et le poids que je ressentais toujours au fond de mon estomac ne me laisserait jamais oublier. Car je savais, sans l'ombre d'un doute, qu'ils m'épiaient, et que je les reverrais à nouveau, très bientôt.

Comme ils me l'avaient promis.

Le lendemain de cet épisode, lorsque j'étais rentrée tant bien que mal, l'aube était aussi claire qu'aujourd'hui. Je ne sais où ils m'avaient larguée, mais, avant même que la drogue ne se soit dissipée, je m'étais relevée et étais partie en pilotage automatique, comme si la peur elle-même me poussait en avant. Lorsque je finis par arriver chez moi, j'ouvris la porte, la refermai et m'y adossai ; alors, depuis la cuisine, Sarah jeta un coup d'œil sur mon visage défait et remarqua en toute innocence :

— Ben dis donc ! Tu parles d'une nouba !

Je n'étais pas en état de riposter. Je filai tout droit aux toilettes, m'agenouillai pour contempler les profondeurs de la cuvette et attendis que toute l'amertume de mon estomac daigne se manifester.

Alors que j'attendais, un pas furtif retentit de l'autre côté de la porte.

Ce n'était pas Sarah : je pouvais l'entendre fredonner une rengaine à la mode dans la cuisine. Elle n'était qu'à l'autre bout du couloir, mais aurait aussi bien pu se trouver à des millions de kilomètres de là, séparée par tout un abîme de silence glacial, inhumain, où rôdait une inquiétante présence.

Je restai là où j'étais, figée par la peur, mais n'entendis plus le moindre bruit. Il n'y avait eu qu'un pas, un seul. Peu de temps après, Sarah quitta la cuisine et alla dans sa chambre. J'attendis des hurlements. Mais non. Elle revint à la cuisine sans cesser de chantonner tranquillement.

Je finis par rassembler assez de courage pour ouvrir la porte. Mon état ne s'était pas amélioré ; j'étais au-delà de la simple nausée. Je jetai un regard prudent à l'extérieur... puis émergeai des toilettes. Personne. Bien sûr. Le cœur au bord des lèvres, je regardai dans la chambre de Sarah, puis dans la mienne. L'appartement était trop petit pour offrir la moindre cachette, et personne ne pouvait être sorti sans que Sarah le remarque.

J'avais imaginé ce pas unique. Forcément.

J'avais... forcément...

(... *fais de beaux rêves...*)

C'est Brenda qui me tira de ma rêverie en entrant dans mon bureau. Elle dut remarquer la pâleur de ma peau, car son sourire s'effaça et elle prit un air inquiet.

— Ça va ?

J'acquiesçai et réussis même à lui décocher un sourire las.

— Ouais. Je suis crevée, c'est tout. Hier soir, je n'ai pas beaucoup dormi...

Ce qui n'était que la vérité. Peut-être que, de jour, je ne risquais rien. Mais je ne me sentais pas plus rassurée.

— Tu es blanche comme la mort, ma foi, fit-elle, et elle ne plaisantait qu'à moitié. Mais son accent gallois aux intonations vivaces me fit sourire franchement cette fois-ci. Et, sans vraiment penser ce que je disais, je fis :

— Eh bien, c'est ton rayon, non ? Vous autres, vous êtes si superstitieux...

Elle eut un petit rire et se dirigea vers la fenêtre. Je pensais en rester là, mais, tout d'un coup, je réalisai que je voulais approfondir le sujet.

— Dis, sérieusement... est-ce que tu y crois vraiment ? Aux fantômes, et tout ça ?

Elle se retourna et me décocha un regard interrogateur ; je continuais de sourire, feignant la plus innocente des curiosités, et elle haussa les épaules.

— Je ne sais pas, en fait. Je veux dire... ma raison me dit qu'une fille sérieuse comme moi, une professionnelle, avec les pieds sur terre, ne peut pas croire au esprits. Mais, d'un autre côté, je me souviens des sections de l'hôpital plongées dans les ténèbres, et je me figure tout ce qui peut rôder dans la nuit...

J'acquiesçai ; je ne comprenais que trop.

Bren s'adossa à la fenêtre, plongée dans ses pensées.

— Quand j'étais petite, mon *Taid* — mon grand-père — me racontait toute sorte d'histoires. Je le revois encore, assis dans son fauteuil près de la cheminée, et nous à ses pieds, mon frère et moi, qui buvions ses paroles... Et il nous envoûtait littéralement, tu sais. Toutes ces superstitions étaient fascinantes. Comme cette chandelle des morts, cette lumière que l'on pouvait voir briller dans la nuit devant la porte de celui qui allait mourir. Rien que d'y penser, j'en ai encore le frisson.

Et elle eut un sourire un peu trop joyeux.

— Continue, la pressai-je. C'est drôlement intéressant.

À nouveau, elle haussa les épaules.

— Je me rappelle cette fois où il nous a raconté ce qui lui était arrivé lorsqu'il était gamin. Sa famille avait rencontré des amis dans la rue, ses parents discutaient — cela se passait en plein jour, je précise —, lorsque, soudain, la petite fille de l'autre famille tire sur la manche de sa mère et dit : « Vous avez vu passer l'enterrement ? Là, tout de suite ? »

À l'entendre, on aurait dit que tout un cortège venait de passer, corbillard en tête. Mais personne d'autre ne l'avait vu. Juste la fillette, demandant qui était mort...

Elle s'interrompit, fascinée par ses propres souvenirs, puis, d'un haussement d'épaules, chassa sa rêverie.

— Mon grand-père était doué pour raconter des histoires de fantômes. Ce devait être un talent naturel : il marchait des kilomètres pour aller au travail, partant à l'aube pour ne revenir qu'en pleine nuit. Et en arpentant ces routes de campagne, en pleine nuit... on peut inventer n'importe quelles horreurs.

— Et... est-ce que tu as déjà vu, de tes yeux vu, des trucs bizarres ?

Il était désormais clair que mon intérêt n'était pas si innocent, mais elle ne remarqua rien.

— Non... pas vraiment. Bien que, certains jours, j'aie ressenti... quelque chose. Plutôt une atmosphère — lorsque quelqu'un était décédé dans une des chambres et s'était battu jusqu'au bout, avant que la mort ne le prenne. Rien qu'on puisse vraiment définir, mais... (Elle me jeta un regard très sérieux.) Je vais te dire une bonne chose : tu ne me verras jamais aller dans les sections désaffectées, seule, la nuit. Jamais.

J'acquiesçai et, cette fois-ci, abandonnai le sujet. D'une certaine façon, cette discussion m'avait rassérénée. Certes, je ne pouvais raconter à Brenda, ni à personne d'autre, ce qui m'était arrivé. Mais le fait de savoir que je n'étais pas la seule à ressentir ce qu'il y avait d'*étrange* dans notre monde avait quelque chose de vaguement rassurant.

Bren consulta sa montre.

— Presque fini. Je te ramène ?

— Non, merci. Avant de partir, il y a quelqu'un que je dois voir.

— Un patient ? Un ami ?

J'acquiesçai.

— Une vieille amie...

De soixante-treize ans, pour être plus précis.

Miss Morgan était notre voisine depuis que nous nous étions installées dans cet appartement. Au début, elle nous parut d'un abord revêche, mais je persistai et l'aidai parfois à faire ses courses. Du coup, nous sommes devenues amies (au grand dam de Sarah, qui l'appelait toujours « cette vieille sorcière »). Cela faisait une semaine qu'on l'avait hospitalisée et, d'après ce que j'avais pu grapiller, le diagnostic n'était guère encourageant.

Lorsque j'arrivai dans la section, tout le monde était bien réveillé. Le chariot des repas était garé à l'angle du couloir et une odeur de petit déjeuner planait sur les couloirs. Un groupe d'infirmières s'agglutinait autour du bureau des accueils et attendait que la journée prenne son rythme de croisière. Je connaissais quelques-unes d'entre elles et les saluai. Les horaires des visites officielles commençaient plus tard dans la matinée, mais, comme j'étais du métier, on fit une entorse au règlement. Toujours en uniforme, cape comprise, j'entrai dans la chambre et me dirigeai vers le lit de Miss Morgan.

Elle était adossée à des oreillers relevés, les yeux clos. Son visage semblait affaissé. Elle n'avait quasiment pas touché à son repas, posé sur la table du lit.

— Miss M. ? tentai-je. Vous dormez ?

Elle battit des paupières et ouvrit les yeux, puis me sourit avec une chaleur surprenante.

— Rachel... c'est si gentil, d'être venue. Asseyez-vous, je vous en prie.

Ce que je fis. Elle me parut faible et fatiguée, si différente de la vieille dame rigide et sévère que j'avais rencontrée quelques mois plus tôt.

— Alors, comment allez-vous ? demandai-je.

— Aussi bien qu'on puisse l'espérer, je présume. N'est-ce pas là votre phrase habituelle ? Tout le monde est très gentil et redouble d'attention... mais je ne crois pas que je quitterai un jour cet hôpital. Du moins pas sur mes deux pieds.

J'ouvris la bouche pour protester, puis vis la lueur qui brillait dans ses yeux et me tus. Elle opina.

— Rachel, vous êtes une jeune femme intelligente. Vous comprenez qu'il est inutile de me mentir.

Je haussai les épaules, l'approuvant à contrecœur.

— Avez-vous besoin de quoi que ce soit ?

— J'ai tout ce que je peux désirer. (Elle sourit à nouveau.) Le plus important, pour une vieille femme comme moi, est de savoir que quelqu'un se souvient de moi.

Je lui rendis son sourire avec modestie. Elle avait déjà été hospitalisée, et je m'étais toujours astreinte à lui rendre visite. Même si je ne venais la voir que par sens du devoir, je m'apercevais que, souvent, nos conversations étaient plus intéressantes que je ne l'aurais cru. Et maintenant qu'elle se mourait, et le savait, je ne pouvais l'abandonner. J'étais heureuse de voir qu'elle se trouvait dans l'unité médicale, et non en Gériatrie, service qui se trouvait dans l'aile la plus ancienne et dont l'atmosphère était assez déprimante. Bien sûr, les infirmières de ce service étaient tout aussi compétentes et attentionnées, mais Jenny Thomas avait été l'une d'entre elles ; Jenny Thomas, étranglée par une patiente considérée comme déjà morte.

Depuis ce jour, je ne pouvais entrer dans ce service.

Nous avons discuté de choses et d'autres, et j'allais annoncer mon départ lorsqu'elle me dit tranquillement :

— Qu'est-ce qui vous tracasse, Rachel ?

Je clignai des yeux.

— Qui me tracasse ?

— Vous n'êtes plus vous-même, n'est-ce pas ? reprit Miss Morgan. En général, vous êtes une jeune chrétienne pleine de joie et d'affection. Mais quelque chose vous trotte dans la tête.

Je me contentai de la dévisager pendant qu'au fond de moi, une petite voix murmurait : *Eh bien, Miss M., l'autre soir, j'ai failli me faire violer, sauf que mon agresseur s'est fait étriper avant de pouvoir faire quoi que ce soit, puis deux clochards psychopathes m'ont emmenée quelque part pour me torturer à leur aise et, voyez-vous, ils m'ont assurée qu'on se reverrait...*

Et quelque chose me disait que, même si je lui racontais tout, elle se contenterait de m'écouter, et me croirait, m'aiderait ou me conseillerait autant que possible...

Mais je ne lui dis rien. Bien sûr. Je me contentai de hausser les épaules et de débiter quelques âneries, et elle n'insista pas. Elle devait comprendre que j'avais de bonnes raisons pour cela. Nous nous sommes fait nos adieux.

En repartant vers les ascenseurs, je repassai dans ma tête l'opinion qu'elle avait de moi : une bonne chrétienne. J'aurais bien voulu mériter cette appellation.

CHAPITRE TREIZE

Cela faisait sept nuits que j'étais à l'œuvre, et jamais je n'avais tant apprécié les semaines de soixante-dix heures. Parce que, ces derniers temps, je ne voulais pas rester seule après la tombée de la nuit. Et, tout au long de la semaine, je dormis de mieux en mieux durant la journée ; j'étais bien trop crevée pour m'attarder sur les horreurs informes qui me hantaient. Bien sûr, après sept nuits de garde, viendraient sept nuits de congé ; mais, le moment venu, je trouverais bien moyen de m'en accommoder.

Entre-temps, je baissai la tête et me consacrai à mon travail. Tant que nous étions en activité, je gardais les pieds sur terre. Et parfois, comme cette nuit, la compassion que je ressentais pour la souffrance des autres occultait mes propres terreurs.

Nous étions mercredi, et j'en étais à ma quatrième nuit. Il y avait eu un accident de voiture assez gratiné en bordure de la ville : deux autos remplies d'ados qui devaient faire la course lorsque l'un d'entre eux perdit le contrôle de son engin. Un des gosses avait été tué sur le coup ; Mark venait de partir constater le décès. Un autre ado était en réanimation, et n'avait pas beaucoup de chances de s'en sortir ; un des internes de l'étage au-dessus s'occupait de lui. Deux autres gamins, très légèrement blessés mais choqués jusqu'au tréfonds de leurs âmes, étaient en observation. Et je me trouvais dans la salle des pas perdus, en compagnie des parents.

Ceux du défunt n'avaient pas encore été contactés.

Jusque-là, nous avions sous la main le père et la mère de celui qui était en Réa et la mère et la sœur d'un autre. Tous pâles et tendus, posant des questions inarticulées. Ils n'avaient pas encore versé la moindre larme. On leur avait fourni les traditionnelles tasses de thé. L'air puait la cigarette, et les volutes bleutées formaient une chape nuageuse sous le plafond.

— Puis-je le voir maintenant ? demanda une nouvelle fois la mère de l'ado dont l'état restait critique.

— Les docteurs s'occupent de lui, madame Wilson, lui affirmai-je. Ils font tout leur possible. Dès qu'ils en auront terminé, nous vous laisserons le voir...

Elle opina d'un geste mécanique, les yeux humides. Elle savait. Les mères savent toujours. Ou peut-être avait-elle réussi à percer à jour mes réponses bateau et mon ton calme pour réaliser que je ne lui disais pas toute la vérité.

Parce que je croyais sincèrement qu'il n'avait pas une chance de s'en sortir. Lorsque l'ambulance était arrivée, il avait cessé de respirer et, depuis, son cœur s'était arrêté par deux fois. Nous faisions de notre mieux, certes — j'entendis un pas précipité, sans doute quelqu'un qui filait en catastrophe chercher d'autres sacs de solution saline —, luttant contre la mort elle-même. Mais mon expérience me soufflait que, cette fois-ci, nous ne remporterions pas la bataille.

L'expérience. Une chose dont toutes ces personnes d'âge mûr avaient du mal à créditer une jeune femme qui aurait pu être leur fille aînée. En voyant qui était de service, ils parurent étonnés, et j'eus bien du mal à les convaincre que je savais ce que je faisais. Mais je ne m'en offusquai pas : on ne peut en vouloir à des gens aussi effrayés, aussi perdus que ceux-ci. Mark viendrait bientôt leur parler. J'espère qu'en temps voulu, il se chargerait de leur annoncer la triste nouvelle.

M. Wilson passa un bras autour des épaules osseuses de sa femme et me jeta un regard lugubre. Je n'eus pas le courage de nier plus longtemps l'évidence ; je me levai.

— Je vais voir ce qui se passe, murmurai-je avant de sortir.

Lorsque j'entrai en Réa, tout était terminé.

Mark discutait avec l'autre docteur derrière le chariot. Karen retirait les goutte-à-goutte. Notre patient, âgé de dix-sept ans, était allongé, immobile ; le sang et les contusions tranchaient sur la pâleur de sa peau.

— Oh, merde, fis-je, résignée.

June Smith entra derrière moi.

— La police vient d'arriver. Ils attendent dans votre bureau.

Je faillis jurer de nouveau. Cela n'était pas fini, non ; même, cela ne faisait que commencer. Après qu'on aurait annoncé la nouvelle aux parents, il leur faudrait identifier le corps, puis répondre aux questions du médecin légiste. Je remerciai June, une infirmière de jour qui faisait la nuit depuis peu, et me dirigeai vers Mark. Il leva un sourcil et m'attendit.

— Tu veux le leur dire ?

Il soupira et regarda les portes.

— Pas vraiment, mais...

Je tirai sur sa manche.

— Allez, viens. On y va ensemble.

Ils devaient bien se douter, alors qu'ils étaient là, impuissants, à attendre sous la lumière crue des néons. Mais maintenant, ils savaient. Dès qu'ils nous virent entrer dans la salle, ils comprirent.

— Monsieur et madame Wilson... je vous présente le Dr Drew. J'ai bien peur qu'il... ne soit porteur de mauvaises nouvelles.

Et Mme Wilson se mit à pleurer, secouée de sanglots silencieux. J'allai m'agenouiller à droite de sa chaise ; son mari, assis à sa gauche, et moi avons passé nos bras autour de ses épaules et fait de notre mieux pour la réconforter, alors que des torrents de larmes coulaient sur ses joues émaciées. Je lui parlai, doucement, lui dis qu'il n'avait pas souffert, pendant que Mark répondait aux questions du père avec la même assurance placide. Les autres personnes, qui se révélèrent être des amis de la famille, étaient elles-mêmes au bord des larmes, mais restaient silencieuses, accablées de douleur.

Mme Wilson finit par demander :

— Et maintenant, me laisserez-vous le voir ?

— Bien sûr, dis-je (je dus avaler ma salive avant de continuer). Bien sûr. Tous les deux. Auparavant, il faut seulement que je vous explique la suite des opérations.

Je leur parlai de la procédure d'identification formelle. Au moins, ils pourraient s'en charger ici plutôt que dans l'enceinte glaciale, déprimante de la morgue. Je savais qu'en ce moment même, une équipe de nettoyage rendait la salle d'opération présentable et emportait la civière dans l'une des chambres. Peut-être placeraient-ils une seule et unique fleur sur les draps, si toutefois ils pouvaient en trouver une. Je me levais pour aller voir si l'officier de police était prêt lorsque Mme Wilson me prit le poignet. Je plongeai mon regard dans le sien, voilé par la souffrance.

— Est-ce que... vous voulez bien nous accompagner ? Et rester avec nous jusqu'à ce que tout soit fini ?

J'acquiesçai et posai ma main sur la sienne.

— Bien sûr. Je ne vous abandonnerai pas.

Parfois, je me dis que ce métier m'a trop endurcie. D'autres fois, j'en suis certaine. À force de subir quotidiennement un déluge de détresse et de mort, il faut se déconnecter, à un moment ou à un autre — ou compenser en faisant des blagues de carabin. Mais toute carapace a son point faible. La vision, ce soir-là, de ces deux jeunes existences soufflées comme une flamme de chandelle en laissant derrière elles deux autres vies brisées m'avait mis le moral à zéro.

Il était une heure du matin, et le calme était revenu. Les parents étaient rentrés chez eux, tout comme l'une des victimes qui n'avait que quelques écorchures ; les autres restaient en observation. La police n'avait toujours pas réussi à contacter les parents de la seconde victime : l'ambulance l'avait déposée à la morgue, selon la procédure habituelle en cas de mort à l'arrivée, et son corps reposait dans un congélateur en attendant le matin. Son copain ne tarderait pas à le rejoindre, maintenant que les Wilson étaient partis. Le policier chargé de l'affaire achevait de remplir des paperasses en buvant du café : pour lui comme pour Karen et moi, tout cela n'était que routine. Lorsqu'il eut terminé, je l'escortai jusqu'à la porte et le vis monter dans sa voiture. Je ne pensai même pas à lui raconter ce que j'avais vécu le vendredi soir précédent ; il ne pouvait rien pour moi. Ni lui, ni qui que ce soit d'autre.

Je retournai en salle de Réa, où June et Brenda avaient fini d'emballer les lambeaux des vêtements du jeune Ian Wilson, découpés par les chirurgiens. Jeans. T-shirt. Caleçon (sale). Chemise. Chaussettes. Baskets. June contresigna l'inventaire rédigé par Bren avant de fourrer les haillons dans le grand sac bleu au fond duquel ils formaient une toute petite boule. Parfois, c'est ce genre de détail qui vous fait redescendre sur terre.

Brenda et moi avons fait la toilette du mort, en silence, alors qu'en général nous discutions en travaillant. La dernière fois, nous avions échangé des plans de vacances ; mais, ce soir, son regard m'avertit qu'elle n'était pas d'humeur.

Une fois la tâche terminée, elle me jeta un coup d'œil et s'en alla. Je restai là, à considérer la dépouille mortelle de Ian tout en retirant mes gants. Après ce que j'avais subi entre les mains des Cliniciens, le contact du caoutchouc me portait sur les nerfs.

Du couloir parvint le couinement des roues d'un chariot sur le linoléum.

Je retirai mon tablier, le roulai en boule et le mis dans un sac. Mes mains étaient encore moites d'avoir porté les gants ; j'allai les passer à l'eau. Lorsque je me retournai, Danny me regardait, adossé au mur.

Il restait immobile comme s'il avait toujours été là, et parut s'amuser de me voir sursauter.

— Bon sang, Danny... ne me fais plus une peur pareille, d'accord ?

— Désolé, ma sœur, fit-il en se redressant, un léger sourire aux lèvres (il y a longtemps que j'avais renoncé à lui demander de m'appeler Rachel). La civière est là, dans le couloir. Si tout est prêt.

J'acquiesçai et lui tins la porte pendant qu'il poussait la grande boîte de métal où devait reposer Ian. Danny défit le cadenas du cercueil, puis y porta la forme inerte enveloppée dans son linceul. Il referma et verouilla le couvercle.

— Tu es tout seul pour faire ça? lui demandai-je. Ils ne sont tout de même pas si occupés, là-haut...

— Oh, que si, répondit-il du tac au tac. Il y a pas mal de malades et la relève vient d'arriver. D'après Adrian, il n'ont pas une minute à perdre. (Il se redressa, et me regarda sans ciller.) Mais je m'en sortirai.

Je haussai les épaules. Je savais qu'il n'était guère aimé de ses collègues. Peut-être avait-il l'habitude de se débrouiller seul.

Il était avec nous depuis... trois mois? Et pourtant, je le considérais toujours comme un étranger; en tout cas, je ne le connaissais pas aussi bien qu'Adrian et les autres assistants qu'on nous affectait les soirs où Danny n'était pas de service. Je pouvais discuter de politique pendant des heures avec Steve Wheeler, et Jim Yates savait toujours vous faire rire, même durant ces heures vides et interminables qui précédaient l'aube. Mais Danny restait fermé comme une huître. Je ne lui en voulais pas pour autant : c'était son droit le plus strict. Mais je sentais que, sous cette apparence placide et silencieuse, se cachait quelque chose d'assez déplaisant.

D'après Adrian, il avait abandonné l'Université ou quelque chose comme ça, ce qui pouvait expliquer son air supérieur. Mais, de temps en temps, le masque tombait et je pouvais distinguer une certaine froideur; un certain mépris, même...

— Je vais t'aider moi-même, si tu veux, proposai-je.

Soudain, j'espérai avec ferveur qu'il refuserait mon offre; mais je savais pourquoi je l'avais exprimée, et pourquoi il me faudrait aller jusqu'au bout. En partie pour connaître un peu mieux ce bonhomme. Mais surtout parce que, depuis ce cauchemar où j'avais vu le cadavre animé de Jenny, je n'étais pas descendue à la morgue. Et, malgré les horreurs bien réelles auxquelles j'avais assisté depuis, ce rêve me hantait toujours, et je devais l'exorciser une bonne fois pour toutes.

Ses yeux énigmatiques se tournèrent vers moi, puis, à son tour, il haussa les épaules.

— Comme tu veux.

J'acquiesçai et, pour cacher mon malaise, retournai en Réa pour récupérer les vêtements du défunt.

La morgue était située tout au bout du sous-sol, dans l'aile nord-est, ce qui était à la fois discret et pratique. On l'atteignait par l'intermédiaire d'un ascenseur et d'un couloir de service interdit au public. Danny poussa la civière d'un pas vif et régulier, et je dus accélérer mon allure pour le suivre. Depuis notre départ, nous n'avions pas échangé un mot. Ce n'est pas ce soir que je percerais son mystère.

Quant à ma seconde raison de descendre ici... ma bouche s'assécha au moment où j'entrevis la double porte : *Entrée strictement interdite au public. Réservé au personnel.* Danny tira une clé et déverrouilla les portes ; je lui tins l'une des deux pendant qu'il poussait la civière dans le couloir annexe plongé dans les ténèbres.

Je pouvais sentir le froid sur ma peau ; il s'infiltra dans mes poumons en même temps que l'odeur de formaldéhyde.

— Le bouton est sur ta gauche, dit calmement Danny.

Je trouvai l'interrupteur et l'actionnai. La lumière brillante, mais dépourvue de chaleur, des néons baigna le couloir. Nous avons dépassé le bureau vide pour nous diriger vers les portes suivantes, donnant sur la salle des cadavres.

Des ténèbres, du froid, encore. J'allai allumer la lumière ; la clarté se fit rassurante, inondant la grande pièce austère. Danny poussa la civière et le dirigea vers les portes du réfrigérateur le plus proche.

Je restai là où j'étais.

Le doigt caressant l'interrupteur, je fixai l'endroit où j'avais surpris quelque chose avant que les néons ne s'allument.

Un rai de lumière sous la porte menant à la salle d'autopsie.

— Ça va, ma sœur, fit Danny.

Je l'ignorai. Partit pour traverser la pièce. Il n'y avait plus de lumière sous la porte, mais je vis autre chose. Les dalles étaient humides. De l'eau rosie par du sang dilué.

Mais on ne conduit pas d'autopsies à une heure du matin. Je marmonnai un juron et me tournai vers Danny.

Il se tenait là, tout près de moi, les bras croisés, me regardant avec un petit sourire. Il avait déjà arboré cet air amusé, mais, cette fois-ci, s'y ajoutait quelque chose de... malsain. De sombre. De déplaisant.

De terrifiant.

— N'aie pas peur, Rachel. Tu sais très bien *qui* est derrière cette porte.

En effet, je compris alors. Et la terreur me submergea.

— Ils viennent souvent travailler ici la nuit, continua Danny sur un ton de conspirateur. On ne risque pas de les déranger et ils ont tout ce qu'il leur faut.

Sa voix était calme, mais son sourire avait quelque chose de carnassier, d'acéré comme une lame de rasoir.

— Ce sont eux les maîtres, Rachel. Et ils attendent ce moment depuis très longtemps.

Je restai là, à le regarder ; seule, prise au piège, comme lorsque je m'étais retrouvée sur cette table. Les *Cliniciens* étaient là, de l'autre côté de cette porte. Et Danny était à leur service, et il semblait croire que je l'étais aussi ; une nouvelle initiée à ce culte, quel qu'il puisse être...

— Ils ont... tant de choses à te montrer...

À en croire ses pupilles dilatées, il avait dû avoir lui aussi son content de visions.

Mon corps était glacé et j'avais la chair de poule. Il dut lire l'horreur sur mon visage — mais se trompa dans son interprétation.

— C'est normal d'être impressionnée par leur présence, Rachel. Nous le sommes tous. Mais tu n'as rien à craindre. Entre dans cette pièce. Tu es attendue.

Je pus enfin répondre.

— Je ne... vais pas... heu... les déranger, ou...

Il fit non de la tête.

— Tu es attendue, Rachel, je te l'ai dit. Ils veulent que tu viennes à eux de ton plein gré. Et tu es la bienvenue.

Inutile de crier : personne ne m'entendrait. Inutile de courir : je n'atteindrais jamais les portes. Entrer dans cette pièce équivaudrait à plonger en enfer — me retrouver au cœur d'un rituel sanglant qui pouvait sonner le glas de mon âme elle-même. Les Cliniciens étaient le Mal incarné, pas de doute là-dessus. Mais maintenant, après des mois de soupçons croissants, comme des gouttes plongeant dans les ténèbres... soudain, toutes ces goutelettes minuscules s'étaient accumulées pour former un lac noir prêt à me submerger; un marais d'épouvante. Ce Mal pur était-il encore humain ? Pour autant que je sache, ils pouvaient être engagés dans un rituel satanique. Et moi, qui n'avais pas mis les pieds dans une église depuis bien trop longtemps, je n'avais plus la force de résister à ce qui m'attendait; je n'avais plus la moindre conviction. Plus la moindre *foi*...

Danny revenait à la civière.

— Je vais l'emballer vite fait, puis je te laisse, dit-il. Inutile de verrouiller les portes : je m'en occuperai plus tard.

Je pouvais entendre des bruits étouffés de l'autre côté de la pièce. La flaque humide s'écoulant sous la porte croissait de seconde en seconde. Je jetai un dernier regard angoissé vers Danny, qui hocha la tête pour m'encourager.

Le cœur au bord des lèvres, j'ouvris la porte et entrai.

CHAPITRE QUATORZE

La salle d'autopsie brillait de tous ses feux ; la lumière crue et blanche des néons se reflétait sur les dalles blanches du sol, sur les murs stériles, sur l'acier des instruments chirurgicaux.

Sur le sang et les entrailles répandus.

Au centre de la salle trônaient trois tables de dissection, et celle du milieu était occupée. Le cadavre était étendu sur le dos, un bras pendant vers le dallage. C'était un homme d'une quarantaine d'années, partiellement étripé ; dans la cavité abdominale ainsi dévoilée, je pouvais voir des abats jaunâtres sillonnés de traits rouges. On avait balancé ses viscères imprégnés de sang dans une jatte de plastique posée sur le sol, à côté de la table. Les carreaux et la base de la table étaient éclaboussés de sang. Ses yeux grands ouverts fixaient sans ciller les néons au-dessus de lui.

Il n'y avait personne d'autre dans la pièce. La porte se referma en silence, me laissant seule avec le cadavre. Une autre victime des Cliniciens. Sans doute était-il vivant, lui aussi, lorsqu'ils avaient commencé à le découper. Je remarquai les dépôts de crasse sur sa peau et le pantalon élimé qu'il portait encore. Encore un laissé-pour-compte, une proie facile pour les monstres à visage humain qui se cachait dans leurs rangs. Et si je leur déplaisais d'une façon ou d'une autre, je me retrouverais à sa place.

La peur et la nausée m'étourdissaient ; je dus m'adosser un instant à la porte jusqu'à ce que l'envie de vomir me passe. Je ne cessai de regarder autour de moi, mais ceux qui avaient commis cette abomination n'étaient pas en vue. De l'autre côté de la pièce, la porte menant au bureau du médecin légiste était entrouverte, mais la pièce était plongée dans les ténèbres. Tout était immobile, à l'exception d'un robinet ouvert. L'évier du coin de la salle débordait et l'eau rampait sur les dalles ; en m'avançant, je pus sentir son humidité sous mes semelles.

Je me dirigeai d'un pas lent, presque résigné, vers le cadavre qui gisait là ; je refermai mon cardigan, ce qui ne m'apporta ni chaleur ni réconfort. Mes lèvres étaient serrées par la nausée, mais je ressentais néanmoins une certaine curiosité morbide.

Je ne connaissais pas l'homme dont le visage osseux restait figé en une grimace d'horreur. On lui avait déjà retiré son cœur, ses poumons, son larynx. L'odeur fétide me monta aux narines, et je dus me pincer le nez. Je me détournai et heurtai son bras rigide.

Certains des instruments qu'ils avaient employés étaient posés sur la table d'à côté, et dégoulinaient encore de sang à travers la grille. Des scalpels, des lancettes, des pinces chirurgicales... et d'autres objets tranchants. Un rasoir. Une seringue hypodermique...

Je marchai, comme sur des œufs, vers le tableau noir qui occupait une bonne partie du mur. En général, on y notait des poids et des mesures durant l'autopsie — mais, ce soir, il arborait un étrange dessin tracé à la craie : une série de cercles entrelacés de runes, de symboles et de gribouillis indéchiffrables...

Je cherchai un sens, une explication dans ces méandres occultes. Certains mots avaient quelque chose d'étrangement familier — je m'arrêtai sur VNDSN — mais rien n'y faisait. Pourtant, je ne pus réprimer un frisson et me détournai.

Et vis que les yeux grands ouverts du cadavre m'avaient suivie jusqu'à l'autre bout de la pièce.

Un instant, je restai là, figée, la bouche ouverte pour laisser le passage au hurlement qui, certainement, ne tarderait pas...

Le cadavre étripé se mit à remuer en une série de spasmes hideux. La main pendante que j'avais effleurée se leva lentement.

Et Carol McCain dit sèchement :

— On ne peut imaginer à quel point il est difficile de tuer un Clinicien...

Elle émergea des ténèbres imprégnant le bureau du médecin légiste. Elle me regardait, un sourire spectral sur son visage blême. Comme toujours, elle portait ses lunettes noires et son chapeau rejeté en arrière. L'un des rabats de son manteau était taché de sang et l'une des manches était carrément éclaboussée. Dans sa main brillait la lame de son cran d'arrêt.

Le cadavre avait cessé ses contorsions et gisait, immobile. Mort. McCain le regarda.

— Je t'en prie, murmurai-je, dis-moi qui tu es. Et que me veux-tu ?

— Angela ne te l'a donc pas dit ? répondit-elle d'une voix douce. Les Cliniciens te répondront. Quant à mon nom, ils m'ont donné celui de... Némésis.

Elle se dirigea vers la table, se pencha sur le cadavre et se remit à... le découper.

Le cadavre eut un soubresaut, et son bras s'agita faiblement. Elle lui retira le foie, vite suivi du duodénum. Pourtant, il continuait à lui résister d'une façon dérisoire.

Je secouai la tête.

— Non non non NON...

— *Si*, répondit-elle en un sifflement tout en levant les yeux.

Une goutte de sang s'était posée sur sa joue et coulait comme une larme issue de ces yeux bien cachés derrière les lunettes noires.

— Tu voulais savoir ce que sont les Cliniciens ? Eh bien, en voici un. Et il n'y a qu'un seul moyen de s'en débarrasser à coup sûr. Le disséquer et brûler ses entrailles. Ainsi seulement peut-on disperser leur force vitale. Sinon, ils reviennent encore et encore...

Le cadavre résistait de plus en plus faiblement. La cavité abdomino-thoracique était désormais presque vide, révélant des os jaunâtre sur fond d'écarlate. McCain se détourna et regarda autour d'elle.

— Que... cherchez-vous ? pus-je demander.

— La scie à os, fit-elle sèchement.

— La ?...

Pourtant, je ne comprenais que trop.

— Faut que je lui enlève son cerveau putréfié, expliqua McCain, sans ambages. (Elle cessa de chercher et me regarda :) Tu ferais mieux de partir. De retourner à ton poste. Je sais qu'il peut paraître impossible d'agir comme si rien ne s'était passé, et pourtant, il le faut. Si l'assistant te demande quelque chose, ignore-le et il n'insistera pas. Il ne sait pas vraiment ce qui s'est passé ici...

Je jetai un regard angoissé au cadavre.

— Et si ?...

— Ne t'en fais pas. Les autres n'ont rien remarqué ; pas encore. Il est venu seul, et tombé dans mon piège. Tu seras en sécurité jusqu'à la fin de ton service.

— Et ensuite ?

Elle avait trouvé sa scie et la soupesait. Elle me regarda à nouveau, sourit ; la parfaite petite psychopathe.

— On parlera du matin lorsque le matin viendra, fit-elle en guise de réponse.

Et, Dieu sait comment, j'y suis arrivée. J'ai tenu jusqu'à la fin de mon service. Si quelqu'un remarqua ma pâleur ou mon silence, il ne dit rien, attribuant peut-être ma détresse à ce qui s'était passé ce soir. Lorsque j'entrai enfin au vestiaire, je gardai mon sang-froid le temps de changer de vêtements — mais, dès que je retirai ma robe d'uniforme, qui puait encore le formaldéhyde, je la roulai en boule au fond de mon placard. Celle-là était bonne pour la blanchisserie. Et y passerait par deux fois avant que je la remette.

Dehors, dans la lumière grise et froide du matin, je jetai un regard prudent autour de moi avant d'aller à l'arrêt de bus. L'aube se levait, mais dans l'hôpital pourtant bien réveillé, les lumières brillaient encore, comme si l'on refusait de croire que le jour s'était enfin levé.

À l'arrêt de bus, il n'y avait qu'une seule autre voyageuse : McCain.

Je la reconnus au premier coup d'œil, mais ne fis rien pour l'éviter. Quoi qu'il en fût, elle détenait la réponse à mes questions. Et savait comment tuer un Clinicien. Et puis, vers qui d'autre pouvais-je me tourner ?

DEUXIÈME PARTIE

CEUX QUI VEILLENT DANS LA NUIT

CHAPITRE QUINZE

Tout ce silence commençait à me taper sur les nerfs.

— Eh bien ? pressai-je.

McBain eut un petit sourire.

— Je me demandais juste par où commencer, dit-elle.

— Au commencement, par exemple ?

Nous avions emprunté le premier bus menant en ville et, maintenant, nous retrouvions face à face, séparés par une table dans un de ces cafés ouverts toute la nuit, près de la gare. Au moins, elle avait nettoyé le sang qui souillait son manteau ; l'odeur de formaldéhyde et de désinfectant se mêlait à la puanteur des rues en un cocktail fort intéressant. Là où nous étions, on ne ferait pas scandale, mais je remarquai que personne ne venait s'installer dans notre coin de salle.

— Tout a commencé il y a bien longtemps, Rachel. Il y a très, très longtemps. Il faut que je pose quelques bases avant de m'y mettre.

— Par exemple ?

— Tu es croyante, n'est-ce pas ? Tu crois en Dieu ?

J'acquiesçai en silence.

— Et si tu crois en une puissance au service du bien, je présume que tu crois aussi au Mal ?

Elle attendit que j'acquiesce à nouveau avant de reprendre :

— Mais crois-tu en une présence du Mal incarné en notre monde ? Aux démons et à la magie noire ?

J'hésitai, mais rien qu'un instant. Il y a six mois,

j'aurais répondu par la négative. Deux semaines plus tôt, j'aurais dit : peut-être. Ce matin, après notre rencontre cauchemardesque avec ce cadavre qui refusait de mourir, j'étais prête à dire oui.

Elle eut un faible sourire de satisfaction, ou plutôt une crispation des commissures de ses lèvres.

— Bien. Car il n'y a rien de plus noir que ce que tu vas bientôt connaître.

Je ne répondis pas. Du moins pas à voix haute. Même si, mentalement, je hurlais à l'aide.

— C'est une forme de sorcellerie que l'on pratique depuis des siècles, expliqua McCain. Mais seuls quelques-uns — des docteurs — y sont initiés. Un cercle si ésotérique qu'en dehors de leur propre compagnie, pas un murmure n'a filtré. Il n'en est fait mention dans aucun des livres consacrés à l'occulte. Je n'en connais qu'une mention, dans un obscur manuscrit de la Renaissance, traitant de l'exercice de la médecine. On y fait allusion à la Physique noire. Comme un avertissement...

Je la fixai, les yeux écarquillés.

— Des docteurs... Tu veux dire : des médecins comme ceux de l'hôpital ? Une conjuration, ou quelque chose comme ça ?

Elle fit non de la tête.

— Pas dans le sens qui tu lui attribues. Parfois, ils choisissent... des disciples parmi les *condamnés*, puisque tel est le nom qu'ils vous donnent. Ou des serviteurs, comme cet assistant. Mais l'intronisation d'un nouvel initié est un fait rare. Non... ceux dont nous parlons sont d'anciens pratiquants des arts occultes.

Après une pause, je tentai :

— Anciens... dans quelle mesure ?

Son regard croisa le mien.

— Dans les trois cents ans.

Je digérai l'information en silence. Après ce qui me parut être une demi-heure, je dis :

— Tu allais commencer au commencement... ?

À nouveau, ce petit sourire étrange.

— D'accord. Tu as de bonnes notions d'histoire ? Tu connais l'ordre des Templiers ?

Je fronçai les sourcils en réfléchissant.

— C'étaient des sortes de croisés, non? Des moines-soldats?

Elle acquiesça.

— Un mystérieux ordre de chevaliers que certains qualifiaient de mystique; les défenseurs du Temple de Salomon, comme ils se dénommaient eux-mêmes. Fanatiques, dévoués jusqu'à la mort. On pouvait croire qu'ils n'avaient rien à se reprocher, mais, au XIVe siècle, on interdit leur ordre, on saisit leurs biens et on tortura à mort leurs dignitaires. Et tout cela sous prétexte de trahison : on les accusa d'avoir renié leur foi pour se livrer à la sorcellerie et à la magie noire.

Je fronçai les sourcils. Quel rapport avec ce qui nous intéressait?

— Et alors?

— Alors... d'après certains historiens, ceux qui les ont fait condamner auraient été membres d'un ordre rival — les Chevaliers hospitaliers. Tu en as entendu parler; ils étaient eux-même des moines-guerriers, mais qui s'intéressaient surtout à l'art de la guérison des malades.

— Les chevaliers de Saint-Jean?

Son air surpris m'arracha un sourire.

— Oui, j'ai entendu parler d'eux. Ils ont donné leur nom aux ambulances Saint-Jean, n'est-ce pas?

— Exact. Bien qu'on ne puisse guère les qualifier de descendants. Et rien à voir avec la faction dont je vais te parler.

J'attendis.

— Ce qui va suivre est un peu obscur, admit McCain (comme si son discours précédent ne l'était pas déjà). D'après certaines versions, l'accusation de sorcellerie n'était que vile calomnie, destinée à détruire l'un des ordres les plus puissants — et donc menaçants — de toute la Chrétienté afin de s'emparer de ses biens et de ses terres. D'autres suggèrent que la destruction des Templiers fut orchestrée par certains qui désiraient s'approprier leurs secrets, ramasser le fruit des recherches occultes conduites par l'Ordre.

— Donc, ils s'adonnaient bel et bien à la magie noire, ou...

— Personne ne le sait avec certitude, fit-elle en haussant les épaules. Pourtant, la légende dit que Salomon lui-même était un sorcier capable de soumettre les démons à sa volonté. Et je pense que c'est la vérité. Peu de temps après la destruction des Templiers, en effet, des rumeurs circulèrent, concernant l'émergence d'une nouvelle faction au sein de l'Ordre des hospitaliers. Très ésotérique, il faut le dire, et, à nouveau, il n'en est fait mention qu'à mots couverts, même dans des œuvres apocryphes de l'époque. Mais nous savons que ses membres s'arrogèrent le titre de *Judex medicus*. L'ordre des Juges cliniques...

Je me demandai qui pouvait bien être ce « nous », mais n'insistai pas.

— Et il s'agissait de docteurs ?

— Pas uniquement. Pas au début. Mais, alors que l'Ordre des hospitaliers s'éteignait peu à peu, suite aux progrès de la médecine médiévale, les adeptes de ce nouvel Ordre — ces Chirurgiens des ténèbres, si tu préfères — étaient de plus en plus attirés par l'exercice de la médecine, au point qu'elle devint leur domaine exclusif ; un savoir secret et sombre qui ne se transmettait que de docteur à docteur.

— Et encore de nos jours ?

Je dois admettre que ce récit me fascinait. Aussi improbable qu'il puisse être... mais, après avoir vu un cadavre résister à celui qui le disséquait, j'étais ouverte à toutes les possibilités.

À nouveau, McCain secoua la tête en signe de dénégation.

— Non : comme je l'ai dit, il n'y a plus de nouveaux initiés. Plus maintenant. L'Ordre est au bord de l'extinction ; au fil des siècles, la plupart de ses adeptes ont été tués ou leur savoir s'est éteint avec eux. En Angleterre, tous furent brûlés par Cromwell et ses chasseurs de sorcières ; et il n'y eut que quelques coupables au milieu d'une foule d'innocents. Aujourd'hui, il n'en reste qu'une poignée ; une ultime cabale.

— Et que font-ils, ces... Chirurgiens des ténèbres? demandai-je, mal à l'aise. Ils sacrifient leurs patients?

— À nouveau, pas dans le sens auquel tu penses. (McCain s'approcha de moi.) Tout cela est très ironique, Rachel. Au début, ils comptaient mettre leur savoir au service du bien, pour guérir et donner la vie. Mais ils se sont peu à peu corrompus et ont cherché le pouvoir comme une fin en elle-même. Autre ironie : encore aujourd'hui, ils ne croient pas que leur pouvoir soit d'origine surnaturelle.

À moi, il me paraissait relever du fantastique pur.

— Comment peuvent-ils en douter?

— Ils ont mis des siècles à développer cet état d'esprit. Écoute-moi bien. Depuis le début, ils n'ont qu'une seule obsession : la recherche du savoir, de la connaissance — peu importe son origine. La quête de la Vérité absolue, si tu veux. Telle était leur idole, leur Dieu même. Ils ont hérité de certains mysticismes orientaux qui étaient eux-mêmes vieux de milliers d'années; des remèdes et des rites de l'ancienne Sumer. (Elle se tut un instant, puis :) Tu en as entendu parler?

Je fis non de la tête, lugubre. McCain sourit. Elle était dans son élément.

— La civilisation sumérienne est la plus ancienne connue à ce jour, Rachel, et la première à employer la magie, à la presser comme une orange pour en extirper la médecine. Mais leurs médecins étaient aussi des sorciers : ils croyaient que les maladies étaient apportées par des démons, et qu'il fallait les vaincre ou les chasser. Les Cliniciens ont adopté leurs rituels, croyant ainsi enrichir la puissance de l'esprit; mais, peu à peu, leur croyance a exclu les démons jusqu'à n'en faire plus qu'un mot sans conséquence. Ils se situaient au-dessus de telles superstitions. Du moins le croyaient-ils.

Je l'écoutais, les yeux baissés sur ma tasse de café qui refroidissait lentement.

— Et, alors qu'ils prenaient la voie de la Science pure, ils perdirent leur foi en tout ce qui lui était extérieur. Tout le savoir du monde résidait selon eux dans le pouvoir et la sagesse de l'Homme — s'ils pouvaient trouver la clé qui leur ouvrirait la porte de ses secrets. Même les pouvoirs occultes qui entrèrent en leur possession, ces puissances que leurs ancêtres qualifiaient de démoniaques, pouvaient être expliqués de façon rationnelle, et adaptée aux lois naturelles d'un univers froid, mort. Ces puissances que les écrits anciens citaient de manière sibylline, et que, plus tard, des mortels moins éclairés oublieraient ou ignoreraient...

Sa voix prit une intensité nouvelle :

— Rachel, pour eux, il n'y a rien de magique dans tout cela. Ils se contentent de puiser une énergie naturelle que peuvent recueillir et exploiter ceux qui ont les connaissances et les talents nécessaires. Et ils n'y voient rien de mal, car cette notion leur est étrangère. Ils sont au-delà du mal — comme du bien. Seule compte leur science; leur éternelle quête du *savoir*. Par conséquent, l'idée de foi, et surtout de foi religieuse, se rapportant à ce qui ne peut être ni vu ni prouvé, est au-delà de leur entendement. Ainsi, ils haïssent de toutes leurs forces cette croyance — et la craignent.

— Ils la craignent?

— Oui. Oh, oui. Car la foi, la vraie, les fait douter de leurs propres certitudes.

Il y eut un silence. Mes doigts cherchèrent instinctivement le crucifix passé à mon cou, comme pour vérifier qu'il était toujours là. Je le caressai doucement entre mon pouce et mon index.

— Combien sont-ils, aujourd'hui? demandai-je, et ma bouche s'asséchа alors que j'ajoutais : Et que veulent-ils? Pourquoi me persécutent-ils?

McCain se pencha vers moi, posant ses coudes sur la table.

— Lorsque je suis venue dans cette ville, j'en ai compté cinq. Il est possible qu'il y en existe d'autres, ailleurs; peut-être que non. Un jour, ils eurent un nom, comme tout être humain; mais ils les ont oubliés, tout comme leur humanité. Maintenant, ils portent les noms que voici : Melphalan, Altiplaz, Glaukostyx, Vindesyn et Vokaine.

Ils avaient pour moi quelque chose de familier. Un instant plus tard, je compris.

— Des médicaments. Ils portent le nom de médicaments.

— En effet, et ce sont eux qui les ont inventés. Qui sait comment ils ont pu s'appeler au fil des siècles? Et crois-moi, ils ont vécu très longtemps; depuis l'époque de Cromwell, au moins. Tout ce temps à user et abuser de l'humanité, à torturer, assassiner et ranimer au nom de leur savoir. Expérimentant, fouillant au plus profond de la chair et de l'esprit...

Je me souvins des graffitis sur le tableau noir de la morgue; et ce mot, ce mot que je croyais reconnaître. VNDSN.

— Celui que tu as tué hier soir était...

— Vindesyn, confirma-t-elle.

— Et... ce type charcuté qu'ils ont découvert sur Stone Road...

— Altiplaz.

— D'après la police, c'était un maquereau et un dealer.

— Pour vivre parmi vous, ils doivent emprunter plus d'un déguisement. Ils préfèrent ceux qui leurs permettent de profiter de la dégradation de l'être humain.

Des expériences sur des putains et des camés; je refoulai cette idée avant d'avoir pu la mener plus loin.

— Quant à toi... je ne sais ce qu'ils te veulent, dit McCain. Pas encore. Il faut que tu me croies, Rachel. Mais je les soupçonne de dépendre d'une sorte de complice — qui est à l'intérieur même de l'hôpital. Ils ont dû flairer ta force, ta volonté. Des qualités très fortes — qui, lorsqu'on les tourne vers les ténèbres, peuvent générer une grande puissance.

Je lui jetai un regard désespéré.

— Mais comment peux-tu savoir tout cela? Comment se fait-il que tu les connaisses si bien? Et pourquoi les élimines-tu un par un?

— Tant de questions, Rachel. Je suis là pour les tuer, pour en finir définitivement avec eux. Que veux-tu savoir de plus?

Je me souvins de ce qu'Angela James avait dit : que McCain croyait être un ange. Un ange déchu. Un ange de miséricorde, assoiffé de sang.

— Ton nom... tu ne t'appelles pas vraiment McCain, n'est-ce pas ?

Son sourire était si froid que j'en frissonnai presque.

— Il en vaut un autre, non ? Mais tu as raison : je suis dotée d'un autre nom qui, lui aussi, désignait un médicament avant que je ne me le sois attribué. *Razoxane.*

J'acquiesçai ; voilà qui me semblait approprié. Razoxane. Acéré comme une lame de rasoir...

Je bus une gorgée de café tiède, tout en considérant l'intérieur du café ; un monde si normal.

— Et maintenant, que fait-on ? demandai-je.

— On regarde. Et on attend.

— Quoi ?

— Ils pensent te tenir ; c'est ce qu'ils ont dit à leur esclave. Ils ne peuvent pas connaître ton rôle dans ce qui s'est passé cette nuit. Ils ne tarderont pas à reprendre contact avec toi. Laisse-les faire. Essaie de savoir ce qu'ils veulent. Joue leur jeu.

Voilà qui m'arracha une grimace.

— Celui de cette nuit... Vindesyn. Tu es sûre qu'il est...

Elle acquiesça.

— Ses tripes furent réduites en cendres avant même notre rencontre de ce matin. Son âme, ou ce qu'on peut appeler ainsi, n'avait plus rien à quoi se raccrocher. L'Abîme l'a aspiré.

— Tu veux dire... L'Enfer ?

— C'est un nom comme un autre.

— Et que va-t-il se passer lorsqu'ils découvriront son cadavre ?

— Je m'en suis déjà occupée. Il est dans le frigo, soigneusement enveloppé ; l'occupant d'origine a changé de place et les papiers sont en règle. Il y a tant d'animation dans cette morgue que personne ne soupçonnera quoi que ce soit. Un autre cadavre non déclaré qui finira à la fosse commune...

— Bon, d'accord. Et, pendant que je fais semblant de vouloir les rejoindre, où seras-tu ?

— Très près de toi.

Je me souvins de ce qu'elle disait tout en découpant sa victime ; *il est tombé dans mon piège.*

— Tu te sers de moi comme d'un appât, non ?

— J'assure ta protection, Rachel, rétorqua-t-elle. Ils t'ont choisie et viendront te chercher, quoi que je fasse. Mais si nous sommes ensemble, nous pouvons les détruire, tu comprends ?

J'acquiesçai. Je comprenais, oh, ça oui. Je n'avais pas voulu cela, mais je n'avais plus d'autre issue.

— En tout cas... reste très près de moi, d'accord ?

Elle se contenta de mettre et ajuster son chapeau. Ce geste était ironique au possible, mais, en même temps, des plus pratiques. Son long manteau la réchauffait, et les larges bords du chapeau protégeaient son visage de la pluie. Et des rayons du soleil.

C'étaient les lunettes noires que je ne comprenais pas. On dit que les yeux sont les miroirs de l'âme, et les miens sont clairs et cléments. Mais les siens étaient aussi opaques que le verre des ambulances, et je n'y voyais que mon reflet. Néanmoins, je savais que, derrière cette surface noire, ils étaient des plus alertes. Un reflet de son âme corrompue, arborant un sourire de démente.

— Bien sûr, Rachel, ronronna-t-elle, ou presque. Après tout, je suis ton ange gardien...

Comme je ne voyais pas ses yeux, je ne pus dire si elle plaisantait ou pas.

Mais j'en doutais.

Ce jour-là, bizarrement, rien ne vint troubler mon sommeil. Peut-être que, moi aussi, je commençais à y croire.

CHAPITRE SEIZE

Ce vendredi, avant même que j'aie quitté mon appartement pour aller faire des courses, je sus où je finirais ma soirée.

J'étais quelque peu dans les vapes : six heures de sommeil ne pouvaient compenser cette semaine de folie. Mais, malgré ma fatigue, je finis par échouer à Lenton Street et à l'Œil magique, la librairie alternative de la ville.

Je n'y étais encore jamais entrée, bien que je lui aie jeté un regard curieux chaque fois que je passais devant sa vitrine. D'après ce que j'avais vu et entendu dire, ils se spécialisaient dans le New Age : l'astrologie, les religions bizarres, l'occulte — et même l'écologie avec un côté magique. Et, malgré mon septicisme vaguement chrétien, je dois admettre que cet endroit avait quelque chose de fascinant. Il y avait dans tout cela une notion d'interdit fort séduisante.

L'interdit est toujours fascinant. Même saint Paul l'a admis.

Après un regard rapide et presque coupable autour de moi, j'entrai dans la boutique.

Deux autres personnes y traînaient, outre le caissier : un jeune homme aux cheveux longs arborant une bague en forme de pentagramme. Lorsque j'entrai, il me jeta un regard inquisiteur avant de revenir à son livre de poche corné. Pour éviter toute intervention, je fis comme si je savais ce que je cherchais ; j'étudiai ostensiblement une étagère de livres consacrés aux tarots et à la divination avant de passer à la section Magie.

Mon Dieu, mais tout y était. Mysticisme. Sorcellerie. Guides des principaux rituels. Manuels d'enchantements. Des titres tous plus étranges les uns que les autres et des auteurs aux noms exotiques. Le *Livre de magie égyptienne* était là, tout comme *Les Pouvoirs de Babylone. La Golden Dawn — un historique. Les Œuvres maudites. Introduction à la magie noire.*

Merde.

C'est un livre de poche à la couverture noire (bien sûr) et avec un pentagramme inversé en page de garde qui attira mon attention. Je le feuilletai d'un doigt fébrile.

Des liturgies en latin. D'étranges symboles. Des bons usages du pentagramme. Des rituels d'invocation et de bannissement... Je refermai le livre et le rangeai avec l'impression d'en avoir déjà trop vu.

Et je regardai autour de moi, furtivement, comme ceux qui replacent une revue de cul tout en vérifiant que personne ne les a repérés.

Peut-être, au fond, ressentaient-ils ce que je ressentais aujourd'hui. La peur d'être pris la main dans le sac et le sentiment d'avoir commis un acte honteux...

Une fois de retour chez moi, j'allai droit dans ma chambre et explorai mes étagères. Je trouvai ma Bible entre les romans d'amour et de suspense. Cela faisait des mois que je ne l'avais pas consultée. Mais je la sortis et la tournai entre mes mains comme un talisman ; c'était une édition de luxe que m'avaient offerte mes parents. Ma mère avait écrit : *Pour Rachel, avec toute notre affection — papa et maman*. En lisant cette dédicace, la nostalgie me prit comme jamais depuis l'accident qui les avait tués tous les deux. À ce moment-là, je travaillais aux Urgences à Londres, et soudain, je me retrouvais au cœur de l'horreur qui faisait mon pain quotidien. Leur mort absurde et brutale m'avait bouleversée jusqu'au fond de l'âme. Au moins, ils avaient vécu assez longtemps pour me voir réaliser mon rêve de devenir infirmière.

Encore maintenant, ils me manquaient. Parfois, je me sentais seule, si seule. Mais jamais autant que ce jour-là.

Je plaçai la Bible sur ma table de chevet, à portée de la main. Je n'étais pas plus en sécurité pour autant, mais sa proximité me rassurait.

Vendredi après-midi, le téléphone sonna.

C'était une ligne intérieure et non la ligne directe qui annonce les accidents et les catastrophes. Je décrochai.

— Urgences, bonjour ?

— Bonjour, mademoiselle des Urgences. Vous vous souvenez de moi ?

Une voix calme et froide. McCain. Ou Razoxane, ou quel que soit le nom qu'elle se donne. Mon corps se raidit.

— Que veux-tu ?

Je ne l'avais pas revue depuis notre discussion. Nous étions parties chacune de notre côté. Je présume que, depuis, elle me surveillait. Du moins je l'espérais.

— Puisque tu comptes profiter de ta semaine de congé, dit-elle doucement, passe-la chez des amis. En tout cas, ne reste pas seule. C'est un avertissement.

Elle avait tapé dans le mille : plus la fin de mon service approchait, plus je pensais aux vacances.

— Quoi ? fis-je, mal à l'aise.

— Tu comptais prendre le train ? Entre deux gares, on te retrouverait enfermée dans les toilettes. Ouverte comme un poisson et le cœur dans la bouche.

Ce n'était pas une menace, juste un état de fait. Aussi inévitable que le lever du soleil. Je faillis m'étrangler.

— À bientôt, fit-elle avant de raccrocher.

Et je restai là, la bouche ouverte, le combiné collé contre mon oreille. Sans moyen de savoir si elle avait anticipé la réaction des Cliniciens — ou la sienne.

CHAPITRE DIX-SEPT

Ma semaine se termina sans encombre. Lorsque vint le samedi soir, j'étais sur les nerfs, irritable au possible, mais tout le monde parut mettre mon humeur de dogue sur le compte de la fatigue et me laissa en paix. Mark me demanda si je voulais aller boire un verre avec lui et quelques autres, un soir de la semaine suivante ; j'émis un grognement qui n'était pas une réponse. Karen voulait savoir si j'irais au cours d'aérobic avec elle ce mardi ; je ne savais pas encore.

Danny me jeta un regard complice ; j'essayai de lui sourire, malgré le frisson qui descendait le long de mon échine.

Lorsque je rentrai chez moi, l'appartement me parut bien calme. Sarah et son dernier copain en date (celui de la semaine) étaient partis au ski le jour d'avant. J'inspectai les lieux ; a priori, tout était normal. L'idée de rester seule me rendait nerveuse, et pourtant, il le fallait ; j'avais besoin de réfléchir. Me préparer à faire face aux cauchemars à venir. Des cauchemars qui n'hésiteraient pas à m'étriper comme un poisson mort...

Lorsque je me réveillai le lundi, j'eus bien du mal à émerger. Il faudrait que je me réhabitue à dormir la nuit. Mais, cet après-midi, se tenait la réunion mensuelle du département, et je voulais profiter de mon congé pour m'y rendre. J'en avais rarement l'occasion, et je pourrais représenter les équipes de nuit. Cela me permettrait aussi de garder le contact avec le monde réel. Et de conserver toute ma raison...

Retrouver l'hôpital à la lumière du jour me laissa désorientée. Les couloirs étaient bondés. Les Urgences elles-mêmes constituaient un tout autre univers, bien loin du labyrinthe sinistre de la nuit. Avec mon jeans et mon pull, j'aurais pu n'être qu'une patiente comme les autres; ce qui n'était pas plus mal, vu que certains visiteurs, fatigués d'attendre, semblaient chercher quelqu'un sur qui déverser leurs doléances. Je passai de l'autre côté du guichet, saluant au passage la réceptionniste et l'infirmière, et me dirigeai vers la petite salle de réunions.

Lorsque j'entrai, Kessler était en plein discours; j'étais en retard et me contentai d'un hochement de tête en guise de salut. Je m'assis alors qu'il continuait de discuter stratégies et budgets, appuyant sa démonstration à l'aide de diagrammes punaisés au tableau. Je tirai un carnet pour prendre des notes.

Nous étions une dizaine autour de la table, y compris le Dr Khan, notre directrice des services, Miss Wright et la plupart des Sœurs de la journée. Judith, en civil, était assise en face de moi. Elle me décocha un clin d'œil encourageant.

Kessler continua son discours, répondit à quelques questions; un commentaire suscita quelques petits rires. Je me contentai de sourire; je n'écoutais pas vraiment. Je me contentais de gribouiller sur mon bloc.

En temps normal, je me serais intéressée à ce qui se disait, concernant les mois à venir. Mais, aujourd'hui, je n'arrivais pas à me concentrer; mes pensées défilaient à toute allure, comme si mon esprit redoutait de voir resurgir les souvenirs.

J'essayais d'oublier l'avertissement de Razoxane. En vain.

— ...avec nous, Rachel?

Je levai les yeux. Kessler me regardait.

— Heu, excusez-moi...?

— Je demandais si vous étiez toujours avec nous, fit-il d'un ton égal.

Le rouge me monta aux joues.

— Heu, oui, je suis désolée.

Son regard affronta le mien quelques instants. Je me sentais comme une écolière surprise à rêvasser en plein cours. Ivan Kessler pouvait produire ce genre d'effet. Ce n'est pas pour rien qu'on le surnommait Ivan le Terrible...

La réunion se poursuivit. La remarque de Kessler m'avait assez aiguillonnée pour que je suive la discussion. Et, pendant un temps, je pus oublier ce qui me tracassait — comme je l'espérais. Nous avons conclu vers quatre heures ; Kessler vint me voir alors que je rassemblais mes notes.

— C'est un plaisir de vous voir parmi nous, Rachel. Nous avons besoin d'un contact avec le personnel de nuit. Et merci pour vos remarques fort utiles.

J'opinai, souris — avant d'émettre un soupir de soulagement.

Judith m'attendait dehors.

— T'es partante pour un café ?

Et comment. Nous nous rendîmes à la cantine.

— Alors, ça va ? demanda-t-elle alors que nous nous asseyions à une table libre.

Son ton était badin, mais son regard inquisiteur trahissait son souci. Je haussai les épaules sans chercher à me défiler : j'avais bien besoin d'une épaule accueillante. J'aurais voulu que son regard puisse pénétrer jusqu'aux ombres qui obscurcissaient mon esprit pour y lire la vérité ; au moins, je ne serais plus seule à porter ce poids. Mais, bien sûr, c'était impossible.

— Ça va, merci. La semaine dernière a été dure, mais...

Je savais qu'elle ne se contenterait pas d'une réponse évasive ; elle voulait savoir si j'avais surmonté ma rencontre avec l'intruse. Avec Razoxane. Et, au fil de la discussion, je pense que je réussis à la convaincre.

C'est au moment de finir nos cigarettes et de partir qu'elle aborda le sujet :

— Tu sais, Kessler est fier de toi. Il ne te le dira pas, mais je travaille avec lui depuis assez longtemps pour le savoir.

Je souris, hochai la tête et regardai se consumer ma cigarette tout en pensant : *Oh, Judith, qu'est-ce que je vais faire ? Qu'est-ce que je peux bien faire ?*

Cette nuit-là, je m'éveillai au cœur d'une chaude obscurité. Des doigts caressaient délicieusement la plante de mes pieds, envoyant des ondes de plaisir dans mon corps engourdi par le sommeil.

Je m'étirai voluptueusement, savourant la sensation durant trente secondes. Jusqu'à ce que je me souvienne que j'étais censée être seule dans l'appartement. Alors je battis des jambes, soudain baignée d'une sueur glaciale, et me retirai contre l'oreiller.

Je restai là, recroquevillée, immobile, sentant mon T-shirt trempé coller à ma peau, le cœur battant follement. Je regardai la chambre. Tout était calme.

J'attendis.

En fait, je devais attendre ainsi toute la nuit, inerte, scrutant les ténèbres. Le matin arriva, si lentement que l'aube semblait ne jamais devoir poindre. Enfin je perçus le jour qui pointait de l'autre côté du rideau, dissipant quelque peu l'obscurité de ma chambre. Je pus entrevoir les murs... les meubles... et constater que j'étais seule dans la pièce. La porte était fermée, tout comme les armoires. Et pourtant, bien que je n'aie pas le courage de regarder sous mon lit, je savais que ce n'était pas Trinity qui m'avait réveillée : lorsque j'avais éteint la lumière, notre chat dormait à la cuisine, lové dans son panier.

Peut-être était-ce un nouveau cauchemar.

Mais je n'y croyais pas vraiment; pas un seul instant.

Ma voiture était réparée, et je sortis faire un tour, roulant au hasard, me concentrant sur la conduite pour chasser toute autre pensée. En attendant au feu rouge de Mason Street, je mis une cassette de *All about Eve* dans le radio-cassette, et laissai la voix magnifique de Julianne emplir l'habitacle. Lorsque je rentrai chez moi, je me sentais un peu mieux. Un répit bienvenu, quoique de courte durée.

J'aurais voulu continuer ainsi ; mettre le pied au plancher et partir loin, très loin. Mais ce ne serait pas si facile de leur échapper, je le savais. Cela pouvait prendre des années, mais ils finiraient par me retrouver. Ou ce serait *elle* qui le ferait.

Cette fois-ci, j'examinai l'appartement sous toutes les coutures avant de me coucher.

Il était minuit lorsque j'en eus assez de zapper des programmes tous plus débiles les uns que les autres ; j'actionnai le bouton *off* de ma télécommande et l'image disparut pour ne laisser qu'un point rouge sur la console. J'allai éteindre le poste, puis me redressai et écoutai.

Pas un bruit.

J'allai donc inspecter l'appartement. Avec mon caleçon et mon pull noir, j'avais l'impression de me confondre avec l'obscurité. Je bouclai porte et fenêtres avant de passer à la cuisine, éclairée par la seule flamme bleue du chauffe-eau. Trinity dormait dans son panier, sous la table. Je me retirai dans ma chambre, à demi satisfaite, refermai la porte et me déshabillai rapidement avant de me glisser dans mon lit. Je feuilletai ma Bible, cherchant quelques mots de réconfort — une phrase qui puisse me rassurer tout au long de la nuit.

Un peu plus tard, je finis par me calmer. Je mis le livre sur ma table de nuit, à portée de la main, et m'enfonçai sous mon duvet. Je laissai la lumière allumée.

Bien sûr, j'avais pensé ne pas dormir du tout ; monter la garde toute la nuit pour qu'*ils* ne puissent me prendre par surprise. Mais, après la nuit dernière et une semaine de labeur, j'avais besoin de me reposer ; si je ne rechargeais pas mes batteries, je serais une proie facile. J'avais pensé à réinverser mon cycle de sommeil pour dormir de jour. Mais, en fait, je devais profiter de la journée pour sortir et voir des gens ; traîner dans les magasins et les cafés, là où je pouvais me sentir en sécurité.

Le pire, c'était de ne pouvoir me confier à personne. Si j'entraînais quelqu'un dans cette histoire, je le condamnais à une mort certaine des mains de l'une ou l'autre faction...

Je me tournai et me retournai pendant quelques éternités avant de trouver le sommeil. Jusqu'à ce que je me sente glisser, glisser... dans d'accueillantes ténèbres.

Lorsque je me réveillai, le soleil s'infiltrait entre les rideaux, diluant la clarté électrique de l'ampoule. Je restai immobile quelques minutes, goûtant le silence qui régnait sur l'appartement; puis je me dressai sur les coudes et regardai autour de moi. Personne n'était entré pendant que je dormais.

La nuit suivante fut tout aussi paisible.

La nuit d'après, je rêvai que je mourais — et m'éveillai pour découvrir que c'était la vérité.

C'était un cauchemar étouffant, l'impression d'être entraînée au plus profond d'une mer glaciale. Je tentai de me réveiller avant de suffoquer pour de bon; tendis les mains vers une lumière imaginaire; m'y accrochai et émergeai du sommeil. De retour dans mon corps.

Mais je ne pouvais toujours pas respirer.

Ni voir. Ni même hurler. Quelque chose appuyait sur mon visage, scellant mes paupières, mes narines. Ma bouche perçut le goût du coton, mes narines un relent de persil. C'était mon oreiller, compris-je enfin.

Mes bras s'agitèrent — et touchèrent quelque chose de solide et indistinct. Je lâchai prise, recommençai. J'étais sur le dos, sans défense, et mon crâne m'élançait douloureusement alors que mes poumons se consumaient. Je saisis un poignet. De la peau froide, des poils enchevêtrés, des os. Durs comme de l'acier. Impossible de les bouger. Je perdais pied. Ma poitrine semblait prête à éclater, comme si j'avais avalé le soleil. J'entendis quelques sons étouffés : mes ultimes hoquets d'agonie. Puis soudain, l'oreiller disparut, et je restai là comme un poisson sur le sable, ouvrant la bouche pour apaiser mes pauvres poumons.

Cette fois-ci, j'avais éteint la lumière, et les ténèbres

étaient totalement opaques — et imprégnées d'une froideur si totale qu'elle parut s'infiltrer sous mon T-shirt. Cette obscurité avait une odeur, celle de la crasse et du formaldéhyde, comme un évier de morgue bouché. Alors que je restais là, haletante, incapable de bouger, je perçus un mouvement.

Des vêtements bruissèrent; des doigts tripotèrent ma lampe de chevet, si proches que leur son m'irrita comme des ongles sur un tableau noir. L'ampoule s'éclaira, révélant une grande silhouette qui se penchait sur moi, immobile.

Je m'enfonçai dans mon matelas, comme écrasée par un poids invisible. Muette d'horreur.

Il était tout de noir vêtu : un long gilet de laine sale ouvert sur une chemise froissée, un pantalon crasseux et un chapeau aux larges bords qui avait l'air tout aussi ancien que ses habits. Vieux de plusieurs siècles. Dans la clarté de la lampe, sa silhouette semblait brouillée — mis à part son visage, surgissant de la pénombre tel un masque. Et il me dévisageait.

C'était une face sinistre qui avait dû être belle en un lointain autrefois. Maintenant, elle semblait momifiée. Sa barbe et ses cheveux étaient noirs, mais j'entrevis une pointe de gris. Les yeux qui me fixaient étaient sombres, profondéments enfoncés dans leurs orbites, et d'un froid mortel. Il tenait toujours l'oreiller, et le laissa tomber négligemment tout en s'adressant à moi d'une voix sèche et calme.

— Que les choses soient claires, Rachel Young. Ta vie est entre mes mains. Je peux te la retirer quand bon me semblera.

Je le fixai, pétrifiée, tout en aspirant de grandes goulées d'air. Mes poumons n'étaient qu'à moitié pleins.

— Tu as peur de moi, reprit-il. C'est bien. Tu as toutes les raisons de me craindre. Et pourtant, je peux aussi être ton ami ; t'offrir une puissance et des plaisir tels que tu n'en a jamais rêvés. Ta peur est si abjecte que tu es au bord de la mort. Suis-moi, et tu ne ressentiras jamais rien de tel. C'est à toi de choisir.

Il tira la chaise posée devant la coiffeuse et s'assit lentement dessus. Il était à hauteur de la lampe, et la lumière dévoila ses pommettes décharnées et la lueur qui brillait dans ses yeux. Il tira son chapeau sur son front, et je vis qu'il portait lui aussi des gants en caoutchouc — comme si j'étais atteinte d'une maladie contagieuse et qu'il ne fallait pas me toucher...

— Permets-moi de me présenter, continua-t-il avec une courtoisie peu évidente. Je m'appelle Melphalan. Je suis un maître praticien de l'Ordre des Juges cliniques. Certains nous ont donné le titre de « Maîtres des Médecins ».

Sa voix avait quelque chose de fascinant; sa tonalité râpeuse, mais profonde captivait mon attention.

— Tu peux refuser de croire ce que je vais te raconter, mais tu soupçonnais déjà notre existence avant même que nous ne soyons sortis de l'ombre pour te tirer des griffes de ton assaillant. Nous te surveillons, Rachel; depuis un certain temps déjà. Et chaque fois qu'un de nos patients survivait assez longtemps pour atteindre ton département, nous sentions croître tes soupçons. Oh, tu as tout fait pour t'en dissuader, n'est-ce pas? Mais, peu à peu, tu as pris conscience de notre existence — et de ce que nous sommes. Et pourtant, comment aurais-tu pu deviner la véritable nature de l'Ordre?

Je restai là, recroquevillée, toujours incapable de parler.

— Nous ignorons la mort, Rachel, chuchota-t-il. Nous avons traversé les siècles. Lorsque j'ai rejoint l'Ordre, cette nation était bouleversée par la guerre civile. Les médecins de cette époque tuaient leurs patients plus souvent qu'ils ne les soignaient. Mais pour nous, qui avions le savoir et la volonté nécessaires, la régénération de la chair était facile à obtenir. À mon tour, j'ai maîtrisé ce don; et, depuis, je n'ai pas vieilli d'un jour. Et maintenant, je dois le partager.

Je réalisai alors que, malgré sa prétendue vigilance, il ne savait rien de mes rencontres avec Razoxane et ignorait qu'elle m'avait déjà tout raconté. J'avais un avantage sur lui — insignifiant certes, mais il existait. Melphalan ne devait pas le soupçonner, sinon, il me tuerait sûrement.

Je finis par retrouver ma voix, ou du moins un filet, pour dire :

— C'est... impossible.

Il eut un sourire sans joie.

— Bien sûr, tu me crois fou.

Sa voix était calme, mais mon instinct me souffla qu'il était inutile de jouer les psychologues. Je fis non de la tête.

— Non, non. Mais c'est... si difficile à accepter...

Il acquiesça.

— Le commun des mortels ne peut comprendre l'étendue de nos pouvoirs. Même ceux qui nous voient à l'œuvre invoquent des notions primitives telles que la sorcellerie. Pourtant, tout peut s'expliquer à la lumière de ce savoir ancien que vos scientifiques ont oublié depuis bien longtemps. Le pouvoir de prolonger la vie... voire de la restaurer... autant de secrets que nous avons percés. Et l'humanité entière peut en bénéficier.

Je pensai à leurs victimes que nous avions réceptionnées aux urgences ; la terreur, les mutilations, les morts inutiles.

— Mais alors, fis-je d'une voix atone, pourquoi tuez-vous ? Pourquoi toute cette souffrance ?

Melphalan eut un petit rire indulgent.

— Rachel, es-tu vraiment si ingénue ? Le savoir est le plus grand des trésors, et qui veut l'acquérir doit en payer le prix. Afin de parfaire notre connaissance de la chair et de l'esprit, nous devons continuer nos recherches. Jusqu'à la dernière cellule, l'ultime terminaison nerveuse. Il y a toujours quelque chose à apprendre. Il faut bien en passer par quelques pertes humaines ; il en a toujours été ainsi, et l'avenir ne sera pas différent. Et ne faisons-nous pas bon usage de ces dégénérés qui rampent dans le ruisseau ou vendent leurs corps ?

Cette dernière phrase dite sur un ton méprisant semblait authentique. Une nouvelle fois, je me souvins de ce qu'avait dit Karen. Maintenant, les vivisecteurs s'en prenaient aux humains... À ce moment-là, cela ressemblait à de l'humour noir ; mais pas ce soir.

— Et... que voulez-vous de moi ?

À nouveau, une ombre de sourire sur son visage.

— Tu n'as toujours pas deviné, Rachel ? Nous voulons ton aide.

— Mon aide ? balbutiai-je, incrédule. Mais, cette autre nuit... vous m'avez *torturée*.

Un instant, je crus être allée trop loin. Ses yeux qui ne cillaient pas me dévisagèrent en silence. Puis Melphalan haussa les épaules.

— C'était un malheureux accident, fit-il d'une voix dépourvue de regrets. J'avais chargé mes frères de te protéger, et ils ont cru bon de s'assurer qu'il ne t'était rien arrivé.

Ben voyons, me dis-je. Je serrai les dents pour ne pas lui cracher ma rage au visage. Car je savais très bien qu'ils avaient fait cela pour me dégrader et m'effrayer, me mettre à bout de nerfs. Briser mes défenses et profiter de la brèche...

Et Melphalan savait que je savais ; sa voix prit une nuance ironique.

— Pardonne-leur cet excès de zèle. Cinq siècles ont passé, mais mon frère Vokaine a gardé la mentalité d'un chirurgien du Moyen-Âge — ce qu'il est, en fait.

Je ne pus réprimer une grimace.

— Et maintenant, je suis censée vous aider ?

Malgré ma lassitude, ma voix était ferme ; le simple fait de pouvoir tenir une conversation raisonnable avec mon visiteur m'aidait à garder un pied dans la réalité.

Melphalan se tut et réfléchit avant de répondre.

— Tu dois comprendre que nous avons toujours été des parias. Votre Bible fait de nous des étrangers et des vagabonds sur la Terre. Tu as vu dans quelles conditions nous sommes forcés de vivre. Depuis que nous sommes dans cette ville, nous nous retrouvons confinés dans des bas-fonds qui ne rendent pas justice à notre talent... et nous devons être constamment en mouvement pour éviter d'être repérés. Et pourtant, ton hôpital compte de nombreuses sections désaffectées où personne ne se rend jamais; des salles d'opération oubliées et fermées à double tour. Y a-t-il un meilleur endroit pour continuer nos recherches? Toutefois, il nous faut l'aide de quelqu'un qui soit déjà établi en ces murs...

— Mais pourquoi moi? insistai-je. Danny Wright travaille pour vous, non? Et combien d'autres? Pourquoi moi?

— Rappelle-toi de ce que je t'ai dit, Rachel. Nous te surveillons depuis plus longtemps que tu ne peux le croire. Et ce que nous avons vu nous a séduits. Ton intelligence, ta sensibilité... ta force de caractère. Ce sont des qualités que nous savons apprécier.

Et, comme celles de Razoxane, propres à se tourner vers les ténèbres. Je tentai de cacher ma répulsion alors qu'il continuait son discours :

— Une femme comme toi peut nous être très utile, Rachel Young. Une fois que nous serons installés, il nous faudra un cerbère. Tu comprends?

J'acquiesçai; je savais ce que signifiait ce terme au NHS. Quelqu'un capable de filtrer les demandes pour les services d'un docteur, de s'assurer qu'on ne traite que les cas les plus appropriés...

— Ton département reçoit plusieurs milliers de patients par an, reprit-il. Certains sont soignés et relâchés, d'autres admis dans d'autres sections. Tu seras en position de filtrer les patients et de séléctionner les plus dignes de notre attention.

Si mon visage avait gardé quelques couleurs, celles-ci venaient de s'effacer à leur tour.

— Que voulez-vous dire par... dignes?

— « Ce ne sont pas les bien portants qui ont besoin d'un médecin, mais les malades. » Tu reconnaîtras une citation de cette mythologie chrétienne qui t'est si chère. De nombreux patients qui entrent dans ton département souffrent de maux plus spirituels que physiques; des maladies de l'âme. Ils sont solitaires, angoissés, perturbés — et vulnérables. Personne ne les regrettera. La lie de cette ville vient s'échouer à ta porte, Rachel. Tu nous remettras ces éléments négligeables. Et, s'ils sont déjà sortis, nous pouvons faire des visites à domicile...

Melphalan avait bel et bien le sens de l'humour. Aussi noir, aussi maléfique fût-il.

— S'ils sont hospitalisés, nous irons les trouver dans leur chambre. Et ne crois pas que le personnel puisse nous en empêcher : ils ne réaliseront même pas que nous sommes passés. (Il se pencha, croisant des doigts recouverts de latex.) Nous allons et venons à notre guise. Tout comme je suis entré chez toi cette nuit, malgré tes précautions dérisoires. Le superstitieux peut croire que nous marchons à travers les murs, mais la vérité est beaucoup plus simple. Notre pouvoir matériel n'est rien comparé à celui que nous pouvons exercer sur les esprits. La psyché humaine est des plus malléables pour qui sait l'utiliser, Rachel. Si j'avais voulu te voir à ton travail, tes collègues m'auraient pris pour le parent d'un malade venu s'entretenir de son état...

J'acquiesçai, mais je ne l'écoutais qu'à moitié. Son discours avait évoqué en moi un souvenir, celui d'un documentaire où l'on interviewait des survivants d'Auschwitz. L'un d'entre eux avait parlé à Mengele lui-même alors qu'il surveillait les nouveaux arrivants à la gare, décidant lesquels survivraient et lesquels seraient voués à l'extermination dans les chambres à gaz. Ceux qui n'étaient pas dignes de vivre. Et maintenant, on voulait me voir jouer ce rôle pour des médecins de la mort plus terrifiants encore...

J'ignorai ma nausée et me concentrai sur ce qu'avait dit Razoxane. *Joue le jeu.*

— Et qu'est-ce que j'y gagnerai? fis-je d'un ton presque convaincant.

— Tout ce que tu peux rêver, répondit-il. Nous pouvons satisfaire tes moindres désirs. Tu apprendras des secrets tels que tu n'en as jamais rêvés. Tu vivras éternellement.

— Et... ai-je un délai pour prendre ma décision, ou...

— Tu n'as pas une minute, Rachel. Mais qui y regarderait à deux fois avant d'accepter une telle offre ?

Je le dévisageai. *Joue le jeu...*

— Non, répondis-je.

Il ne cilla même pas.

— Tu refuses notre proposition ?

La terreur m'envahit ; encore un pas et je ne pourrais plus revenir en arrière. Et peut-être serais-je la prochaine victime des Cliniciens. Mais un instinct fondamental me dit de résister. Il le fallait. Ce n'était pas une décision consciente ; il planait sur la chambre une telle aura maléfique que mes dernières croyances religieuses n'avaient pas tenu, bien que Razoxane eût dit que la foi pouvait énerver les Cliniciens. Ce n'était pas l'espoir d'un quelconque salut qui me poussa à secouer négativement la tête.

— Partez, murmurai-je. Laissez-moi, je vous en prie. Partez de chez moi.

Melphalan se redressa et resta au pied de mon lit, à me regarder. Il rajusta son chapeau, comme si ce qui allait suivre requérait un minimum de formalités.

— Je te croyais intelligente, fit-il avec une pointe de regret. Apparemment, je me trompais. Mais tu as encore le temps de revenir sur ton erreur.

Puis sa main jaillit — mais ne balaya que la lampe de chevet. L'ampoule éclata et Melphalan disparut dans l'obscurité. Un instant plus tard, je réalisai que la chambre était vide. J'étais seule.

Alors seulement, je me mis à pleurer.

[illegible]

— [illegible]

[illegible] elle [illegible] pas.

— Tu [illegible] pas vrai ?

[illegible]

— [illegible]

[illegible]

[illegible]

CHAPITRE DIX-HUIT

Le lendemain, je retournai voir Miss Morgan ; c'était la seule personne vers qui je puisse encore me tourner. Mais, bien que seule et terrifiée comme je ne l'avais jamais été, je n'allais pas tout lui raconter. Nous pourrions néanmoins partager un sentiment commun ; car elle aussi savait ce qu'on ressentait en se retrouvant au seuil des ténèbres.

En la voyant, je sus tout de suite qu'elle ne resterait plus longtemps parmi nous. Son visage avait perdu toute couleur et ses rides étaient comme lissées ; déjà, elle semblait apaisée. Je m'arrangeai avec l'infirmière de service, puis allai m'asseoir à côté d'elle. Inutile de l'éveiller, de lui parler ; ma présence suffirait. Elle serait bientôt libérée de cette existence. Ainsi va toute chair... y compris la mienne. Et cette idée me paraissait affreusement rassurante.

D'autres patients recevaient des visiteurs, et un murmure de conversations étouffées emplissait la chambre. Dehors, l'après-midi s'annonçait agréable, et la chaleur du soleil venait réchauffer le décor sordide de l'hôpital. Un chariot traversa le couloir ; je perçus des bribes de conversations entre docteurs. Le téléphone sonna plusieurs fois avant qu'on ne le décroche. Une fin d'après-midi parmi tant d'autres pour ceux du Jour.

Je vis que Miss Morgan venait de battre des paupières. Elle me regarda ; mit un moment à réaliser qui j'étais. Puis elle eut un pâle sourire.

— Rachel, fit-elle, et ce simple mot l'obligea à reprendre son souffle. Je suis... si contente... que tu sois venue... dire au revoir.

Je lui rendis son sourire, un peu gênée. Inutile de lui demander comment elle allait.

— Vous avez... tout ce qu'il vous faut ?

— J'ai trouvé la paix, dit-elle après un silence. C'est tout... ce dont... nous avons besoin.

J'acquiesçai ; je ne le savais que trop. Elle avala sa salive, puis reprit d'une voix un peu plus ferme :

— Je n'ai pas peur, Rachel. Pas du tout. Ce sera mon dernier sommeil. Ma vie... fut longue et bien remplie. Et maintenant, je suis fatiguée. Si fatiguée...

Je lui pris la main.

— Dormez bien, Miss M. Vous l'avez bien mérité. (Après un silence, j'ajoutai :) Croyez-moi, c'est un début et non une fin. Lorsque vous vous réveillerez, vous serez jeune à nouveau...

Elle sourit.

— Des propos dignes de vous, Rachel. Je ne sais trop... si je crois toujours en ce qu'on raconte... sur l'au-delà et tout ça. Mais... si vous voulez bien dire une prière pour moi, je vous en serais reconnaissante.

J'acquiesçai en silence; étonnée de la ferveur avec laquelle j'avais parlé.

Elle semblait chercher ses mots ; puis elle émit un soupir et ses yeux se voilèrent. Je vis sa peau blême se veiner de bleu et sus que son cœur avait cessé de battre.

Je me levai, prête à appeler à l'aide ; une réaction d'infirmière typique. Un seul mot, et on s'empresserait autour du lit ; mais ce mot mourut sur mes lèvres, car un instinct plus profond encore, plus fort que mon entraînement, me fit me rasseoir.

Laisse-la partir. Elle est fatiguée, elle souffre, elle en a assez de la vie. Laisse-la.

Et je restai là, à la regarder mourir.

Quelqu'un s'approcha de moi ; une des infirmières, certainement.

— Miss Morgan ? fit-elle, puis elle comprit tout de suite ce qui se passait, et hurla d'une voix aiguë :

— Arrêt cardiaque, alcôve deux !

Et soudain, l'adrénaline courut dans la section tout entière ; moi-même, je pus sentir son goût acide. Tout autour de nous, patients et parents se raidirent ; les membres du personnel abandonnèrent en catastrophe leurs occupations pour accourir au chevet de Miss Morgan. L'infirmière qui avait donné l'alerte tirait déjà les rideaux entourant le lit :

— Il faut que vous partiez, l'équipe de réanimation aura besoin de place...

Une autre entamait un massage cardiaque et, à travers un interstice entre les rideaux, je vis le corps de Miss M. agité de soubresauts à chaque poussée. Sa bouche ouverte semblait crispée en une supplique muette.

J'avais envie de les repousser, tous, de leur dire qu'elle ne voulait pas se réveiller. Mais je reculai alors qu'on amenait un chariot rempli de médicaments, d'équipements et de moniteurs. Un autre docteur le suivait, haletant, suivi d'un assistant muni d'un appareil à électrochoc. Si tout le reste échouait, ils fixeraient les électrodes sur sa frêle poitrine et enverraient les volts.

Je restai là, immobile, à contempler cette procédure que je ne connaissais que trop. Fini la paix, la dignité ; on lui enfonçait un tube dans la trachée, on arrachait sa robe de chambre pour lui coller des électrodes à même la peau. L'équipe se massa autour d'elle. L'un des docteurs cherchait sa veine pour la transpercer et installer un goutte-à-goutte. Elle s'en allait, et maintenant, ils la faisaient revenir de force, sans pitié ni états d'âme, sans savoir si elle le souhaitait — et sans chercher à le savoir. *Ici, personne ne meurt sans demander la permission au docteur...*

L'anesthésiste s'annonça, encore revêtu de sa blouse verte de chirurgien, et conféra avec le premier médecin. Quelques étudiants restaient en arrière ; après tout, ce genre de choses faisaient partie de leur éducation. J'aurais pu hurler ; je le désirais de toutes mes forces. Mais personne ne m'eût écoutée.

L'une des auxiliaires posa la main sur mon bras.

— Viens. Il n'y a rien à faire.

Je regardai son visage empreint de gentillesse.

— Pourquoi est-ce qu'ils ne la laissent pas tranquille ? bafouillai-je sans réfléchir.

Elle haussa les épaules.

— Ils font de leur mieux. Tant qu'il y a de la vie, il y a de l'espoir, non ?

Quel espoir ? pensai-je. Je jetai un dernier coup d'œil au remue-ménage qui entourait le lit, puis la suivis jusqu'à la salle des infirmières. Ils avaient chargé un étudiant en troisième année de répondre au téléphone ; je le reconnus tout de suite. Il avait passé une semaine aux Urgences l'année précédente.

— Salut, Steve.

Son regard était aussi malheureux que devait l'être le mien. Il attendit que l'auxiliaire soit hors de portée pour murmurer :

— Ce n'est... pas juste, non ?

Je fis non de la tête.

— Elle était prête à partir. Elle le désirait. Et maintenant...

— Dans ses notes, me confia-t-il, Baxter a mis : pas de réanimation forcée. Dommage que, dans leur enthousiasme, ses subordonnés ne tiennent pas compte de ses avis.

— Vous non plus, semble-t-il ?

— Oh, nous savions ce qu'il en était. Nous avions... conclu un arrangement. Mais l'infirmière, celle qui a crié, est une suppléante que nous a envoyée une agence de placement. Elle n'était pas au courant. Nous ne pouvions pas ignorer son appel, n'est-ce pas ?

Je fis la grimace et regardai l'alcôve deux.

— Tu crois qu'ils vont continuer pendant longtemps à faire des claquettes sur sa poitrine ?

— Qui sait ? La semaine dernière, nous avons eu un autre arrêt cardiaque et avons perdu le patient, mais, avant de lui ficher la paix, ils lui ont balancé assez de jus dans le corps pour éclairer toute la ville. À la fin, les assistants faisaient la queue pour en avoir un morceau.

— Mais ce n'est pas le problème, non ? fis-je sèchement. Ils réagissent en accord avec leur formation. Et on leur martèle que la mort est une tragédie qu'il faut éviter à tout prix. Que mourir est la pire chose qui puisse vous arriver. Or c'est faux.

Lorsque je rentrai chez moi, Sarah était de retour, arborant son air habituel : bronzée, en pleine forme, satisfaite de la vie. Elle défaisait ses valises lorsque je la saluai ; je fis de mon mieux pour avoir l'air brave, mais ma morosité devait percer malgré tout.

— Qu'est-ce qu'il y a, Rachel ?

Elle me suivit jusque dans la cuisine.

— Allons, je vois bien que quelque chose te travaille !

Je fis bouillir de l'eau, comme si de rien n'était.

— Miss M. ne va pas bien du tout. Elle a eu deux infarctus cet après-midi, et ils l'ont transférée en Cardio.

Je l'imaginais sur son brancard ; inconsciente, constellée de tubes et de goutte-à-goutte. Piégée dans un corps à l'agonie, condamnée à traîner en ce bas monde...

Sarah n'était pas vraiment une amie de Miss M., mais elle parut néanmoins affectée.

— Elle a une chance de s'en sortir ?

Je fis non de la tête.

Peu importe combien de morts on a vu défiler, c'est toujours différent lorsque vous avez connu le défunt. Je préférai changer de sujet avant que nous nous mettions à déprimer toutes les deux.

— Café ?

— Hum ? Oh... oui, merci.

Elle prit la carton de lait et le flaira — un réflexe venant de l'époque où elle vivait dans un foyer pour infirmières dépourvu de réfrigérateur.

— Alors, dis-moi, la pressai-je, les vacances se sont bien passées ?

— Parfaitement, merci. J'en ai vraiment profité.

Et, alors qu'elle commençait un récit circonstancié — où Terry, sa dernière conquête, figurait en bonne place —, ses yeux brillèrent à nouveau.

J'étais heureuse de ne plus être seule, certes. Mais ne mettais-je pas Sarah en danger? Que lui arriverait-il si elle rencontrait un des Cliniciens — qui entraient et sortaient à volonté? Pendant qu'elle papotait avec enthousiasme, je me demandai combien de temps cette innocence survivrait face à l'un de ces tortionnaires démoniaques.

Je réprimai un frisson.

Mais, en même temps, j'avais l'impression d'un retour à la normale, comme si la semaine passée n'avait été qu'un cauchemar ou un coup de déprime. L'enthousiasme de Sarah chassait les nuages noirs, et l'appartement semblait revivre. En la voyant assise face à la télévision, Trinity sur ses genoux, je pouvais presque croire que Melphalan et sa cohorte finiraient par comprendre et me laisseraient en paix.

Ce soir-là, mon sommeil fut pénible et agité, mais il n'y eut aucune perturbation extérieure. Durant une période d'éveil, j'essayai de rationaliser tout cela. Il est évident que les Cliniciens avaient besoin de gens susceptibles de les servir volontairement, et j'avais refusé tout ce qu'ils m'offriraient. Ils pouvaient essayer à nouveau, mais je ne changerais pas d'avis. Peut-être que ma foi chrétienne, ou ce qui m'en restait, dérangeait leurs calculs. Et pourtant, Melphalan m'avait laissée en vie. Bien sûr, si je racontais notre rencontre, personne ne me croirait; de ce point de vue, ils n'avaient rien à craindre...

Peut-être avaient-ils décidé qu'il était inutile de perdre leur temps avec moi.

Peut-être.

Le lendemain, je me surpris à calculer la prochaine visite de Razoxane. Je n'avais pas suivi ses instructions, certes, mais où se trouvait-elle lorsque Melphalan me menaçait? À quoi bon s'être servie de moi comme d'un appât si le piège n'était pas amorcé?

Mais personne ne vint me voir, ni de jour ni de nuit.

Le samedi soir, j'appelai le service de Cardiologie.

L'infirmière de garde m'apprit que Miss Morgan était décédée paisiblement, dans son sommeil, l'après-midi même. Je la remerciai et raccrochai avec un sentiment de soulagement. Maintenant, elle était en sécurité. Et en paix.

En attendant le lundi, il me fallait une bonne nuit de sommeil. J'étais épuisée ; je subissais le contrecoup de toutes ces heures d'insomnie, de toute cette tension. Je devais retourner au travail la nuit suivante et voulais être en forme, prête à reprendre le rythme.

Sarah passait la nuit chez son copain : j'étais donc à nouveau seule — mais plus calme, plus confiante. J'avais repris l'habitude de dire mes prières avant de dormir, ce qui m'aidait tout de même un peu.

Ce soir-là, je m'agenouillai au pied de mon lit. Et, alors que je glissais entre les draps, mes doigts cherchèrent la forme rassurante de mon crucifix. Le silence de ma chambre n'avait rien de menaçant ; c'était une matrice sombre et chaleureuse dans laquelle je me laissai glisser voluptueusement en refermant mes yeux las.

l'infirmière de garde m'apprit que Miss Morgan était décédée paisiblement, dans son sommeil, l'après-midi même. Je la remerciai et raccrochai avec un sentiment de soulagement. Maintenant, elle était en sécurité, et en paix.

[illegible] lundi, il me fallait une bonne nuit de sommeil. J'étais épuisée, je ressentais le contrecoup de toutes ces heures d'insomnie, de toute cette tension. Je devais m'allonger tôt avant la nuit suivante et voulais être en forme, prête à reprendre le rythme.

Sarah passait la nuit chez son copain. J'étais donc à la maison [illegible] plus calme, plus confiante. J'avais pris l'habitude de dire mes prières avant de dormir, ce qui m'aidait tout de même un peu.

Ce soir-là, je m'agenouillai au pied de mon lit. Et alors que je glissais entre les draps, mes doigts effleurèrent la forme rassurante de mon crucifix. Le silence de ma chambre n'avait rien de menaçant; c'était une maison tranquille et chaleureuse dans laquelle je me laissai glisser doucement [illegible] en m'abandonnant [illegible].

CHAPITRE DIX-NEUF

— Ces satanées lampes sont encore en panne, marmonnai-je en actionnant à nouveau l'interrupteur.

— Ne t'en fais pas, chuchota Danny. Ils t'attendent. Entre, maintenant.

J'hésitai à l'entrée de la morgue et scrutai la pénombre. Pas un bruit, juste le silence de nombreux cadavres. L'air glacial puait le désinfectant ; la chair de poule monta le long de mon bras.

Je fis un pas en avant, fanchissant la frontière des ténèbres. Je regardai autour de moi, cherchant à entendre un bruit par-dessus le martèlement de mon cœur, puis me retournai et vis la silhouette de Danny qui se découpait sur le couloir brillamment éclairé ; Danny qui refermait la porte. Je restai là, impuissante, et l'obscurité m'avala toute crue.

Ils devaient m'attendre dans le bureau du médecin légiste ; au moins, là, il y aurait de la lumière. C'est ce que je me dis en progressant à tâtons le long des frigos. Je percutai une porte laissée ouverte, reçus en pleine face une bouffée d'air glacé, entendis le bourdonnement de l'unité de réfrigération. Je ravalai un cri et continuai mon chemin. J'y étais presque lorsque soudain, derrière moi, retentit un soupir, si près que son souffle me caressa le visage.

La panique s'empara de moi ; mais, avant que j'aie pu me reculer, une main aux doigts d'acier saisit mon épaule. Je me débattis, en vain, alors que la peur s'enflait en moi comme une nausée. Et je ne pouvais rien faire. Rien. Je me débattais toujours lorsque je m'éveillai, allongée sur mon lit, à la lumière de ma lampe. C'était la main de Jenny qui était posée sur mon épaule, et elle me regardait, l'air inquiète.

La réalité reprit ses droits; je retombai sur l'oreiller pendant que mon corps se baignait d'une sueur froide.

— C'est fini, maintenant..., murmura Jenny, comme si j'étais un patient qu'elle devait rassurer.

Et cependant, un étrange malaise monta en moi. Elle ne devait pas être là. Nous n'habitions pas le même appartement, certes, mais il y avait une raison plus importante que cela. Fondamentale, même. Mais mon esprit tournait à vide, ma mémoire était comme une ardoise effacée. Quelle que soit la cause de mon inconfort, elle ne cessait de m'échapper...

Jenny venait elle-même de se lever; ses longs cheveux étaient emmêlés, ses yeux voilés par le sommeil. Soudain, je me rappelai le temps où j'étais étudiante. Le foyer des infirmières à six heures du matin : les infirmières du jour marchant vers la salle de bains d'un pas las, échevelées et abruties, pendant que celles du soir dormaient encore. Un souvenir rassurant, celui d'un monde ordonné, familier.

Jenny posa la paume sur mon front moite et fronça les sourcils.

— Rachel, tu es toute brûlante... (Sa main caressa ma joue.) Détends-toi. Je suis là...

Soudain, j'eus envie de la serrer dans mes bras. Très fort, pour qu'elle me tire du précipice embrumé de sommeil et de cauchemars qui m'y attendait. Je m'assis maladroitement; elle passa un bras autour de mon épaule.

— Plus de raisons d'avoir peur..., chuchota-t-elle à mon oreille.

J'acquiesçai; et pourtant, il y avait toujours ce même sentiment, tout au fond de mon esprit. Quelque chose que j'aurais dû savoir, à propos de Jenny...

Et qui finit par émerger, petit à petit. Mon corps se raidit; il avait un temps d'avance sur mon cerveau. Mais celui-ci finit par le rattraper.

La vérité me frappa comme un coup de poing, me coupant le souffle. Je retombai sur mon oreiller. Jenny Thomas était morte il y avait deux mois de cela — son accent familier à jamais écrasé au fond de sa gorge, sa beauté souillée par la putréfaction. Maintenant, elle dormait six pieds sous terre. Et son fantôme était là, dans ma chambre. Et je sentais son contact sur ma peau...

L'épouvante gela mon cœur et mes tripes. Un instant, je ne pus penser et encore moins bouger ; et ses yeux me regardaient toujours. Elle n'avait rien de menaçant. Mon esprit se raccrocha de justesse à cette idée, comme une bouée de secours : et si tous les fantômes n'étaient pas maléfiques ? Ou même effrayants ? Mais j'avais déjà réalisé qu'elle n'était pas un spectre, mais bien faite de chair, tiède et élastique, et d'os.

Alors qui était-elle ? Ou... qu'était-elle ?

Elle se pencha vers moi.

— Je t'en prie, Rachel, tu n'as aucune raison d'avoir peur...

Mais l'épouvante demeurait en moi ; je me débattis. Me signai à la hâte.

Et Jenny chancela.

Je fixai ses yeux soudain écarquillés et y lus une expression d'incrédulité et de dégoût. Et de peur, aussi.

La seule prière dont je pus me rappeler en cet instant d'épouvante était une simple formule dite et répétée à la messe du dimanche. Des mots simples, affadis par la répétition qui, soudain, claquèrent comme l'oriflamme de ma foi elle-même ainsi réaffirmée.

— Je vous salue Marie, pleine de grâce, le Seigneur est avec vous...

Et la chose qui avait dérobé le visage de Jenny battit en retraite, et son sourire vacilla.

— Vous êtes bénie entre toute les femmes, et Jésus, le fruit de vos entrailles, est béni...

Je pense que ce furent moins les mots eux-mêmes qui la firent reculer que le défi qui vibrait dans ma voix et mon regard, né de l'espoir — désespéré — que, soudain, je n'étais pas seule à combattre...

— Sainte Marie mère de Dieu, priez pour nous pauvres pécheurs...

Elle s'était rencognée à l'autre bout de la pièce, et ma voix chancela alors que je profitais de l'ouverture pour foncer vers la porte. Je ne la quittai pas des yeux, criai :

— Vas-t'en ! Laisse-moi tranquille...

Je réalisai alors que je sanglotais, que des larmes coulaient sur mes joues.

Ma visiteuse resta là, recroquevillée; l'air si perdue que je ressentis une pointe de pitié. Soudain, je me trouvai incapable de faire face au reproche qui se lisait dans ses yeux, et quittai la pièce, me dirigeant vers la cuisine. J'allumai la lumière qui inonda la pièce après trois clignotements, et vins m'appuyer à l'évier ; je m'y cramponnai, le temps de reprendre mon souffle.

Et je l'entendis qui approchait derrière moi.

— Je vous en prie..., fis-je sans lever les yeux. Qui que vous soyez, laissez-moi tranquille.

Mais elle s'avançait, ses pieds nus crissant sur le linoléum. Je me raidis. Elle était là, derrière moi. Je réprimai un frisson.

— Je t'en prie, Rachel...

Sa main se posa sur mon épaule. Et quelque chose se brisa en moi. C'est la peur et l'incrédulité plus que la raison qui me firent prendre le couteau de cuisine posé sur l'évier, me retourner et le lui plonger dans l'estomac.

Peut-être m'attendais-je à la voir disparaître, mais elle grogna de douleur tout en se recroquevillant sur elle-même. Glacée d'horreur, je regardai le manche du couteau que ma main enserrait toujours alors que la lame était plantée dans sa chair, si profondément que je crus l'entendre racler sa colonne vertébrale.

Je le retirai. Et du sang chaud, humain aspergea mon T-shirt. Elle eut un hoquet, puis s'affaissa contre moi, son visage enfoui entre mes seins. Elle glissa lentement le long de mon corps, de mes jambes, sa tête reposant entre mes cuisses en un instant d'intimité macabre, puis s'affaissa sur le sol et ne bougea plus.

Silence. Le couteau échappa à mes doigts inertes et alla

cliqueter contre les dalles. Le sang formait déjà une flaque sombre autour de son corps. J'eus un éblouissement et dus me cramponner au bord de l'évier, secouée de spasmes. Et, alors que je contemplais le cadavre de la jeune femme que je venais d'assassiner, je crus que je venais de basculer dans la folie.

Après quelques minutes de pure panique, je réussis à reprendre mes esprits, du moins assez pour tituber jusqu'au couloir en contournant le corps allongé. La porte des toilettes était ouverte, accueillante ; je bondis et tombai à genoux devant la cuvette pour y vomir une bile amère.

Alors que je reprenais mon souffle, un claquement retentit, et la lumière de la cuisine s'éteignit. Le froid mordit ma peau. Je me figeai, écoutai le silence. Et, dans ce silence, je perçus un mouvement.

Mes jambes avaient la consistance du coton, mais je parvins à me relever, poussée par une décharge d'adrénaline. Je me retournai lentement vers la cuisine d'où provenaient les bruits.

La pièce était baignée d'une clarté lunaire gris-bleu, dévoilant un visage qui se dressait lentement. Mais ce n'était pas celui de Jenny. Oh, non. Cette face était masculine et souillée de crasse, entourée de cheveux englués de boue. Et, au milieu de ce masque sinistre, deux yeux luisaient.

Étrange. Maintenant que je savais ce que j'affrontais, je n'avais plus peur. Je ne ressentais plus que l'inertie malsaine de la résignation.

Le Clinicien se releva, ses yeux maléfiques plongés dans les miens. C'était l'un de ceux qui m'avaient... examinée. Son trench-coat exsudait une puanteur qui me souleva l'estomac. Dieu sait comment il avait pu masquer ce relent écœurant pour imiter le parfum de Jenny. Malgré moi, j'eus un hoquet et reculai, battant en retraite vers la chambre, seule oasis de lumière dans un désert de ténèbres.

Il me suivit, sans se presser. Il retira ses gants miteux aux doigts arrachés ; mes yeux s'écarquillèrent en le voyant tirer de sa poche une paire de gants en latex et les enfiler. Mon dos heurta le mur de la chambre au moment où il ouvrait son manteau, dévoilant tout un ensemble d'instruments chirurgicaux qui luisaient de propreté, en un étrange contraste avec le vêtement crasseux qui leur servait d'écrin. Il choisit un scalpel et le brandit dans ma direction.

Il cessa d'avancer; nous restâmes tous deux figés comme des statues de cire. Puis, en trois pas, il fut sur moi ; si rapide que je n'eus pas le temps de réfléchir à une parade quelconque. La panique me poussa à me baisser; le scalpel érafla le papier peint à l'endroit où je me tenais quelques instants plus tôt. Je sautai sur le lit, roulai sur moi-même; avec une rapidité inhumaine, la lame tailla da l'oreiller comme une tronçonneuse; j'entrevis en un éclair son visage tordu de rage. Je me déplaçais aussi rapidement que possible, mais cela ne suffirait pas. Soudain, je sentis ses doigts agripper une poignée de cheveux et les tirer en arrière pour dévoiler ma gorge. La pointe du scalpel piqua ma chair. À genoux, la tête rejetée en arrière, j'attendis le coup fatal.

Qui ne vint pas. J'entendis sa respiration rauque alors que la scène se figeait en un temps qui me parut infini. Finalement, il retira sa lame et me balança dans un coin d'un geste plein de mépris.

Je restai là, affalée sur le tapis, sans oser remuer; hors d'haleine, nauséeuse. Car, pour la première fois, j'avais vu un Clinicien furieux. Leur masque de calme froid s'était brisé. Apparemment, comme l'avait dit Razoxane, ma démonstration de foi l'avait mis hors de lui ; puis j'eus la témérité de le poignarder, et la rage l'avait possédé. Ce devait être la crainte de son seigneur Melphalan qui l'avait retenu au moment où il allait me couper en morceaux.

Il tripotait sa blessure, qui exsudait des humeurs nauséabondes sur son manteau. Le sang qui souillait mon T-shirt était graisseux et froid. Puis il me regarda de ses yeux que la haine rendait presque lumineux.

— Tu as osé..., marmonna-t-il. Osé me donner un coup de couteau !

On eût dit qu'il n'arrivait pas à y croire.

Mes doigts se refermèrent sur mon crucifix, et j'ignorai ma peur pour croiser son regard. Il était venu me séduire, corps et âme, et j'avais réussi à le repousser. J'y étais arrivée. Et, compris-je, je pouvais le refaire. Encore une fois. Et une autre.

Il vit mon geste et fit un pas dans ma direction.

— Tu vas souffrir, Rachel Young. Je te le promets. (Il brandit son scalpel :) Tes superstitions ne pourront te sauver...

Mais elles le gardaient à distance. Mon poing se referma autour de mon crucifix, ce souvenir tangible de présences invisibles.

— Vas-t'en, murmurai-je.

Il hésita, scalpel en main.

— Vas-t'en, répétai-je plus fort cette fois-ci, envahie d'un calme glacial. Au nom de tout ce qui est sacré, hors de chez moi.

— Ce n'est pas fini, gronda-t-il tout en battant en retraite. Cela ne fait même que commencer.

Je suivis son départ, pas à pas, jusqu'à ce qu'il franchisse la porte et me laisse seule. Un instant plus tard, je sentis remonter la température et sus qu'il était bel et bien parti.

Je restai là où j'étais. Mon poing serré autour du crucifix finit par me faire mal ; j'ouvris la main et le laissai retomber sur ma poitrine. Le métal avait laissé des marques rouges et profondes sur ma paume.

Je me relevai lentement.

Je me sentais à bout de souffle, vidée de mes forces, et mon cœur battait douloureusement dans ma poitrine. Mais l'adrénaline me soutenait toujours. J'ignorai l'oreiller déchiqueté et le papier peint lacéré ; j'allai dans la cuisine et fixai la mare de sang noir qui s'étalait sur le sol éclairé par la lune.

J'avais poignardé l'un d'entre eux. L'avais blessé. Chassé.

Je n'avais plus peur. Ce que je ressentais était du soulagement — et une impression de triomphe, entêtante comme un doux alcool.

CHAPITRE VINGT

La porte s'ouvrit avec un craquement sec. Un instant, le silence retomba. Puis des ténèbres vint un murmure qui se fit vrombissement alors qu'une horde de chauves-souris assoiffées de sang envahissaient les couloirs.

— Bon sang, Mike, c'est nul, ton truc ! fis-je, la bouche pleine de chips.

— C'est tout ce qui restait au magasin, répondit-il, et, à la lueur de l'écran, je vis qu'il avait l'air aussi déçu que moi.

— On peut voir les câbles !

— Chut, fit Karen. Moi, ça me plaît.

Je haussai les épaules, m'enfonçai sur ma chaise et plongeai à nouveau les doigts dans mon paquet de chips. La soirée était d'un calme plat et une association locale venait de nous faire don d'un équipement vidéo « pour amuser les patients et le personnel. » Autant en faire bon usage. Par contre, demander à Mike de choisir le film n'était pas une si bonne idée...

Bah. Cela nous donnait toujours une occasion de nous détendre. J'avais retiré mes chaussures et posé les pieds sur une chaise. À côté de moi, Karen buvait un Coca et ouvrait de grands yeux. Mike se tenait près de la porte, d'où il pouvait garder un œil sur le couloir. June et Helen nous avaient rejoints, ainsi que Kathy, bien que l'heure d'aller au lit soit passée depuis longtemps. Danny avait annoncé qu'il avait déjà vu le film et devait traîner quelque part dans le département.

Cela me convenait. Je pouvais me passer de sa compagnie.

En fait, ce soir-là, je me sentais plutôt bien. J'étais encore tout excitée, après ma victoire face au Clinicien. Depuis, il ne s'était rien passé, et je dormais comme un loir, ignorant fort bien la petite voix lointaine qui parlait de raison et de revanche. Maintenant, ils devaient avoir compris que je leur étais inutile. Et, en outre, ils avaient peur — peur de Celui en qui je croyais. Comme si ma foi les faisait douter d'eux-mêmes...

Le travail était d'un grand secours, comme toujours. Je devais m'occuper de la misère des autres. Ce soir, c'était un jeune gars silencieux qui s'était râpé les joues sur du gravier en tombant de vélo. Un patient de plus. Du moins, jusqu'à ce qu'il se tourne vers moi pendant que je préparais le chariot et me dise tranquillement :

— Il faut que vous sachiez que je suis séropositif.

J'allais mettre mes gants, de toute façon, mais je tendis la main et lui touchai l'épaule. Pas un mot ni un regard ne fut échangé. Juste le contact de deux peaux et un geste important pour quelqu'un de très solitaire...

À la réception, l'intercom bourdonna.

— À qui le tour ? demanda Helen.

— Mike, dis-je gaiement.

Il me jeta un regard faussement peiné. C'était bien de travailler à nouveau avec lui, d'oublier la gêne de la semaine précédente.

— Mon Dieu, quand faut y aller..., dit-il en se levant.

— Chut, insista Karen, tu gâches l'atmosphère !

— Tu parles d'une atmosphère..., maugréa-t-il en s'en allant.

Je consultai ma montre ; près de deux heures. Ce serait notre premier client en plus d'une heure. Je repris une chips.

Plusieurs minutes hautement dramatiques plus tard, Mike revint et se rassit.

— Qui c'était ? demandai-je.

— Sais pas. Un poivrot.

Il y eut un silence, uniquement rompu par un cri d'angoisse en provenance du poste de télé.

— Eh bien ? insistai-je.

— Ah, oui, répondit-il en feignant la surprise. Pardon. Je l'ai mis à la chambre 2.

— Michael, bon sang, faut te tirer les mots de la bouche ! grogna Kathy avec un sourire. Il est dans quel état ?

— À le voir, il est heureux comme un roi. Les deux flics qui nous l'ont amené, ne lui ont même pas collé une contredanse pour ivresse sur la voie publique. Mais il a une vilaine plaie et ils voulaient qu'on s'en occupe.

Kathy se leva en soupirant.

— Dis-moi ce qui s'est passé.

Elle s'arrêta sur le pas de la porte et dit avec un calme délibéré :

— Si jamais il vomit sur ma robe, ça va barder pour son matricule.

Mike la suivit en souriant jusqu'aux oreilles.

Nous autres sommes restés là, à regarder le film. Quelques minutes plus tard, Mike passa à nouveau la tête dans l'entrebâillement de la porte :

— Vous n'auriez pas vu notre client, par hasard ?

— Ne me dis pas qu'il est parti faire un tour, grimaçai-je.

— Hé, je l'ai laissé une minute grand maximum, et il était furax. Ensuite, il est resté là, à sourire aux anges comme un abruti.

Je me levai, résignée, et enfilai mes chaussures.

— Allons le chercher. Quelqu'un pourra peut-être m'expliquer ce qui se passe.

— Bon courage, murmura Karen alors que je passais devant elle.

Kathy était déjà dans le couloir et se dirigeait vers la salle de réa. Je regardai de l'autre côté, vers les amphithéâtres. Personne.

Lorsque Mike ouvrit la porte de la salle d'isolation pour y jeter un coup d'œil, j'allai vers la zone de traitement : le point de départ le plus logique pour mes recherches. Certaines lumières étaient éteintes — suite à la directive de ce mois-ci demandant de faire des économies d'énergie —, mais Kathy avait laissé allumé le visiomètre à rayons X, et sa clarté blanchâtre éclairait la pièce. Elle y avait aussi laissé une radio, celle de la fracture du crâne de tout à l'heure. La vision de ce crâne lumineux, comme un spectre phosphorescent tourné vers moi, attira mon regard. Je fis un détour pour éteindre l'appareil. Il n'y a pas de petites économies.

Dans le silence qui s'ensuivit, je pus entendre très distinctement le tic-tac de ma montre.

Mike m'attendait près des sutures, et secoua la tête.

— Disparu sans laisser de traces.

— Flûte. Allons voir du côté de la réception.

Nous parcourûmes à nouveau le couloir, puis j'obliquai vers le magasin central.

— Vas-y. Je veux seulement vérifier qu'il n'est pas en train de faire une razzia dans les armoires à pharmacie.

— Tu ne peux pas le rater, ajouta Mike alors que je poussais la porte. C'est un vrai crado, et il porte des lunettes de soudeur...

Il dit ce dernier mot avec une certaine gaieté ; il ne me vit pas me figer avec un hoquet nerveux.

Je me souvenais de ces grosses lunettes penchées sur moi. D'un sourire opaque. Du scalpel, du spéculum et des gants de caoutchouc. Oh, *merde*...

Soudain, je me sentais très vulnérable dans cette pièce glaciale illuminée par des néons lugubres. Je me tournai, ouvris la porte...

Danny était là, et il arborait son éternel sourire méprisant. Et il me bloquait le passage. Je restai immobile, à le dévisager. Puis, sans savoir pourquoi, je dis :

— Je vais hurler...

Son sourire s'élargit.

— Oh, que oui, acquiesca-t-il.

Puis sa main jaillit comme un serpent, et m'arracha mon crucifix, cassant la chaîne d'un coup sec.

Je titubai, déséquilibrée, mais il m'ignora et s'avança dans la pièce. Il se dirigea vers un seau jaune. Là où l'on jetait les rasoirs et les aiguilles utilisées.

Et il y fit tomber mon crucifix.

Mes yeux s'écarquillèrent. Il se tourna à nouveau vers moi, et je réalisai le grand vide sur ma gorge. Comme je me sentais nue devant lui...

— Tu te crois maligne, pas vrai, Rachel? grinça-t-il. Plus maligne que tout le monde. Et maintenant, tu es bien avancée...

Et, sur ces mots, il s'en alla, sortant par la porte opposée.

Je pensai repartir par où j'étais entrée — bien que mon instinct me hurlât de ne pas sortir sans mon crucifix. Je devais retrouver Mike, et Kathy. S'il le fallait, nous nous barricaderions dans le bureau. Je n'étais plus qu'à quelques centimètres de la porte lorsque j'entendis un pas traînant dans le couloir. Et une bouffée glaciale me parvint.

Impossible de hurler : ma gorge était aussi sèche que le sable du désert. Que la mort...

Je bondis à travers la pièce, jusqu'au seau. J'aurais pu continuer; Danny devait m'attendre derrière la porte, mais j'étais prête à me battre. Et pourtant, je savais ne pas avoir une chance. Pas sans le crucifix.

Celui-ci n'avait aucun pouvoir en lui-même, j'en étais consciente; ce n'était qu'un morceau d'argent — mais il m'aidait à éclaircir mes pensées, à me raccrocher à quelque chose. Un symbole de ma foi, aussi fragile fût-elle.

J'arrachai le couvercle de plastique. La poubelle débordait d'aiguilles luisantes, menaçantes. Certaines étaient encore souillées de sang séché. Et j'avais moi-même utilisé l'une d'entre elles pour faire une piqûre antitétanique à ce jeune type, celui qui était séropositif...

L'une d'entre elles. Mais laquelle, bon sang?

Mon crucifix gisait comme un rayon d'argent au beau milieu de cette forêt d'acier.

J'avalai ma salive et regardai vers la porte. Personne. Mais il n'était pas loin, je le sentais.

Lentement, je baissai mes doigts tremblants vers le seau.

La température ambiante se fit subitement glaciale. J'eus un hoquet, mais n'osai pas lever les yeux. Mes doigts tremblaient tant que je faillis me piquer. Ma chair attendait presque le contact de l'acier. Mais je le tenais maintenant, entre mes deux doigts. Et, d'un coup sec, je réussis à tirer le crucifix de son berceau barbelé.

Je me retournai pour voir le monstre qui se tenait sur le seuil.

C'était bien lui ; celui qui m'avait examinée. Son sourire évoquait un crâne de mort, et j'eus l'impression que ses lunettes cachaient des orbites vides. La blessure qui l'avait amené ici était une mince cicatrice luisante de pus descendant le long de sa joue. Et dans sa main brillait l'acier glacial, implacable du scalpel.

Il marcha sur moi avec une lenteur insolente.

— Non, hoquetai-je tout en raffermissant ma prise sur le crucifix. Melphalan a dit que tu as besoin de moi.

Il secoua la tête sans cesser de sourire.

— Il n'a rien à faire des idiots.

Je voulus brandir ma croix dans sa direction, mais mon cerveau n'était plus qu'un vortex de terreur. Même mes victoires précédentes me semblaient irréelles ; je tentai un Notre Père, mais les mots moururent dans ma bouche. Je battis en retraite tout en cherchant désespérément un mot, une formule, un rite d'exorcisme, n'importe quoi.

— Esprit vil, je t'ordonne de quitter ces lieux..., tentai-je, et je crus qu'il allait éclater de rire.

— Tu le sens, n'est-ce pas ? contra-t-il. Les premières atteintes du doute. Tu ne *crois* pas...

Je m'adossai au mur, l'esprit complètement vide ; je tendais toujours le crucifix serré entre mes doigts inertes. Je compris alors que j'allais mourir. Lentement. Après mille souffrances. La simple réalisation de ce fait libéra un flot d'émotions. Une amertume monta en moi et éclaircit mon esprit rendu opaque par l'épouvante.

— N'approche pas..., murmurai-je.

Il continua d'avancer. Et quelque chose céda en moi.

— Au nom de Jésus-Christ, CASSE-TOI !

Là, il s'arrêta.

Je tremblais comme une feuille et mon visage ruisselait de sueur. Le crucifix chancela — mais je me repris et le braquai vers lui d'un geste agressif.

Il ne bougea pas un cil.

Je ne pouvais voir ses yeux, bien sûr; impossible de discerner ce qui s'y cachait. Mais j'eus l'impression qu'il n'était plus si sûr de lui.

La vraie foi les pousse à douter d'eux-mêmes.

Je me tenais là, face à lui, sans défense — et pourtant, je n'avais plus peur. Et je lui tenais tête. C'est cet aspect irrationnel qui le fit chanceler. Il souriait toujours, mais une tension nouvelle l'habitait.

— Ton Dieu n'est pas là pour te sauver, insista-t-il tout en raffermissant sa prise sur son scalpel.

Je fis un pas en avant.

Il fit un pas en arrière.

Je n'arrivais pas à y croire. J'avançai encore. Il se recula vers la porte.

Je n'eus pas le courage de tenter un troisième pas. Nous nous sommes regardés en chiens de faïence, nous jaugeant de part et d'autre de cette pièce glaciale. Et soudain, un cri de pure terreur vrilla l'air. J'étais déjà trop dopée à l'adrénaline pour ressentir quoi que ce soit.

Nous avons tendu l'oreille — tous deux — alors que le cri se faisait gémissement, puis gargouillis, puis silence. C'était la voix de Danny, je le savais. Le Clinicien avait gagné la porte et regardait dans le couloir. Ses gestes témoignaient de son malaise. Sur le seuil, il se tourna vers moi et brandit son scalpel comme pour mieux manifester sa haine.

— Tu vas le payer, feula-t-il. En larmes de sang.

Et, dans un bruissement d'étoffe puante, il tourna les talons et s'en alla.

Je restai figée sur place pendant un long moment. J'étais sûre qu'au moindre geste, je m'effondrerais comme un château de cartes. Puis j'entendis des pas précipités dans le couloir et entrevis Mike qui passait devant la porte. Contre toute attente, je retrouvai mes jambes et partis à sa poursuite.

Je le rattrapai facilement à la hauteur des Sutures : il s'était immobilisé. Je jetai un coup d'œil à son visage soudain exsangue, suivis son regard — et compris immédiatement.

Danny gisait dans la salle de sutures, allongé sur le dos. Il avait été étripé d'une façon plutôt spectaculaire, maculant la pièce de son sang et de morceaux d'entrailles. En quelques secondes, on l'avait transformé en modèle pour un cours d'anatomie.

— Oh, sainte mère de Dieu..., fit Mike d'une voix blanche.

Il transpirait abondamment et respirait à peine. Et, infirmière ou pas, j'avais moi aussi envie de vomir.

Les yeux grands ouverts, Danny fixait le plafond.

Kathy et June avançaient dans le couloir; je les arrêtai d'un geste.

— Non... mieux vaut ne pas voir ça.

— Qu'est-ce qui s'est passé ? demanda Kathy.

— On a... assassiné Danny.

Un mot qui me parut bien faible pour décrire la sinistre vérité, mais qui les prit de court. Ce n'est qu'au bout de quelques minutes que Kathy demanda avec un calme forcé :

— Eh bien, je présume qu'il faut signaler son décès...

— Oh, merde. Oui, bien sûr. (Je fis un pas de côté.) June, va chercher les autres, d'accord ? On a un dingue en liberté dans le coin.

Une fois de plus, faillis-je ajouter. Et dire que la soirée s'annonçait tranquille. Mais qui avait bien pu faire ça ? Un autre Clinicien ? Alors que Mike décrochait le téléphone mural, je parcourus la salle des yeux. Il n'y avait personne, pas d'endroit où se cacher — si ce n'est derrière les rideaux du lit numéro deux, là où Mike avait laissé son « patient ».

Et, sous mes yeux, l'un des rideaux se souleva.

C'était Razoxane, bien sûr. Celle qui se proclamait Ange de la Mort. Son couteau ensanglanté à la main. Elle me décocha un sourire empreint d'une sagesse effrayante avant de laisser retomber le bout d'étoffe qui lui servait de cachette.

Je me détournai et m'adossai au mur, croisant les bras, alors que Kathy s'affairait autour du cadavre de Danny.

Maintenant, je le savais, la guerre était déclarée.

CHAPITRE VINGT ET UN

Lorsque je rentrai enfin chez moi aux premières lueurs d'un matin pluvieux — après avoir répondu aux questions des policiers —, Razoxane était là, dans l'appartement. Elle m'attendait.

J'aurais dû m'en douter, bien sûr; alors même que je refermais la porte et posais mon front contre le pène, écoutant le silence, j'aurais dû deviner. Et pourtant, j'eus un choc en la voyant assise à la table de cuisine plongée dans l'ombre, finissant son petit déjeuner.

Elle dévorait avec ardeur un bol de mes céréales, son chapeau masquant son visage. L'odeur âcre de ses vêtements empuantissait la pièce. Elle n'avait même pas pris le temps d'enlever ses gants.

Elle ne leva pas les yeux, et pourtant elle savait que j'étais là. Au bout d'un moment, je dis d'une voix atone :

— Pourquoi avoir tué Danny? Il n'était pas... l'un d'entre eux. Ils se servaient de lui, c'est tout.

Elle finit de mâcher sa dernière bouchée de céréales, avala, puis leva lentement la tête. Elle avait retiré ses lunettes noires; ses yeux étaient d'un bleu si pâle qu'ils semblaient presque lumineux.

— Il arrive qu'ils délèguent à leurs serviteurs certains de leurs pouvoirs, répondit-elle. Il fallait que je m'assure de leur extinction.

Ça, elle pouvait être tranquille : aucun risque de résurrection lorsqu'on vous a découpé le cœur et arraché votre dernier cri, emportant en même temps la gorge, le larynx et les poumons. Je n'avais guère de sympathie pour la victime, mais tout de même...

— Après tout, il t'a livrée à Vokaine, remarqua Razoxane. À cause de lui, tu as failli finir en morceaux.

Elle avait plus que raison, et je n'avais pas la force d'argumenter. Je m'assis en face d'elle pendant qu'elle terminait son repas. J'étais déjà trop habituée à l'étrange, à ces noires profondeurs cachées sous le vernis rassurant du quotidien, pour remarquer l'incongruité de la situation : une vagabonde crasseuse mangeant un bol de muesli dans notre cuisine proprette. Et cette jeune femme avait massacré au moins trois personnes — dont, à vrai dire, deux n'avaient plus grand-chose d'humain. Elle était certes folle à lier — peut-être était-ce le seul moyen qu'elle eût trouvé pour supporter toutes ces abominations —, mais il y avait une certaine logique dans son délire, et elle gardait le contrôle de la situation. Je ne la considérais plus comme une menace ; en fait, en sa présence, je me sentais presque en sécurité.

— Est-ce que... tu vas rester près de moi ? demandai-je.

Sa cuiller racla le fond du bol. Elle s'essuya la bouche et me regarda.

— Si tu as besoin de moi, je serai là.

Melphalan et ses cohortes de tueurs étaient passés tout près de moi, eux aussi ; je frissonnai à cette idée.

— Ils ont abandonné l'idée de se servir de moi, n'est-ce pas ? Maintenant, c'est ma peau qu'ils veulent.

Ma voix montait vers l'hystérie. Je m'interrompis, avalai ma salive, attendis que la peur reflue pour continuer :

— Il m'a dit que je paierais pour ce que j'avais fait. Il me l'a juré.

Elle haussa les épaules. Le fait que je n'aie pas suivi ses instructions ne semblait guère la déranger.

— Je serai là, Rachel. D'où qu'ils viennent, ils me trouveront sur leur chemin.

— J'y compte bien, murmurai-je.

Razoxane tendit la main vers sa tasse de café, sans répondre. Mon regard anxieux passa en revue la pièce —

mais ce n'est que lorsque mes yeux revinrent se poser sur elle que je remarquai le sac de cuir posé sur la table à côté de son coude.

— Qu'est-ce que c'est ?

Un mince sourire apparut sur ses lèvres.

— Un petit quelque chose que j'ai piqué chez lui... avant l'arrivée de la police. Tiens, regarde, fit-elle en poussant le sac vers moi.

À l'intérieur, je trouvai une liasse de papiers. Je jetai un regard interrogateur à Razoxane.

— Ils n'ont rien de dangereux en eux-même. Vas-y, continue.

Je les retirai à contrecœur et les feuilletai. Certaines pages étaient photocopiées, d'autres avaient été arrachées à leurs livres sans autre forme de procès ; d'autres encores étaient manuscrites ou couvertes de symboles géométriques. Des formules magiques, finis-je par réaliser. Elle désigna l'un des signes :

— Celui-ci est facile à reconnaître. C'est un heptagramme babylonien.

— Vraiment ? fis-je en considérant le symbole.

Elle eut un sourire et s'expliqua :

— Ils le tiennent de leurs anciens maîtres : par cette incantation, ils peuvent concentrer leur pouvoir. Tu vois les noms qui sont inscrits ?

En effet, il y avait quelques gribouillis dans la silhouette complexe dont la forme évoquait un pentagramme, mais doté de sept côtés. Les mots variaient dans leur style et leur forme ; certains étaient indéchiffrables, d'autres plus faciles à décrypter. Je crus même pouvoir les lire.

— Namtar ? tentai-je.

Razoxane acquiesça.

— Un démon sumérien : celui qui apporte la maladie. Et Nergal, le dieu de la mort et de la désolation. Le plus vieil ennemi des Cliniciens. De lui, il ne reste plus que quelques mantras, mais... (son sourire se fana) un simple nom peut détenir bien des pouvoirs, Rachel. Ouvrir bien des portes.

Au moins, je reconnus le symbole situé au centre, entouré de ces mots sinistres : un bâton autour duquel s'enroulait un serpent. La marque des guérisseurs.

Parmi les autres pages, je trouvai bien des extraits d'ouvrages médicaux antiques, ces tomes jaunis qu'on pouvait trouver dans la bibliothèque de mon ancien hôpital et qu'on conservait sous verre. Des illustrations à la main et des inscriptions calligraphiées. Certaines scènes me firent grincer des dents : elles décrivaient des sortes de mutilations rituelles et des dissections explicites, rendues plus choquantes encore par la froideur clinique avec lesquelles elles étaient dépeintes. Et les commentaires suggéraient des incantations, des rites ou des sorts plus que des remèdes. Certains étaient en anglais, parfois vieilli ou déformé, d'autres en un mélange de français, de latin et d'allemand. J'avais étudié les langues vivantes à l'école et pus déchiffrer quelques fragments ; et pourtant, ils avaient quelque chose de faussé. Les mots étaient à peine reconnaissables et mal orthographiés. *Faictz que vouldras* ? Je jetai à Razoxane un regard interrogateur, et elle se pencha pour regarder l'objet de mon étonnement.

— C'est du français de l'époque de la Renaissance. Et certains textes ici présents sont encore plus anciens. Du Moyen Âge...

Je la dévisageai, incrédule.

— Danny était un homme à tout faire, bon sang ! Il pouvait à peine lire le *Sun* !

— Les apparences sont parfois trompeuses, Rachel. Tu ne devrais pas t'y fier.

Je fis la grimace et trouvai un autre symbole : un pentagramme inscrit dans un cercle au centre duquel, à nouveau, se trouvait le serpent enroulé autour du bâton. Je fronçai les sourcils.

— Il est dessiné à l'envers, non ?

— Pas pour eux, renchérit Razoxane. Le pentagramme est un signe de pouvoir qui englobe les quatre éléments. La pointe unique dressée vers le haut représente le plan spirituel le plus élevé : la Présence divine. Mais si le pentagramme est dressé sur cette même pointe, tout est inversé. La réalité matérielle est plus importante. C'est un défi lancé à Dieu lui-même.

— Je croyais qu'ils étaient athées.

— Oh, ils le sont. Mais pas de façon consciente. Pour eux, la religion n'est qu'une superstition, un objet de haine et de mépris ; ainsi, le pentagramme inversé symbolise leur dédain. Mais tout au fond d'eux, dans le peu d'humanité qui leur reste, ils conservent leurs propres superstitions... comme tu as pu t'en apercevoir.

J'acquiesçai, bien que je ne comprisse qu'à moitié.

— Tu veux dire qu'ils reculent devant un crucifix ? Et redoutent d'autres objets ?

— Tu te trompes, Rachel. Ce n'est pas la croix qu'ils craignent, mais la foi de celui qui la tient. Le crucifix n'est qu'un symbole, une prière n'est qu'un assemblage de mots — mais ils servent à concentrer ta foi et à la diriger contre eux. Alors peut-on les repousser.

Je pris bonne note.

— Mais s'ils se servent de tout cet attirail occulte... comment peuvent-ils nier le surnaturel ?

— Je te l'ai dit : c'est un résultat de leur arrogance. Pour eux, *rien* ne peut échapper au savoir. Tout est explicable par la science. Même si tu leur donnes des preuves d'une origine surnaturelle, ils trouveront toujours moyen de les contourner, de parler de phénomènes inconnus ou de pouvoirs secrets du cerveau. Et parfois, bien sûr, ils ont raison. Comme l'a dit un sage : l'Univers est plus étrange qu'il n'est possible de le concevoir.

— Et comment peux-tu savoir tout cela ? Tu sembles les connaître si bien...

— Cela fait longtemps que je les traque, répondit-elle sans se démonter. Il faut purifier la Terre de leur présence.

J'avalai ma salive avant de poser la question cruciale :

— Et... Qui es-tu ?

— Un invité malheureux sur une planète bien sombre. Réponse de Normand s'il en est.

— Depuis combien de temps ? insistai-je.

— Qui sait ? fit-elle en haussant les épaules. J'étais là

bien avant que celui connu sous le nom d'Isaïe ne se mette à prêcher. Bien, bien avant. Avant Abraham, avant Moïse. Avant même que les tribus de l'âge de pierre n'aient pu rêver d'un Dieu...

Je n'aurais jamais dû lui poser la question, je le savais.

— Je n'ai aucune perception du temps, Rachel, reprit-elle d'un ton bien trop léger. J'existe; je détruis. Je nettoie la Terre, et lorsque la tâche sera terminée, Il me rappellera à Lui. Mais ma tâche n'est et ne sera jamais terminée...

Je restai là, à acquiescer. J'avais déjà rencontré des malades mentaux, bien sûr. Tous les services ont leurs cinglés; et, durant mon apprentissage, j'avais passé trois mois en psychiatrie — période durant laquelle j'avais côtoyé Jésus, Napoléon et Adolf Hitler. Mais je n'avais jamais pu m'accommoder de ces patients qui souffrent d'une maladie ancrée aussi profondément dans quelque chose d'insaisissable : leur âme elle-même. Ces gens qui agissent de façon normale, parlent de façon raisonnable, mais pourtant évoluent dans le territoire d'ombres de leur propre psyché.

Et je me retrouvais à papoter avec l'Ange de la Mort en personne. Mais, cette fois-ci, le patient était en liberté, armé d'un couteau, et dessinait ses fantasmes dans la chair et le sang. Et ses victimes étaient bien ce qu'elle prétendait : une cabale de tueurs démoniaques, des créatures au-delà de toute raison, et dont la simple existence me faisait douter de ma propre santé mentale.

En la regardant, plongée dans un silence inconfortable, comme si nous manquions de sujet de conversation, mon esprit effleura une possibilité nouvelle : et si elle n'était ni folle ni malade? Et si, sous cet aspect repoussant, se cachait bel et bien un ange, un cauchemar tombé du ciel? Mon esprit ne fit qu'effleurer cette idée, puis se recula, effarouché.

Razoxane sourit comme si elle avait lu dans mes pensées.

— Il faut que je parte, Rachel. J'ai à faire.

— Quoi donc? demandai-je, soupçonneuse.

Mais elle ne répondit pas. Elle tira ses lunettes noires de la poche de son manteau et masqua à nouveau ses yeux d'un froid glacial avant de se lever.

— Et s'ils reviennent ? la pressai-je. Où seras-tu ?

— Tout près. N'aie pas peur, Rachel. Désormais, tu as le pouvoir de les défier, et ils en sont conscients. Ils feront attention.

C'est alors que la fatigue me tomba dessus.

— Et s'ils viennent pendant mon sommeil ?

— Ils ne t'approcheront pas, Rachel. Pas avant un certain temps. Fais-moi confiance.

Je haussai les épaules. Avais-je le choix ?

Trinity était passé sous la table et se frottait contre mes jambes ; insouciant des noires réalités de l'existence. Tant qu'on le nourrissait, il était heureux. Je le caressai d'un geste machinal. Alors que Razoxane allait quitter la pièce, je demandai :

— Tout cela va-t-il se terminer un jour ?

Elle s'arrêta, me regarda.

— Oui. Bientôt. Pour nous tous.

Puis elle s'en alla, me laissant seule dans la clarté glaireuse du matin, dans une cuisine empestant comme la salle d'attente de la gare après qu'on en a chassé les clochards et les poivrots.

Malgré ma fatigue, je me fis couler un bain avant d'aller me coucher. J'ouvris la fenêtre de cuisine afin d'évacuer l'humidité et l'odeur que Razoxane avait laissées derrière elle. Mais la peur m'avait fait transpirer une sueur amère qui avait détrempé mon uniforme et, maintenant, se refroidissait lentement. De plus, j'étais sur les nerfs : l'eau chaude ne manquerait pas de me détendre. Avec un peu de chance, je parviendrais même à oublier mes soucis — pour un temps.

Je vérifiai que la porte était bouclée à double tour et les fenêtres fermées. Ni l'une ni les autres ne pouvaient empêcher les Cliniciens d'entrer, bien sûr, mais ils perdraient du temps — et, peut-être, du courage. Précautions dérisoires, certes, mais qu'importe. Je commençais à croire Razoxane : ce n'étaient pas des barrières physiques qui me protégeraient d'eux.

J'allai dans la salle de bains et ajoutai un peu des sels qu'employait Sarah. Puis je me retirai dans l'embrasure de la porte ; là, je pourrais regarder se remplir la baignoire tout en profitant du silence de l'appartement. Même en tendant l'oreille, je ne percevais rien d'autre que le rugissement de l'eau. Finalement, je fermai la porte de la salle de bains et me déshabillai rapidement.

L'eau était chaude et odorante ; je m'y blottis voluptueusement. Je sentis mes muscles se détendre alors que je m'enfonçais jusqu'au cou ; enfin, je rejetai la tête en arrière et refermai mes yeux fatigués.

Mon esprit retrouva la paix. Puis partit à la dérive.

Je me réveillai au son d'un grattement à la porte.

Je me rassis dans un grand éclaboussement ; ma main se referma instinctivement sur mon crucifix. J'attendis, assise dans l'eau, sans bouger, sans respirer. Puis, alors que l'eau s'apaisait, j'entendis à nouveau le grattement.

C'était Trinity.

J'eus un hoquet de soulagement et me laissai retomber dans l'eau.

— Trinity ! Ne me refais jamais un coup pareil, compris ?

Le chat continuait de se faire les griffes sur le pène.

— Vas-t'en, maintenant ! Tu as assez mangé comme ça.

Comme pour me répondre, ses grattements redoublèrent d'intensité ; il se mit à siffler et cracher. Voilà qu'il se battait, maintenant ! Un greffier en maraude avait dû passer par la chatière et, apparemment, Trinity comptait défendre son territoire. Je soupirai, me redressai et tendis la main vers les serviettes.

J'entendis alors un bruit tel que je n'aurais jamais cru qu'un félin puisse en émettre, un crissement spectral qui fit se hérisser ma chair pourtant chaude. Et, avant que je n'aie pu remuer un cil, une flaque de sang jaillit sous la porte.

Un seul et unique jet explosif qui s'étendit de façon spectaculaire jusqu'au pied de la baignoire. Le silence retomba.

Je m'assis, les yeux écarquillés, ma bouche formant un O presque parfait.

Ils étaient là. D'un instant à l'autre, ils allaient abattre la porte, et j'étais nue, désarmée, l'esprit vide.

Mais rien ne se passa.

Je ressentais leur présence maléfique si intensément que mon corps frissonna sous l'effet d'un froid bien réel. Puis, au bout d'une minute, ils s'éloignèrent. Enfin, sans oser y croire, je réalisai qu'ils étaient partis.

Le sang avait détrempé le tapis de bain. Je le fixai d'un regard brouillé et me mis à pleurer. Au bout d'un instant, je me laissai tomber dans l'eau et sanglotai tant que je pus.

Razoxane avait promis qu'ils ne me feraient pas de mal, et elle avait dit la vérité. Mais, faute de mieux, ils s'étaient vengés sur Trinity. Et ce massacre était un message des plus évidents. Ils ne m'avaient pas oubliée. Et tenaient à ce que je le sache.

Et ils ne me pardonneraient pas non plus.

CHAPITRE VINGT-DEUX

— June est dans la salle des infirmières, dit Fran. Elle à l'air à cran.

— Ça ira ? fit Mark, coinçant le combiné du téléphone sous son menton.

— Oui. Le contrecoup de la semaine dernière, sans doute.

— On en est tous là, marmonna Mark, non sans sympathie.

Il reporta son attention sur son interlocuteur invisible.

— D'accord... Bien, alors, à tout à l'heure. (Il raccrocha bruyamment et chercha un stylo.) Après tout, on a la nuit devant nous.

— Je vais aller lui parler, reprit Fran. Il faut qu'elle se libère une bonne fois pour toutes.

— Toi, Raitch, tu t'en es bien remise, fit Mark, l'air sincèrement impressionné.

Je haussai les épaules. Certes, ce n'est pas tous les jours que l'interne de votre service est retrouvé dépecé comme un quartier de bœuf — mais, de mon point de vue, il était du côté de l'ennemi, et je n'allais pas me lamenter sur son sort. J'avais bien d'autres choses en tête.

Je pouvais encore sentir cette nuit ; des bouffées spectrales fouettaient mes narines. L'odeur fétide des entrailles de Danny... Le relent de poubelle que traînait Razoxane... celui du dernier repas à moitié digéré de Trinity, exhibé au creux de son estomac ouvert...

— C'est à se demander où va le monde, murmurai-je sans trop m'avancer.

Il acquiesça.

— Tout de même un sale coup, non ?

C'était le moins qu'on puisse dire. Les médias en avaient fait des gorges chaudes (TROISIÈME VICTIME DU BOUCHER, avaient bramé les canards à sensation) et l'hôpital était sous la protection constante de la police. On compara ce meurtre avec les événements qui avaient suivi l'irruption de « Carol McCain » dans notre département, ce qui était bien plus pertinent qu'ils ne le pensaient. Néanmoins, là où ils se trompaient, c'était en adoptant la théorie d'une guerre des gangs quelconque.

— Au fait, où en est-on ? demandai-je à Fran.

— Le type à la main coupée attend son dernier test. La fille aux douleurs utérines va bien...

— Le docteur descend la voir, ajouta Mark tout en continuant de griffonner.

— ... et le fracturé est plâtré. Pour le reste, on est ouverts à toutes propositions.

Je regardai ma montre.

— La nuit s'annonce calme, dis-je.

— Chut ! fit Fran. Tu vas nous porter malheur !

Elle me sourit, puis s'en alla.

Cinq jours passèrent sans que ni les Cliniciens, ni Razoxane se manifestent. J'en étais à me demander si leur petite guerre ne s'était pas terminée ailleurs qu'ici. Peut-être s'étaient-ils entre-tués ? À trois contre un, le combat était des plus inégaux — mais, même si Melphalan et ses sbires avaient réalisé qu'ils étaient devenus des cibles, ils ne se débarrasseraient pas si vite de leur poursuivante humaine. Une fille comme elle, avec les talents d'un maître charcutier et un âge mental incalculable, était un adversaire redoutable. Et, sur ce point, je l'enviais presque.

Cependant, ce n'était pas leur dernière manifestation qui pesait sur mon esprit. J'étais allée retrouver Jenny ; et quelqu'un m'avait devancée.

Lorsque j'étais arrivée au cimetière, en fin d'après-midi, le ciel était bas et lourd, et l'air rafraîchi par l'odeur de la pluie. Je passai les grilles et marchai dans l'allée constellée de flaques, un bouquet dans une main, mon parapluie replié dans l'autre. Le temps n'avait rien pour remonter un moral déjà bien bas.

Je ne savais trop ce qui m'avait poussée à venir ici ; j'avais plus ou moins accepté la mort de Jenny et j'étais disposée à la laisser reposer en paix. Peut-être me sentais-je si seule que j'avais besoin de son souvenir pour me tenir compagnie ; peut-être trouvais-je un étrange réconfort dans l'idée qu'elle était morte, au-delà, désormais, de toute souffrance humaine.

En atteignant sa tombe, je vis qu'elle était déjà fleurie. Pourtant, cela faisait des semaines que je n'étais pas venue. Mais les fleurs devaient être là depuis un certain temps : elles étaient déjà mortes ; racornies ; à demi pourries.

Cette vision me mettait mal à l'aise ; un sentiment diffus et profond en même temps. Peut-être ses parents étaient-ils venus ? Mais sa mère était de santé fragile et se déplaçait rarement. Une amie de l'hôpital ? Ou quelqu'un d'en dehors ? Mais, bien que je tente de penser rationnellement, mon malaise persistait. J'avais l'impression que ces fleurs étaient déjà mortes lorsqu'on les avait déposées. Comme si l'on voulait ainsi profaner sa tombe...

Je haussai les épaules et m'agenouillai pour placer mon propre bouquet sur le sol. Je rassemblai les fleurs mortes avant de me redresser, puis d'ajuster la simple croix de bois.

Peut-être les Cliniciens étaient-ils venus jusqu'ici pour y déposer ce macabre souvenir. Cette idée surgit dans mon esprit, et je regardai autour de moi. Personne en vue, ce qui n'avait rien d'étonnant par un après-midi pluvieux en milieu de semaine. Pour autant que je sache, des espions pouvaient fort bien se cacher derrière les pierres tombales et les buissons. Mais, pour une fois, j'en doutais. Malgré ses connotations morbides, ce cimetière était un endroit paisible, voué au calme, et j'y étais seule.

Revenant sur la croix plantée en face de moi, je revis le clochard que j'avais déjà croisé. Une rencontre que j'avais oubliée, et pourtant... ç'aurait pu être Melphalan en personne, ou l'un de ses acolytes. Ils me surveillaient, ils me l'avaient dit. Peut-être, en ce moment, cherchaient-ils à décrypter le lien qui existait toujours entre moi et cette malheureuse Jenny.

Ou peut-être était-ce un autre moyen de m'affaiblir, en souillant sa tombe. Mais s'ils voulaient m'effrayer, ils avaient échoué, car c'est de la colère que je ressentais.

Ne vous en mêlez pas, bande de salopards. Vous ne pouvez plus l'atteindre.

Soudain, je perçus un bruit dans le silence environnant, un crépitement métallique. Un hélicoptère, réalisai-je.

Je levai les yeux. Il était là, à quelques kilomètres de ciel gris ; une petite silhouette insectoïde ornée d'une pointe de lumière. Il s'approcha encore plus.

Je compris que c'était un hélico de la police au moment même où j'entendis les sirènes ; je baissai les yeux et vis la pulsation bleue d'un gyrophare derrière la grille, à l'autre bout du cimetière. Plusieurs voitures de police fonçaient comme si elles avaient le diable aux trousses. Je me demandai ce qui les attirait, et si le département serait affecté.

Les sirènes s'agglomérèrent du côté de Lamborn ; l'hélicoptère s'était stabilisé au-dessus de cette même zone. Au bout d'un instant, je décidai d'aller voir par moi-même de quoi il retournait.

D'ici à ce que j'arrive à Copleston Road, à quelques rues de l'endroit où l'on avait retrouvé la première victime de Razoxane, on avait déjà bouclé la rue qui grouillait de policiers.

Je rejoignis le petit groupe agglutiné devant la première barrière. Il y avait des voitures de police partout, certaines d'entre elles garées à la hâte. Les officiers allaient de porte en porte pour prévenir les habitants de la rue, sans doute pour leur conseiller de ne pas mettre le nez dehors. D'autres surveillaient le cordon et le public, et tenaient des talkies-walkies crachotants et bourdonnants.

— Vous avez une idée de ce qui se passe ? demandai-je à ma voisine, qui secoua la tête.

— C'est un coup du Boucher, dit quelqu'un d'autre. Cette fois, ils l'ont coincé...

La foule s'anima soudain ; mon estomac se serra. Avaient-ils vraiment retrouvé Razoxane ? Et s'ils parvenaient à s'emparer d'elle — après qu'un certain nombre de jeunes policiers auraient été découpés en morceaux — et la collaient dans la cellule capitonnée qui lui revenait de droit... que m'arriverait-il ? Qui appellerais-je lorsque les Cliniciens reviendraient... ?

Je me penchai pour saisir les messages qui encombraient les radios de la police. Peut-être avaient-ils repéré l'un des Cliniciens : c'est le portrait-robot de Vokaine qui avait fait la une des journaux. Mais je ne pouvais croire qu'ils montrent leur nez en plein jour. Et ils ne se laisseraient pas attraper si facilement.

L'un des policiers s'avançait ; je reconnus Bill Roberts. Un mur de questions l'accueillit, et il répondit de façon volontairement évasive. Il répétait encore une fois qu'il n'y avait rien à voir lorsque ses yeux croisèrent les miens.

— Bonjour, Rachel. Vous habitez dans le coin ?

Je pouvais presque voir cliqueter les rouages de son esprit alors qu'il revivait notre dernière rencontre.

— Non, une... amie, répondis-je sans trop m'avancer.

C'est alors que son talkie se mit à crépiter.

— *Trois cent trois... Personne dans le coin, over...*

— Vous pensez que c'est le même type qu'à Stone Road ? pressai-je sur un ton de conversation.

Il regarda les autres, puis revint à moi. Il hésita un instant, comme la dernière fois, le temps que son désir de partager son savoir soit plus fort que sa réticence. Puis il baissa la voix.

— Je ne devrais pas vous dire ça, mais...

Mais était le mot clé ; peut-être que je lui plaisais et qu'il cherchait à faire bonne impression.

— Nous avons trouvé un cadavre dans l'un des squats du secteur ; il était encore chaud. On a aperçu une sorte de vagabond qui traînait par là, et nous avons foncé. Mais il a disparu sans laisser de traces, dirait-on.

D'un hochement de tête, il désigna une camionnette anonyme garée au bout de la rue.

— Cette fois-ci, on a fait venir les unités armées[1]. Fini les demi-mesures. (Soudain, il parut se rendre compte de ce qu'il disait et reprit :) Écoutez, Rachel, gardez tout ça pour vous, d'accord ? Certes, la prochaine conférence de presse couvrira tous ces aspects, mais...

J'acquiesçai, l'esprit ailleurs. Avait-elle massacré un nouveau Clinicien ? En ce cas, il n'en restait plus que deux.

— L'a-t-on... taillé en pièces ? demandai-je.

— Il est un peu plus présentable que les autres — quoique le légiste ne l'ait pas encore examiné. Pourtant, on croit savoir de qui il s'agit. Un petit truand local. Un minable, mais du genre vicieux.

Un de leurs déguisements ? Peut-être. Et si Razoxane n'avait pas eu le temps de terminer son ouvrage, le médecin légiste risquait d'avoir des surprises...

— Qu'est-ce qui se passe ? dit Roberts. D'habitude, les seuls délits commis dans cette ville sont des excès de vitesse, quelques cambriolages et des bagarres du samedi soir. Et voilà que, tout d'un coup, on se paie Jack L'Éventreur.

— Vous pensez donc que c'est l'œuvre d'un fou ?

Il étendit les bras pour montrer son ignorance.

— Qui sait ? Certains croient toujours à une guerre des gangs, comme le disent les journaux. Et vous savez que, sur ce plan, les choses ont pas mal empiré...

J'acquiesçai, me rappelant un article récent qui accusait la police d'avoir laissé proliférer la prostitution et le trafic de drogue.

Il continua son discours, comme s'il cherchait à rationaliser ce flot d'événements horrifiques qui devait représenter le cauchemar du flic moyen.

— Le premier mort était un mac... mais aussi un dealer. Puis il y eut ce Lester, qui s'occupait d'ordinateurs... Dieu sait ce qu'il pouvait mijoter...

Oh, ça, je le savais très bien. Mais je n'allais pas le lui dévoiler.

1. Traditionnellement, les policiers anglais ne sont armés que de leurs matraques ; une force d'intervention armée spéciale est appelée pour les cas d'urgence. Et ces policiers tireurs d'élite ne rechignent guère à utiliser leurs fusils... (*N.d.T.*)

— Puis votre homme de main, qui piquait peut-être des médicaments... et maintenant, un nouveau bonhomme. Peut-être que la pègre est en train d'opérer un nettoyage par le vide avant de s'installer en ville.

— Et cette folle qui a piqué sa crise dans notre département, l'autre jour? demandai-je. La dingue au couteau. Vous pensez qu'elle a quelque chose à voir avec tout ça?

— Peut-être. Après tout, le seul témoin a fini dans le canal. Et on continue de la chercher.

Mais on ne la soupçonnait pas d'être le Boucher; après tout, ce n'était qu'une femme...

Sa radio crachota :

— *Deux-deux-quatre... S'il était là, il a filé.*

Roberts regarda le long de la rue.

— À ce train-là, ils vont faire sauter tous nos congés, fit-il, lugubre.

L'hélicoptère nous survola, effectuant un grand cercle autour du pâté de maisons. Nous le suivîmes des yeux, puis Roberts me regarda à nouveau.

— En tout cas, fit-il d'un ton inhabituel, je vais vous dire une bonne chose : celui qui est responsable de tout ça, quel qu'il soit, est un dingue de première, un putain de psychopathe. Excusez mon langage.

J'eus un faible sourire.

— J'en ai entendu d'autres.

Nous avons regardé les officiers de police qui revenaient vers le centre opérationnel, sombres et bredouilles. Et peut-être plus chanceux qu'ils ne pouvaient l'imaginer.

— En tout cas, fit Roberts, ça m'a fait plaisir de vous revoir. Comment allez-vous ? Vous avez l'air un peu cafardeuse...

— Notre chat est mort la semaine dernière, expliquai-je avec un haussement d'épaules.

Il réussit à ne pas sourire.

— Désolé. Il vous manque?

— Mmm, dis-je sans m'avancer.

— Hé, ça a l'air de vous affecter, insista-t-il, l'air soucieux.

— C'est surtout ce qui lui est arrivé. Un autre chat s'est introduit chez nous et... eh bien, il l'a mis en pièces.

C'est ce que j'avais dit à Sarah, et elle avait accepté ma version des faits sans sourciller. Roberts secoua la tête.

— Parfois, on a l'impression que ce monde est pourri, pas vrai ?

J'acquiesçai. Pas de doute là-dessus.

J'étais en train de discuter paisiblement avec June lorsque notre policier de garde pour la soirée passa la tête par l'ouverture de la porte.

— Il reste du thé ?

— Servez-vous. La bouilloire est sur le feu.

Le téléphone sonna dans mon bureau. Je bondis, mais Fran fut plus rapide que moi.

— Vous savez s'il y a des blessés ? D'accord... quand seront-ils là ?

Carambolage, prononcèrent ses lèvres alors que je m'encadrais dans la porte.

Le pied, répondis-je tout aussi silencieusement. Ce qui la fit presque rire. Après avoir raccroché, elle confirma :

— Deux voitures se sont rentré dedans du côté de Elliston Estate. Un blessé, à la tête. Ils arrivent dans cinq minutes.

— Le temps de tout préparer.

C'était bon de reprendre la routine, de me vider l'esprit de tout ce qui n'était pas le travail. Ce que je fis, me concentrant sur le tryptique habituel : diagnostic, traitement et soins. Rien de difficile.

On pouvait déjà entendre le mugissement des sirènes dans la nuit.

Après tout, la vie continuait. Parce que la mort ne se reposait jamais.

CHAPITRE VINGT-TROIS

J'étais en congé et en profitais pour faire mes courses lorsque Razoxane refit surface.

Je rentrais tranquillement du supermarché, les bras chargés de paquets, laissant vagabonder mon esprit, et abordais le souterrain froid et humide sous Talbot Way lorsque je la vis qui m'attendait là, à mi-tunnel, adossée au mur.

J'hésitai, et fus tentée de tourner les talons et de m'enfuir. Mais à quoi bon ? Je continuai donc mon chemin, mes pas claquant sur le béton. Razoxane se redressa en me voyant et me sourit. Elle était engoncée dans son vieux manteau, et une main disparaissait sous ses pans. Je lui jetai un regard et, sans m'arrêter, lui dis :

— Eh bien ?

Elle me suivit, adaptant son pas au mien.

— Eh bien quoi ?

— Tu les as tous tués ?

— Patience, Rachel. C'est un des mots clés de ce jeu de cache-cache.

Je jetai un coup d'œil par-dessus mon épaule, mais personne ne nous suivait. Et il n'y avait personne devant nous.

— Les flics te recherchent toujours, tu sais, marmonnai-je. Vu ta façon de t'habiller, ils ne risquent pas de te louper.

— Les gens ne remarquent que ce qu'ils veulent bien voir, rétorqua-t-elle. Je ne me fais pas trop de souci.

Cela me rappela ce qu'avait dit Melphalan : un certain pouvoir sur les esprits empêche les gens de voir l'inhabituel pour ce qu'il était...

— Regarde ce que j'ai trouvé, fit Razoxane d'une voix de petite fille enthousiaste.

J'obéis alors qu'elle écartait le pan de son manteau, révélant sa main et le fusil qu'elle tenait pressé contre ses côtes. C'était un de ces *riot-guns* à pompe, noir et laid. Et authentique, pas de doute là-dessus.

Elle referma à nouveau son manteau, comme un exhibitionniste de cour d'école, et me sourit.

— Où as-tu déniché cette horreur ? fis-je en un souffle.

— Je l'ai achetée à un type, fit-elle alors que nous émergions dans la lumière du jour. Il a fallu que je le tue un peu avant, ajouta-t-elle après un instant.

Oh, mon Dieu.

— C'est le pauvre bougre qu'ils ont trouvé sur Lamborn ? C'était bien toi, n'est-ce pas ?

La police avait admis à contrecœur que la victime avait deux cents livres en billets de banque usagés sur elle. Fourrés dans sa bouche et dans son estomac grand ouvert. Ce qui avait relancé les suppositions à propos d'une guerre des gangs.

— C'était sa faute. J'étais venue pour conclure une affaire, à la régulière, mais il s'est mis en tête que j'étais une drôle de fille qui s'excitait sur les armes à feu. J'ai bien dû lui montrer qu'il se trompait. Mais j'ai payé pour le fusil. Un marché est un marché.

— Donc... il n'était pas l'un d'entre eux, alors ? (Elle secoua la tête.) Alors pourquoi... les journaux ont parlé de... mutilations, comme pour les autres.

Elle haussa les épaules.

— Il faut être prudent, Rachel. Leurs serviteurs sont partout. C'est par précaution que je lui ai arraché le cœur avant de le brûler.

Je lui jetai un regard en coin. De plus en plus parano. Je me demandai qui serait le prochain « serviteur » à payer le prix de sa « prudence ». Quel citoyen innocent était promis à la vivisection ou à la crémation ?

Et maintenant, elle avait un fusil.

— Que... comptes-tu faire avec cette arme à feu ?

— Comme ça, la partie est égale. Impossible d'en tuer un avec un riot-gun, mais s'il s'en prend à moi, je peux le blesser gravement, le ralentir. Comme ça, j'ai plus de chances de pouvoir m'approcher pour le finir au couteau.

Je ne pus qu'opiner. Bill Roberts se demandait ce qui se passait. Il n'avait encore rien vu.

Mais au fond de moi naquit un autre sentiment. Une sorte d'excitation froide, méthodique. Il était temps de se débarrasser de ces salopards, une bonne fois pour toutes. Leurs jours étaient comptés...

Nous nous sommes séparées près d'un parking, et je la regardai s'éloigner. Des passants lui jetèrent des coups d'œil dégoûtés sans pour autant reconnaître la jeune femme dont le portrait-robot avait été abondamment diffusé — et sans percevoir la mort qu'elle portait sous son manteau.

Cette nuit-là, je réussis à dormir deux heures avant que quelque chose — l'impression d'une *présence* — me réveille. Je restai immobile, écoutant le silence, jusqu'à ce que je n'y tienne plus; j'ouvris alors les yeux. La clarté lunaire illuminait ma chambre — et Razoxane était là, attendant patiemment au pied de mon lit.

— Bon sang..., murmurai-je en lui jetant un regard peu amène.

— Suis-moi, Rachel, dit-elle doucement. Je dois te montrer quelque chose.

— Quelle heure est-il ?

Je roulai sur moi-même pour consulter mon réveil, et me figeai. Il n'était plus là. Plus de chiffres rouges digitaux clignotant paisiblement dans la nuit. À sa place se dressait un sablier, les deux boules de verre retenues par deux squelettes d'argent, chacun étant une image inversée de l'autre. Dans le crâne de celui qui se tenait debout, un joyau me cligna de l'œil.

Le sable s'était presque entièrement écoulé.

— Il est l'heure, fit Razoxane.

Encore un cauchemar? pensai-je. Peut-être pas. Peut-être aurais-je encore préféré qu'il s'agisse d'un mauvais rêve.

Tout cela ressemblait bel et bien à un fantasme onirique, mais j'aurais dû me réveiller en reconnaissant le rêve pour ce qu'il était... et tous les détails étaient si clairs... C'est alors que je me souvins de ce pouvoir qu'elle avait sur les esprits et lui jetai un regard accusateur.

— Tu es... dans ma tête, n'est-ce pas? C'est toi qui contrôles ce que je vois...

Elle sourit et ne répondit pas.

— Laisse-moi donc dormir, va-t'en...

Elle leva la main, et je compris que je ne pourrais pas y échapper. Je m'extirpai du lit (le froid qui régnait dans ma chambre était bien réel) et elle me prit la main.

— Viens, fit-elle en un souffle.

Elle ouvrit la porte de la chambre. Je la suivis pour découvrir que nous venions d'entrer dans un cachot médiéval.

Du moins était-il fort bien imité : des murs de pierre noirs et suintants, s'élevaient tout autour de nous, avec de-ci, de-là l'éclair d'une chaîne métallique...

Au-dessus de nous, la lune brillait tout en haut des murs qui formaient comme une interminable cheminée. On eût dit que ses rayons se concentraient au centre de la pièce, où ils illuminaient une étoile à sept branches gravée sur les dalles — et dessinaient les contours des sept silhouettes qui l'entouraient.

Les Cliniciens. Je faillis hurler; la main de Razoxane se referma sur mon poignet.

— Ne crains rien, siffla-t-elle. Ce que tu vois ne se passe ni ici ni maintenant.

Chacun se tenait sur l'une des pointes de l'heptagramme et était tourné vers son centre. Tous, immobiles et silencieux, comme perdus dans leur contemplation, étaient enveloppés dans de longs manteaux, comme pour se protéger du froid vif qu'irradiaient les pierres; ils portaient des chapeaux aux longs rebords évoquant ceux des Puritains, sur les gravures de l'ancien temps.

— Que... se passe-t-il ? chuchotai-je.

— Une convocation. La Cabale des Sept de Melphalan. Ce que vos docteurs d'aujourd'hui appelleraient sa « firme »...

C'est alors que le Maître des Médecins se mit à parler. Il se trouvait en face de nous, et seule sa voix me permit de le reconnaître : son visage n'était que noirceur. Il avait posé son menton sur son poing, et un rayon de lune accrocha l'anneau d'argent qui ornait son majeur.

— Nos esprits sont ouverts et ne font qu'un, dit-il sollennellement. La sagesse est à notre portée. La puissance. Que se passe-t-il au nord ? Tout est-il prêt ?

— Tout est prêt, répondit un autre Clinicien.

— Et à l'est : nos sujets sont-ils préparés ?

— Ils le sont, confirma un troisième homme.

Ils s'identifiaient par les pointes de l'étoile sur laquelle ils se trouvaient, comme si l'ensemble n'était qu'un compas occulte...

— Excellent, dit Melphalan. Ce soir, nous allons libérer des âmes dans leur plus pur état... les capturer... et étudier leurs secrets. Leur énergie sera désormais nôtre...

Je regardai Razoxane ; elle fixait la lueur bleutée qui baignait la scène et se reflétait sur ses lunettes noires (*des lunettes de lune ? des lune-ettes ?*), rendant son visage plus blême encore. Sa bouche se serra, comme si elle percevait l'approche de quelque chose...

— Nous commencerons par les femmes, fit Melphalan, et sa voix s'enfla entre les murs de pierre. Leurs esprits sont plus forts. Nous les concentrerons par la peur — et les purifierons par la douleur...

Razoxane tira ma main.

— Viens, Rachel. Nous en avons assez vu...

Je la laissai m'entraîner vers la porte ; je n'avais aucune envie d'assister à la suite des opérations. Nous sommes retournées vers ma chambre.

Qui n'était plus là.

Ma gorge se serra lorsque je constatai que nous

venions de pénétrer dans une autre pièce, plus petite que la première, éclairée non par la lune, mais par une lampe à huile. En son centre se dressait une longue table sur laquelle s'étirait le corps d'un homme. Et de sombres silhouettes s'amassaient autour de lui.

Soudain, le froid redoubla d'intensité, comme une bouffée issue d'un congélateur, hérissant les poils de mes avant-bras et durcissant la pointe de mes seins sous l'étoffe légère de mon T-shirt. Frissonnante, je voulais reculer, disparaître, mais la poigne de fer de Razoxane se referma sur mes cheveux, me forçant à regarder.

— Regarde, ordonna-t-elle. Écoute. *Apprends*.

L'homme étendu était attaché par des lanières, comme un fou dans un asile victorien. Je vis ses contorsions, la crispation de ses doigts, ses yeux exorbités — et réalisai, horrifiée, qu'il n'était pas fou ; ou, sinon, de terreur.

Les déments étaient ceux qui l'entouraient.

Melphalan attendait au bout de la table ; il avait retiré son chapeau et portait une chemise du XVIIIe siècle. Ses cheveux étaient courts et bien coupés, sa barbe impeccable ; un vrai gentilhomme. Mais ses yeux froids racontaient une tout autre histoire.

Ses frères Cliniciens le regardaient. Leurs visages aux traits émaciés, sévères, étaient éclairés par la lampe à huile qui donnait à leur peau la couleur du parchemin. Mais je pouvais sentir leur empressement, comme un courant qui faisait frémir la pièce — et la rendait plus glaciale encore.

— Ainsi, gentilhommes, dit Melphalan (il fit une pause d'une seconde qui suggérait qu'il était lui-même conscient de l'ironie du terme), notre sujet est prêt, et nous-mêmes le sommes.

La bouche du « sujet » s'ouvrit et laissa échapper un hoquet de terreur. Il était au-delà des simples cris.

Quelqu'un s'avança. Vokaine. Il ne portait plus ses lunettes, et ses yeux étaient d'un bleu stupéfiant, se découpant sur son visage osseux. Il portait un tablier de cuir par-dessus ses vêtements ; mon estomac se noua lorqu'il prit un couteau posé sur la table et le fit tourner à la lumière.

On eût dit un couteau à fromage, pourvu de deux pointes. Melphalan se pencha pour enserrer entre ses mains le visage exsangue du sujet.

— Il faut tout d'abord sceller l'âme, dit le Maître des Médecins.

Sa voix vibrante laissait suggérer la force qu'il exerçait, comme s'il cherchait à écraser le crâne de la victime.

— L'emmurer dans le corps. Ainsi commencerons-nous...

Et Vokaine se pencha. Il commença par les yeux.

Les hurlements du sujet vrillèrent mes tympans et noyèrent mes propres gémissements. J'essayai de détourner les yeux, mais Razoxane me retenait toujours.

Vokaine reposa le couteau suintant et sélectionna une longue sonde de métal, effilée comme une aiguille, parmi les instruments étalés le long de la table. Il se repositionna à côté du sujet et visa.

Un autre cri. Un autre.

Sous mes yeux, la sonde sanglante se vit remplacée par une paire de pinces menaçantes, et Vokaine, toujours aussi impassible, entoura d'une main la bouche du sujet et visa le centre de son visage.

Il y eut un déchirement. Un craquement de cartilages. Si tout cela n'était qu'une vision, mes larmes, elles, étaient bien réelles; je les sentais couler sur mes joues et ma langue perçut leur goût salé.

La voix de Razoxane résonna dans ma tête.

— *Regarde.*

La vue. L'ouïe. L'odorat. Et maintenant, Vokaine ouvrait la bouche du sujet à l'aide de ses pinces pour pénétrer à l'intérieur.

Il y eut un autre déchirement. Quelque chose de rose tomba dans le bol que tenait un autre Clinicien. Et alors que Vokaine se redressait, un bref instant, son regard croisa le mien — et le soutint. La terreur mordit mon estomac. Puis ce moment passa.

Il ne restait plus que le toucher. Et ils le lui retirèrent. Melphalan se réserva l'honneur de tordre le crâne sanglant et mutilé jusqu'à ce que la colonne vertébrale cède.

Le craquement sec parut emplir la pièce. Melphalan chercha le pouls et acquiesça avec satisfaction en constatant que le cœur battait encore.

J'étais au bord de l'évanouissement. Seule la poigne de Razoxane m'empêchait de tomber.

— ...est terminé, fit Melphalan. L'âme du sujet est isolée du monde extérieur. Libre de toute contamination sensorielle. Et maintenant, gentilhommes, nous allons attendre. Et lorsque l'âme sera purifiée par la démence... nous commencerons notre ouvrage.

Je me sentis tirée en arrière ; Razoxane m'empêchait à nouveau de sombrer. Je la suivis dans les ténèbres et la clarté lunaire qui se trouvait au-delà.

Nous étions revenues dans ma chambre ; je me cramponnai à l'embrasure de la porte et regardai Razoxane. Celle-ci se retira, pensive.

— Mon Dieu..., réussis-je à prononcer. Qu'est-ce que c'était ?

— Un avant-goût de ce que je combats, Rachel. De vieux ennemis. Très anciens...

— Ce que *nous* affrontons, lui rappelai-je.

Elle se tourna vers moi.

— Oui. Je commence à croire... que je devrais t'épargner tout ça.

Oh, je t'en prie, pensai-je.

— Comment ?

Le déclic de son cran d'arrêt me fit sursauter — ma première et dernière réaction avant qu'elle enfonce la lame sous mon sein glacé. Mon T-shirt ne la ralentit guère, bien sûr, mais, en un instant d'épouvante, je sentis ma peau se tendre avant de céder.

Ma bouche s'ouvrit en un hoquet horrifié alors que je regardais le couteau d'un œil incrédule. Puis Razoxane le fit tourner de toute la force de son poignet mince.

J'eus un hoquet — puis ce fut le jour.

J'étais seule, recroquevillée dans mon lit.

Merde.

J'allai jusqu'à palper ma peau, cherchant une coupure, du sang ; mais ma peau était intacte. Un coup d'œil à mon réveil me confirma qu'il était bien là et qu'il était neuf heures vingt-cinq. Je me recouchai, vidée, et regardai le plafond.

Razoxane. Bon sang. Quand vas-tu sortir de ma tête ?

Finalement, je sortis du lit et, d'un pas las, passai dans la salle de bains et enlevai mon T-shirt. Je restai longtemps sous le jet de la douche avec l'impression de laver mon cerveau lui-même. Puis je me séchai et remis mon T-shirt; je n'avais pas le courage de m'habiller. J'allai à la cuisine me faire du café, puis emportai ma tasse au salon pour jeter un coup d'œil au-dehors. Matinée grisâtre, lumière maussade. Je fis la grimace.

— Bonjour, Rachel, fit la voix de Razoxane derrière moi. Je commençais à croire que tu ne te lèverais jamais.

Je sursautai et lâchai ma tasse, aspergeant mes orteils de café. Puis je me retournai.

— Jésus-Christ !

Confortablement allongée sur le canapé, elle regarda derrière elle.

— Où ça?

J'allais rétorquer, mais, soudain, je vis le fusil à pompe posé à portée de sa main. J'avalai une douloureuse goulée d'air. Ses yeux opaques me fixèrent.

— Tu es restée là toute la nuit? demandai-je d'une voix rauque.

Elle acquiesça.

— Il faisait froid et la rue commençait à me porter sur les nerfs. Ne t'en fais pas, je n'ai pas dérangé ta co-turne. Et pourtant, elle est partie à six heures et demie.

— Tu m'as bouleversé l'esprit, n'est-ce pas ? Tu m'as fait rêver...

Elle me regarda et haussa les épaules.

— Peut-être. Ou tu partageais mon rêve...

Je me souvins de la conclusion de ce cauchemar; pensai au couteau qu'elle cachait sous son manteau; regardai le fusil, qui paraissait tout disposé à tirer tout seul, sans assistance humaine...

— Si j'étais toi, je me ferais un autre café, dit-elle en croisant les jambes sur le canapé. On dirait que tu en as bien besoin.

J'acquiesçai et sortis de la pièce ; mais je me rendis d'abord dans ma chambre pour mettre ma robe de chambre. Je la serrai contre moi comme si le tissu pouvait offrir une protection supplémentaire contre sa lame...

J'étais passée dans la cuisine et versais du café soluble dans une tasse lorsque je réalisai que Razoxane se tenait dans l'embrasure de la porte. Je risquai un coup d'œil.

— Alors, à quoi rêves-tu ? marmonnai-je d'une voix lasse.

— À bien des choses, Rachel. Mes songes caressent des démons et des merveilles ; le passé et le futur s'y entremêlent...

Elle retira son chapeau posé sur la table et l'examina comme si, dans l'un des grains de poussière composant la couche de crasse qui le recouvrait, elle pouvait décrypter le secret de l'Univers.

— Tu rêves des Cliniciens ?

Elle opina à nouveau.

— Ils sont toujours là ; eux et les atrocités qu'ils ont commises. De peur que je ne les oublie. Ou leur pardonne...

— Ce rêve que j'ai fait... Il y avait sept d'entre eux. La Cabale de Melphalan, disais-tu. Mais, maintenant, ils ne sont plus que cinq ?

— J'ai tué mon premier Clinicien il y a de ça trois siècles, expliqua-t-elle d'un ton naturel, comme une jeune fille parlant de son premier amant. C'était un apothicaire devenu alchimiste, et qui disséquait des cerveaux humains pour y chercher de quoi l'aider dans sa quête. Je lui ai rendu la monnaie de sa pièce, et bien plus encore : je ne cessais de m'instruire. Mais il était membre de la Cabale de Melphalan et, à dater de ce jour, nous sommes devenus ennemis mortels. Depuis, j'ai chassé d'autres Cliniciens et en ai tué quelques-uns. Mais il y a cent ans seulement que j'ai retrouvé la trace de Melphalan et de sa clique. Il y eut quelques escarmouches ; ils ont tenté de me piéger et ont échoué. Puis je les ai perdus, et la chasse a continué. J'ai fini par retrouver le deuxième en Allemagne, juste avant votre Seconde Guerre mondiale...

Elle croyait vraiment tout ce qu'elle disait, c'était évident. Et, pire encore, je commençais à en faire autant. Un frisson descendit le long de mon échine alors que je me souvenais de ma première rencontre avec Melphalan, et de l'idée qui m'avait alors traversé l'esprit. Celle d'un *gardien...*

Soudain, l'évidence m'éclaira.

— En Allemagne ? fis-je, horrifiée. C'était... un de ces docteurs nazis — Mengele et les autres ? C'étaient des Cliniciens ?

— Oh, non, répondit Razoxane en secouant la tête. J'y ai pensé aussi, bien sûr, et j'ai vérifié ; mais ils ne connaissaient pas l'Ordre des Juges cliniques. Et pourtant... leur concept était le même. Celui d'êtres humains dotés du pouvoir de faire ce que bon leur semblait, de donner la vie et la mort. Et ce pouvoir ne manque jamais de corrompre...

Elle se tut. La bouilloire se mit à siffler.

Razoxane se tourna à nouveau vers le salon, puis ajouta avec un petit sourire énervant :

— Noir, sans sucre.

Je la suivis et lui tendis une tasse. Le café réchauffa mon estomac glacé. Je me concentrai à nouveau sur les visions qu'elle m'avait fait embrasser.

— Cette... horrible expérience d'hier soir. À quoi rimait-elle ?

Razoxane fixa les profondeurs sombres de son café, puis répondit :

— Melphalan a peur.

— Peur ? *Lui* ?

— Oh, oui, continua-t-elle du même ton tranquille. Peur de la mort. De l'Enfer.

— Mais tu as dit qu'il...

— Souviens-toi de ce qu'il a fait à son « sujet ». Voilà ce qu'il redoute le plus, son enfer personnel : mourir et gésir éternellement dans la poussière, incapable de voir, d'entendre, de sentir, de remuer — et pourtant, être toujours conscient. L'âme ne meurt jamais ; ça, au moins, il l'a découvert. Mais sa science n'accorde pas la moindre place à un éventuel au-delà — et il n'a donc pas d'endroit où aller. Les Cliniciens ont toujours défié la mort; pour les autres d'abord, puis finalement pour eux-mêmes. Leurs premières tentatives ont toutes échoué; ils ont créé des déficiences, des cancers si virulents qu'ils en devenaient *carnivores*... (Elle eut un petit sourire vindicatif.) Ce n'est qu'à la fin du Moyen Âge qu'ils réussirent à stabiliser le cycle vital — puis à le prolonger. Mais ils n'ont toujours pas atteint l'immortalité; un jour, nous nous débarrasserons d'eux pour de bon.

J'acquiesçai, fascinée, ignorant la tasse qui refroidissait entre mes mains.

— Melphalan croit sincèrement que, s'il peut isoler la nature même de l'âme, il pourra passer d'un corps à l'autre et, ainsi, avoir toujours un temps d'avance sur la mort, à jamais. Telle est sa spécialité : tenter de saisir une âme dans toute sa pureté, et ce par des expériences comme celle d'hier soir. Le reste n'est que de la recherche pure et simple; un étal de boucher. Mais ainsi, il satisfait ses cohortes.

— Et... quelle est la spécialité de Vokaine?

Razoxane eut un sourire malsain.

— Les différents seuils de douleur.

J'acquiesçai et bus une gorgée de café. Je n'eus pas le cœur d'insister sur le sujet. Je secouai la tête.

— Qu'y a-t-il? demanda Razoxane.

— Je pensais... Au départ, c'étaient des *docteurs*. Que s'est-il passé?

Elle me considéra, pensive.

— Tu es catholique, non?

Je clignai des yeux; haussai les épaules.

— Si l'on veut.

— Tu connais l'Ecclésiaste?

— Pas personnellement, non.

— Tu as une Bible sous la main?

— Dans ma chambre.

Nous sommes allées la chercher, et elle la feuilleta pendant que je regardais mes draps humides et entortillés.

— Chapitre trente-huit.

Elle me la tendit; je lus :

Honore le docteur pour ses services, car c'est le Seigneur qui l'a créé. Ses dons viennent du Très-Haut, et sa récompense vient des rois...

Je regardai Razoxane, qui hocha la tête.

— Voilà toute l'ironie de la chose, Rachel. Personne n'est plus digne d'égards qu'un docteur. Personne. Toute civilisation a toujours considéré comme sacré le pouvoir de soulager la douleur et de prolonger la vie. L'homme qui a écrit cela y voit un don de Dieu...

Sa voix avait une nuance difficile à définir; comme une nostalgie...

— Mais Melphalan a voulu jouer au dieu?

— C'est ça. Le docteur détient un pouvoir évident, et peut choisir l'usage qu'il en fait. Deux chemins s'ouvrent à lui. Il donne ou il prend. Au début, les Cliniciens croyaient suivre le bon chemin. Ils se trompaient.

Nous sommes retournées dans le salon. Je terminai mon café, en silence. Razoxane ramassa son chapeau, qu'elle avait reposé sur la table. Puis son fusil. Instinctivement, je m'entourai de mes bras.

— Et où seras-tu? demandai-je.

— « Errant çà et là sur la Terre et y circulant. » (Elle eut un mince sourire.) Job, ajouta-t-elle en voyant mon air étonné.

— Bien. À bientôt...

Je la vis passer dans le vestibule; l'écoutai s'en aller. Puis je m'affalai sur le canapé qu'elle venait de quitter et me pris la tête entre les mains.

Finalement, je ne pus résister à la tentation et allai consulter ma Bible. Livre de Job. Et je trouvai sa petite référence dans le premier chapitre. Ses termes décrivaient le diable en personne dans son rôle le plus effrayant, celui de l'Ange accusateur de Dieu.

Merci, Razoxane. Merci bien.

Le lendemain après-midi, j'étais au lit lorsque je reçus un coup de fil. Sarah répondit, puis vint frapper doucement à ma porte.

— Raitch ? Tu dors ?

Non. Cela faisait un moment que je contemplais le plafond. Ces derniers temps, j'avais du mal à m'endormir.

— Qui est-ce ?

— Sais pas. Mais il paraît que c'est important.

Je me levai en vitesse, soudain angoissée. J'allai prendre le combiné, posé à côté du téléphone, m'assurai qu'elle était retournée à son feuilleton télévisé et portai l'écouteur à mon oreille avant de dire :

— Allô ?

— Rachel, il faut qu'on se voie, fit Razoxane.

— Encore ?

— Je crois savoir où ils se cachent, dit calmement la voix. Et maintenant, on a du renfort.

— Quel genre de renfort ? fis-je en me grattant le coude.

— Tu verras. Tu sais où est Fenner Street ?

— Euh... oui.

La plupart des habitants de cette ville la connaissaient, ne serait-ce que de réputation. De temps en temps, lorsque les plaintes devenaient trop nombreuses, la police faisait une descente, mais le secteur restait notre rue chaude, ou ce qui nous en tenait lieu.

— Tu vas t'y rendre ce soir. Va au numéro 36. Tu y trouveras des amis, des gens en qui tu peux avoir confiance. Je t'y rejoindrai. D'accord ?

Un instant, je restai silencieuse, cherchant une excuse. N'importe laquelle.

— Et ensuite ? Enfin... je dois aller travailler...

— Fais-toi porter pâle.

Ça, c'était hors de question.

— Enfin, dis-moi au moins ce qui se passe ?

Elle réfléchit un instant, puis dit à contrecœur :

— Bon. Il faut qu'on tire un plan d'action, mais ça ne devrait pas prendre trop longtemps. Si tu peux y être à six heures, nous ferons aussi vite que possible. Mais crois-moi, Rachel, il faut que tu viennes.

Je me mordis la lèvre. Je pouvais entendre en fond sonore les rires enregistrés du feuilleton débile que regardait Sarah.

— Bon, d'accord. Six heures, numéro 36.

J'acquiesçai, bien qu'elle ne puisse le voir. J'irais jusqu'au bout de ce cauchemar et ferais n'importe quoi pour hâter sa fin.

— À tout à l'heure, fit-elle.

Et je restai là, écoutant le bruit strident de l'écouteur — à nouveau privée de mon ange gardien.

CHAPITRE VINGT-QUATRE

Je me fis aborder par deux fois avant d'arriver au 36, Fenner Street. Chaque fois par des types en voiture qui s'arrêtaient à ma hauteur et descendaient leur vitre.

— Ça roule, poupée ? demanda le premier.

Je faillis l'ignorer, puis préférai lui décocher un sourire glacial.

— Désolée, vous devez me prendre pour quelqu'un d'autre.

Il haussa les sourcils et s'en alla sans demander son reste.

Le second insista davantage. Il me suivit sur toute la longueur de James Street, lançant des bribes de conversation qui revenaient toujours sur le même thème : qu'avais-je à offrir et pour combien. Je marchais, la tête basse, les joues brûlantes de rage et d'humiliation — et l'estomac noué par la peur, car cette rue était très, très vide.

Finalement, il perdit patience :

— Ecoute, ce sera cinquante livres sans capote, qu'est-ce que t'en dis ?

Va te faire foutre étant un peu risqué, je me contentai de dire :

— Laissez-moi tranquille.

— J't'emmerde, lança-t-il avant de repartir.

Je le vis tourner au coin de la rue et disparaître. Le bruit de son moteur décrut peu à peu dans le lointain.

Mais je ne me sentais pas rassurée pour autant.

Je savais que cet endroit n'était pas fait pour les filles « respectables », surtout à la tombée de la nuit. J'avais bien essayé de me vêtir de la façon la moins provocante possible : sous mon imper, je portais un cardigan par-dessus mon chemisier et une jupe longue. Mais, pour les rôdeurs en voiture, c'était du pareil au même.

Lorsque j'arrivai au bout de Fenner Street, deux filles en caleçon rouge et talons hauts me jetèrent un regard soupçonneux, comme si je risquais de leur faire concurrence. Je les ignorai et continuai mon chemin en me demandant ce que je fichais là. Moi, une petite fille si bien élevée, comme le disait fièrement ma mère.

Une troisième fille attendait, adossée à un réverbère ; le point rouge de sa cigarette brillait dans le crépuscule comme pour défier le dôme de lueur orangée qui dominait sa silhouette solitaire. Elle portait un blouson noir, couleur assortie à ses cheveux ; son short de cuir et ses bas résilles suggéraient une professionnelle. Cependant, elle était plus jeune et plus jolie que les deux autres ; son teint frais donnait à penser qu'elle était nouvelle dans le métier. Elle me jeta un regard impavide, puis tourna à nouveau la tête vers la rue où s'annonçait une voiture. Elle prit la pose, les mains sur les hanches, et eut un sourire qui la fit paraître plus jeune encore. Elle devait avoir dans les dix-neuf ans.

La voiture ne ralentit même pas. Elle la suivit des yeux et haussa les épaules. Puis elle revint à moi.

J'étais occupée à vérifier les numéros. 32. 36.

Elle se tenait juste en face du numéro trente-six.

Sans trop savoir que faire, je la dépassai et m'arrêtai pour considérer la maison : de style victorien, trois étages, plutôt décrépite, avec un carré de jardin mal entretenu. La peinture s'écaillait, comme si le mur avait de l'eczéma. Je pouvais presque sentir un relent de moisissure et d'humidité.

Les fenêtres non éclairées me fixaient de leur regard en deuil.

— Je peux t'aider ? demanda la fille derrière moi, me faisant sursauter.

— Hèu... j'ai rendez-vous avec une amie...

— C'est toi, Rachel ?

Sa voix avait un faible accent écossais. J'acquiesçai. Elle me dévisagea, les lèvres pincées, et je crus la voir pâlir légèrement. Puis elle désigna la porte du menton.

— Alors il vaut mieux que tu entres.

Je la suivis et la regardai chercher les clés dans son sac à main, puis déverrouiller la porte. Elle jeta un coup d'œil des deux côtés de la rue avant de l'ouvrir. Le vestibule dégageait une odeur rance et se noyait dans d'insondables ténèbres.

Et le silence retomba autour de nous comme un linceul. C'est surtout pour le briser que je demandai :

— Il y a des studios, des chambres ?

Elle me lança un regard en coin, puis fit non de la tête.

— On est tous ensembles. Moi et mes amis.

Sans doute des collègues. Voire son maquereau.

L'escalier de bois gémit sous ses talons hauts et mes propres bottes alors que nous atteignions le premier étage. Là, l'odeur était encore plus forte et avait quelque chose de familier, comme un fromage ranci.

Elle ouvrit une autre porte et me fit entrer dans une chambre sommairement meublée. Je remarquai les taches d'humidité, le papier peint fendillé et me demandai si les locataires s'offusquaient de ce genre de détails ou s'ils s'en moquaient.

Elle alla à la fenêtre et contempla les dernières lueurs du jour. Puis se tourna vers moi.

— Tu peux rester ici si tu veux. Ils ne devraient pas tarder.

Sa voix avait quelque chose de las, de résigné. Je me demandai depuis combien de temps elle connaissait Razoxane — et se retrouvait enfermée dans le même cauchemar que moi. Maintenant, son apparence sexy, son assurance de façade avaient disparu ; comme si on avait soufflé son étincelle intérieure. Elle semblait effrayée.

Je haussai les épaules. Me crispai en entendant s'ouvrir une porte. Des pas résonnèrent dans le vestibule.

— Trish ? fit une voix d'homme. Elle est là ?

— Oui, répondit-elle avant de se tourner vers moi : c'est Paul.

Qui était Paul ? J'attendis qu'il monte, mais il resta au rez-de-chaussée ; je l'entendis marcher, et quelques murmures me parvinrent.

— Qui d'autre est là en bas ? demandai-je.

Elle ne répondit pas tout de suite, se contentant de me dévisager comme si elle se demandait si l'on pouvait me faire confiance. Puis elle se décida.

— Nous quatre. Moi, Paul... Steve et Colin. Cela fait un bout de temps qu'on est ensemble.

Drôle d'équipe. Ils devaient être au chômage. Peut-être faisait-elle le trottoir pour payer le loyer (en ce cas, ils avaient choisi le bon endroit pour se loger). Mais après tout, c'était ce genre de personnes sur lequelles s'acharnaient les Cliniciens : le bas du pavé, ou celles qui l'arpentaient. Et maintenant, il semblait que les victimes désignées aient décidé de relever la tête.

Mais, sans l'aide de Razoxane, ils n'iraient pas bien loin. Et moi non plus. Pourvu qu'elle ne tarde pas trop.

La fille, Trish, s'assit au bord de son lit. Apparemment, la journée avait été dure. Elle retira ses chaussures, s'étira et bâilla. L'un de ses bas était filé sur toute sa longueur. Lorsqu'elle me regarda, ses yeux fardés étaient grands ouverts.

— Tu ne connais pas ta chance, marmonna-t-elle. Si l'un d'entre nous disait non à un Clinicien, il nous ouvrirait comme un poisson. J'avais... une amie nommée Alison, elle travaillait aussi pour eux. Elle est tombée enceinte et s'est mis en tête de garder le bébé. Elle a tenté de s'échapper, mais ils l'ont rattrapée et s'en sont occupé sur la table de la cuisine — sans anesthésie. Elle est morte à l'hôpital...

Elle me regarda, et je vis briller des larmes dans ses yeux. Je me souvins alors d'Alison Scott, prostituée, qui avait survécu à un avortement clandestin avant de mourir de terreur — ou de désespoir — dans notre département.

Trish renifla et détourna les yeux.

— Tu dis qu'elle travaillait pour eux..., tentai-je. À quoi... leur servait-elle ?

— À la même chose que moi. Nous sommes des appâts. Nous attirons les solitaires... pour déterminer lesquels peuvent être utilisables... puis ils se chargent du reste. Le baiser de Judas.

Elle eut un petit rire amer. Soudain, je voulus lui montrer que je la comprenais, que j'étais de son côté.

— C'est un peu ce qu'ils attendent de moi. Je travaille à l'hôpital... et ils veulent que je leur livre mes patients.

— Et ils doivent y tenir beaucoup. Sinon, tu ne serais pas là.

J'étais déjà parvenue à la même conclusion.

Soudain, je réalisai que toute cette anxiété pesait sur mon estomac — et ma vessie.

— Où sont les toilettes ? Par là ?

Je me dirigeai vers le palier et une porte suggérant la salle de bains.

— Rachel. Attends un instant...

Elle se leva, mais, avant qu'elle ait pu ajouter quoi que ce soit, j'ouvris la porte et m'arrêtai devant la baignoire.

Elle était pleine de sang.

Du moins telle fut ma première impression ; il me fallut une seconde pour réaliser qu'en fait, elle était vide, hormis l'écume écarlate gangrénant le fond. Mais la baignoire tout entière était couverte de traces sanglantes, plusieurs couches d'éclaboussures dégoulinantes sous lesquelles on pouvait à peine distinguer l'émail blanc. Et des... fragments constellaient la croûte séchée. De la chair, des cheveux et...

L'horreur me saisit ; je fis un pas en arrière tandis que mon estomac se soulevait. Alors l'odeur me submergea, celle de la viande corrompue diluée dans des miasmes de désinfectant, un relent âcre qui s'enroula autour de moi comme un python fantôme pour mieux me suffoquer. J'entrevis des sacs poubelles froissés, des gants chirurgicaux —, et au-dessus de la baignoire, tout un râtelier de couteaux et de hachoirs qu'on aurait crus sortis d'un abattoir...

Leur laboratoire secret ; l'étal où ils se livraient aux pires boucheries. Les Cliniciens étaient là, c'est là qu'ils travaillaient, j'avais découvert leur tanière.

Et je m'étais jetée tout droit dans la gueule du loup. J'eus un gémissement à peine humain. Et, alors que je restais pétrifiée sur place, Trish entra derrière moi et passa les bras autour de mes épaules. Mais pas pour me retenir : elle tentait de me réconforter.

— Ne regarde pas, Rachel. Allons, viens. Viens avec moi. Ça va aller...

Elle m'entraîna pour m'adosser contre le mur, et me serra contre son cœur alors que je tremblais de tous mes membres.

— Chut. Allons. Tout va bien.

Non, tout n'allait pas « bien ». Loin de là. Mais, malgré mon désarroi, je pensai à l'étrangeté de la situation : voilà que je me faisais materner par une fille beaucoup plus jeune que moi.

— C'est horrible, je sais, fit-elle avec sincérité. Il suffit de ne pas penser... à tout ça. Il faut se boucher les yeux et les oreilles, Rachel, sinon, il y a de quoi devenir dingue...

Elle hésita, puis continua d'une voix atone, comme si elle se débarrassait enfin de ce poids qui la tourmentait depuis trop longtemps.

— C'est là qu'ils se débarrassent des cadavres... et c'est toujours Paul qui doit s'en charger. Toujours. Parce qu'il était pacifiste, qu'il pratiquait la non-violence, qu'il ne mangeait pas de viande. Et ils l'ont forcé à devenir un *boucher*...

Elle s'interrompit à nouveau tout en caressant mes cheveux ; cherchant le réconfort qu'elle me prodiguait.

— Il vivait sur les routes, tu sais. Paul, je veux dire. Il était libre. Et maintenant, le voilà enfermé avec nous autres...

Je profitai de sa chaleur jusqu'à ce que je puisse reprendre le contrôle de moi-même ; puis je me retirai, avalai ma salive et jetai un regard nerveux autour de moi.

— Les Cliniciens sont-ils... ici ? En ce moment ?

Elle fit non de la tête.

— L'un d'entre eux est passé cet après-midi, mais pour l'instant, ils sont occupés ailleurs. Ils ont intercepté ton message : ils savent que tu es là. Et, cette nuit, quelqu'un va venir.

Oh, Razoxane, pensai-je. Espèce de sale garce. Salope.

Elle m'avait envoyée à l'abattoir ; dupée, manipulée. Et nous étions là, en train de discuter au cœur même du repaire des Cliniciens. Moi et l'une de leurs servantes — qui continuait de leur obéir, bien qu'à contrecœur.

Il fallait que je sorte de là.

Mon regard se tourna vers le palier et au-delà, vers l'escalier descendant dans les ténèbres. Une fois en bas, seule la porte de devant me séparerait de la rue. Elle surprit mon regard et secoua tristement la tête.

— C'est inutile, Rachel. Leur patience est limitée. Si tu les défies à nouveau, ils te feront souffrir. Tu imploreras la mort de venir te prendre.

Et c'est à ce moment que je réalisai que j'étais déjà venue ici, dans cet antre de l'horreur et du désespoir. Ils devaient m'y avoir amenée cette première nuit... Au souvenir de cette violation délibérée, je frissonnai. Et j'étais à nouveau là, entre leurs mains. Trahie par la seule personne qui puisse me sauver.

Je portais toujours mon crucifix sous mon chemisier et mon cardigan. Je n'y pensai même pas, toute à mon désespoir.

Trish posa une main rassurante sur mon bras.

— Viens. Descendons. On va boire un verre.

Alors que je la suivais dans l'escalier, elle me regarda avec un sourire crispé.

— Tu sais, quand j'étais gamine, les maisons hantées me fichaient une telle frousse que j'en avais des cauchemars. Je n'aurais jamais cru qu'un jour, je vivrais dans une baraque comme celle-ci...

L'un des types attendait dans l'embrasure de la porte du salon non éclairé ; il me jeta un regard inquisiteur avant de s'adresser à Trish.

— Comment va ?

— Ça baigne, marmonna-t-elle non sans soulagement. Rachel, je te présente Steve.

Steve grogna et me toisa. Il avait le même âge qu'elle,

ou un peu plus ; un grand bonhomme maigrichon flottant dans un manteau gris. Des cheveux noirs graisseux et une barbe entouraient son visage blême, et il portait des lunettes bon marché.

— Entrez donc, me dit-il.

L'invitation ne manquait pas d'ironie. Le cœur au bord des lèvres, je suivis Trish à l'intérieur.

Les autres types, tous aussi maigres et crasseux que le premier, nous attendaient dans la cuisine. Leur nervosité imprégnait l'atmosphère. Sans doute redoutaient-ils l'arrivée de leurs seigneurs et maîtres.

Je réalisai soudain que je me trouvais face à d'authentiques sans-abri. Ils avaient, certes, un toit au-dessus de leurs têtes, mais appartenaient bel et bien à ce quart monde de nomades ténébreux. Trish était plus saine que les autres, mais sans doute prenaient-ils soin de son apparence : elle était leur gagne-pain. Cependant, alors que les autres l'accueillaient avec un soulagement sincère, comme s'ils étaient ses grands frères, j'eus l'impression qu'ils étaient prêts à lui abandonner leur part de repas ; à s'affamer pour elle, s'il le fallait.

Je me demandai comment les Cliniciens avaient pu planter leurs griffes dans cette chair-là. La drogue, peut-être, ou tout simplement le désespoir. Un jour, il n'y avait peut-être pas si longtemps, ces spectres hâves avaient été de jeunes gars joyeux, normaux. Et que leur restait-il ? Pendant que Trish se donnait au premier venu, sans doute transportaient-ils des cadavres ou faisaient les poubelles des hôpitaux — avant de nettoyer la salle d'opération improvisée du haut.

Dans un coin, mon œil saisit un éclair jaune. Je fis un pas et vis qu'il s'agissait d'un seau réservé aux objets tranchants, encore scellé par une bande ornée de crânes et de mentions DANGER. Elle était surmontée d'une boîte de gants en latex. Quelqu'un avait eu accès aux magasins de l'hôpital. Quelqu'un de l'intérieur. Il n'y avait pas que Danny.

— Voici Colin..., dit Trish, se comportant toujours comme si nous nous étions rencontrés dans un pub.

Le Colin en question, qui devait avoir vingt-cinq ans et avait des cheveux blonds crasseux, leva des yeux bleus chargés de ressentiment.

— Z'avez de la chance, marmonna-t-il, comme Trish avant lui. Ils sont furax, ces jours-ci. Vous les mettez en rogne, et c'est sur nous qu'ils se vengent.

Je haussai les épaules. Colin me toisa, puis retourna à la cigarette qu'il se confectionnait. Le col de sa chemise allemande, issue d'un surplus militaire quelconque, était ouvert sur un pendentif : un crâne ricanant — hurlant ? — empalé sur un glaive. Pas très encourageant.

Le troisième homme regardait par la fenêtre. Il portait une veste de camouflage délavée. Lorsqu'il se tourna, je le reconnus. L'homme au chien, celui que j'avais croisé dans le département il y avait quelques jours. Ce qui signifiait qu'à ce moment, ils me surveillaient déjà par l'intermédiaire de leurs serviteurs...

— Et voici Paul.

Son regard se posa sur moi avant de retourner au petit jardin que j'apercevais, de l'autre côté des carreaux. Vu la façon dont ils me considéraient, on eût dit que tout était *ma* faute ! J'allais protester lorsque, soudain, je compris ce que disaient vraiment ces faces mornes. Une sorte d'amertume. Un dernier espoir trahi.

Et tu te dis chrétienne ?

Et j'étais là, répondant à l'appel des Cliniciens.

— Quand croyez-vous qu'ils vont venir ? demanda Colin en m'ignorant soigneusement.

Steve haussa les épaules.

— Qui sait ? En tout cas, on les attend de pied ferme. Tout est prêt.

— Ça vaut mieux, marmonna Paul.

Je cherchai ce qu'ils pouvaient vouloir dire par là et ne trouvai rien de bien agréable. La peur enserrait déjà mes tripes.

— Bon, dit Steve, si tu veux que je vérifie encore une fois, j'y vais.

Il passa devant moi, se dirigeant vers le vestibule.

— Qu'est-ce que tu bois, Rachel ? lança Trish depuis la cuisine. Du café, ou...

Derrière moi, quelque chose claqua. Je sursautai. Et soudain, Steve parut comme suspendu en l'air dans un geyser de sang. Sous mes yeux, sa poitrine s'ouvrit comme un gant qu'on retourne. Son corps s'affala sur la table et la fracassa alors que Colin émettait un hoquet et que Paul écartait des mains impuissantes.

Derrière moi, le fusil tira à nouveau.

Sa vibration résonnait dans l'air de la pièce ; je le sentais autant que je l'entendais, et je me recroquevillai sur moi-même. Je vis Steve s'abattre sur le sol au milieu des morceaux de la table, Colin tomber à son tour avec un cri étouffé, et Paul balancé contre le mur. Enfin le feu cessa, laissant la pièce emplie de fumée à l'odeur âcre.

Mon regard se fixa sur Paul alors qu'il glissait le long du mur ; il eut un spasme, comme pour mieux tartiner son sang sur le papier peint défraîchi. Le sang, partout. Ses yeux trouvèrent les miens, et j'y lus une accusation...

Je voulus secouer la tête, en de signe de dénégation. Impossible de bouger.

Il y eut un double cliquetis métallique derrière moi, dans l'entrée. Je me retournai d'un bond.

L'Ange de la Mort avait répondu à l'appel.

Razoxane s'extirpa des ombres envahissant le vestibule, son fusil à la main, encore braqué sur les cadavres. Paul tenta de se relever alors qu'elle se tournait vers lui. Il leva les mains.

En réponse, elle lui fit un petit signe — et ouvrit le feu de l'autre main. Le recul pointa le fusil vers le plafond ; mais, à cette distance, elle ne pouvait rater sa cible.

J'eus un petit gémissement. Razoxane se détourna du cadavre, un sourire aux lèvres — comme si tout cela n'était qu'une vaste farce macabre. En me voyant, elle hocha la tête.

— Désolée pour le retard.

Et avant même que j'aie pu concevoir une réponse, sa seconde arme jaillit dans sa main gauche. Un revolver. qu'elle braqua vers Trish, qui se tenait dans l'entrée de la cuisine, les yeux grands ouverts sur le carnage, prête à s'évanouir.

— *Non!* hurlai-je. Pour l'amour de Dieu !

Elle resta un instant immobile, le bras tendu ; j'eus tout le temps d'examiner son pistolet, un affreux petit automatique avec une crosse courte et oblongue et un canon trapu... Puis Razoxane me jeta un regard torve.

— Inutile de crier, Rachel.

Je regardai Trish. Ses yeux étaient écarquillés et des larmes coulaient sur ses joues pâles, si pâles...

— Laisse-la, marmonnai-je.

Razoxane haussa les épaules. Son doigt s'écarta de la détente. Les épaules de Trish s'affaissèrent, et elle expira avec un sanglot,

Et Razoxane lui logea une balle en plein front.

Je regardai, incrédule, le corps de Trish projeté dans la cuisine. Elle ouvrit la bouche, bien qu'elle n'eût plus de souffle pour crier. Et elle s'affala devant la cuisinière, les jambes écartées comme pour une ultime invite. Elle avait laissé son sang épais sur l'émail blanc, comme de la sauce bolognaise, mais avec des bouts de champignons gris...

Cette pensée faillit me faire vomir.

Razoxane rabaissa le revolver et haussa les épaules.

— Tout compte fait...

— Salope ! lui criai-je.

— Ne fais pas l'idiote, Rachel, rétorqua-t-elle. On ne peut avoir confiance en personne ; pas un seul parmi ceux qu'ils ont contaminés...

Je m'approchai de cette fille qui avait fait de son mieux pour me réconforter, malgré sa propre détresse. Celle qui n'aurait jamais cru vivre dans une maison hantée — et encore moins y mourir. Je regardai son visage pincé, ses yeux recouverts de sang, ses cheveux souillés. Soudain, je voulus hurler ; plonger mes doigts jusque dans mon crâne et me briser les cordes vocales.

— Arrête, Rachel. Ce n'est qu'une existence de moins en ces temps troublés. Viens...

Je me retournai.

— Tu m'as jetée entre les griffes des Cliniciens, pas vrai ?

Elle s'était déjà tournée vers le hall.

— J'ai réussi à découvrir leur base d'opérations ; je devais les prendre au piège. Je t'y ai envoyée avec un message leur disant que tu voulais changer de camp. Que pouvais-je trouver de mieux ?

— Mais ils n'ont pas mordu à l'hameçon ? Ou peut-être que tu as tiré trop vite.

— Peu importe, fit-elle sans sourciller. Nous les avons atteints, Rachel. Gravement. Cet endroit est leur principal bastion, et ils viennent de le perdre. Là en haut, il doit y avoir une salle d'opération, une pour les dissections... et une autre pour leurs rituels. Il doit y avoir toutes sortes de choses que nous pourrons utiliser contre eux...

Elle me tendit le fusil et, sans réfléchir, je le pris — en tenant mes doigts éloignés de la détente. Soudain, j'eus l'impression de tenir un serpent. Et un froid nouveau m'envahit.

— Oh, mon Dieu... maintenant, mes empreintes sont dessus !

Razoxane eut un sourire de glace.

— Pas très prudent, non ? (Elle passa dans le vestibule, se retourna.) Viens, Rachel. Même dans une rue comme celle-ci, quelqu'un finira bien par appeler la police.

— Que... qu'est-ce qu'on cherche exactement ? demandai-je en la suivant dans l'escalier.

Elle ne répondit pas ; s'immobilisa sur le palier. Nous écoutâmes. Le silence était si profond que je crus entendre tomber les grains de poussière.

Razoxane tenait le revolver à hauteur de son visage ; son doigt se crispa sur la détente. Puis elle poussa son chapeau en arrière, le laissant retomber sur son dos au bout de sa lanière. Elle retira ses lunettes ; ses pupilles dilatées parurent s'agrandir. J'avais l'impression de regarder dans les yeux d'une fillette morte.

— Des livres, fit-elle en réponse à ma question.

Elle ouvrit la première porte, celle de la chambre de cette pauvre Trish.

— Des documents. Des manuscrits. Tout ce qui peut y ressembler. Q'est-ce qu'il y a, là-dedans ?

— Une salle d'autopsie, ou quelque chose comme ça. Mais, cette fois-ci, pas question que j'ouvre la porte de la salle de bains.

— Ah, voilà qui est mieux, fit Razoxane depuis l'autre bout du palier.

Je la suivis, consciente du silence qui planait sur la maison. Pas question de rester seule. Pas une minute. Elle se tenait sur le seuil d'une chambre et y entra. Je la suivis.

La pièce semblait grande, et il y régnait des ténèbres absolues.

Et un froid glacial.

Je pouvais entendre la respiration de Razoxane dans la nuit, toute proche, presque rassurante. Je regardai derrière moi. Le palier me parut bien lointain.

Ma chair se hérissa. C'était un endroit voué au Mal, je le sentais. Je percevais son calme trompeur, son silence empreint de murmures muets...

— Razoxane...

— Oui ? fit-elle, plus éloignée que je ne l'aurais cru.

— Est-ce qu'on peut... sortir de là ? Je t'en prie...

— Un instant.

Elle tira un rideau — noir et opaque, remarquai-je —, emplissant la pièce d'une pénombre moins profonde que les ténèbres qui y régnaient. Je regardai autour de moi. La pièce était complètement nue, le sol dépourvu de moquette et les murs sans papier peint. Le seul ornement était l'heptagramme tracé à la craie en son centre ; nos pieds l'avaient quelque peu effacé.

— La chambre rituelle, murmura Razoxane. C'est là qu'ils invoquent leur pouvoir et cherchent à l'utiliser. Bien qu'en fait, c'est lui qui les utilise...

Elle se dirigea vers un des coins où, remarquai-je, une pile de livres se cachait derrière un vague rideau. Elle s'agenouilla — son fusil heurta le sol avec un claquement — et prit l'un d'entre eux : un volume relié de noir, évoquant une Bible. Elle l'ouvrit à la page de garde, puis me regarda.

— Tu sais ce que c'est ?

À bout de remarques sarcastiques, je me contentai de secouer la tête.

— Le *Chirurgia noctis*. Une des œuvres maîtresses de leur ordre. C'est une encyclopédie composée vers 1600, et aujourd'hui incroyablement rare. Il n'en existe qu'une demi-douzaine d'exemplaires de par le monde. (Elle examina les trois ou quatre autres volumes) Merde, ils l'ont donc aussi ! Le *De mysteriis maleficarum*. Un livre de magie médiévale qui fut banni par ses utilisateurs même, qui le considéraient comme trop dangereux...

Elle passa les livres sous son bras et se releva, non sans ramasser au passage son fusil.

— Il faut qu'on garde ces bouquins, Rachel. Ils sont précieux.

Je me dirigeais déjà vers la porte.

— Viens. La police ne va pas tarder.

— Il sera trop tard.

Elle jeta un dernier coup d'œil avant de me suivre. Je me dirigeais ostensiblement vers le rez-de-chaussée, mais elle m'ignora et monta les escaliers, vers le second étage.

— *Razoxane!* Bon Dieu !

J'hésitai un instant, puis la suivis.

Elle s'arrêta à mi-chemin. Je la comprenais : plus nous montions, plus l'atmosphère se faisait sombre, claustrophobique. Si elle voulait explorer le grenier, elle irait seule.

J'arrivais à sa hauteur lorsqu'elle fit un pas en arrière sans quitter des yeux les ténèbres du palier.

— Quoi ? murmurai-je.

Elle ne répondit pas. Le silence retomba. Et une pensée terrifiante me traversa l'esprit.

Elle a peur. Razoxane a peur.

Je réussis à me maîtriser tout en battant en retraite. Razoxane me suivit; je regardai par-dessus son épaule, mais ne pus rien distinguer. En revanche, je sentis le froid. Plus lourd que le silence. Plus *sombre*...

— L'un d'entre eux ? chuchotai-je d'une voix à peine audible.

Elle secoua la tête.

— Ce n'est pas un Clinicien. Quelque chose d'autre. Quelque chose qu'ils ont attiré par leurs rites...

Je me souvins de ce qu'elle avait dit. Des portes, des démons. *Quelque chose* attendait là-haut. Une chose hideuse, comme une incarnation de la peste. Et que même les anges de la Mort traitaient avec respect.

— Maintenant, l'endroit est infecté, murmura Razoxane. Une gangrène spectrale. Ceux d'en bas étaient condamnés, de toute façon...

Elle allait tourner les talons lorsque nous entendîmes un vague petit bruit au rez-de-chaussée. Mon cœur se souleva.

— Oh, mon Dieu, ils sont là !

Il ne s'agissait pas de la police : sinon, nous aurions entendu les sirènes.

Razoxane glissa le pistolet sous son manteau, me passa les livres — j'avais presque peur de les toucher — et brandit le riot-gun.

— Alors descendons leur dire bonjour.

Je la regardai tirer des cartouches de sa poche et recharger le fusil avec un calme mécanique. Le silence était total en bas comme en haut; j'eus l'impression d'être prise entre deux feux. Deux feux de glace. Puis un son furtif se fit percevoir, provenant du salon.

Razoxane descendit les escaliers quatre à quatre, si vite qu'elle glissa et finit son trajet affalée dans le vestibule. Cependant, elle virevolta aussitôt, brandissant son fusil de la main gauche pour ouvrir le feu. La décharge ravagea le couloir, brisant ce qui pouvait être brisé, mais les sons continuèrent, dominant l'écho de la détonation; plus rapides, cette fois-ci. Le grincement de la porte de derrière, le claquement de bottes sur le pavé, la grille se refermant.

Razoxane jura et se redressa alors que je finissais de descendre les escaliers — bien plus lentement qu'elle.

— Alors, on perd la main ? raillai-je.

Son regard de glace croisa le mien et, un instant, j'eus l'impression de me trouver au bord d'un précipice. Un instant. Puis elle se contrôla. Lorsque j'arrivai sur le palier, serrant la rambarde entre mes mains, elle remettait son chapeau et ses lunettes noires. Et son sourire sans joie était toujours le même.

— Celui-ci mourra un autre jour. Quelle différence ? (Elle regarda une nouvelle fois en haut — mais rien ni personne ne nous avait suivies.) Allons-nous-en.

Elle passa dans le salon et je lui emboîtai le pas, tout en sachant ce que nous y découvririons. Un des cadavres avait disparu. L'un des quatre était encore vivant. C'était Colin. Le bois de la table derrière laquelle il s'était recroquevillé devait avoir intercepté une partie de la décharge qui lui était destinée. Il n'était que blessé...

— Maintenant, marmonnai-je, ils savent que je suis en relation avec toi. Il va tout leur raconter...

— En ce cas, il faut nous assurer qu'il ne dira rien, n'est-ce pas ?

Elle était passée dans la cuisine et tournait les boutons de la cuisinière à gaz.

— Regarde si tu peux trouver quelque chose d'inflammable dans le coin, comme du fioul pour ce machin. (Elle désigna un vieux chauffe-eau à paraffine). Cette maison va partir en fumée.

Je trouvai une bouteille à moitié vide et la répandis sur le sol.

— N'oublie pas d'arroser les cadavres, me recommanda-t-elle.

Comme ne n'avais pas le courage de le faire, elle se matérialisa à côté de moi, et sa voix résonna à mon oreille comme une mauvaise conscience.

— Ceux-ci sont perdus à jamais, Rachel. Il ne faut pas qu'on les trouve. Vas-y.

J'avalai ma salive.

Dans le lointain, il y eut un mugissement de sirènes.

Je serrai les dents et aspergeai de paraffine le visage de Trish, voyant le produit couler dans sa bouche ouverte et tremper son chemisier...

Puis ce fut au tour de Paul. Puis Steve.

Spaghetti bolognaise, pensai-je, et je titubai.

Une main se posa sur mon épaule.

— Filons d'ici.

Nous sommes sorties par-derrière. Je répandis une traînée de paraffine sur mon chemin, puis jetai le bidon alors que nous atteignions la ruelle. Soudain, la fatigue et la nausée me saisirent; je dus m'appuyer au montant de la grille et regardai Razoxane fouiller ses poches.

Les sirènes se rapprochaient, les voitures traversaient le trafic de l'heure de pointe, tous gyrophares dehors...

Razoxane gratta une allumette. Sa flamme se refléta dans ses lunettes noires; et, photophobe ou non, je vis dans son sourire une joie de pyromane. Puis une flamme jaune et bleue dévora avidement la paraffine et courut vers la maison.

Nous avions filé dans la pénombre du crépuscule.

Nous ne nous sommes même pas retournées pour voir s'embraser l'antre des Cliniciens.

CHAPITRE VINGT-CINQ

— Kathy a presque fini de soigner son type dans la salle des soins rapides, et l'accidenté est toujours en radio, dit Mike. Et c'est tout.

Quatre heures quarante-cinq du matin. Avec un peu de chance, nous serions tranquilles jusqu'à l'aube. Je regardai Mike.

— C'est l'heure de la pause café, alors.

— Une minute, lança Karen.

Il était si facile de mener une double vie ! Ici, j'étais une infirmière professionnelle et appréciée alors que, quelques heures plus tôt, j'avais assisté à un triple meurtre — et incendié les lieux du crime...

Peut-être était-ce la seule façon possible de supporter tout cela : en vivant l'instant présent, en évacuant le choc des horreurs passées. Et si je voulais survivre, je devais conserver toute ma raison...

Et je voulais survivre. Oh que oui !

— Tu crois l'histoire de ce type ? demanda Mike, alors que je le suivais dans la salle de repos.

— Qui, celui des soins rapides ?

— Oui ; s'il dit vrai... il devrait en parler à la police.

— C'est son affaire, fis-je en haussant les épaules.

Et je doutais qu'il le fasse.

Mike alluma la bouilloire électrique, s'assit et s'étira.

— Cette ville devient de plus en plus dangereuse. On se croirait à Belfast. T'as entendu parler de cet incendie sur Fenner Street ?

J'acquiesçai.

— Karen en a entendu parler à la radio. Combien de morts ?

— Trois. Deux hommes et une femme. Et la police pense que l'incendie était criminel. Cela semble logique, non ? L'ennui, c'est que personne ne semble vouloir réaliser ce qui se passe.

Je feuilletai la *Gazette des infirmières* et grognai sans lever les yeux. Les corps seraient amenés à notre morgue pour y être autopsiés ; et, lorsque le médecin légiste découvrira les traces de balles, la police saura qu'il ne s'agissait pas d'un simple incendie criminel. Je pensai à Trish, à son beau visage carbonisé, et à son corps emballé dans un sac portant la mention Inconnu. Un autre cadavre anonyme...

— Rachel...

— Hmmmm ?

— Tu m'as l'air d'être bien loin de tout ça, fit Mike avec un sourire.

Mon Dieu, Mike, si seulement c'était vrai !

— Tu te souviens de cette place d'infirmier général qui s'est libérée à Preston ? Eh bien, j'ai décidé de poser ma candidature.

Cela ne m'étonnait guère : cela faisait longtemps qu'il voulait monter en grade. Mais, bien que je ne puisse que lui souhaiter de réussir, je savais qu'il me manquerait. Et à nous tous...

— Fonce, lui dis-je. On te regrettera, c'est sûr, mais... tu iras loin, Mike. Je le sais. On a besoin de gens comme toi dans l'administration.

Il eut un geste de dénégation.

— Je ne vise pas si loin, Rachel. Je ne veux pas perdre le contact avec les patients.

— Oh, je comprends. Mais, parfois, je me dis que nous avons besoin de superviseurs qui pensent comme toi... et qui nous défendront.

La bouilloire grondait ; il y eut un silence pendant qu'il préparait le café. Il me tendit la tasse portant mon nom. Ce soir, Dieu sait pourquoi, ce détail familier me pinça le cœur.

— Il n'est pas trop fort? ajouta-t-il en souriant.

Je secouai la tête et rajoutai du lait. Et, en l'absence de cuiller propre, regardai les arabesques brunes dessiner leurs tentacules filandreux sur la surface noire du café.

Alors que je m'approchais de la salle des soins rapides, j'entendis tomber un objet métallique dans un bol, et Kathy dit :

— Voilà, c'est la dernière.

Le patient marmonna quelque chose.

— Vous devriez vraiment aller voir la police, vous savez, ajouta-t-elle. Vous avez eu beaucoup de chances. Ç'aurait pu être beaucoup plus grave.

— Vous pensez vraiment que les flics en ont quelque chose à foutre? rétorqua l'homme d'un ton morose. Si ça se trouve, ils refileront une médaille à ce salopard. Eux-même se donnent bien du mal pour nous chasser.

— Vous connaissiez le fumier? fit la voix de Fran. C'était elle qui se chargeait des sutures.

— Non. C'était un de ceux qui vivent au nord de la ville.

— Il vous a délibérément tiré dessus?

— Et ces petits plombs, c'est un cadeau du Père Noël?

— Comme vous voudrez, répondit Kathy d'un ton vif qui me fit comprendre à quel point la nuit avait été longue. Il ne reste plus qu'à panser ces blessures avant de vous donner une piqûre antitétanique.

Elle retira ses gants de caoutchouc; le couvercle de la poubelle grinça. Un instant plus tard, elle sortit de la salle et leva les yeux au ciel avec une expression très éloquente. Saleté de Travellers.

— L'accidenté est sorti de radio, lui dis-je. Lit numéro un.

Je la regardai descendre le couloir, puis jetai un coup d'œil par la porte. Une veste olivâtre pourvue d'un drapeau allemand cousu à l'épaule était posée sur le dos d'une chaise.

Fran entra dans mon champ de vision, cherchant le

meilleur angle pour recoudre notre client ; elle avait passé un tablier jetable par-dessus sa robe. Elle me vit et me lança :

— Salut.

— Si tu veux, je prends le relais. Mike a fait du café.

— Merci. Je finis juste de suturer celui-là...

Je restai dans l'embrasure, feignant la nonchalance alors que mon cœur battait à se rompre. Après quelques instants, les ciseaux claquèrent une dernière fois ; puis elle retira ses gants.

— Voilà, c'est fini, dit-elle à l'homme blessé. La sœur se chargera des pansements et de l'injection. Vous avez toujours mal ?

— Moins, admit-il à contrecœur.

— Parfait. Ce sera bientôt fini. Bonne nuit, fit-elle d'un ton joyeux, renouvelant son sourire de remerciement en passant devant moi.

J'attendis qu'elle soit hors de vue, puis encore un peu, jusqu'à ce que Razoxane émerge d'une salle vide et s'approche de moi.

— Tu te contentes de l'interroger, murmurai-je. Promets-moi de ne pas le tuer.

— Il t'a vue, Rachel, fit-elle non sans raison.

— Je m'en fous, sifflai-je. Tu en as déjà bien assez fait.

Elle réfléchit ; acquiesça, puis entra dans la salle. Au moment où elle refermait la porte, j'entendis le déclic de son cran d'arrêt.

Je m'adossai à la porte et fermai les yeux, épuisée. Puis j'entendis malgré moi les sons étouffés en provenance de la salle. Les hoquets horrifiés... et les cris.

Je comprenais maintenant ce que j'étais devenue : une infirmière qui trahissait ses patients. C'était le rôle que les Cliniciens voulaient me voir jouer. Et, en cherchant à y échapper, je n'avais pas fait autrement.

Au bout de quelques minutes angoissantes, la porte s'entrouvrit.

— La voie est libre ?

— Oui, répondis-je, parcourant des yeux le couloir vide.

Razoxane sortit, repliant sa lame.

— Il est à toi, fit-elle sèchement.

— Tu ne l'as pas tué?

Je m'attendais à ce qu'elle réponde que si, mais elle se contenta de secouer la tête.

— Il s'est montré coopératif. Il m'a donné des informations fort utiles sur ses anciens maîtres. Je crois qu'on peut le laisser vivre.

Quelle générosité, pensai-je, et je dis à voix haute :

— Qu'est-ce qu'il a dit?

— Bien assez — mais cela peut attendre. Il faut que je retourne à Fenner Street. Voir ce que je peux retirer des décombres.

De la salle s'éleva un gémissement, et je regardai en arrière.

— Ne t'en fais pas, Rachel, je trouverai la sortie.

Je n'en doutais pas, mais, en la voyant marcher tranquillement vers la porte des ambulances, mon estomac se noua. On avait levé la protection policière et la sécurité était tout aussi inexistante que précédemment. Personne ne la verrait partir. Et, en effet, elle disparut dans la nuit.

Il était toujours possible qu'elle rencontre quelqu'un; et ce quelqu'un mourrait pour s'être trouvé au mauvais endroit au mauvais moment.

Je ravalai l'amertume qui emplissait ma bouche, me repris et entrai à mon tour.

Le jeune homme décharné qui s'était présenté dans notre département il y avait une heure de cela, criblé de plombs et proclamant qu'un fermier l'avait tiré comme un lapin, était allongé sur le dos, inerte, les bras pendant de la table d'opération. Sa poitrine, son épaule gauche et sa joue n'étaient plus qu'une plaie sanglante faite d'une multitude de coups de poignard. Razoxane avait dû passer sa lame dans chacun des trous faits par les plombs tout en étouffant ses cris de sa main. Puis, après avoir rouvert les plaies, elle en avait rajouté quelques-unes de son cru. Sans doute assorties de questions.

Rien d'étonnant à ce qu'elle ait vite obtenu les réponses qu'il lui fallait.

À mon entrée, ses yeux papillonnèrent et s'ouvrirent ; il eut un hoquet et tenta de se relever, pris de panique. Puis il reconnut mon uniforme et se laissa retomber avec un sanglot.

— Ma sœur... je vous en prie, aidez-moi. Quelqu'un...

C'est alors qu'il se souvint de mon visage. Et se figea. Fixant la seringue que je tenais en main. En la levant pour vérifier la dose, je savais très bien ce qu'il pensait. Il était venu dans notre hôpital pour y trouver la sécurité — et qui y retrouvait-il ? Moi, la complice de la fille qui avait assassiné ses amis et l'avait torturé. Et j'étais certainement venue lui administrer le coup de grâce.

L'ange en bleu. l'Ange de la Mort.

Je ne pus m'empêcher de lui adresser un petit sourire sinistre.

— Salut, Colin. (Puis, devant son air paniqué, j'ajoutai :) Ne vous en faites pas. Je vais seulement vous faire une injection antitétanique — et vous donner un conseil.

Malgré mon calme, je sentais néanmoins monter en moi une confiance nouvelle au vu de la soudaine et horrible puissance qui, subitement, était devenue mienne.

— Vous savez, repris-je, cette fille est une psychopathe. Elle a déjà tué une demi-douzaine de personnes — et deux Cliniciens. Même *eux*, ils ont peur d'elle. Ce soir, elle vous a laissé la vie, mais elle peut toujours changer d'avis. Alors je vous conseille de partir ; quittez la ville... le pays, même. Et ne parlez jamais à personne de ce qui s'est passé, sinon...(Et je me permis à nouveau ce sourire sinistre avant d'ajouter :) Elle vous retrouvera. Et vous écorchera tout vif. C'est compris ?

Il acquiesça, les yeux écarquillés, incapable de parler. J'eus un sourire plus doux, plus digne d'une infirmière.

— Très bien, fis-je gaiement. Alors il est temps de nettoyer toutes ces égratignures, n'est-ce pas ?

CHAPITRE VINGT-SIX

Lorsque je rentrai chez moi, par cette matinée grise et humide, le téléphone sonnait.

Je fermai la porte et mis la chaîne de sécurité avant d'aller répondre. Je portai l'écouteur à mon oreille puis réalisai que ce pouvait être Razoxane ; ma bouche s'assécha instantanément.

— Allô ? fit une voix de femme qui n'était pas la sienne.

J'avalai ma salive et répondis.

— Sarah Hollis est-elle là, s'il vous plaît ? Elle n'est pas arrivée ici, à l'hôpital.

Sarah avait punaisé son emploi du temps dans la cuisine pour éviter de s'y perdre ; je savais que, ce matin, elle était de service.

— Avez-vous appelé son département ?

— C'est ici, son département. Je suis l'infirmière en chef Taylor. Comme je ne la voyais pas venir, je me demandais si elle était malade.

Je consultai ma montre. Neuf heures moins vingt. Elle devait commencer à sept heures et quart. Et il n'y avait pas un bruit dans l'appartement.

— Je ne sais pas, je viens de rentrer. Si vous voulez, je vais regarder dans sa chambre.

Je posai le récepteur et restai un instant immobile, à écouter. Puis j'allai frapper doucement à sa porte.

— Sarah ? C'est moi. Tu es là ?

Pas de réponse. J'ouvris la porte.

Sa chambre, plongée dans la pénombre garantie par les rideaux, était vide et toujours autant en désordre : le sol était jonché de vêtements épars et d'animaux en peluches issus de sa collection. Le coin d'un des posters affichés au mur s'était décollé et menaçait d'entraîner le rectangle de papier dans sa chute. Le lit était défait; elle y avait dormi, pas de doutes. Je haussai les épaules et allai reprendre le téléphone.

— Allô? Non, je ne la vois pas. Désolée.

La nuit dernière, elle avait rendez-vous avec son copain; mais elle était revenue. Et ensuite?

L'infirmière en chef raccrocha à contrecœur. J'en fis autant, fronçant les sourcils. Je commençais déjà à me faire du souci lorsque je me tournai vers la porte du salon, grande ouverte.

Et constatai qu'il y avait quelqu'un qui me regardait.

Un instant, je crus qu'il s'agissait de Razoxane; je l'attendais, ou presque. Mais, alors que mes yeux s'accoutumaient à la pénombre, je vis que la silhouette assise dans le fauteuil en face de moi était celle d'un homme. Terry. Le copain de Sarah.

Il était mort.

C'était évident, vu la façon dont il se tenait, inerte comme un pantin mal rembourré. Son visage se trouvait dans l'ombre, mais je vis qu'il était comme affaissé — et discernai le blanc de ses yeux entrouverts.

Je fis un pas vers le seuil. Inutile d'essayer de m'enfuir; j'avais déjà compris ce qui s'était passé.

Razoxane s'était installée là pour m'attendre, et s'était retrouvée face à un arrivant inattendu. Elle avait réagi de la seule façon que sa démence lui ait prescrit.

Et, bien sûr, elle lui avait retiré son cerveau.

Malgré ma répulsion, une curiosité malsaine m'attirait en avant; il me fallait tout voir, jusqu'au plus petit détail. En fait, elle avait travaillé proprement : elle avait incisé tout le tour du crâne pour retirer le scalp afin de dégager le crâne. Puis elle avait découpé l'os, retiré le cortex et remis en place le couvercle ainsi découpé. Je pouvais le voir à la façon dont le haut du crâne se tenait légèrement de guinguois. Sans oublier le sang qui avait taché sa chemise...

— Oh, merde..., marmonnai-je en reculant.

Et Sarah ? Qu'est-ce que Razoxane avait bien pu faire d'elle ?

Nous avons tous tendance à tirer des conclusions hâtives, et je n'étais pas différente des autres. C'est ce que je compris lorsque *son* odeur me frappa — et que j'entendis *sa* voix, juste derrière moi.

— Rachel, dit Melphalan, nous voilà à nouveau réunis.

Je me retournai. Trop tard. Il venait de sortir de la cuisine, silencieux comme un spectre, et me bloquait l'accès à la porte — qui, de plus, était verrouillée. J'avais refermé sur moi le couvercle de ma propre cellule. Voire de ma tombe.

Le Maître des Médecins ouvrit son manteau de ses doigts gantés et plaça ses pouces dans ses poches. Son geste révéla tout un assortiment d'instruments chirurgicaux — des scalpels et des ciseaux et des sondes placés dans des poches faites sur mesure ; mais ce qui attira le plus mon attention, ce fut l'énorme hachoir suspendu à sa ceinture de cuir, saisissant résumé de la sauvagerie qui se cachait derrière cette façade scientifique.

Lentement, à contrecœur, je levai les yeux. Bien que le visage de Melphalan fût en partie plongé dans l'ombre, je pus voir qu'il souriait.

Derrière moi, la porte de la salle de bains s'ouvrit à son tour. Je me retournai ; c'était Laukostyx qui se tenait là et me regardait, la tête inclinée, le visage cadavérique. Puis, plus près encore, Vokaine se penchait à l'entrée de ma propre chambre, exhibant nonchalamment ses lunettes et son rictus de squelette.

Je restai là, comme une petite fille qui se retrouverait encerclée par des étrangers dans un parc.

— Tu es en retard, Rachel, fit Melphalan derrière moi. Nous t'attendions.

— Il y a eu... une urgence à la fin de mon service, marmonnai-je, comme si cela pouvait leur importer.

— Néanmoins, tu peux le constater, nous avons trouvé de quoi passer le temps...

Dans un effort pour éviter de croiser leur regard, je me tournai vers la cuisine — et vis la masse rose et grise posée sur la table. Dans mon état, il me fallut une seconde pour reconnaître un cerveau humain. Quelqu'un l'avait posé sur la planche à pain et découpé en fines tranches...

Je pressai ma paume sur ma bouche.

— Quant à ta jeune amie, reprit Melphalan d'une voix insidieuse, elle nous a fort bien divertis.

Il posa les mains sur mes épaules et me poussa ; je sursautai à son contact.

— Viens. Viens voir.

Je fis un pas vers la salle de bains. Lorsque je passai devant Vokaine, il siffla à mon oreille :

— Pleure donc ! Des larmes de sang !

Cette fois-ci, il semblait bien s'amuser. Et Glaukostyx fit un pas de côté pour me laisser entrer.

Sarah était allongée dans la baignoire. Sa robe de chambre gisait sur le sol ; elle avait dû vouloir prendre un bain avant de se coucher. Maintenant, l'eau s'était retirée, mais sa peau restait humide et gluante de mousse séchée. Et, au premier coup d'œil, je pus dire qu'elle était morte.

Son cadavre évoquait un coussin d'acupuncture.

Mes jambes me lâchèrent, et je dus me cramponner au rebord de la baignoire.

Sarah.

Des épingles la transperçaient de partout ; ses bras, ses cuisses, ses seins, sa gorge. Son estomac. Ses paumes ouvertes. Même ses pieds. Il y en avait plus que je n'aurais pu en compter. Et je savais qu'elle avait senti chaque piqûre ; qu'elle était restée là, immobile et impuissante, pendant que les Cliniciens tissaient leur toile de souffrance.

— Tu connais les techniques de l'acupuncture ? fit Melphalan. La version de cet art que nous avons perfectionnée est quelque peu différente : elle vise à causer un maximum de souffrance. Nous avons tracé une carte des terminaisons nerveuses les plus sensibles du corps humain — et nous les transperçons l'une après l'autre...

Je n'écoutais qu'à moitié. Je tendis une main hésitante vers Sarah, caressant sa joue mouillée du dos de mes doigts... Ses cheveux détrempés... Ses yeux étaient clos, son expression presque boudeuse; mais ses traits détendus indiquaient qu'elle avait enfin fini de souffrir...

— Bien sûr, reprit Melphalan, nous avons pimenté le jeu : l'une des épingles était enduite d'une toxine mortelle à effet rapide, mais... (il se tut, savourant ses mots) extrêmement douloureuse. Nous le lui avons dit, mais sans préciser *laquelle*. Elle savait seulement que chaque piqûre pouvait lui apporter la mort. Bien sûr, nous ignorions aussi laquelle, sinon, quel intérêt? Nous avions deux cents épingles, et ce fut la quatre-vingt dix-septième la bonne, si j'ose dire...

À ce moment, elle devait implorer la mort. Son ultime agonie lui avait sans doute paru presque douce. Mes yeux s'emplirent de larmes. Sarah. Toujours si joyeuse. Massacrée parce qu'elle partageait mon appartement et mon amitié...

Soudain, Melphalan enserra mes cheveux entre ses doigts gantés de caoutchouc; ma bouche s'ouvrit sur un cri muet alors qu'il m'entraînait à sa suite, puis, d'un revers de poignet, me balançait dans le vestibule. Je m'affalai sur le parquet, face aux bottes boueuses de Vokaine. En levant les yeux, je vis que le Clinicien avait déjà tiré son scalpel.

— Tu nous as désobéi, Rachel, dit Melphalan. Nous ne tolérerons pas un tel comportement. Tu es une forte tête, mais nous saurons y remédier. Une hystérectomie te ramènera peut-être à la raison...

Volkaine porta le scalpel à sa bouche et, sans cesser de sourire, embrassa la lame. Je voulus hurler, mais pus à peine murmurer :

— Je vous en prie...

Je regardai Melphalan; il retira posément son chapeau et passa la main dans ses cheveux noirs et raides. Soudain, à travers mon horreur, je pus déchiffrer son expression. Et cette image brisa celle que je m'étais faite des Cliniciens, celle d'une horde de goules inhumaines et invincibles.

Melphalan était las.

— Tu as de la chance, reprit-il après un instant. Tu as choisi de revenir à nous, et voilà une sage décision. Très sage. (Il me regarda à nouveau ; je frissonnai sous ses yeux pénétrants.) La nuit dernière... qu'as-tu vu exactement ?

J'aspirai une goulée d'air, l'esprit en déroute. Ils ne savaient pas, n'avaient pas encore compris. J'improvisai une explication :

— Lorsque je suis sortie de la maison, elle était en flammes. Il y avait des policiers partout. Je... me suis enfuie.

Il acquiesça sans sourciller. L'avais-je convaincu ?

— Que s'est-il passé ? insistai-je.

Il y eut un autre silence, comme s'il réfléchissait à ce qu'il pouvait me dire, puis :

— C'est l'œuvre d'un de nos ennemis.

Je restai là, sur le flanc, à demi redressée sur mon coude, et m'efforçai de garder une expression neutre.

— Un ennemi ?

Il acquiesça avec un petit sourire amer.

— Oui, Rachel. Nous avons des ennemis. Et certains nous pourchassent depuis très longtemps. Il est temps d'y mettre fin.

Je me demandai s'ils en étaient capables ; j'avais bien peur que oui.

— Mais, entre-temps, reprit-il, il nous faut nous installer un nouveau centre de recherches. La branche désaffectée de l'hôpital nous conviendra parfaitement. Tu nous couvriras et nous aideras à emménager — et, une fois que nous serons établis, tu nous fourniras des sujets d'étude.

Je le regardai avec des yeux ronds.

— Inutile de vouloir traiter avec toi, Rachel. J'ai déjà fait cette erreur. Maintenant, je te donnerai des ordres, et tu obéiras. Et si tu nous défies encore une fois... ce sont tes amis qui souffriront, tout comme aujourd'hui. L'infirmière Shannon... Kane... les Drs Jones et Drew... Nous les connaissons tous. Nous savons où ils habitent. Pour chaque acte de désobéissance, l'un d'entre eux mourra — *lentement*. C'est compris ?

J'acquiesçai. J'avais compris.

— Maintenant, lève-toi.

Je m'efforçai d'obéir; Vokaine saisit la manche de mon manteau pour me relever. Je titubai pendant que leurs corps malodorants se pressaient autour de moi.

Melphalan se pencha en avant, et son visage était dépourvu de toute expression ; de si près, je pouvais voir chacun de ses pores, comme autant de cratères dans sa peau grise.

— Enlève ton crucifix.

Ma main se posa sur ma croix— puis hésita.

— Enlève-le. Jette-le. Dieu n'existe pas, tu le sais bien. Personne n'est venu à l'aide de ton amie innocente. Et personne ne te sauvera.

Je n'avais pas de mots pour lui répondre. Jusqu'à ce matin, je croyais toujours en une sorte de protection divine et infaillible, et ma foi était assez forte pour les déranger. Mais ce n'était qu'une façade et, réalisai-je, ils avaient pu voir le vide qui se cachait derrière. Mon esprit s'emplit du souvenir de Jenny, de Trish, et maintenant de Sarah ; toutes assassinées avec sauvagerie. Mais le monde n'avait pas pour autant cessé de tourner, et j'étais seule.

Peut-être que Razoxane pouvait me sauver. Mais, pour l'instant, elle pouvait aussi bien être à des milliers de kilomètres de là.

Lentement, mes mains passèrent derrière ma nuque et dégrafèrent ma chaîne. Je levai le crucifix et le plaçai dans la main de Melphalan.

Il ne cilla pas ; mais, après tout, ce n'était qu'un bout de métal. Comment avait-il pu les tenir éloignés si longtemps ?

Comme l'avait dit Razoxane, la vraie foi les faisait douter. Et, ces dernières semaines, la mienne avait été ravivée. Mais sa victoire n'était qu'une illusion. En réalité, ma foi déclinait ; elle était malade depuis un certain temps et venait de mourir.

Le poing de Melphalan se referma sur la croix. Son visage exprimait une satisfaction bestiale. D'une certaine façon, je ne pouvais l'en blâmer.

— Et maintenant ? marmonnai-je.

— Patience, Rachel, ronronna-t-il. Nous te contacterons à nouveau lorsque nous aurons besoin de tes services. Entre-temps, laisse-nous. Va faire un tour. Nous ferons disparaître les cadavres avant ton retour.

— Comment...

— Nous avons nos méthodes, répondit-il, mystérieux.

Le corps de Sarah, découpé en morceaux et fourré dans une valise. J'essayai de ne pas y penser. En vain. Mes larmes se remirent à couler. Et, d'un doigt ganté, Melphalan caressa ma joue humide.

— Rachel ! Pourquoi ces pleurs ? La comédie ne fait que commencer...

TROISIÈME PARTIE

LES SŒURS DE LA NUIT

CHAPITRE VINGT-SEPT

— Will était prêt à foncer, dit la femme, mais, lorsqu'il l'a sorti, il est tombé...

Mon esprit avait accroché ce fragment particulier de conversation, le tourna et le retourna dans tous les sens alors que je fonçais vers Résus, puis l'effaça aussitôt. Mark se tenait dans l'entrée et tenait la porte tout en discutant avec Mike. Par-dessus son épaule, je pus distinguer ce qui se passait à l'intérieur, les vestes fluorescentes des ambulanciers, le visage pâle de Fran...

Ce vendredi soir s'annonçait chargé.

Je passai la porte que Mark m'ouvrit toute grande. À l'intérieur, on se massait autour de la femme allongée sur la civière que les ambulanciers finissaient de transporter à l'intérieur.

— Attention à ses jambes ! hurla quelqu'un.

Je compris vite pourquoi : son jean était trempé de sang et, de-ci, de-là, on apercevait une esquille d'os pointant hors du membre fracturé. Il faudrait bien tout une nuit pour lui redonner apparence humaine.

— Accident de moto ? (Un ambulancier opina ; je me tournai vers Fran.) Bon, retirons-lui ses vêtements.

Simon — l'étudiant qu'on nous avait affecté pour ce mois-ci — et Fran se mirent tranquillement au travail, découpant au ciseau les couches de tissu pendant que j'insérais un respirateur dans la bouche molle ; à nouveau, la routine reprenait ses droits. Autour de moi, des gens allaient et venaient, parlaient ou se taisaient. Nous prîmes son pouls et son rythme cardiaque, prélevâmes des échantillons de sang, puis plaçâmes un goutte-à-goutte pendant que Mark examinait sa poitrine et son abdomen.

Soudain, je réalisai que, depuis une heure, je n'avais pas eu une seule pensée pour les Cliniciens...

Leur visite remontait à deux jours et ils n'avaient pas réapparu depuis. Lorsque j'étais retournée chez moi, trempée après avoir erré pendant des heures sous la pluie, l'endroit était vide, sans vie. Terry et Sarah avaient disparu. Ils avaient même épongé le sang.

Du moins une bonne partie...

— Et l'ortho ? demandai-je.

— Il descend. Je crois qu'on aura plus de chance avec celle-là, dit Mike.

Plus qu'avec le type qui gisait sur l'autre civière, en tout cas. Le premier accidenté de la soirée. Le premier mort de la semaine. Nous avions recouvert le carnage avec un drap qui avait été blanc.

L'officier orthopédiste fit son apparition, poussant les doubles portes ; les vêtements qu'il portait sous sa blouse étaient froissés, comme s'il avait dormi dedans.

— Bonsoir, tout le monde.

Mark leva les yeux, surpris, puis s'écarta pour que l'autre médecin puisse le rejoindre près du brancard.

— Vous avez fait vite, dit-il.

— Mon parachute ne s'est pas ouvert.

— Rachel ! appela June depuis l'entrée.

— Quoi ?

Elle désigna la silhouette recouverte d'un drap.

— Les parents viennent d'arriver.

— Et merde. Bon. Introduis-les dans la salle d'attente. Heu... ils savent ?

Elle acquiesça.

— La police leur a tout dit.

— D'accord. J'irai leur parler dans une minute. (Je regardai derrière moi.) Ça va ?

— Pour l'instant, tout va bien, dit Mark par-dessus son épaule.

Je retirai mes gants et les jetai, ainsi que mon tablier de plastique.

— Hé, il n'est que onze heures et demie ! m'informa Simon avec bonne humeur.

Je jetai un coup d'œil à l'horloge murale et grimaçai. J'aurais cru qu'il était plus tard — et je souhaitais qu'il fût plus tard encore.

Les parents du défunt, son épouse et son fils, m'écoutèrent dans un silence abasourdi pendant que je leur racontais comment nous avions tenté, en vain, de sauver la vie du patient. C'est le genre de nouvelle qui est toujours difficile à assimiler. Une vie peut être brisée en un clin d'œil, mais l'esprit est beaucoup plus lent.

Je leur délivrai le sermon de médecin légiste, leur demandai s'ils voulaient encore du thé (ils avaient à peine touché leurs tasses) et refermai soigneusement la porte pour les laisser à leur peine.

En retournant à Résus, je fus prise d'un vertige et dus m'arrêter, le temps de reprendre mon équilibre. La douleur sourde qui pesait sur mon estomac depuis le début de la soirée reprenait du poil de la bête.

Super. Il ne manquait plus que ça.

Le téléphone sonna dans mon bureau ; je fis un détour pour aller décrocher. Une femme entre deux âges se plaignait d'une irritation quelconque, pouvais-je venir la voir un instant ? Je lui conseillai d'attendre le lendemain et d'aller voir son généraliste habituel. Mieux valait se faire examiner, non ? Oui, en effet. Je raccrochai et fixai le poster à l'effigie de Garfield punaisé au dos de ma porte : notre héros était constellé de confettis, de bouchons et autres résidus d'une fiesta quelconque. *Qu'est-ce qu'on rigole !*

Pas vraiment, non.

D'ici à ce que je sois retournée au bloc op', la femme — qui n'avait toujours pas de nom — venait d'être transférée à l'amphithéâtre, et feu James Buckingham avait la salle pour lui tout seul. Simon avait fini d'emballer les lambeaux de vêtements dont nous l'avions épluché ; il me regarda en rajustant ses lunettes.

— Qu'est-ce qu'on en fait ? On les refile aux parents ?

Je jetai un œil dans le sac ; il puait le sang, et pire encore.

— Mon Dieu, non. Ne le donnez pas à sa femme, sinon, elle va péter les plombs. Envoyez-les en bas, à sa suite. Ils ont une semaine pour les réclamer, s'ils le veulent. Y a des objets de valeurs ? (Il secoua la tête.) Bon. Mieux vaut le nettoyer. Ils voudront certainement voir le corps.

— Ça va, Raitch ? demanda Fran.

— Pas très fort. Pourquoi ?

Elle avait le front soucieux.

— Tu es si pâle...

Et elle me connaissait assez pour savoir que je supportais la vue du sang. Je haussai les épaules.

— J'ai mal à l'estomac et je ne me sens pas très bien, mais je survivrai.

— Paraît qu'il y a un virus dans l'air, murmura Simon.

Il y a toujours quelqu'un pour dire ça.

Je les laissai pour voir ce qui se passait du côté des patients sans urgence. Au bout de dix pas, je réalisai que j'avais tout intérêt à filer aux toilettes. J'y entrai en catastrophe, me penchai sur la cuvette la plus proche et vidai mon estomac. Et chaque spasme envoyait des échardes de douleur dans mes abdominaux crispés.

Finalement, je me redressai et posai la paume sur mon ventre. La moindre pression provoquait un pincement. Je serrai les lèvres et continuai, comme pour soulager la douleur. Mais celle-ci persistait, juste au-dessous de ma ceinture. Je savais ce que c'était. Je refusais d'y croire.

Je me demandai si je devais en parler à Mark ou me taire et attendre de voir ce qui allait se passer.

Je me rinçai la bouche avant de retourner dans la mêlée et me dirigeai vers la salle d'attente lorsque, soudain, une violente douleur me déchira les entrailles. Je tombai à genoux, incapable d'émettre le moindre son, puis m'effondrai pour de bon. Le contact avec le sol apporta une nouvelle vague de souffrance. Je hoquetai, pleurai, me tortillai.

J'entendis un vague cri. Des pas précipités. Quelqu'un s'agenouillait près de moi et prononçait mon nom ; je crus reconnaître la voix de Fran. Puis on me souleva du sol. Je volais, et les lumières du plafond défilaient au-dessus de moi. Puis je redescendis sur un drap moelleux et l'on tira des rideaux verts. Je restai tranquille, autant que possible, et, peu à peu, les griffes qui enserraient mon estomac se relâchèrent. Mais pas totalement. Et je me sentais prête à vomir du sang.

Mark apparut au-dessus de moi. Il souriait. J'essayai d'en faire autant ; il posa les mains sur mon estomac dénudé. Ses doigts experts trouvèrent la source de la douleur. Je fis la grimace.

— Désolé.

Il continua son examen, plus doucement, puis ses yeux croisèrent à nouveau les miens.

— Votre diagnotic, sœur Young ?

J'avalai ma salive.

— Appendicite inflammatoire. Sans doute — *ah !* — déchirée.

— Félicitations. Vous êtes désormais une patiente de cet hôpital.

Il vérifia aussi ma langue et mes doigts, mais par simple précaution ; puis il s'écarta alors que Fran apportait une fiche. Le processus d'admission commençait. J'allais encore me faire soigner dans mon propre département. Cela devenait une manie.

Elle prit mes nom, adresse, date de naissance... Je répondis d'une voix monotone, les yeux braqués sur le plafond. Quelle ironie ! Je venais de me vendre corps et âme aux Cliniciens pour me retrouver hors d'état de nuire. Durant une semaine ou plus, je ne leur servirais à rien.

Et, s'ils perdaient patience, je serais à leur merci.

Cette idée emplit mon esprit comme un soleil noir. J'étouffai un sanglot et pinçai les lèvres pour leur éviter de trembler.

— Tiens bon, dit Mark. On te descend tout de suite...

La douleur s'enflait à nouveau en moi. Je fermai les yeux et attendis qu'elle s'en aille.

Peut-être un [illegible] qu'il est pas [illegible]. Qu'il y a [illegible] un [illegible] et [illegible] ronronnement je [illegible] reconnaître la voix de [illegible] sous [illegible] du [illegible] [illegible] et les [illegible] du [illegible] [illegible] au-dessus de moi. Puis je [illegible] sur [illegible] [illegible] et l'on [illegible] [illegible] yeux. Je restai tranquille, autant que possible, et, peu à peu, les griffes qui [illegible] mon estomac se relâchèrent. Mais pas totalement. Déjà je me sentais prête à vomir du sang.

Mark apparut au-dessus de moi. Il sourit. J'essayai d'en faire autant. Il posa les mains sur mon estomac [illegible]. Ses doigts experts trouvèrent la source de la douleur. Je fis la grimace.

— [illegible].

Il [illegible] plus doucement, puis ses yeux cherchèrent à nouveau les miens.

— Votre diagnostic, sœur Young?

— [illegible].

— [illegible] inflammation, sans doute — ou [illegible].

— Félicitations. Vous êtes [illegible] du [illegible].

[illegible] longue et [illegible], mais [illegible] qu'on [illegible] [illegible] une fiche. Le processus d'admission [illegible]. J'[illegible] dans mon propre [illegible]. Cela devenait une manie.

Elle [illegible] mon adresse, date de naissance. Je répondis [illegible] les yeux [illegible] sur le plafond. Quelle [illegible] de ma [illegible] Je ne [illegible] pas [illegible] pour [illegible] [illegible]. [illegible] une [illegible] ou plus, je ne leur servirais à rien.

[illegible] [illegible] leur [illegible].

Cette idée emplit mon esprit comme un soleil noir. [illegible] les lèvres pour leur éviter de trembler.

— [illegible] dit Mark. On le [illegible] de [illegible].

La douleur s'enfla à nouveau en moi. Je fermai les yeux et attendis qu'elle s'en aille.

CHAPITRE VINGT-HUIT

Je dus m'évanouir à un moment ou un autre, car, lorsque je retrouvai mes esprits, je vis défiler les lumières du couloir et entendis les roues de la civière, seul son reconnaissable dans le silence du petit matin. Je restai immobile, respirant doucement afin de ne pas réveiller la douleur. Je portais toujours mon uniforme, réalisai-je, bien qu'on m'ait enlevé mes chaussures et ma coiffe. On avait glissé un oreiller sous ma tête. Une mèche de cheveux me tombait sur les yeux, mais je n'osai pas lever la main pour la ramener en arrière.

Devant moi, des pas lourds traînaient sur le linoléum. Pas un mot ne fut échangé. Nous virâmes de bord pour passer dans un couloir à demi éclairé. Et le brancard se mit à dériver.

Je crus que mon guide corrigerait sa trajectoire, mais il suffit d'un instant pour que l'engin heurte le mur. Le choc se répercuta jusqu'au fond de mes entrailles. J'inspirai une goulée d'air, ce qui décupla la douleur, et serrai les dents..

Nous continuâmes notre course comme si de rien n'était. Personne ne s'enquit de mon état. Je tournai la tête d'un côté... de l'autre. Personne ne marchait à côté de moi, personne n'était là pour murmurer des encouragements ou me tenir la main. Les seuls pas étaient ceux de mon mentor qui traînait son fardeau.

Nous dépassâmes quelques chariots à linge abandonnés au hasard — et percutâmes l'un d'entre eux; je faillis hurler. Et le brancard reprit sa course aveugle.

Je grognai et me redressai à demi. Malgré la douleur, il fallait que je voie...

Son dos. Je vis son dos. Son manteau poussiéreux. Son écharpe. Son chapeau cabossé. Il avait accroché une grosse corde au brancard, et le remorquait ainsi.

Je retombai sur mon oreiller. Je voulais hurler, ou m'enfuir, mais n'en avais plus la force. Je restai là, inerte comme un cadavre, alors que le Clinicien m'entraînait à sa suite dans les profondeurs de l'hôpital, se souciant peu de mon confort. Les murs se firent de plus en plus décrépits, laissant place au plâtre fendillé et au papier peint décollé. Nous entrions dans l'ancienne unité d'obstétrique, une section désaffectée depuis longtemps par manque de moyens financiers. L'atmosphère elle-même changeait, se faisant plus froide, plus humide.

Un rêve. Ce n'est qu'un rêve, me dis-je alors qu'il poussait une double porte qui aurait dû être fermée à double tour. Un cauchemar provoqué par l'anesthésique. Mon esprit en déroute puisait dans ses propres peurs alors qu'en fait, je devais être allongée sur la table d'opération, aux soins de docteurs et d'infirmières compétents que je connaissais sans doute...

J'essayai de me cramponner à cette pensée alors que nous descendions un couloir plongé dans les ténèbres. J'essayai. En vain. Parce que, au fond de moi, je savais que tout cela n'était que trop réel.

Nous virevoltâmes autour d'un labyrinthe de lits métalliques dont les matelas avaient depuis longtemps été transférés vers une autre section de l'hôpital. Certaines des chambres vides étaient éclairées par la lune filtrant à travers des fenêtres rendues presque opaques par la crasse. Nous passâmes d'autres portes ; puis vint une pièce dépourvue de fenêtres, et les ténèbres se refermèrent sur moi.

Le brancard s'immobilisa ; la corde tomba à terre avec un bruit étouffé. Les pas du Clinicien se déportèrent sur ma gauche, éveillant d'étranges échos dans l'obscurité. Puis la lumière fut — bleuâtre et crue comme un soleil d'hiver. Une rampe de néon suspendue au-dessus de moi. Je plissai les yeux et tournai la tête.

Et vis Melphalan, debout à côté de mon lit.

Il portait un masque chirurgical autour du cou, retenu par ses lanières élastiques.

— Bienvenue, Rachel, dit le Maître des Médecins. Je t'avais dit que nous te contacterions à nouveau, et me voilà.

Je le fixai, haletante, baignée d'une sueur glacée. Puis la douleur explosa à nouveau comme pour me rappeler que, si personne ne venait à mon secours, je ferais une péritonite et en mourrais. De façon horrible.

— Pourquoi... tout cela? demandai-je. J'ai dit que je vous aiderais. Je l'ai promis...

— En effet, opina-t-il. Mais tu as déjà prouvé que tu n'es pas digne de confiance, Rachel Young. Ainsi, nous devons prendre toute les assurances possibles.

J'entrevis Glaukostyx qui le rejoignait, portant lui aussi un masque autour du cou — et un tablier de caoutchouc par-dessus ses vêtements crasseux. Un claquement de métal sur ma gauche attira mon attention; c'était Vokaine, celui qui m'avait tirée jusqu'ici, et qui examinait toute une série d'instruments tranchants.

C'est alors que je compris ce qui allait se passer. Et, avec l'énergie du désespoir, me débattis pour me redresser.

Melphalan me repoussa avec une facilité méprisante; une nouvelle vague de douleur envahit mon abdomen, et j'eus un gémissement étouffé. Il se pencha et posa la main sur ma poitrine jusqu'à ce que ma respiration se calme. Il se trouvait devant la lumière, et son visage était plongé dans l'ombre, mais je vis briller ses yeux.

— Tu ne dois pas t'énerver, dit-il. Ton appendice est en piteux état. Ce qui est normal : nous avons injecté une drogue de notre cru dans tous les produits alimentaires que contenait ton réfrigérateur. Cette substance provoque une inflammation catastrophique et foudroyante du système digestif. Il était évident que tu aurais vite besoin des services d'un chirurgien. Et nous avons attendu.

— Non, fis-je, car je n'avais plus assez de souffle pour crier.

— Oh, si.

Et je sentis une piqûre dans mon avant-bras. Une aiguille plongeant dans ma veine. La douleur subite fut suivie d'une sensation de picotement, puis d'engourdissement... et soudain, tout mon corps se métamorphosa en plomb.

— Relaxant musculaire, expliqua Melphalan d'un ton badin tout en déboutonnant mon uniforme pour exposer mon ventre.

Il caressa la courbe de mon estomac, et même ce contact délicat fut si douloureux que je hoquetai de souffrance ; puis il regarda Vokaine.

— Commençons.

Je regardai de côté ; entrevis un chariot rempli de couteaux. Leur propreté froide, luisante était celle d'instruments médicaux, mais, avec leurs lames interminables et leurs manches de bois usé, ils auraient plus été à leur place dans une cuisine. Ou une boucherie...

Lorsque je revins à Melphalan, sa bouche souriait. Mais uniquement sa bouche.

— Un attirail de campagne, dit-il sèchement. Je m'en suis servi en Crimée, alors que je suivais votre armée dans sa déroute. Et quelle riche moisson de chair ! Nous suivions des chariots débordant de blessés... (Son sourire s'élargit.) Peut-être dirais-tu que nous tirions sur des ambulances... mais la souffrance humaine est une source constante de savoir. La souffrance et les afflictions.

Il tendit une main gantée. Vokaine y plaça un couteau.

— attendez..., marmonnai-je d'une voix pâteuse. Je ne... dors... pas.

— En effet, dit Melphalan.

— Je vous... en prie.

De sa main libre, il plaça le masque sur sa bouche. Certainement pas pour me protéger d'une éventuelle infection ; plutôt pour ne pas être lui-même contaminé par le contenu de mes entrailles. Ses collègues l'imitèrent comme des bandits fantômes et leur cercle se referma sur moi.

Je me mis à pleurer des larmes silencieuses — puis

Vokaine pressa un épais morceau de tissu sur ma bouche. Un instant, je crus qu'il me chloroformait et inhalai avec gratitude. Mais je ne sentis que l'odeur rêche de la lessive bon marché. Il cherchait seulement à étouffer mes cris.

— Observez bien, gentilhommes, fit la voix de Melphalan. Je vais procéder à la première incision... *ici.*

Et, sans plus de préambules, il entreprit de m'ouvrir le ventre.

La douleur explosa en une onde blanche et aveuglante, mais mon cri ne put franchir la barrière de coton ; il revint en moi jusqu'à ce que ma poitrine soit au bord de l'explosion. Et je sentis le froid qui envahissait mon estomac tandis que Melphalan écartait des replis de chair, l'un après l'autre. Puis ses doigts furent en moi, inquisiteurs...

Implacable, Vokaine renouvela sa pression.

C'est juste un cauchemar, insista mon esprit. *Juste. Un. Cauchemar. Cauchemar.*

Un son horrible et rauque emplissait mes oreilles : c'était ma voix, étouffée par le bâillon. L'expression dérisoire de mon angoisse.

Melphalan se redressa et écarta des doigts dégoulinants d'écarlate. J'émis un miaulement informe, m'attendant presque à sentir mon sang inonder le tissu alors que je me vidais de ma vie...

— Une plaie ouverte est très dangereuse, Rachel. Elle est sensible à toutes les *infections...*

Et, malgré mon désarroi, je sentis que l'atmosphère de la pièce se modifiait. Un froid nouveau l'imprégnait, comme un vent du nord surgi de la nuit.

Je pouvais voir la grimace de concentration déformant les traits de Melphalan. Il murmura quelque chose en une langue qui n'était pas de l'anglais.

Puis il fourra sa main dans mon ventre ouvert — jusqu'au coude.

C'est alors que je hurlai pour de bon.

Et me réveillai.

Un lit. J'étais dans un lit. Dans une chambre qui en comprenait trois autres. Et il faisait jour.

J'étais assise, droite comme un I, les mains serrées sur ma bouche pour bloquer mes hurlements. Des cheveux moites collaient à mon front. Ma chemise de nuit blanche semblait adhérer à ma peau.

Les trois autres femmes qui occupaient la chambre me regardaient, consternées. L'une d'entre elles avait dû appeler une infirmière, car une auxiliaire arriva un instant plus tard et vint à mon chevet.

— Allons, c'est fini. Tout va bien...

Je désignai la table de nuit d'un geste brusque. Elle comprit et me passa le bassin. Je pus vomir une dernière fois, laborieusement, puis retombai sur mon oreiller, à bout de forces.

Mes compagnes d'infortune étaient toutes plus âgées que moi et semblaient soucieuses. Peut-être que la vision d'une telle maladie dans un corps si jeune ravivait leur instinct maternel. Je me forçai à sourire.

Débarrassée de ma nausée, je me sentais un peu mieux. J'essayai de me retourner, mais mes muscles étaient tendus et mon estomac douloureux.

Je soulevai le drap et jetai un œil. Ma robe s'était relevée, dévoilant un espace de peau rosie par le désinfectant. En insistant, je pus distinguer l'endroit où la peau tendre de mon ventre était marquée par une ligne suturée et couverte de sang séchée. Une cicatrice d'appendectomie selon les règles de l'art.

Voilà qui n'était pas un rêve.

Je soupirai et me rallongeai soigneusement dans des draps propres et frais. Profitant des bruits et des odeurs de la réalité, à cent lieues des ténèbres et de la corruption emplissant mon cauchemar. Et, au bout d'un très long moment, je finis par me sentir en sécurité. Du moins pour l'instant.

C'est alors qu'une infirmière entra, une rousse que je reconnus vaguement. Elle me décocha un sourire éblouissant.

— Salut ! Bienvenue à l'unité Parker. Je m'appelle Alison. (Elle prit le plateau à clip accroché au pied de mon lit.) Voyons voir... Rachel Mary Maureen Young. Vous travaillez aux Urgences, non ?

J'acquiesçai.

— Je pensais bien vous avoir déjà vue. On va voir si l'on peut vous donner une chambre indépendante. Il faut bien profiter des avantages du métier...

Elle alla me verser un verre d'eau à la carafe, et je bus avec reconnaissance, faisant tourner le liquide dans ma bouche avant d'avaler; lavant les dernières traces d'amertume.

Lorsque j'eus terminé, elle colla un thermomètre sous ma langue. Prit mon pouls et le mesura avec sa montre.

— M. Allan vous a opérée hier soir, dit-elle joyeusement. Vous ne le connaissez pas ? C'est notre chirurgien-chef.

J'opinai ; le thermomètre m'empêchait de répondre.

— Pas de complications. D'après les notes, c'est une appendectomie sans histoires. Vous serez sur pied au bout de quelques jours.

Elle consulta le thermomètre et hocha la tête avec satisfaction.

— Qui s'occupe de moi ? demandai-je.

Les consultants avaient des réputations variables.

— Stevens. Il fait sa tournée à neuf heures et demie, il viendra vous voir à ce moment.

J'aurais pu m'en tirer plus mal. Comme de tomber sur McNeill, qui était du genre « Salut, madame Jones, vous avez un cancer, au revoir ». D'après Fran, il aurait fallu renforcer les effectifs rien que pour tenir le compte des existences qu'il avait brisées...

L'auxiliaire réapparut.

— Vous avez un visiteur, si vous voulez le recevoir.

— Quoi ?... déjà ?

Je m'assis — et souris à Mark, qui entra dans la chambre. Il était sans doute resté debout toute la nuit : son visage était pâle et pas rasé, et il avait l'air crevé. Mais il eut la force de me rendre mon sourire, et ses yeux trahirent son soulagement.

— Rachel, comment va ?

— Mieux. Beaucoup mieux.

— J'ai demandé à ce qu'on me prévienne dès que tu

sortirais du bloc op' pour qu'on sache tous que tu allais bien. Tu nous as flanqué un coup...

— À moi aussi. Mais... j'ai choisi le bon endroit pour piquer ma crise, non ? Et je suis contente que tu aies été de service à ce moment-là.

Il haussa les épaules ; je vis qu'Alison et ses collègues se massaient dans l'entrée.

— Ouais, ben, mieux vaut que j'y aille. Faut que je m'arrange un peu avant l'arrivée de Kessler.

— Tu es de service, ce week-end ?

— Non, Dieu merci. C'est Graham qui s'y colle. Je n'ai plus qu'aujourd'hui.

— Bon courage.

Il me jeta un regard faussement peiné et s'en alla.

— Vous serez certainement contente de savoir que vous êtes bonne pour deux semaines de congé, dit Alison en s'avançant pour arranger mon oreiller. Moi, ça me plairait bien.

En effet : elle n'était pas sous la menace des Cliniciens. Et n'avait pas à retourner dans un appartement vide, encore rempli de la présence d'une amie qui ne reviendrait jamais. La chambre de Sarah était restée telle quelle, et le reste de sa dernière expérience culinaire se solidifiait lentement dans le réfrigérateur. Et, bien sûr, ses collègues, ses amis et sa famille commenceraient bientôt à se faire du souci, et je devrais éluder leurs questions.

Alors que j'essayais de me détendre, mon esprit se focalisa sur ce que m'avait dit Melphalan. Ils pouvaient, lui et ses cohortes, entrer et sortir à volonté de l'hôpital, tels des fantômes. Et même ici, dans une chambre que je partageais avec trois autres personnes, sous la surveillance d'infirmières attentionnées comme Alison, je n'étais pas en sécurité. Dans une pièce indépendante, je serais une chèvre livrée aux loups.

Mais, au moins, je n'exposerais aucune vie innocente ; ce serait une affaire entre eux et moi. Et je savais que, d'une façon ou d'une autre, il faudrait en finir. Bientôt.

CHAPITRE VINGT-NEUF

— Fran, dis-je juste avant de partir, tu pourrais me rendre un service ?

Mon ton hésitant la fit sourire.

— Quel genre de service ?

Je jetai autour de moi un regard de conspiratrice, puis dis à voix basse :

— Tu peux me trouver un paquet de Players ?

— Rachel ! fit-elle, faussement horrifiée. Tu ne vas tout de même pas rejoindre la horde de ceux-qui-fument-dans-les-toilettes, j'espère ?

— Chut !

Je me tournai vers le poste des infirmières ; celle qui était derrière le guichet se préoccupait plus de ses paperasses que de ce qui se passait durant les heures de visite du samedi.

— Tu n'as pas un paquet dans ton sac ? demanda Fran plus sérieusement.

— Je crois, mais Dieu sait ce qu'ils ont pu en faire. Je ne l'ai pas trouvé dans mon placard. Il n'est pas resté en bas, par hasard ?

Elle fit non de la tête ; elle avait l'air de bien s'amuser.

— Rien qu'un paquet, d'accord ? Et un briquet.

— Tout l'étage est non fumeur, Raitch, murmura-t-elle. Mme H. est très stricte sur ce point. Avant que je parte, elle parlait d'installer des détecteurs de fumée dans les toilettes pour choper les contrevenants...

— Oh, mon Dieu ! Ils l'ont fait ?

Elle secoua la tête.

— Pas les moyens.

— Eh bien, si je me fais prendre, promis-je, héroïque, je jure de ne pas révéler l'identité de mon fourgue. Ils pourront toujours me soumettre à la torture...

La torture. Soudain, je me rappelai la véritable signification de ce mot — et empêchai que mon sourire ne se fane. Mais ma voix, et peut-être mes yeux, charriait une nuance de désespoir lorsque j'ajoutai :

— Je t'en prie, Fran. J'en ai vraiment besoin.

Elle réfléchit un instant, puis fit claquer sa langue.

— Tu es un mauvais exemple pour ton infirmière en chef. J'espère que tu t'en rends compte. Heureusement, je suis déjà corrompue jusqu'à la moelle. Un paquet de Players, donc. Lorsque tu sortiras, tu en seras quitte pour m'offrir un verre.

— Merci, fis-je sincèrement.

— Je suis contente que tu te plaises dans cette section, en tout cas, continua joyeusement Fran. Dans le temps, je travaillais à Lister, la suivante. Tu partages ton appart' avec Sarah Hollis, non? On était dans le même service. Chic fille.

J'acquiesçai, à bout de mots.

— Comment va-t-elle?

— Bien, répondis-je sans m'avancer.

Fran ne parut pas remarquer ma réticence; elle se leva et prit son sac à main.

— Est-ce que tu as besoin d'autre chose que — chut! — ce que tu sais?

Je fis la grimace.

— Cela veut dire non, je présume. À bientôt, Raitch, dit-elle avec un petit sourire agréable. Tout le monde pense à toi.

— Merci. À bientôt.

Je la regardai partir dans le couloir, évitant le chariot à journaux. J'achetai un exemplaire du canard local et cherchai s'il y avait de nouveaux éléments — spéculations mises à part — concernant ce qui s'était passé à Fenner Street. Et il y avait de la lecture : toute l'équipe des journalistes semblait conclure que notre ville s'était métamorphosée en champ de bataille. Cela devait les changer des petits délits, des fêtes scolaires et des chiens écrasés...

LA POLICE EXPLORE LA MAISON DE L'HORREUR, criait la première page, assortie d'une photo des ruines. D'après l'article, ils avaient déjà trouvé plus qu'ils ne l'espéraient. Des restes humains mis en pièces, enterrés sous les parquets ou bouchant les égoûts. Une porte-parole confirma que, jusque-là, on avait identifié neuf cadavres, mais réfuta les spéculations liant cette macabre découverte à l'affaire Dennis Nilsen. Aucune confirmation des allégations selon lesquelles la police aurait rouvert les dossiers des personnes disparues sur une période de deux ans.

Je me demandai depuis combien de temps *ils* étaient à l'œuvre et combien de malheureux étaient vraiment morts derrière les fenêtres crasseuses de cette maison interdite. Des solitaires sans visage que personne ne regretterait. Oubliés de tous. Jolie matière à réflexion. Si l'Enfer était l'oubli, ces victimes étaient toutes damnées.

Les paragraphes suivants ressassaient ce qu'on savait déjà : les corps criblés de balles et le fusil à pompe qui, pensait-on, avait servi aux derniers meurtres. Je me demandai s'ils avaient trouvé des instruments chirurgicaux — et, si c'était le cas, ce qu'ils pourraient bien en conclure.

La mère d'une victime accorde un entretien à la presse — en page quatre. Je tournai les pages, la bouche sèche.

« La mère de Patricia Owens, dix-neuf ans, l'une des deux victimes identifiées suite à la tuerie de lundi soir, nous a parlé depuis sa demeure de Newcastle. Mme Owens, retenant ses larmes, nous dit avoir reçu des nouvelles de sa fille il y a deux mois de cela. "Tricia écrivait qu'elle avait trouvé du travail et n'avait besoin de rien, qu'elle était heureuse. Mais elle était toujours si confiante... je savais que, si personne n'était là pour veiller sur elle, elle se laisserait entraîner..." D'après la police (ajouta le reporter impitoyable), Patricia s'adonnait depuis quelque temps à la prostitution...

Désolé, Trish. Sale boulot.

Je sentis une présence et baissai le journal un peu trop vite. Alison leva les sourcils.

— Excusez-moi, je vous ai fait peur?

Je secouai la tête et parvins à sourire.

— Nous avons une chambre indépendante de libre, si vous voulez.

J'hésitai un instant; regardai autour de moi. Les autres patients discutaient joyeusement avec leurs parents ou leurs amis. Je considérai les sourires, les fleurs, les cartes, avant de revenir à Alison. Et acquiesçai.

— S'il vous plaît.

Voilà. Je m'étais décidée. Lorsqu'ils viendraient me chercher, je leur ferais face seule. Ils ne trouveraient pas d'innocents sur leur chemin. Personne ne mourrait à cause de moi.

Karen passa me voir sur les six heures; elle était de retour à la journée et prenait sa pause dîner.

— Salut. Comment va-t-on?

— On s'enquiquine, fis-je d'un ton moroe.

— Voilà de quoi te remonter le moral.

Elle jeta un œil vers la porte, puis tira de sa poche un briquet et un paquet de Players.

— Fran dit que tu as encore cédé à tes bas instincts.

Je poussai un petit cri, pris l'offrande et la fourrai dans mon tiroir.

— Merci!

— On appelle ça des tétines à cancer. Du moins c'est ce qu'elle a dit...

— Dis-lui que je l'adore!

— Je n'y manquerai pas. Je préfère les Marlboro, mais bon...

Elle inspecta ma collection de cartes de vœux de prompt rétablissement et se marra comme une baleine en voyant celle de Mike.

— Quand est-ce que tu sors?

— Deux jours.

— Pas de panique. Tu as bien besoin de repos.

— C'est ce que tu m'as dit la dernière fois, protestai-je.

— Eh bien c'est vrai. Tu travailles dur, Rachel. Sans toi, on dirait que la maison va s'écrouler. C'est le chaos, l'anarchie...

— Fous-moi le camp, fis-je alors qu'elle retenait à grand-peine son sourire moqueur.

— Sérieusement, tu en fais trop. Il est temps de te mettre les doigts de pieds en éventail pendant un moment. Profites-en au maximum.

Je haussai les épaules. Me détendre n'était pas inscrit dans mon programme — surtout maintenant que la nuit s'annonçait.

— Bon, faut que j'y aille. Et ne va pas mettre le feu à la baraque !

J'eus un sourire sacchariné.

— Ce fut un plaisir, Miss Kane.

Elle souriait encore sur le pas de la porte.

C'était bon d'avoir des amis, des gens qui vous soutenaient. Si les Cliniciens m'entraînaient dans les ténèbres, au moins, on se souviendrait de moi. Une pensée égoïste, mais réconfortante néanmoins. Pour l'instant, je ne pouvais concevoir d'immortalité que dans le souvenir.

Mais si je les défiais encore, ce serait eux, Karen, Mike et les autres, qui en pâtiraient et je préférais encore la mort.

Et j'avais besoin d'une cigarette.

Je m'enveloppai dans ma robe de chambre, pris le paquet et le briquet et m'aventurai dans le couloir. Vide. Dans la salle des infirmières, l'une d'entre elles discutait avec un autre employé. À voir le bipeur accroché à sa ceinture, elle serait de garde cette nuit. Lorsque je filai vers les toilettes, elle ne tourna pas la tête. Le vinyle du couloir était froid sous mes pieds nus.

Il y avait deux cabinets indépendants creusés dans le mur d'une alcôve pourvue de lavabos. Je me glissai dans le premier, fermai la porte, puis m'assis sur le couvercle des W.-C. J'ouvris le paquet, déchirant l'emballage de cellophane avec l'impression d'être une droguée en manque. J'avais déjà une cigarette dans la bouche et cherchais le briquet lorsqu'on frappa à la porte.

Oh, merde.

Je restai là, clope au bec, attendant que l'intrus s'en aille. Et s'il s'agissait d'une infirmière qui m'avait repérée...

On frappa à nouveau. Je m'éclaircis la gorge.

— Ben alors, quoi ?

— Vous en avez pour longtemps ? fit une voix étouffée.

— Quelques minutes. Prenez donc celui d'à côté.

Je me rassis et fixai la porte d'un regard furax. Lorsque je fus certaine qu'il était parti, j'allumai enfin le briquet et aspirai une goulée âcre. Je soufflai la fumée avec un soupir de soulagement et posai la tête contre le mur...

On frappa à nouveau. Plus fort, cette fois-ci.

Le bruit me parut assourdissant, et je sursautai, les yeux écarquillés. Le bois de la porte parut se bosseler, comme si quelque chose le poussait, droit vers moi...

La cigarette tomba de mes doigts inertes. Tout comme ma mâchoire.

Et, alors que je m'attendais à voir cette force inconnue fracasser la porte, le bruit cessa.

Dans le silence qui s'ensuivit, j'entendis les pas d'une infirmière dans le couloir. Elle n'avait rien entendu...

Je restai immobile, le cœur battant.

Plus tard, quelqu'un entra dans l'autre cabinet et ferma le verrou.

À nouveau, le silence.

Je me relevai lentement, oubliant ma cigarette à demi consumée. Il me faudrait bien ouvrir la porte à un moment ou à un autre.

Lorsque je passai la tête dans l'alcôve, celle-ci était vide.

Dans le couloir, j'entendis des pas, mais ce n'était que l'infirmière en chef. Elle me vit, sourit, puis s'inquiéta soudain :

— Rachel ! Ça va ?

J'acquiesçai ; soudain, je réalisai que je serrais le briquet dans l'un de mes poings et le paquet dans l'autre. Mais elle ne vit rien.

— Oui, merci. Juste un peu faible...

— Retournez donc au lit. Si vous ne vous sentez pas mieux, appelez-moi...

J'acquiesçai et la regardai partir vers son poste, puis retournai dans ma chambre, refermai la porte et m'y adossai, le temps de reprendre mon souffle. Derrière la fenêtre, le ciel était d'un bleu sombre ; la nuit s'annonçait. La chambre était plongée dans une pénombre grisâtre.

Et là, au coin le plus obscur de la pièce, attendait le Maître des Médecins.

CHAPITRE TRENTE

Ma respiration se ralentit... avant de s'arrêter tout à fait. Je restai là, pétrifiée, adossée à la porte.

— Viens, dit doucement Melphalan.

Je lui obéis en silence, trop effrayée pour réagir autrement — et il désigna mon lit.

— Je t'en prie, insista-t-il avec une déférence moqueuse. Tu es en convalescence, Rachel Young. Tu dois te reposer.

Je retirai ma robe de chambre et me glissai dans mes draps sans quitter des yeux son visage. Ce soir, il portait les atours d'un docteur. Un vrai, cette fois-ci, muni d'un pantalon propre, d'une chemise et même d'une cravate, sous une blouse d'un blanc si immaculé qu'elle semblait luire dans la pénombre comme le suaire d'un esprit errant.

— Peut-être devrais-je me présenter à nouveau, dit-il sèchement. Je suis le Dr Allan, et je travaille sous la direction du Dr Stevens. C'est moi qui t'ai opérée dans la nuit de jeudi.

Je croyais mon corps incapable de se refroidir plus encore. Je me trompais.

— Vous... c'est impossible, murmurai-je. C'était un rêve. Cela ne pouvait pas être la vérité.

— Tu as fait un rêve ? Très intéressant ; quelle en était la teneur, Rachel ?

J'avalai par deux fois ma salive avant de pouvoir répondre :

— Nous nous trouvions dans l'aile désaffectée de l'hôpital ; Vokaine m'a emmenée sur une civière jusqu'à l'un des anciens amphithéâtres. Et vous m'avez *ouvert le ventre...*

Il y réfléchit en silence quelques instants, puis hocha la tête.

— Bien. Très bien, fit-il avec satisfaction. Tu es plus perceptive que je ne le croyais, Rachel. Même dans ton sommeil, ton esprit a pris conscience de la réalité de ce qui t'arrivait...

— Quelle... réalité ?

Je réalisai alors que ma blessure m'élançait douloureusement. Comme si mes mots avaient activé une infection qui, jusqu'à présent, était restée cachée sous ma peau.

— Laquelle ? répondit-il avec ironie. Voici les faits : on t'a internée dans cette unité et tu as été directement transférée en salle d'opération où l'équipe de chirurgie s'est occupée de toi. Demande aux infirmières qui étaient de service à ce moment-là ; à l'anesthésiste qui t'a endormie. Mais c'est moi qui me suis chargé de l'opération proprement dite ; et mes frères et moi nous sommes bel et bien rencontrés dans l'aire désaffectée de ton rêve pour concentrer nos pouvoirs...

Il vint lentement jusqu'à mon chevet et resta là, à me regarder.

— Le Dr Stevens a récemment demandé qu'on lui affecte un chirurgien, et il a obtenu satisfaction. Les papiers sont en règles. J'ai déjà accompli quelques opérations. Le résultat de certaines d'entre elles devrait se révéler... intéressant.

Il se pencha au-dessus de moi et alluma ma lampe de chevet, illuminant son visage. Et cette simple vision suffit à m'enfoncer dans mon oreiller.

Ses cheveux, toujours longs, étaient propres et impeccablement peignés, et sa barbe taillée avec soin. Il portait bien son masque civil, mais il y apportait une telle intensité, un tel *zèle*, qu'il en devenait effrayant. Ses yeux de reptile souriaient, et il découvrait ses dents en un sourire qui était davantage un rictus.

— Souviens-toi de ce que je t'ai dit. L'esprit humain est une matière des plus malléables. Nous pouvons déformer à volonté ses perceptions sans que ceux que nous manipulons s'en aperçoivent. Ceux qui ont assisté à ton appendectomie ont vu ce qu'ils attendaient — et rien de plus, rien de ce qui s'est réellement passé. Mais ton esprit est plus rétif que tous ceux que nous ayons rencontrés — et doté d'une sensibilité que nous ne pouvions deviner.

Il y eut un silence.

— Qe voulez-vous dire ? demandai-je d'une petite voix.

Melphalan eut un petit rire.

— Le cerveau humain récèle un potentiel incalculable, Rachel ; au-delà de tout ce qu'imaginent vos soi-disant scientifiques. Et le tien démontre des dons étonnants. Depuis le début, tu as pressenti notre présence, n'est-ce pas ? Et, alors même que ta raison s'en défendait, ton esprit sentait notre froideur. Pendant l'opération, c'est lui qui a vu ce qui se cachait derrière mes manigances — et qui t'a envoyé une vision déformée de la réalité.

Il se tut à nouveau, alors que je faisais de mon mieux pour assimiler tout cela.

— Vous voulez dire... que je suis une médium ou quelque chose comme ça ?

Il eut un geste évasif.

— Je te l'ai dit : tous les humains disposent de ce potentiel. Mais il est plus prononcé chez certains. Il n'est développé que dans quelques cas rares. Chez toi, avec notre aide, tes dons peuvent être cultivés jusqu'à leur maturité.

Pour leur profit, et pas pour le mien. Je n'en doutais pas un seul instant. Mais quelque chose me trottait dans la tête.

— Dans ce rêve... vous disiez vouloir vous assurer de ma docilité...

À nouveau, il eut un petit rire qui me glaça jusqu'à l'os.

— Ah, oui. Ton obéissance. Nous nous sommes dit que, tôt ou tard, viendrait le moment où tu n'hésiterais plus à sacrifier même tes amis pour nous échapper. Donc, durant ton opération, j'ai accompli... certains rituels. Des rites d'insémination.

Un instant, j'espérai avoir mal compris.

— *Quoi* ?

Il opina.

— D'insémination. Mais pas dans le sens que tu lui attribues. Leur signification est plus profonde. Beaucoup plus profonde. En quelque sorte, nous avons planté une graine. Une semence secrète qui dort en toi.

Je sentis alors remuer quelque chose dans mon ventre. Ce devait être mon imagination. Peut-être. Je restai allongée, osant à peine respirer.

— Si tu devais nous défier à nouveau, continua Melphalan, elle se réveillerait. Et elle serait affamée. Tes souffrances dépasseraient l'imagination.

Je le dévisageai, bouche bée. Puis quelqu'un frappa à la porte et entra.

C'était l'infirmière que j'avais vue dans le couloir qui venait m'examiner avant de fermer boutique. Elle me sourit et s'enquit de mon état, puis vit Melphalan. Son sourire se fana.

— Désolé, Dr Allan, je n'avais pas vu que...

— Ce n'est rien, miss, répondit-il. Je devais partir, de toute façon. Je voulais seulement voir comment allait Miss Young...

Sa main s'agitait négligemment pendant qu'il partait ; elle rabattit un pan de sa blouse. D'où j'étais, je pouvais voir le hachoir à viande accroché à sa ceinture. Mais l'infirmière ne pouvait le distinguer.

— Puis-je faire..., fit-elle.

— Non, je vous remercie. J'en aurai bientôt fini.

— Très bien. (Elle me sourit à nouveau.) Je reviendrai plus tard, Rachel. Si vous avez besoin de moi, appuyez sur le bouton.

J'acquiesçai, et elle s'en alla.

— Elle ne connaîtra jamais sa chance, dit Melphalan.

J'opinai ; je savais qu'elle était passée à deux doigts de la mort.

— Mais suffit, reprit-il. Il est temps de prendre des mesures. Tu es têtue, mais te voilà perdue et effrayée; et, même dans cet état, ton instinct te pousse à nous résister. Il nous faut donc nous assurer de ton obéissance. Mais les choses pourraient se passer autrement, Rachel. Crois-moi.

Il vint s'assoir au bord de mon lit.

— Comment pourrais-je te convaincre de tout ce qui nous rapproche? continua-t-il d'une voix douce. Pourquoi es-tu devenue une infirmière, sinon pour guérir ceux qui souffrent et prolonger leur existence? (J'hésitai, puis acquiesçai en silence; il fit de même.) Oui. C'est aussi pour cette raison que nous sommes devenus médecins. Nous avons prononcé le serment d'Hippocrate et nous sommes voués à notre art. Nous savions que, si nous étudiions assez longtemps, nous pourrions percer tous les secrets de la chair et, ainsi, détenir la puissance dont rêve tout être humain : le pouvoir de défier la mort et d'éradiquer la douleur. Comme tu le vois, nous avons réussi à prolonger nos propres existences. Et pourtant, nous restons mortels. Depuis des siècles, nous trompons la camarde — et, cependant, elle nous suit toujours pas à pas. Nous n'avons pas découvert l'ultime réponse. Mais nous nous en approchons. Plus d'une fois, nous avons ranimé de la chair morte, mais les résultats restent imprévisibles — et temporaires. Une de nos servantes est morte dans ce même hôpital; nous l'avons réveillée, mais elle s'est révélée incontrôlable. Qui sait? Peut-être hante-t-elle toujours les rues de votre ville...

Cette idée ne m'émeut guère; mon esprit ressasse la même vision. Jenny, cette pauvre Jenny, se penchant à contrecœur sur le cadavre de Miss Lennox, près, trop près. Et les mains de la morte... s'étaient-elles dressées lentement alors que Jenny restait là, pétrifiée par l'horreur? Ou ont-elles jailli comme des cobras pour se refermer sur son cou et...

Je devais être plus blanche que mes draps, mais Melphalan n'y prêta aucune attention, tout à sa propre vision — celle qu'il voulait partager avec moi.

— Un jour, Rachel, nous découvrirons l'ultime secret.

Et alors, nous pourrons rejeter à jamais nos superstitions : la Terre sera notre seul et unique paradis...

Si j'avais eu un brin de jugeote, j'en serais restée là. Mais, bien sûr, il fallait que je le questionne. Il fallait que je sache pourquoi Jenny Thomas était morte.

— Mais, si vous ne voulez que le bien... pourquoi vous êtes-vous aiguillés vers... les rites interdits ?

Il eut un reniflement de mépris.

— Ce que vous appelez magie ? Sorcellerie ? L'invocation d'êtres mythiques, qu'ils soient anges ou démons ? Nous sommes au-delà de ces notions primitives, Rachel. (Il se pencha vers moi.) C'est un moyen de renforcer notre pouvoir, c'est certain. Mais les racines de celui-ci se trouvent en nous, ou dans l'ordre naturel qui régit le Cosmos. Le sage peut s'en servir et, même le contrôler. Quelques initiés ont employé une partie de sa puissance à fins de guérison, et dénommé cela magie blanche. Et nous, qui sentions la réalité qui se cachait derière ces superstitions, avons fait de même. Nous avons appris à concentrer ce pouvoir pour mieux le libérer. Par la transe et la méditation ; la douleur et l'extase ; l'emportement de la souffrance, de la mort, de la possession sexuelle. De tels transports nous ont ouvert les portes de l'Univers, et l'Univers fut à nous comme nous étions à lui. Bien sûr, il fallut sacrifier des femmes et des hommes de moindre importance afin de nourrir notre puissance. Mais, Rachel, ce que nous avons appris... Ce pouvoir est sans prix.

Je me souvins de ce qu'avait dit Razoxane : que les Cliniciens entendaient tout d'abord utiliser leur savoir pour soigner et créer. Puis tout avait dérapé. Les moyens étaient devenus une fin, et la magie noire avait remplacé la blanche...

Et pourtant, ils n'avaient toujours pas étanché leur soif ni guéri leur obsession.

— Si tu considères le mythe chrétien qui t'est si cher, continua Melphalan, ses contes font mention de guérisons miraculeuses et de morts ressuscités...

Je n'avais plus aucune raison de le contredire ; et pourtant, c'est ce que je fis.

— Cela n'a rien à voir avec la magie.

Melphalan s'interrompit ; fronça les sourcils.

— Explique-toi.

J'avalai ma salive et put continuer :

— La magie, la sorcellerie reviennent à utiliser une source de pouvoir afin d'altérer le monde à sa guise. Mais les miracles sont d'une nature différente : c'est Dieu qui utilise l'humain comme vecteur de Sa volonté afin d'altérer le monde à Sa guise...

Les mots me manquèrent ; je me surprenais moi-même. Je ne pus que fixer Melphalan, qui arborait un petit sourire ironique.

— Je vois que nous ne t'avons pas encore guérie de ton mal, Rachel. Pas encore. Mais tu finiras bien par apprendre...

Il se pencha en avant :

— À la fin de ta convalescence... ton initiation pourra commencer. Nous avons beaucoup à t'apprendre. Et le pouvoir sera tien. Un pouvoir bien terrestre...

Soudain, ses doigts se refermèrent sur mes cheveux ; je faillis hurler. Un instant, sa poigne me parut assez forte pour arracher mon cuir chevelu ; puis elle se détendit et il se contenta de caresser quelques mèches éparses.

— Je pourrais t'amener à l'extase ici et maintenant, murmura-t-il. T'élever à des hauteurs telles que tu n'en as jamais rêvé. Mais il nous faut attendre, mon cher ange ; attendre que la nuit nous soit propice.

Et sa main caressa ma joue comme elle l'avait fait après qu'il eut assassiné Sarah. Ses yeux noirs croisèrent les miens, et il soutint mon regard avant de se redresser.

Oh, mon Dieu, pensai-je. *Je lui plais. Ce salopard a le béguin pour moi.*

Après son départ, je ramenai mes draps sur ma poitrine et restai immobile, écoutant le silence de l'unité endormie. Pendant que ma chair se hérissait.

CHAPITRE TRENTE ET UN

L'infirmière qui vint me voir après le petit déjeuner avait apporté un goutte-à-goutte.

Je la regardai l'installer sur son socle ; un instrument de routine. Mais la peur avait noué mes entrailles avant même qu'elle n'ouvre la bouche.

— Le Dr Allan veut que vous soyiez sous perfusion, fit-elle gaiement. Vous avez dû choper une infection. Vous étiez en piteux état hier soir, non ?

Il y avait une nuance de reproche dans sa voix, comme si j'avais volontairement sali la chambre. Sans oublier que c'était la visite de ce Dr Allan qui m'avait mise dans cet état...

— Que... m'a-t-il prescrit ? demandai-je d'une voix faible.

Peut-être une drogue qui me rendrait passive et docile. Mais la simple idée d'une canule dans ma veine — une porte sur mon flux sanguin, ouverte à qui voudrait en profiter — me donnait envie de hurler. Une fois enchaînée à cet appareil, je serais incapable de bouger, comme prisonnière d'un boulet et d'une chaîne...

— Des antibiotiques ; de la pénicilline...

Elle préparait l'équipement de transfusion — et, malgré mes années d'expérience, l'odeur de désinfectant me prit par surprise. Souvenirs des prises de sang de mon enfance ; de seringues luisantes, menaçantes, de plus en plus proches, alors que je voulais protester, mais étais en panne de mots, de souffle... Et n'avais pas la force de retirer mon bras.

Elle se pencha sur moi en souriant, rassurante. J'avalai ma salive et détournai les yeux de l'aiguille.

— Je ne peux pas... la prendre par voie orale ?

— Il a bien dit : sous perfusion. Désolée.

— Je veux dire...

— Vous n'êtes pas obligée de regarder.

Et j'ai regardé, malgré moi. Bien sûr. Je vis l'aiguille glisser doucement, sentit sa pression...

— Aïe !

— Chut ! Le pire est passé.

Elle fixa la sonde avec une bande blanche, puis installa la pompe. L'appareil eut un bip et s'alluma. Le sac rempli d'un liquide incolore semblait bien inoffensif ; on s'attendait presque à y voir nager un poisson rouge...

— Et voilà ! Ce n'était pas si terrible, non ? (Elle eut un sourire indulgent :) Ne vous en faites pas, Rachel, les infirmières font toujours de très mauvais patients.

Ha ha, pensai-je.

Au moins, je pouvais toujours arpenter l'étage : la pompe fonctionnait à l'aide d'une batterie. Cet après-midi-là, j'allai jusqu'à la salle des infirmières, traînant derrière moi mon boulet, l'aiguille engendrant une douleur sourde dans mon bras. La transfusion n'avait pas beaucoup d'effet sur moi, mais c'était inutile : j'étais déjà assez déprimée comme ça.

En regardant le ciel couleur de boue, je repensai au dire de Melphalan, comme on agace une dent cariée.

Nous avons planté une graine. Une semence secrète qui dort en toi.

Machinalement, je touchai mon ventre — puis écartai ma main.

Maintenant, ils me tenaient à leur merci. Je ferais ce qu'ils voudraient. Je frissonnai en me rappelant la convoitise qui brillait dans les yeux de Melphalan, mais cela ne changeait rien. Je n'avais pas le choix.

Et que voulait-il vraiment ? Mon corps ? Ou aussi mon âme ? Je savais que son désir ne risquait pas d'éclipser son intellect. Il cherchait toujours les portes de la mort. Et maintenant, il avait à sa disposition un esprit qu'il considérait comme particulier ; à cultiver, étudier — et, finalement, disséquer.

Comme, dans la vision de Razoxane, cet homme dont ils avaient oblitéré les sens. J'essayai de ravaler mon angoisse et faillis m'étouffer.

Je retournais vers ma chambre, noyée dans mes sombres pensées, lorsqu'une voix douce appela :

— Rachel.

Je tournai la tête.

Vokaine.

Il était là, adossé tranquillement au mur, son sourire dévoilant des dents jaunies. Ses lunettes me fixaient comme les yeux d'un insecte.

Maintenant, la cicatrice sur sa joue était infectée et suppurante ; sous mes yeux, une mouche s'en approcha et voulut se poser. Il la chassa d'une crispation des joues, sans cesser de sourire.

Médecin, soigne-toi toi-même.

C'est là que je pressentis ce qui se cachait sous ses atours de vagabond ; entendis l'écho du passé qu'il traînait derrière lui. Les hôpitaux de la guerre de Cent Ans, emplis de sang et de hurlements, où il avait sans doute appris son métier. Où il avait pu savourer la douleur des autres. Où sa familiarité avec la chair l'avait lancé dans la quête, la volonté d'en connaître le moindre repli...

— Je vois que tu traînes ton lit avec toi, observa-t-il sèchement.

Je ne répondis pas ; j'enserrai l'armature du goutte-à-goutte pour ne pas tomber. Des pas résonnèrent derrière moi : deux infirmières s'approchaient, portant cardigans et sacs à main, profitant de leur pause de l'après-midi.

Et je reconnus Alison.

Ma bouche s'ouvrit, mais je ne pus émettre le moindre son ; il était trop tard pour l'avertir. J'attendis ce qui devait arriver ; la violence, l'horreur. Que Vokaine tire ses couteaux et passe à l'attaque. Enfin, elles arrivèrent à notre hauteur. Alison me demanda :

— Ça va, Rachel ?

Et elle hocha poliment la tête pour saluer Vokaine. Il tourna la tête et les regarda s'éloigner.

— Car, s'ils voient, ils ne peuvent sentir, murmura-t-il ; et s'ils entendent, ils ne peuvent comprendre...

Et il s'approcha de moi. Incapable de m'enfuir, je ne pus que frissonner alors qu'il examinait la pompe de ses doigts crasseux et lisait le graphique digital qui s'inscrivait en traits rouges.

— Quel progrès dans le domaine médical ! fit-il. Mais toute machine conçue par l'homme peut tomber en panne, n'est-ce pas ?

Ses doigts éraflèrent le panneau de programmation. Mon bras m'élançait douloureusement, comme par anticipation de ce qui ne manquerait pas d'arriver. Il me regarda, sans cesser sa manipulation.

— Les médecins de ton époque se trompent de direction, Rachel Young. Le pouvoir de l'esprit, de la volonté est plus puissant que toutes leurs potions et leurs machines. (Il s'adossa au mur.) Comme tu ne tarderas pas à le découvrir.

Je me mordis les lèvres en le voyant s'éloigner. Je ressentais à peine un début de soulagement lorsqu'il tourna abruptement les talons et se pencha sur moi, si près que je sentis son haleine sur ma peau — et son odeur.

— Une dernière chose, petit ange. Ne l'oublie pas. Si tu nous défies à nouveau, tu hurleras des jours durant... jusqu'à ce qu'on *t'arrache le cœur* !

Je gémis et fermai les yeux ; c'est ainsi que j'écoutai décroître le bruit de ses pas. Puis j'ouvris mes paupières ; il était parti. Mais ce n'est qu'au bout d'un certain temps que je rassemblai assez de forces pour regagner ma chambre. Je ne m'y sentais guère plus en sécurité, mais elle représentait toujours une sorte de sanctuaire. Un endroit où je pouvais attendre, en silence, et compter les minutes qui me séparaient de la nuit.

En fin d'après-midi, la tempête qui avait menacé toute la journée finit par éclater enfin.

Et Razoxane fit son apparition.

Le tonnerre grondait sourdement ; maintenant, il pleuvait de grosses gouttes grasses qui venaient s'écraser sur la vitre ; et pourtant, je continuais de scruter le ciel gris, attendant les éclairs. J'ai toujours aimé les orages, et ce depuis mon enfance, lorsque ma mère me disait que c'était Dieu qui prenait des photos au flash.

Derrière moi, dans la chambre obscure, Razoxane, dit :

— Que t'as raconté Melphalan ?

Je continuai de fixer le plafond de nuages, puis me retournai à contrecœur. Elle était là, assise dans la chaise à côté de mon lit, les jambes croisées, piquant des raisins à même la grappe posée sur ma table de nuit.

Pour une fois, elle ne portait pas son chapeau, installé sur ses genoux. Elle avait aussi retiré ses lunettes noires, maintenant que régnait l'obscurité. Je ne m'étais toujours pas fait au spectacle de ses yeux, et leur froideur me glaçait d'autant plus.

— Ecoute, fis-je, tu prends de gros risques en venant ici. Et si quelqu'un entrait ?

— Eh bien, c'est l'heure des visites, non ? Et crois-moi, personne n'y regardera à deux fois. Il n'y a pas que les Cliniciens pour modeler les esprits... On pensera seulement que tu as de drôles de fréquentations.

— Bon, d'accord. Il a dit... il m'a parlé d'un rite d'insémination. Il a planté quelque chose en moi.

— Quoi ?

Je haussai les épaules.

— Je ne sais pas exactement. Cela dort, m'a-t-il dit. Et il ne faut pas... le réveiller...

Je sentis une angoisse vertigineuse s'emparer de moi et me tus.

— Autre chose ?

— Que... nous nous sommes déjà rencontrés dans l'aile désaffectée, tout comme dans mon rêve. Qu'ils y préparaient leur arrivée...

— Oui, opina-t-elle. C'est là qu'ils l'ont concentré ; le dernier rituel fut sans doute célébré durant ton opération, que Melphalan effectua seul...

— Qu'est-ce qu'ils ont concentré ? demandai-je.

— Un avant-goût de leur pouvoir, Rachel. Une sorte

d'énergie parasite qu'ils ont enfermée en toi. (Ses lèvres formèrent un sourire sans joie.) Comme une grossesse fantôme...

— Oh, mon Dieu... tu veux dire que je suis *possédée* ?

— Pas vraiment. Je te dis, ils t'ont sans doute contaminée avec une sorte de psychomorphe. Un implant d'énergie pure, expliqua-t-elle en croisant mon regard terrifié. Quelque chose qui se nourrit des forces vitales de son hôte. Dans ton cas, il reste en sommeil ; mais s'il venait à se réveiller... En gros, il perturberait toutes les cellules de ton corps qui, en quelques heures, se verrait atteint d'un cancer généralisé. Et dévoré de l'intérieur.

Oh, mon Dieu. Je m'assis à l'extrémité du lit et passai mes mains à travers mes cheveux — avant de jeter un regard à Razoxane.

— Ce n'est donc pas... un démon ?

Elle eut une hésitation qui me coupa le souffle, comme si un cube de glace s'était coincé dans ma gorge. Puis elle écarta les mains.

— J'ai déjà rencontré de telles manifestations, dit-elle. C'est un concentré d'énergie psychique — de pure malfaisance. Il est possible... qu'ils aient involontairement invoqué un esprit ; mais, si c'est le cas, il s'agit d'un être primitif, aussi aveugle qu'un bacille. Il ne peut prendre sciemment le contrôle de ton être...

J'eus un petit gémissement de frayeur.

— Et maintenant, qu'est-ce que je suis censée faire ?

— Aie confiance en moi, dit-elle. Je connais un moyen de le faire sortir.

Je clignai des yeux ; je n'osais croire que ce puisse être si facile.

— Comment ?

Il y eut un bref silence, durant lequel un éclair lointain éclaira la chambre d'une faible lueur bleutée — un instant si bref que je pouvais fort bien l'avoir imaginé.

— Il nous faut trouver leur salle d'invocations, fit doucement Razoxane. Trouver l'amphithéâtre où ils ont établi leurs quartiers et inverser le rituel. Nous devons le faire là-bas.

Je fis la grimace.

— Pourquoi pas dans cette chambre ?

Elle secoua la tête.

— Les conditions, les polarités doivent être les mêmes. Cette salle sera déjà imprégnée de leur pouvoir ; nous en aurons besoin.

— Inverser le... qu'est-ce que cela signifie ?

— Il faut effectuer un contre-sort, afin de faire sortir cette chose qui est en toi. Ce n'est pas un exorcisme, puisqu'elle n'est pas vraiment une entité. Plutôt une sorte de purge. Cela n'aura rien de bien agréable, mais il ne te sera fait aucun mal. Je peux te le promettre.

Des promesses, toujours des promesses, pensai-je. Mais, pour l'instant, je n'avais guère le choix. J'inspirai profondément avant d'opiner.

— D'accord. Je devrais sortir d'ici à quarante-huit heures, et alors nous...

Encore une fois, elle fit non de la tête.

— Nous ne pouvons pas nous permettre d'attendre si longtemps, Rachel. Ces choses peuvent être très instables. Parfois, il suffit d'un courant d'émotions ou d'un choc mental pour les libérer. Même un cauchemar peut faire l'affaire.

Elle se tut et passa une main dans ses cheveux courts, puis me regarda droit dans les yeux.

— Il faut agir ce soir même.

Ce soir même. Pour autant que je souhaitais être débarrassée de ce qui dormait en moi, cette perspective faisait naître en moi une inquiétude dévastatrice.

— Mais peut-être qu'ils sont déjà là-bas ? objectai-je.

Elle eut un mince sourire.

— Ne t'en fais pas, je prendrai toutes les précautions nécessaires. De plus, ils ne se mettent pas si souvent à l'œuvre. Ils disposent d'un nombre limité de sujets, mais, surtout, chaque opération les draine de leur pouvoir... (Elle me toisa ; j'étais toujours nue sous ma robe de chambre.) Tu as des vêtements ?

Je secouai la tête.

— Mon uniforme est parti à la blanchisserie ; je n'ai que ce que j'ai sur le dos.

— Bon ; je vais voir ce que je peux trouver. Question suivante : tu crois que tu pourras t'éclipser en douce ?

Je haussai les épaules.

— Je peux toujours dire que je vais voir quelqu'un à un autre étage. Cela va prendre longtemps ?

— J'espère que non. Une heure, peut-être.

— Bon. Le personnel n'est pas très nombreux à cet étage ; je doute qu'on se lance à ma recherche. Mais... et si Vokaine revenait ?

— Eh bien, nous n'avons qu'à espérer le contraire, n'est-ce pas ? murmura-t-elle.

Malgré moi, je frissonnai, puis regardai tomber la pluie. Lorsque je détournai les yeux, elle avait posé son automatique sur ses genoux et en caressait la crosse d'une façon étrangement sensuelle.

— Tu t'y connais en armes à feu ? demanda-t-elle.

— Non.

Elle leva l'appareil et l'étudia comme si elle le voyait pour la première fois.

— Astra 400. Construit en 1921. Il était neuf lorsque je l'ai eu...

Elle se tut, plongeant dans le passé. Peut-être revoyait-elle les visages de tous ceux que ce pistolet avait tués depuis. Une longue série qui se terminait avec Trish...

— Pas question que je garde ce truc sous mon oreiller, marmonnai-je.

— Il pourrait le ralentir... (Elle le pointa vers le plafond.) Mais il faut quand même que tu saches le faire fonctionner. Il est lourd, la détente est dure... et le cran de sûreté n'est plus ce qu'il était, ajouta-t-elle avec un faible sourire.

Un instant, je pus voir la scène : le couloir au-delà de ma chambre, une infirmière discutant avec un parent de malade — puis le coup de feu en provenance de ma chambre...

— Range-moi ça, sifflai-je.

Elle souleva son pull et coinça l'automatique entre sa chemise et sa ceinture.

— Ce sont des instruments peu raffinés, admit-elle.

Trop détachés, à mon goût. Le couteau, en revanche, te permet d'être assez proche pour sentir l'âme lorsqu'elle quitte le corps. Tu peux sentir son baiser sur ton visage...

Si elle ne se taisait pas, je me mettrais à trembler.

Razoxane se laissa retomber dans le fauteuil.

— Ah, encore une chose. Tout le monde le sait, mais ils ne te l'ont pas dit pour ne pas t'attrister...

J'attendis, mal à l'aise.

— Tu sais que, depuis quelque temps, ton amie Sarah et son mec ont des disputes... assez animées.

Comme si, maintenant, cela pouvait avoir de l'importance. J'eus un haussement d'épaules.

— Eh bien, il semblerait qu'hier soir, il ait pété les plombs ; il l'a tuée. Puis s'est suicidé.

J'en restai bouche bée.

— D'après ce qu'on dit, ce n'était pas beau à voir. Il l'a taillée en pièces. Puis il l'a fourrée dans le coffre de sa voiture et l'a emmenée dans les bois. Enfin il s'est arrosé d'essence, et sa voiture avec lui — cadavre compris —, s'est assis devant le volant (*oh, elle s'amusait bien à me raconter tout cela*), a fourré le canon d'un fusil dans sa bouche et a pressé la détente. La flamme du canon a enflammé l'essence et... pouf ! Apparemment, les médecins légistes les ont identifiés grâce à leurs empreintes dentaires.

J'étouffai un gémissement.

— Ils y croient vraiment ?

— Sans doute. Melphalan a dû placer lui-même le doigt du type sur la détente. Il n'y a pas d'autre explication ; affaire classée.

Je me mordis les lèvres et baissai les yeux pour ne pas lui donner la satisfaction de me voir pleurer. Soudain, Razoxane quitta sa chaise et et posa une main sur mon bras.

— La lumière brille au bout de la nuit, Rachel, chuchota-t-elle avec ferveur. Ne l'oublie pas. *Ne l'oublie pas*.

Voilà qui était inattendu de sa part. J'acquiesçai ; au bout d'un moment, elle regagna sa chaise.

— Après le dîner, donc, suggéra-t-elle. Disons six heures et demie. On se retrouve près des portes de l'ancienne section. Mais, avant, il faut que je te trouve des vêtements. (Elle se pencha, et son regard croisa le mien.) Crois-moi, Rachel, tout est presque terminé.

Silence, si ce n'est le bruissement de la pluie contre les vitres. Finalement, je dus poser la question :

— Qu'est-ce que nous affrontons vraiment ? Je veux dire... est-ce qu'ils s'adonnent au satanisme sans s'en rendre compte ?

Razoxane eut un geste évasif.

— Il est vrai qu'ils se sont placés au-delà de toute humanité en faisant usage de leurs pouvoirs. Et ils ont massacré et brutalisé tant d'innocents au cours de leurs rituels qu'ils peuvent avoir attiré les Ténébreux comme des papillons de nuit par la flamme...

— Les Ténébreux ?

— Les Esprits qui Marchent dans les Ténèbres. Ce que tu appellerais des démons. Ils existent, Rachel. Et si Melphalan et sa fraternité de la nuit ont brisé la barrière spirite par leurs rituels de viol et de souffrance, d'autres peuvent avoir franchi le seuil. Comme ce qui hantait la maison de Fenner Street ; ou pis. Le pouvoir a un prix...

Je la regardai, la gorge sèche.

— Donc... nous avons affaire au diable, c'est bien ça ?

— Tout dépend de la façon dont tu le conçois. Si tu lis n'importe quel écrit sur l'occulte, tu trouveras une foultitude de noms démoniaques. Les Babyloniens attribuaient un spectre à chaque maladie. Même à l'ère médiévale, il y avait plus de diables que tu ne peux en compter. Chaque époque a pressenti ces entités maléfiques — et se les est attribuées. On a même sous-entendu que le symbole du serpent, le signe d'Asklepios, qu'emploient les Cliniciens serait lié au Léviathan ; l'ange déchu qui règne sur les Fils de l'Orgueil. Donc, pour répondre à ta question, il y a bien des ombres qui se cachent derrière les superstitions. Et ils savent se servir des sorciers qui les évoquent, volontairement ou non.

J'avalai péniblement ma salive.

— Razoxane..., dis-je dans un murmure.

— Crois-moi, Rachel, insista-t-elle. Fais-moi confiance. Tant que tu gardes ta foi, tu es en sécurité. Même les démons respectent cela.

— Razoxane, je ne crois plus, plus vraiment...

Elle m'étudia un instant.

— Pourquoi ?

Je haussai les épaules.

— J'ai... l'impression d'être morte intérieurement. Ou *Il* est mort en moi. Je ne peux plus le sentir. Je ne peux plus m'imaginer un créateur bienveillant ; pas plus qu'une puissance du bien susceptible de veiller sur moi. Oh, je veux qu'il soit là. Mais je n'y *crois* plus.

— Très bien, Rachel. Tant pis. Alors tu n'as qu'à croire en moi. Et en ceci...

Son cran d'arrêt tomba dans sa main ; elle l'ouvrit et tourna la lame pour qu'elle reflète la lumière sur sa lame affûtée comme celle d'un rasoir.

Longtemps après son départ, je restai là, en silence, à regarder les éclairs et à écouter le tonnerre. Et la pluie qui tombait.

CHAPITRE TRENTE-DEUX

— Vous avez fini? fit joyeusement Alison.

Je regardai le plateau-repas posé sur ma table de nuit et opinai. Elle fit un pas en avant, hésitante.

— Vous y avez à peine touché, Rachel. Ça ne va pas?

Elle avait l'air soucieuse. J'acquiesçai.

— Je n'ai pas très faim, rien de plus. Désolée.

En fait, j'avais beaucoup touché à mon plat. J'avais joué avec, plutôt. Trituré de la pointe de ma fourchette. Mais je n'avais rien mangé. Même en temps normal, la nourriture d'hôpital ne me réussit pas vraiment; alors, aujourd'hui, comme mon estomac était noué par la peur et que j'avais un goût de cendres sur la langue, je n'aurais pas risqué une simple bouchée.

Alison haussa les épaules et prit le plateau. Je remarquai le trousseau de clés agrafé à sa robe.

— Vous êtes de service, ce soir?

— Malheureusement.

— L'étage est tranquille?

— Je ne me plains pas. Ce soir, nous avons une infirmière en moins. Et on vient de me prévenir qu'un patient avec une occlusion intestinale va arriver...

— Je peux aller voir quelqu'un au Lister? demandai-je d'un ton léger. Une amie à moi viens d'entrer pour se faire opérer des sinus...

— Bien sûr, allez-y.

— On ira sans doute regarder la télé dans la salle de récréation..., ajoutai-je.

— À plus tard, alors, dit Alison en partant vers la porte. Ne vous fatiguez pas trop.

Je consultai ma montre. Six heures et quart. C'était le moment.

Je sortis du lit, fermai soigneusement la canule de plastique plantée dans ma veine et retirai l'aiguille. Je coinçai l'extrémité entre les fleurs du vase posé sur ma table de nuit. Les œillets auraient de quoi s'amuser. Peut-être que, lorsque tout cela sera terminé, je trouverais cela très drôle, moi aussi.

J'ouvris le placard et en tirai les vêtements que Razoxane m'avait apportés il y avait une heure de cela. Des pyjamas verts de chirurgien, une blouse blanche et des baskets. Je ne lui avais pas demandé où elle les avait trouvés — sans doute à la blanchisserie ou dans le vestiaire de l'amphithéâtre — et ne m'en souciais guère. Tant qu'elle n'avait pas tué leur précédent propriétaire...

Je m'habillai rapidement et me regardai dans le miroir. Les manches de la blouse étaient trop courtes : je les remontai en espérant que personne ne remarquerait la marque de la canule et le bracelet d'identification des patients. À part ça, je pouvais passer pour une infirmière profitant de sa pause dîner, probablement en route vers la cantine.

Je pris aussi le paquet de cigarettes et le briquet et les mis dans ma poche. Si l'expérience était aussi désagréable que le prétendait Razoxane, j'en aurais besoin.

J'entrouvris ma porte et jetai un coup d'œil à l'extérieur, écoutant le silence. Personne. Je sortis donc rapidement dans le couloir, et passai devant le bureau. Personne ne fit attention à moi. Lorsque j'arrivai aux ascenseurs, mon cœur tambourinait toujours dans ma poitrine, mais, quand la porte de la cage se referma, je me sentis beaucoup mieux.

J'appuyai sur le bouton du quatrième étage, puis m'adossai au mur en soupirant. La cabine escaladait les étages avec une lenteur exaspérante. Mais j'arrivai enfin à destination.

L'ascenseur frissonna, et la porte s'ouvrit. Je fis un pas sur le palier.

Il n'y avait personne.

Sur ma gauche, un couloir brillamment éclairé menait à la Maternité et à la section Gynécologie ; mais, sur la droite, il n'y avait qu'une double porte fermée à double tour, condamnant l'accès à l'aile nord. Cette aile était déjà désaffectée lorsque j'étais entrée à l'hôpital ; je ne savais pas si c'était à cause des coupes dans le budget ou de l'état de décrépitude du bâtiment. Sur la porte, un panneau proclamait *défense d'entrer* ; et derrière les fenêtres régnait une obscurité glauque.

Pas trace de Razoxane. Je n'avais pas le courage d'aller regarder par l'une de ces fenêtres carrées... Je consultai ma montre. La demie était bien sonnée.

Je me mis à faire les cent pas. Avec ma chance, je ne tarderais pas à me faire arrêter par un garde. Ou je tomberais sur quelqu'un que je connaissais. Machinalement, je pris le paquet de cigarettes dans ma poche, puis changeai d'avis.

Dehors, les dernières lueurs du jour agonisaient.

Je pouvais entendre les sons en provenance du département le plus proche : des pas, une bouffée de rires, le râclement des plateaux que l'on récupérait dans les chambres pour les placer sur les chariots. Les assistants ne tarderaient pas à venir les récupérer — et je connaissais la majorité d'entre eux...

Lorsque je regardai à nouveau en direction des portes closes, il y avait un visage pressé contre l'une des fenêtres, et il me regardait.

J'inspirai une goulée d'air qui ne tarderait pas à se métamorphoser en hurlement — puis reconnus Razoxane et lâchai un soupir. Avec un sourire sardonique, elle me fit signe d'entrer, puis poussa la porte. Le cadenas se détacha et pendit lamentablement au bout de sa chaîne.

— Tu comptes rester là toute la nuit ? demanda-t-elle sèchement.

Je la rejoignis avec un empressement forcé, comme si je voulais me protéger des lumières de l'étage. En voyant les couloirs obscurs qui s'étendaient devant moi, je me souvins de la vision que j'avais eue, où Vokaine m'entraînait jusqu'au plus profond du bâtiment. Mon esprit s'était emmêlé dans les détails, mais la réalité était facile à reconnaître. Les traces d'humidité sur les murs ; la peinture écaillée ; les plaques manquantes au plafond, dévoilant des tuyaux enchevêtrés.

Et qu'est-ce qui pouvait bien ramper là-dedans... ?

Je jetais toujours des regards nerveux vers le haut alors que Razoxane refermait les portes derrière nous, passant le bras par l'interstice pour réajuster le cadenas, masquant notre passage. Puis elle se tourna vers moi.

— J'ai trouvé l'endroit.

J'humectai mes lèvres sèches.

— Mais... et si jamais ils revenaient ?

— Ne t'inquiète pas, Rachel. Ce soir, ils ont à faire ailleurs. (Sa main se posa sur mon épaule.) Fais-moi confiance.

Je fixai ces lunettes noires, insondables. Oh, bien sûr que je lui faisais confiance. Autant qu'à l'éventreur du Yorkshire ; mais j'acquiesçai néanmoins.

— Viens, chuchota-t-elle. Finissons-en.

Le passage était humide et décrépit, entouré de salles vides, et un relent de moisi planait dans l'air. Nous le traversâmes rapidement, et tournâmes à gauche pour nous retrouver face à deux autres portes annonçant, en lettres fanées : *Salles d'accouchement*.

Là, le couloir ressemblait à une décharge spectrale, hantée d'ombres et de squelettes de lits. À nouveau, mon rêve était exact, comme si mon subconscient avait pu non seulement pressentir la réalité présente, mais aussi l'avenir. Je me demandai s'il n'avait pas eu valeur de prophétie. Voire d'avertissement. Que je n'avais pas suivi, puisque je me retrouvais là, galopant derrière Razoxane qui m'entraînait à sa suite dans la pénombre rancie.

Et, malgré mes appréhensions, je continuai de la suivre.

La poussière recouvrait chaque chose comme une seconde peau grisâtre : des équipements que personne n'avait touchés depuis des années ; planait dans l'air en une brume stagnante qui se confondait avec l'obscurité, mais piquait ma gorge et mes narines à chaque inspiration. Elle devait s'amasser sur le sol, mais il faisait déjà trop noir pour que je puisse distinguer les pas de ceux qui nous avaient précédés — ou les nôtres. Je touchai l'épaule de Razoxane :

— Vont-ils s'apercevoir de notre venue ?

— Peu importe, répondit-elle calmement. Ils ne se serviront plus de cette pièce.

Voilà qui me coupa le souffle.

— Hé... tu ne vas tout de même pas flanquer le feu à l'hôpital, non ?

Elle se tourna vers moi.

— Oh, non. Mais, pour rendre un endroit inutilisable, il n'est pas nécessaire de le détruire physiquement. Crois-moi, Rachel, je sais ce que je fais.

Ça, je n'en doutais pas. Mais je connaissais aussi la brutalité avec laquelle elle menait sa vendetta contre les Cliniciens, et cela n'avait rien pour me rassurer. Elle avait déjà mis ma vie en danger. Je me demandai soudain ce qui m'arriverait quand je cesserais de lui être utile...

— Viens, fit-elle en ouvrant la porte d'une pièce dénommée *Salle d'accouchement 1*.

Par rapport aux autres, cette salle était vide, hormis une seule et unique civière placée en son centre et une unité de néons suspendue au-dessus de celle-ci. Comme une mante religieuse accroupie au-dessus de sa proie.

Je m'arrêtai sur le seuil et m'entourai le visage de mes bras pour étouffer le frisson qui s'emparait de moi. L'atmosphère de la pièce m'avait tout de suite frappée : un sorte de froid rampant, stagnant, évoquant celui de la salle rituelle de Neffer Street. Peut-être que Melphalan avait dit la vérité : j'étais bel et bien une sensitive. Mais peut-être que n'importe qui d'autre aurait ressenti ce froid surnaturel, presque maléfique.

Il y avait aussi cette impression de déjà vu... j'étais déjà passée par ici ; du moins en esprit.

Razoxane alluma les néons qui éclairèrent la pièce de leur phosphorescence bleuâtre. Je vis alors que la civière se trouvait au milieu d'une étoile à sept branches tracée par terre, elle-même inscrite au centre de cercles concentriques s'étendant sur toute la largeur du sol. Ce schéma s'ornait de mille et un détails : des runes, des symboles, des mots griffonnés. Dans l'ombre de la civière, je distinguai le serpent désignant la médecine.

— Ne crains rien, dit Razoxane, leur pouvoir est en sommeil. Il ne risque pas de s'éveiller par le fait de notre seule présence. (Elle désigna le brancard.) Allonge-toi là-dessus.

J'obéis, évitant soigneusement les lignes tracées à la craie, comme une gamine superstitieuse... Je testai les freins de la civière avant de m'asseoir au bord de la couche, puis regardai à nouveau l'heptagramme.

— Ce sera... une cérémonie, n'est-ce pas ? Un rituel magique ?

Elle opina. J'avalai ma salive.

— Et... tu es sûre qu'on ne risque rien ?

Elle croisa mon regard effrayé et acquiesça à nouveau :

— Je te l'ai dit : cela n'aura rien d'agréable, mais tu te sentiras mieux après. Ne te soucie pas de l'heptagramme : il sert de focus aux pouvoirs occultes, mais il protège aussi. Une fois à l'intérieur, nous serons en sécurité.

Une protection contre quoi ? faillis-je demander, mais je n'en eus pas le courage. Je m'allongeai et attendis pendant qu'elle se penchait pour prendre quelque chose sous la civière.

Lorsqu'elle se redressa, elle tenait un livre, un gros volume noir à la couverture gravée. Un instant, elle resta immobile ; puis, en murmurant ce qui ressemblait à une prière, elle l'ouvrit, me sourit et feuilleta les pages anciennes.

J'avalai ma salive.

— C'est ?...

— Leur livre secret. Tu te rappelles ?

Elle alla le placer sur la tablette, juste au-dessus de ma tête. Elle tourna une page, puis une autre, et leur bruissement me parut très, très sonore.

Je me mordis la lèvre pour éviter de poser les questions les plus évidentes. Comme : *Tu as déjà fait cela aupara-*

vant ? Et cela a marché ? Des questions dont je ne voulais pas vraiment connaître les réponses.

Le bruissement s'interrompit alors qu'elle étudiait ce qui était écrit. Puis elle dit :

— Bon, tout est prêt. Mets-toi plus en arrière, que je puisse voir ton estomac.

J'obéis ; je sentis la froideur de l'air sur mon ventre, et ma cicatrice frémit à son contact.

— Maintenant, ne bouge plus. Au bout d'un moment, tu vas le sentir remuer, mais n'essaie pas de te débattre. Détends-toi et laisse-moi faire. Prête ?

— Oui, soupirai-je.

— Parfait.

J'entendis le cliquètement sec de son cran d'arrêt. Mon estomac se souleva alors que des images de sacrifices humains emplissaient mon esprit. Elle tendit sa lame vers mon ventre ; sa pointe froide toucha ma peau, mais je n'osai bouger, pas même respirer.

Et Razoxane se mit à parler dans une langue qui, je le sus d'instinct, était morte depuis longtemps ; un langage ancien aux sonorités fort laides.

On eût dit un mantra, réalisai-je lors que je restais là, baignée de sueur, plaquée par la pression du couteau. Les mots étaient rythmés et mesurés et je crus y détecter un schéma répétitif. Abruptement, elle leva son couteau et le fit osciller au tempo de son incantation. Les yeux écarquillés, je vis la lame qui reflétait l'implacable lumière.

Et quelque chose remua en moi.

J'eus un hoquet horrifié et me raidis. Puis, alors que je restais paralysé, le mouvement se fit à nouveau sentir.

Ce n'était pas une sensation physique, celle d'une créature tapie dans mes entrailles, mais plus profonde, plus intime encore. Comme si une partie de mon corps me rejetait et cherchait à se libérer. J'ignorai les avertissements de Razoxane — et le couteau qu'elle brandissait —, réussis à me soulever sur les coudes et fixai mon estomac. Je m'attendais à voir se soulever la peau, mais mon estomac restait lisse.

C'est alors que la douleur me frappa ; l'agonie des tissus qui se déchirent. Avec un petit cri, je retombai sur la civière en hoquetant. Une nouvelle vague de souffrance suivit, très près de la première, et tout mon corps se crispa. À nouveau, la lame de Razoxane se rapprocha de mon estomac et m'érafla alors que celui-ci montait à sa rencontre. Le chant monotone et froid ne chancela même pas.

Je restai là, haletante, alors que la pointe dessinait et redessinait inlassablement un schéma sur mon ventre, effleurant à peine la peau. On eût dit un pentagramme avec mon nombril pour centre. Et maintenant, elle parlait à nouveau anglais et m'encourageait comme une sage-femme :

— Laisse, Rachel, laisse-le partir... on y est presque... laisse-le...

Je détendis mes muscles par la simple force de ma volonté, et obligeai mon corps à l'inertie. Et je sentis alors une atroce pression au plus profond de mon ventre, assez froide pour me geler les entrailles. Je grinçai des dents pendant qu'elle se resserrait comme un poing; se crispait plus encore; puis, graduellement, se desserrait.

Elle s'en allait. Je n'osais y croire, et pourtant, c'était bien vrai.

Razoxane feula une ultime phrase en ce langage d'un autre temps, posa à nouveau sa lame sur mon estomac, puis leva la lame vers le plafond — et soudain, j'eus l'impression de me faire étriper. Je grognai. Razoxane leva son visage aveugle, puis cracha.

La lumière s'éteignit sans un crachotement; elle mourut d'un coup, et les ténèbres s'emparèrent de la salle. Pendant un instant de panique, je crus être aveuglée. Puis, alors que mes yeux s'adaptaient, une clarté en provenance du couloir éclaira Razoxane. Elle n'avait pas bougé d'un centimètre.

— *Consummatum est*, chuchota-t-elle.

Elle baissa lentement son couteau, puis sa tête. Son visage n'était qu'un puits d'obscurité. Elle me regarda à nouveau, et la lumière accrocha son sourire.

— Au moins, tu pourras dire que tu as découvert un remède contre le cancer.

Je ne bougeai pas ; la sueur détrempait lentement mon uniforme et mes cheveux. Finalement, je posai ma question absurde :

— C'est tout ?

Elle acquiesça.

— Maintenant, tu es sauvée.

— Mais... on aurait dit... que... quelque chose se déchirait en moi...

— Je sais. Déloger quelque chose comme ça est toujours très douloureux ; en ce qui concerne tes terminaisons nerveuses, on t'a mis en pièces. Mais ne t'en fais pas : il n'y a pas de blessures internes. Même ta cicatrice est intacte. Tu l'as senti ?

J'acquiesçai.

— C'était froid et cela semblait cramponné à mes entrailles...

— Eh bien, maintenant, c'est parti ; dispersé à nouveau. Cela ne peut plus menacer qui que ce soit.

J'inspirai profondément et essayai de bouger ; en vain.

— Merde... mes muscles sont liquéfiés.

— Détends-toi, dit-elle doucement. Après un tel rite, il est normal que tu te sentes vidée. Il te faudra quelques instants avant de reprendre tes forces.

— Oui, mais... s'ils reviennent maintenant ou...

— Oh, ils viendront tôt ou tard, répondit Razoxane sans se démonter. Ils sont toujours attirés par l'innocence.

Il me fallut un long moment pour comprendre ce qu'elle voulait dire exactement. Et, à ce moment-là, ma seule réaction possible eût été de hurler.

Ce que je ne fis pas. Cela n'aurait pas servi à grand-chose.

CHAPITRE TRENTE-TROIS

— Je t'en prie... laisse-moi partir. Tu n'as plus besoin de moi...

— Oh, mais si, répondit-elle gaiement. Il faut bien fournir quelques offrandes à Melphalan avant de le rencontrer face à face. Et tu es parfaite pour cela. Ta chair est vierge et ton sang innocent.

— Mais..., hésitai-je, Melphalan m'aime bien. Bon sang, il me désire.

— Certes. Mais tu n'as pas cessé de le trahir, n'est-ce pas ? Lorsqu'il saura que tu complotais avec son pire ennemi, il n'aura plus une si bonne opinion de toi, fit-elle en me décochant un sourire sans âme.

Je tentai à nouveau de me relever ; effort qui me laissa à bout de souffle.

— Mais, protestai-je entre deux hoquets, tu viens de me sauver. Pourquoi ?

Elle haussa les épaules.

— J'avais dit que je te purgerais de cette chose, et je tiens toujours parole.

Merci bien, pensai-je, et j'en ris presque : mon prémier pas vers l'hystérie. Une tueuse psychopathe, une schizophrène avec toute la compassion d'un requin, mais qui rejetait le mensonge. Même les anges déchus ont leur fierté.

Dans la pénombre, je la distinguais à peine ; derrière la porte, la lumière avait viré au gris ardoise. Le soir s'était infiltré dans le bâtiment, et la nuit sur ses talons.

— Quand... crois-tu qu'ils vont venir?

— Lorsque je jugerai bon de les convoquer, répondit-elle avec calme.

Elle passa derrière moi ; je l'entendis tourner à nouveau les pages du livre noir.

— L'*Ars goetica* est très prolixe sur le sujet de l'invocation des sorciers. Ils répondront à mon appel.

Une nouvelle vague d'angoisse m'envahit alors.

— Ce livre... tu as dit que...

— C'était leur livre secret, en effet. Mais pas le *Chirurgia*; plutôt des volumes plus anciens et plus puissants. *De mysteriis maleficarum.* Ou *Les Mystères des sorcières.*

— Mais... tu m'as pourtant dit que les magiciens des ténèbres eux-mêmes le trouvaient trop dangereux pour être utilisé.

— Pas pour qui a une parfaite maîtrise des arts occultes, répondit-elle. Comme je l'ai démontré en purifiant ton corps. Melphalan a longtemps tenté de déchiffrer les secrets de ce livre; mais lui-même n'est pas capable de les utiliser. Moi seule en ai compris les tenants et les aboutissants.

— Et... cela fait de toi une sorcière, alors?

Je connaissais déjà la réponse à cette question. Dire qu'il y avait à peine quelques semaines, le mot de sorcière n'évoquait pour moi qu'une vieille bonne femme avec un chapeau pointu; comme tous les clichés.

Razoxane tourna une autre page — comme si, même dans l'obscurité, elle pouvait lire ce qui y était inscrit.

— Tout dépend de la définition que tu attaches à ce terme, répondit-elle. Certaines soi-disant sorcières adorent la terre et pensent même pouvoir faire le bien. Mais si, pour toi, une sorcière est quelqu'un qui pratique ce qu'on appelait autrefois les *maleficium*, alors oui, j'en suis une.

— *Maleficium* ?

— Les non-initiés le définiraient comme une œuvre maléfique accomplie par des moyens surnaturels. Mais comme tous les jugements moraux, celui-ci est tout relatif. Il s'agit d'un pouvoir, tout simplement, qui peut être utilisé pour différentes raisons; pour édifier et renforcer celui qui l'emploie — on pour ruiner ses ennemis.

— Ce qui te convient parfaitement, murmurai-je.

Bien que je ne pusse voir son visage, je sentis son sourire sardonique, avant même qu'elle ne parle.

— Alors je *suis* l'une d'entre elles.

— Une femme que j'appelais ma mère était une pratiquante des arts magiques, continua-t-elle d'un ton de conversation. De ce que tu appellerais la sorcellerie, afin de guérir et renforcer. Elle m'a beaucoup appris, mais j'étais affamée de savoir et cherchais toujours à aller plus loin. La ville m'appelait; je suis partie à la recherche de ce dont m'avait parlé un voyageur. Une demeure secrète où des médecins utilisaient leur savoir occulte pour guérir les hommes. Dans les rues, j'ai trouvé des fantômes de rumeurs. Ils l'appelaient la Clinique de Salomon; une guilde réservée aux élus. On disait que le chirurgien de Keller Street les fréquentait, ce qui aurait dû me mettre la puce à l'oreille, car il prenait un plaisir malsain à son travail. Il s'appelait alors Thomas Mulloch. Aujourd'hui plus connu sous le nom de Vokaine.

Je l'écoutai en haletant doucement.

— Je me suis donc déguisée en jeune fille, continua Razoxane, et me fis passer pour une étudiante en médecine fraîchement émoulue de l'Université. J'ai aussi révélé quelques-unes des choses que j'avais apprises, et l'ai suffisamment impressionné pour qu'ils m'admettent comme novice dans leur Clinique. Ou plutôt l'Ordre hermétique des Grands Physiciens, comme ils l'appelaient. Tout cela se passait vers l'an 1700.

Elle tourna une autre page et la lissa.

— Bien sûr, ils ont fini par découvrir leur erreur — alors que j'avais déjà constaté la mienne. Ils n'étaient plus en rien des guérisseurs; leur science les avait dévorés et avait fait d'eux des sorciers. Des destructeurs. Mais j'avais déjà assimilé une bonne partie de leurs secrets. Je suis précoce, Rachel; j'apprends vite. Et j'avais de l'avance sur les autres membres de l'Ordre — ne serait-ce que parce que j'étudiais cette sorcellerie que, depuis longtemps, ils en étaient venus à mépriser et ignorer.

« Lorsqu'on découvrit mon identité, je les suppliai de me garder; je voulais trouver un biais qui puisse les ramener vers la lumière. Mais Melphalan, qui s'appelait alors Johannes Klein, s'y opposa sous prétexte que les femmes n'avaient pas leur place au sein de l'Ordre. La Fraternité obtempéra et me chassa; je savais que j'étais condamnée à cause de ce que j'avais appris.

« Puis, une nuit, tout a changé.

« J'ai fait un rêve, Rachel. Et, dans mon rêve, je me suis rappelé. J'avais déjà vécu auparavant, et encore plus tôt. Je convoquai des souvenirs enfouis depuis des siècles — des millénaires — dans les profondeurs de mon âme. Je remontai jusqu'à l'Égypte, et Sumer, où je commençai à apprendre la magie; et plus loin encore, jusqu'au temps où les anges parcouraient la Terre. Et je vis comment je devins l'une d'entre eux.

Oh mon Dieu, pensai-je. Un Clinicien est déjà terrible. Mais un Clinicien en plein délire psychotique...

— Au commencement, reprit-elle, était le Paradis; si loin que, même durant les rêves de ma première vie, j'avais bien du mal à m'en souvenir. Moi et mes semblables fûmes bannis pour une transgression dont nous sommes incapables de nous rappeler, et cherchons toujours la rédemption. Et j'ai réalisé que, si je décidais par moi-même de débarrasser le monde des suppôts du Mal tels que Melphalan et sa clique, je pourrais peut-être un jour retrouver mon chemin jusqu'aux portes du Paradis... Depuis ce jour, je chasse et tue les Chirurgiens des Ténèbres.

Après un silence — je ne risquais pas de l'interrompre —, elle ajouta :

— Ne va pas croire que, si je retourne leur sorcellerie contre eux, je suis moi aussi damnée. Je connais une douzaine de Sorts de Désolation — Cette première nuit, je n'ai eu aucun mal à m'introduire dans votre standard —, mais, autant que possible, je préfère utiliser des armes à feu ou blanches : il est plus facile de laver le sang de ses mains que de son esprit. Bien sûr, j'ai dû utiliser mon savoir de façon extensive pour les chasser — et pour prolonger ma propre existence. Mais si j'emploie les *maleficium*, Rachel, ce n'est que pour faire le bien. Je combats le feu par le feu.

Ben voyons, pensai-je. Les Cliniciens voulaient maîtriser les pouvoirs magiques pour édifier et guérir, Razoxane pour exterminer les méchants au nom de Dieu. La sorcellerie les avait attirés dans un abîme où leur humanité même s'était consumée et, au fil de leur guérilla personnelle, ils avaient jonché le sol de cadavres innocents. Elle était bel et bien l'une d'entre eux; voilà une ironie qui lui échappait totalement.

Et elle était là; guérisseuse vouée à la destruction; cherchant toujours le don que Dieu lui avait promis. Finalement, je lui demandai :

— Donc, ce soir... tu veux en finir avec ce qu'il reste d'eux ?

— Si Dieu le veut.

— Tu crois vraiment que Dieu a sa place dans tout cela ? marmonnai-je avec amertume.

— Seule la peur du Seigneur peut enchaîner les puissances de la nuit, Rachel; tu devrais t'en persuader.

— Mais *eux* n'y croient pas, n'est-ce pas ?

— Ce n'est pas des Cliniciens que je parlais.

Il y eut un silence de mort, qui faisait résonner le bruissement des pages de son livre dans la salle vide.

— Alors... qui donc ? fis-je, bien que je soupçonnais déjà la réponse.

Elle continua sa lecture, sans répondre.

— Oh, non, finis-je par murmurer. Tu ne peux pas... ne vas pas...

— Ils n'ont jamais pu accepter la vraie nature de leurs pouvoirs, chuchota-t-elle, ignorant mes paroles. Ils ne croient pas aux démons. Mais nous, si; pas vrai, Rachel ?

J'avais l'impression de suffoquer, comme si la peur pesait sur mes poumons. J'avais toujours accepté les enseignements de l'Église et acceptais l'existence d'une puissance maléfique qui existait quelque part dans les ténèbres les plus éloignées. En échappant à Razoxane, j'avais pu ressentir sa froideur vigilante. Mais rien n'aurait pu me préparer à l'horreur qui s'annonçait. Je me retrouvais prise au piège dans une salle obscure en compagnie de quelqu'un qui se préparait à invoquer l'Enfer...

— C'est la seule façon, répéta Razoxane, implacable. Si nous devons convoquer une cabale de sorciers aussi puissants que Melphalan lui-même, nous aurons besoin du pouvoir le plus absolu, le plus maléfique qui se puisse concevoir. Toute la puissance des Ténèbres...

— Je t'en prie..., fis-je, désespérée.

— Il y a certaines entités que l'on peut invoquer; des ombres qui, au fil des siècles, ont peu à peu pris consistance. Et maintenant, elles ont un nom; et par ce nom, nous pouvons les soumettre à notre volonté...

— Mon Dieu, Razoxane, tu vas nous faire tuer toutes les deux!

Ou pire, insista une partie de mon esprit, impitoyable. *Ou pire...*

Elle ne dit plus rien. En tournant la tête, je vis qu'elle s'appuyait sur la table, une main de chaque côté du livre ouvert — comme plongée dans sa lecture, son visage enfoui dans l'ombre de son chapeau.

— Reste allongée, Rachel, fit sa voix désincarnée. découvre toutes les surprises que la nuit te réserve...

Je voulais fermer les yeux. N'osais pas. Je frissonnai lorsque Razoxane se remit à parler dans ce langage sinistre.

Au bout d'un moment, elle leva les bras comme un prêtre disant la messe, la tête toujours inclinée vers le livre. Elle récitait, encore et encore, et son couteau réapparut dans sa main, scintillant au cœur de la pénombre alors qu'elle dessinait d'étranges symboles dans la texture de l'air.

Mon cœur battait à se rompre. Mes sens aux aguets cherchaient le premier signe indiquant une présence *autre* : quelque chose qui, au-delà du cercle, se rapprocherait dans la nuit.

Razoxane s'interrompit — je crus l'entendre avaler sa salive —, puis s'exprima à nouveau en un anglais compréhensible.

— Par le Nom-au-dessus-des-noms, *Adonai*, Yehovah *Sabbat*, Seigneur des Esprits, j'invoque l'aide des quatre archanges de Dieu. Derrière moi, devant moi, à ma gauche, à ma droite. J'invoque Michel, l'ange de la Paix ; Gabriel, l'ange de la Justice ; Raphaël, l'ange de la Guérison ; Uriel, l'ange de la Lumière. Venez protéger cet anneau interne contre les puissances des ténèbres. *Amen*, ainsi soit-il.

Aucun changement apparent ; si, dans un tel contexte, son invocation avait quelque chose de vaguement rassurant, l'espoir qui m'avait envahi un bref instant reflua aussitôt. Et si elle s'était trompée ? S'il y avait une erreur quelque part ? Et, s'il existait bel et bien des êtres qu'on puisse appeler des anges, nous sauveraient-ils de ce qu'elle allait invoquer maintenant... ?

— Au nom de Notre Seigneur, le Plus Haut Dieu, reprit Razoxane d'une voix forte et glaciale, que sorte de l'Abîme les Ombres de la Maladie et qu'elles se tiennent à chacune des sept pointes du sceau du Serpent. J'invoque le souvenir de Mardouk, Seigneur de la Magie et premier Maître des Médecins. Sortez de votre domaine corrompu et venez affronter vos ennemis qui vous raillent à l'envi. Je vous invoque et vous lie par ma voix, Nergal... Namtar... Asukku. Je vous conjure et vous contraints, Irra... Suruppu... Lamashtu... *Léviathan.*

À nouveau, pas un frémissement ne secoua les ombres. Mais, soudain, je sentis que la pièce se refroidissait peu à peu.

— C'est bien, murmura Razoxane. C'est très bien.

Elle tourna une page ; mon esprit en déroute ne put alors invoquer qu'une seule et unique plaisanterie, une blague à propos du Kama Sutra : *Si deux pages restent collées, on peut se casser une jambe...* Et si Razoxane sautait bel et bien une page, ou perdait de sa concentration, qu'arriverait-il ?

Bonne question. J'aurais préféré ne pas la poser.

— Sous la protection des Anges bénis et par la puissance des Sept Ombres, je convoque les Cliniciens. Qu'ils viennent à nous et entrent dans notre cercle sans crainte. *Amen*, ainsi soit-il...

Elle écarta encore une fois les mains, puis les croisa, levant le couteau au-dessus de sa tête; je la crus prête à me le plonger dans le corps, à me sacrifier sans autre forme de procès. Mais, après une éternité, elle baissa son arme et posa ses poings sur sa bouche.

— Oméga; tout est fini, murmura-t-elle. Alpha; tout recommence.

Silence. Pour autant que je puisse voir ou sentir, nous étions toujours seules.

Je haletais, et elle aussi; le rituel avait dû puiser beaucoup de son énergie. Je levai prudemment la tête.

Dans la pièce brillait un faible rayon de clarté lunaire. Dans cette pièce dépourvue de fenêtres...

Je sentis se hérisser tous les poils de mon corps.

C'était une lumière qui n'éclairait pas, aussi diffuse que la fluorescence émanant d'un poisson pourri. Au bout d'un instant, je réalisai qu'elle montait du sol, comme si l'heptagramme avait absorbé les dernières lueurs du jour pour nous les renvoyer; une veilleuse bleue au milieu de la nuit. Au-delà du cercle se massaient les ténèbres; mais, dans cette noirceur oppressive, aucune forme — menaçante ou non — ne remuait; une nuit absolue, mais vide.

Le temps passa. Des minutes entières.

— Et maintenant? murmurai-je, étonnée de voir que mes cordes vocales pouvaient encore fonctionner.

— Patience, Rachel. Je te l'ai déjà conseillé, non? Ils arrivent.

Je testai mes muscles; ils répondaient un peu mieux à mes injonctions, mais je restais très faible. Comme je n'avais aucune chance de pouvoir m'évader, je tentai de la raisonner :

— Ecoute... si tu te sers de ces... ombres pour les faire venir ici, est-ce que tu as vraiment besoin de *moi*?

— Il faut un point focal, Rachel, expliqua-t-elle comme un professeur répondant à la question d'un élève.

Quelque chose qui les attire. Ils croient agir de leur propre gré. Et, comme je te l'ai dit, rien ne leur plaît davantage que l'innocence ; le fait de la souiller augmente leur pouvoir.

Je ne pus résister :

— La souiller... c'est-à-dire ?

Elle haussa les épaules.

— Il y a bien des façons. Le viol. La profanation. La torture. Le meurtre...

Pas question de verser une larme, me dis-je en un sursaut de fierté. Pas un sanglot. Je me mordis la lèvre, puis demandai :

— Et c'est ce qui m'attends n'est-ce pas ? et tu vas les laisser faire...

— Je t'ai dit de me faire confiance, Rachel.

— C'est une blague, non ? Excuse-moi, mais ça ne me fait pas rire.

De l'autre côté de la double porte, on poussa un lit hors du chemin. Violemment.

Je faillis me mordre la langue. Le couloir était vide ; nous n'avions pas entendu le moindre bruit de pas. Rien qui puisse expliquer ce bruit. Silence. Puis un autre lit bougea, plus lentement cette fois-ci, grinçant sur ses roulettes non huilées.

— Oh, mon Dieu, non..., hoquetai-je.

Encore des bruits en provenance de la pièce d'à côté ; des grincements et des tintements qui nous parvenaient comme si quelque chose de lourd et de maladroit se cognait dans des meubles oubliés depuis longtemps. Un objet métallique s'abattit sur le sol. Puis, à nouveau, le silence. Rompu par un drôle de choc étouffé, comme une poche d'air coincée dans les tuyaux du chauffage central. Mais il y avait très longtemps qu'on ne chauffait plus cette portion de l'hôpital.

Je tournai la tête pour regarder Razoxane qui attendait, toujours aussi calme. Son visage éclairé par la lueur bleue semblait cyanosé. Et elle scrutait les ténèbres. Et les portes.

Soudain, les chocs et les grincements redoublèrent

d'intensité. L'air m'apporta une bouffée fétide, excrémentielle qui me fit hoqueter. Et, lorsque le silence retomba, nous n'étions plus seules.

Je ne pouvais les distinguer; ils n'avaient ni forme ni visage. Mais je savais qu'ils étaient là. Je pouvais sentir leur *tourment*.

— Razoxane..., gémis-je.

— Calme-toi, répondit-elle d'un ton égal. Nos amis ne vont pas tarder.

Et, en guise de ponctuation, une porte claqua au loin.

Les portes d'hôpital ont une sonorité qui leur est bien particulière; le poids d'une surface anti-incendie se refermant sur un couloir vide; un choc sourd qui éveille mille échos dans les escaliers. Et celui-ci résonnait loin du chemin balisé que Razoxane et moi avions emprunté, au plus profond d'une aile vide.

Je n'avais même pas la force de me replier sur moi-même.

Un autre claquement, plus sonore. Plus proche.

— Ils peuvent déjà sentir ton odeur, murmura Razoxane. Le cœur même de leur convocation...

Les pas se faisaient entendre, désormais; martelant implacablement le sol.

— Razoxane, chuchotai-je, puisses-tu brûler en Enfer...

— Chut! maintenant, il est temps de prier...

Mon amertume se dissipa comme un nuage de fumée.

— Oh, *merde*...

— Tu les sens, n'est-ce pas? fit-elle en un souffle; et soudain, oui, je les sentis. Une froideur plus intense encore se coagulait de l'autre côté de la porte.

Je levai une fois de plus ma tête. Je pouvais à peine distinguer les deux fenêtres des portes; deux yeux opaques qui me dévisageaient. Et maintenant, le froid s'infiltrait par tous les interstices et venait me caresser, sur la bouche, sur les yeux, entre mes cuisses écartées. Même les présences lugubres qui nous entouraient semblèrent battre en retraite, se massant contre les murs comme pour nous donner assez de place pour respirer.

Puis les portes s'ouvrirent, et le froid jaillit dans la pièce.

Melphalan entra en premier.

Il n'était guère qu'une silhouette sombre sur fond d'obscurité plus dense encore, mais je le reconnus à sa stature couronnée d'un chapeau aux larges bords. La faible clarté spectrale n'était pas assez puissante pour illuminer ses traits; seuls ses yeux semblaient luire comme ceux d'un chat.

Il avança lentement vers nous, et Vokaine et Glaukostyx suivirent ses pas, encadrant leur seigneur comme deux ombres déplacées et malodorantes. En un éclair, j'entrevis les grosses lunettes de l'un — et la lame de l'autre.

J'étais immobile comme une morte. Je savais que je l'étais déjà.

Melphalan s'arrêta au pied de la civière, assez près pour enserrer mes pieds et m'attirer dans ses griffes; mais il m'ignora. C'est Razoxane qu'il étudiait avec soin.

Ses frères Cliniciens se postèrent à l'intérieur du cercle, l'encadrant toujours à un pas de distance.

Ce tableau se figea pendant un temps qui me parut infini — comme si le froid avait congelé la pièce entière. J'en étais à me demander s'ils ne communiquaient pas par télépathie lorsque Razoxane dit d'une voix douce :

— Salut à toi, seigneur Melphalan. Il y a bien longtemps que nous ne nous sommes vus.

Silence. Puis le Clinicien acquiesça.

— Tu te souviens de notre dernière rencontre..., continua Razoxane.

— Tu nous as fait venir ici, fit la voix sèche, impitoyable de Melphalan. Pourquoi cette convocation ?

— Comme vous pouvez le voir, reprit calmement Razoxane, j'ai là une offrande. Une femme qui vous a trahis et qui complota pour vous détruire. Je présume que sa chair vous procurera bien du plaisir...

Melphalan baissa les yeux sur moi. Ma peau sembla se recroqueviller sous ce regard luisant. Je pus sentir son désir; mais plus celui de me posséder. Il voulait mon corps et mon âme à dominer; la pure expression du viol dans toute son horreur...

— Considérez cette offrande comme un gage de soumission, fit Razoxane en baissant la tête. Une fois de plus, j'implore humblement mon seigneur pour qu'il daigne m'accepter à nouveau parmi les siens.

Oh, mon Dieu. Voilà qui n'était pas écrit dans le scénario.

Le regard de Melphalan se leva lentement.

— L'Ordre a-t-il une place pour quelqu'un comme toi ?

— Permets-moi de te rappeler les circonstances de mon expulsion, répondit-elle. En ces temps, tu as juré qu'il n'y aurait qu'un seul moyen pour qu'une femme puisse entrer dans ta cabale des Sept : qu'elle tue un membre de cette même fraternité. Or c'est ce que j'ai fait — mais tu n'as jamais honoré ta parole. J'ai donc continué mes exactions — et éliminé quatre des vôtres. Je pense avoir amplement prouvé que j'étais digne d'être acceptée; ainsi, je demande humblement à être réadmise au sein de l'Ordre des Juges cliniques.

Je fixai le plafond en pensant *Oh, putain !*

Melphalan se tut; réfléchissant. Puis :

— Cette femme, Rachel Young, est-elle irrémédiablement indigne de notre confiance ?

— Je le crains.

— En ce cas, nous allons nous charger d'elle, dit-il, et tu effectueras la première incision. Ainsi, nous pourrons comparer ta technique et les nôtres...

— J'en serai très honorée, Seigneur.

À ces mots, Razoxane leva son couteau. Un instant, je crus — et espérai — qu'elle allait me poignarder; me trancher la gorge, noyant mes pensées dans le sang. Mais, d'une torsion du poignet, elle le fit pivoter dans sa main; maintenant, elle le tenait comme un instrument de précision, une lame de chirurgien avec laquelle elle pourrait s'occuper durant des *heures*...

Je la dévisageai avec désespoir alors que Melphalan sélectionnait son propre scalpel sous son manteau, étirant ses doigts autour du manche tout en toisant mon corps allongé. Il fit un pas en avant.

Puis Razoxane eut une hésitation; sa lame oscilla dans le vide. Elle pencha à nouveau la tête — puis regarda vers le coin de la pièce. À travers la pénombre bleutée, je la vis froncer les sourcils.

— Toi! fit-elle. Je ne t'ai pas invoqué. Que veux-tu?

Celui à qui elle s'adressait ne répondit pas; je tournai la tête. Et vis quelqu'un d'autre qui se trouvait là, au-delà du cercle; une forme brouillée dans l'obscurité. Et qui nous regardait.

Une onde de terreur nouvelle me submergea. Un démon. Ou un ange. En tout cas, une des créatures que Razoxane avait appelées. Qui qu'elle soit, elle avait pris la forme d'une femme : sa silhouette, sa façon de se tenir, la chute de ses cheveux bouclés la trahissaient. Elle semblait vêtue — ou enveloppée — de quelque chose de blanc et serrait cet habit tout contre elle; comme si elle ressentait le froid terrible...

— Laisse-nous, ordonna Razoxane.

Il y eut un silence. Puis la femme spectrale secoua négativement la tête.

— Quelle est cette mascarade? gronda Melphalan.

Mais je l'entendis à peine. Cette vigie muette attirait mon attention; éveillait en moi des souvenirs... car elle avait quelque chose d'étrangement familier...

— Laisse-nous, répéta Razoxane. Retourne dans l'Abîme d'où tu viens...

— Rachel, fit le spectre.

C'était la voix de Jenny Thomas.

Mes mains se posèrent sur ma bouche, étouffant le son — le cri — qui allait en sortir. Horrifiée, je la vis faire un pas en avant, et la lueur éclaira ses traits.

Les Cliniciens avaient déjà conjuré la silhouette de Jenny Thomas dans l'espoir de me piéger; mais je sus immédiatement que cette nouvelle apparition n'était pas leur création. Jenny apparaissait telle qu'elle était dans mes souvenirs : l'infirmière douce et gentille qui avait été l'amie la plus proche que j'aie jamais eue. Pourtant, la fille qui se tenait là n'avait rien des traits délicats de Jenny. Ses cheveux étaient raides et sales, son visage blême, ses yeux entourés de cernes noirs. Sur son cou, on pouvait toujours discerner les traces livides de la strangulation. Et elle ne portait qu'un suaire d'hôpital...

Mes yeux s'écarquillèrent; ma paume appuya plus encore sur ma bouche.

— Rachel, dit-elle d'une voix à peine audible. Viens avec moi...

Et, avec une force que je n'aurais pas cru avoir, je me débattis; tirant mes jambes loin des griffes de Melphalan, bien qu'il restât immobile, tout comme ses frères. Je réussis à m'asseoir et me préparais à prendre pied sur le sol lorsque Razoxane chuchota à mon oreille :

— Ne fais pas ça.

Je me figeai.

— C'est une illusion, continua-t-elle. Tu ne le vois pas? Les forces qui sont au-delà du cercle tentent de t'attirer à leur portée. Dès que tu auras posé un pied hors de l'heptagramme, elles te mettront en pièces.

J'essayai d'avaler ma salive, de parler. En vain. Alors que je fixais l'apparition, mon esprit n'était plus qu'un vortex de peur et d'émerveillement, d'angoisse et d'exaltation. J'hésitais encore lorsqu'elle tendit la main vers moi :

— Viens avec moi, Rachel. Il le faut.

Sa voix avait quelque chose de suppliant.

C'était Jenny, je le savais. Assassinée, morte et enterrée. Et pourtant, Dieu sait comment, elle était revenue. *Dieu sait comment...*

Je descendis de la civière, mes yeux braqués sur le visage à demi éclairé. Je ne me rappelai la présence de Melphalan que lorsqu'il plongea pour s'emparer de moi — et me rata.

Je me retournai, faillis perdre l'équilibre; mais Melphalan tendait vers moi des doigts recroquevillés comme des griffes, et pourtant impuissants, comme si une force inconnue l'empêchait d'avancer davantage. Il la combattait, alors que, derrière lui, Vokaine et Glaukotyx se raidissaient. Il jeta un regard à Razoxane qui se figea à son tour tout en soutenant son regard ; ils s'affrontaient désormais, chacun retenant l'autre par la pure force de sa volonté...

Comme aucune des deux factions n'intervenait, je fis un pas vers le dernier cercle.

— Non, Rachel ! réussit à émettre Razoxane. C'est... un piège...

Je lui jetai un coup d'œil, puis me tournai à nouveau vers les ténèbres. Et, à nouveau, j'hésitai. Je me souvenais de la litanie de démons que Razoxane avait invoqués — et les spectres silencieux qui lui avaient répondu.

La fille qui avait le visage de Jenny se tenait là, devant moi, assez près pour que je la touche ; il me suffirait pour cela de faire un pas. Un tout petit pas... qui m'amènerait en dehors du cercle. Je regardai sa main offerte, ses yeux las — et soudain, la peur me tordit l'estomac.

— Viens, murmura-t-elle. Je t'en prie...

— Tu ne peux survivre là-dehors, fis-je soudainement. Tu n'es pas *réelle*...

— Les anges de Dieu nous gardent tout au long de la nuit, répondit-elle.

Mon cœur oublia un battement. Je reconnaissais ces mots tirés d'une prière que j'avais parfois entendue à la messe de minuit. D'instinct, je lançai la réponse rituelle :

— ... et calment les puissances des ténèbres.

— Que l'Esprit saint nous guide, renchérit-elle.

— ... et nous mène vers Sa gloire.

Je pris sa main glaciale et la laissai m'entraîner hors du cercle.

Tout près, au cœur de l'abîme, quelque chose *remua*.

Le choc faillit m'étouffer, mais sa poigne ne faiblit pas et je lui rendis sa pression avec l'énergie du désespoir.

— Tiens bon, Rachel, dit-elle en m'attirant vers les portes. Tiens bon et ne regarde pas en arrière.

Je titubai à sa suite. Nous avions presque atteint les portes lorsque Razoxane parla à nouveau — ou plutôt grinça :

— Rachel. Pardonne-moi. Prie pour moi...

Et, alors que nous sortions de force dans la chaleur — toute relative — du couloir, elle prononça quatre derniers mots. Je crus qu'elle était revenue au langage mystique et incompréhensible qu'elle avait déjà employé — puis réalisai qu'elle parlait à l'envers. Épelant les noms angéliques qu'elle avait déjà proférés. Détruisant le cercle protecteur qu'elle avait édifié pour laisser entrer les ténèbres.

Et la salle implosa.

Je me sentis entraînée en arrière avec une force brutale, dévastatrice. Et pourtant, pas un des objets qui jonchaient le couloir autour de nous ne bougea d'un millimètre, et la poussière ne se souleva même pas. Nos âmes seules sentirent le trou noir qui bouillonnait derrière nous et cherchait à nous avaler.

Je n'entendis qu'un seul cri, si chargé d'angoisse que je n'aurais pu dire s'il provenait de Razoxane ou d'un Clinicien. Il atteignit les limites de l'ouïe humaine, puis se tut brutalement.

Nous percutâmes un lit; je m'affalai sur le sol. Mais Jenny ne relâcha pas sa prise, pas un seul instant. Elle me souleva contre le mur opposé, et je sentis l'étreinte de ses bras glacés alors que les portes se refermaient sur ce que Razoxane avait appelé l'Abîme. Laissant intact tout ce qui était physique pour mieux aspirer des éléments aussi intangibles que la lumière, la chaleur et la raison humaine. Je sentis chanceler mes sens, chavirer ma raison... puis, alors que je croyais que j'allais basculer pour de bon, tout cessa.

Et le silence de la nuit se referma sur nous.

Dans ce calme qui suivit la tempête, alors que je tentais de remettre en place les fragments de mon esprit, Jenny se détacha doucement de moi et fit un pas en arrière. Lorsque je levai les yeux, elle baissa les siens pour éviter de croiser mon regard. Comme si elle avait honte de son état. Honte d'être morte...

Je restai sans voix, les yeux écarquillés. Et malade de frayeur. Elle était bel et bien morte et enterrée — et se trouvait là, devant moi. Ce n'était certainement pas son corps physique — qui devait pourrir six pieds sous terre

— mais néanmoins une manifestation des plus tangibles ; le fantôme de son propre cadavre.

Que dit-on à quelqu'un que l'on aimait et qu'on a perdu à jamais ; à une fille assassinée dont on portait toujours le deuil ? Finalement, tout ce que je pus dire fut :

— C'est... fini, maintenant ?

Elle opina, son visage se retranchant dans l'ombre.

— Oui. Un dernier piège. Elle a ouvert la barrière qui la séparait de l'Abîme et les a entraînés à sa suite.

Sa voix avait quelque chose de rauque — sans doute l'héritage spectral de son larynx tuméfié. De sa mort par strangulation. Cette idée me donna le frisson.

— Sur ce point, elle t'a dit la vérité, reprit-elle. Leur destruction était sa raison de vivre. Et, en fin de compte, elle s'est sacrifiée pour y parvenir.

— Un peu plus et nous y restions toutes les deux, marmonnai-je.

Elle haussa les épaules.

— Tu étais l'appât, Rachel. Depuis le début. Elle se serait servie de n'importe qui, et sans scrupules. Un psychopathe ne connaît pas le remords.

Et c'était vrai : malgré toute sa science occulte, à la base, elle restait une psychopathe. Une sorcière aussi âgée que Melphalan et, au final, tout aussi tordue. Lorsqu'elle l'avait abordé, c'était au nom de son idéal — marier la magie et la médecine — et il l'avait rejetée. Elle était devenue folle. Elle s'était noyée dans ses rêves pour en émerger telle un être de cauchemar. Un ange morbide, comme ceux que redoutaient les premiers médecins.

Encore une ironie de l'existence. Ou de sa négation, la mort.

Je fixai encore Jenny, puis, finalement, me tournai vers les portes de la salle d'accouchement.

— Et maintenant... où est-elle ?

— L'Abîme les a dévorés ; corps et âmes.

La lueur bleue s'était éteinte, mais, malgré le peu de lumière, je pus voir que la salle était vide. J'allai regarder par l'une des fenêtres. Là, au cœur du maelström, la puissance de l'abîme avait aussi perturbé le monde réel.

L'heptagramme avait été brouillé et quasiment effacé, et la civière rejetée de côté. Elle gisait dans un coin, tordue et triturée comme une structure abstraite — ou les débris d'une déflagration nucléaire.

Et je m'y étais allongée...

J'avalai ma salive, puis me tournai encore une fois vers Jenny.

— Et les... démons ? Ils sont tous partis ?

— Maintenant, oui. Un sorcier aussi puissant que Melphalan aurait pu leur résister — c'est pourquoi Razoxane l'a retenu par sa volonté. Comme si elle l'avait pris dans ses bras avant de se jeter à la mer pour s'y noyer avec lui...

Il y eut un long silence. Puis, presque sans y penser, je tendis la main vers son visage. Elle ne cilla pas ; mais je m'arrêtai à mi-chemin, hésitai, avant de laisser retomber ma main.

— Oh, Jenny, Jenny..., murmurai-je.

Elle secoua la tête.

— Je suis morte, Raitch. Je n'ai plus ma place en ce monde. Maintenant, il faut que je reparte...

— Où ? fis-je avec ferveur — la première d'une longue litanie de questions qui se formèrent dans mon esprit ; mais elle posa un doigt sur ma bouche.

— Ne me demande rien, Rachel. Mes explications te seraient incompréhensibles. Razoxane ne m'a pas invoquée ; je suis venue de mon propre chef. Mais je ne peux rester plus longtemps.

Soudain, je ressentis une nouvelle peur : celle de me retrouver au cœur de la nuit, seule, abandonnée.

— Je t'en prie, Jen...

Elle s'approcha et m'embrassa sur la joue, comme l'amie qu'elle avait toujours été.

— Ne crains rien, Rachel. Souviens-toi que tu n'es pas seule. Tu ne le seras jamais.

Je clignai des yeux pour chasser les larmes.

— Que... veux-tu dire ?

Mais elle ne devait jamais me répondre ; elle dit seulement, « Au revoir, Raitch », sourit et tourna les talons.

Je la regardais s'en aller — et elle eut une hésitation et s'entoura de ses bras et baissa la tête. Une nouvelle onde écarlate me traversa.

— Jen ? Qu'est-ce qu'il y a ?

— Je le sens, Rachel..., fit-elle d'une voix morne.

— Qui ? ou quoi ?

— Dans l'Abîme... Il remonte. (Elle me regarda, et ses yeux étaient emplis de peur.) Razoxane est forte, mais Melphalan l'est plus encore. *Il va sortir de l'Abîme.*

— Oh, mon Dieu...

— Va-t'en, Rachel. Cours, vite...

Sa voix s'affadissait alors qu'elle parlait, tout comme sa silhouette ; comme si les ténèbres nichées au cœur de l'unité l'aspiraient pour la ramener d'où elle venait. Son suaire se gonfla sous l'effet d'un vent spectral alors qu'elle tendait une dernière fois les mains, la bouche ouverte en un avertissement silencieux. Puis elle disparut.

Je me retrouvai seule.

Je me retournai. Le silence régnait. Mais, au fond de ce couloir et du suivant, les lumières de l'hôpital me tendaient les bras.

Il me suffisait d'y arriver.

Je me dirigeai vers les portes à l'extrémité du couloir, repoussant de mon chemin les débris indistincts ; jurant lorsque mon manteau s'accrocha à un montant de lit et faillit se déchirer ; jurant et priant en même temps. J'y étais presque, il ne me restait plus qu'à courir quelques mètres pour me retrouver en sécurité, lorsque, derrière moi, les portes de la maternité s'ouvrirent en coup de vent dans un fracas de tonnerre, libérant une bouffée de froid piquant — et quelque chose qui feula et se lança à mes trousses.

CHAPITRE TRENTE-QUATRE

Je courus jusqu'aux portes et les franchis en titubant; la chaîne grinça alors que le cadenas s'abattait à terre, brisé net. Et la lumière criarde des néons m'aveugla. Je cillai, puis battis des paupières comme une taupe surgie des ténèbres...

Derrière moi — tout près —, j'entendis sa respiration rauque. Je ne pris pas le temps de reprendre mon souffle ou même de regarder en arrière : je fonçai droit devant moi, vers les portes de la section Gynéco, là où il y aurait des gens, et des téléphones, et des endroits où se cacher; puis virai abruptement vers la sortie adjacente qui donnait sur les escaliers — alors que mon poursuivant apparaissait sur mes talons dans un fracas infernal. J'entrevis sa silhouette et, dans ma hâte, faillis trébucher; puis je gravis les marches quatre à quatre.

Inutile de compter trouver un refuge dans les étages. Bien sûr, ceux-ci déborderaient de monde, mais Melphalan ne s'arrêterait pas à ce genre de détail. Il se fraierait un passage sanglant à travers les infirmières, les docteurs et les patients; transformerait l'hôpital en charnier pour s'emparer de moi.

Je me jetai sur le palier et attaquai une nouvelle volée de marches. Haletante, baignée d'une sueur froide, je continuai ma course frénétique, vite, plus vite, jusqu'à ce que j'eusse l'impression de tomber. Puis, par-dessus le tonnerre de ma respiration, j'entendis des voix sur le palier suivant, des pas qui montaient vers moi.

Qui que ce soit, ils étaient hors de vue, mais les voix m'apprirent qu'ils étaient plusieurs — y compris des enfants. Des visiteurs. Après l'interminable cauchemar que je venais de vivre, je fus choquée de réaliser qu'on n'était qu'en début de soirée; l'hôpital bourdonnait toujours d'activité.

Je ne pouvais pas continuer. Même si j'avais assez de souffle pour crier, Melphalan serait sur eux avant qu'ils aient eu le temps de réagir. En dernier recours, il me restait les portes de l'étage suivant. Melphalan était assez près pour me voir changer de direction; il m'y suivrait. Le groupe leva les yeux en me voyant m'engouffrer dans la réception. Je dus produire une forte impression. Dans un hôpital, voir courir quelqu'un signifie qu'il se passe quelque chose d'intéressant...

À ce niveau, les doubles-portes étaient encore ouvertes; je m'engageai dans le couloir et en parcourus la moitié avant d'oser regarder en arrière. Melphalan était toujours là, mais il ralentissait son allure; je vis qu'il boitait et était plus hirsute que jamais, ses cheveux cascadant devant ses yeux. Il marmonnait tout seul, et, soudain, il oscilla d'un côté à l'autre du couloir comme un ivrogne en plein délire. Je savais ce qui lui était arrivé : les démons de l'Abîme avaient planté leurs griffes dans son esprit et l'avaient déchiré. Melphalan avait été un sorcier au savoir incalculable, mais sa plongée en enfer avait détruit son intellect froid et calculateur pour ne laisser qu'une épave décérébrée — mais qui avait gardé l'usage de ses yeux, et de la lame qu'il brandissait dans ses doigts gantés.

Moi-même, j'avait ralenti mon allure. Devant moi, le couloir formait un T, chaque direction menant à une section différente. J'avais reconnu l'étage Médecine et savais qu'il serait certainement bondé; mais je n'avais pas d'autre endroit où aller.

Melphalan s'arrêta et me regarda à travers un rideau de cheveux en désordre; puis il découvrit ses dents grinçantes.

— Rachel..., grinça-t-il. Rachel... Mary... Maureen... Young. *Salope*. Je te tiens. Tu vas souffrir. Éternellement.

Et il reprit sa marche douloureuse.

Je n'attendis pas qu'il presse le pas. Je virevoltai et partis en courant vers l'intersection, tournai vers la droite et la section Jenner. Passai devant la porte ouverte d'une chambre ; un patient conversait tranquillement avec ses parents. Le couloir qui s'étendait devant moi était vide jusqu'au bureau qui marquait l'angle. À une heure pareille, les trois infirmières de service devaient être occupées. Je virais vers le téléphone du poste lorsque quelqu'un émergea de la buanderie et faillit me rentrer dedans.

Un infirmier ; il faillit jurer et tendit une main pour m'aider à reprendre mon équilibre.

— Oh, pardon ! (Il me regarda, enregistra ma tenue de chirurgie.) Je peux vous aider ?

J'avalai ma salive.

— Je vous en prie... Quelqu'un me poursuit, il a un couteau...

Tout en parlant, je jetai un coup d'œil angoissé en arrière, mais pas trace de Melphalan. Lorsque je revins à l'infirmier, il fixait le bracelet accroché à mon poignet. Puis remonta jusqu'à la marque de l'intraveineuse. Je savais ce qu'il devait penser.

— Écoutez... je suis une infirmière, une sœur des Urgences, vous pouvez vérifier...

Il acquiesça.

— Bien sûr. Quelle section ?

Il parlait d'une voix calme, raisonnable — et, soudain, je compris qu'il me prenait pour une patiente qui s'était aventurée hors de la section Psychiatrie ; quelqu'un d'un peu dérangé et qu'il fallait protéger d'elle-même.

Toujours pas trace de mon poursuivant. J'aurais presque voulu le voir apparaître, rien que pour confirmer mes dires...

— Vous ne voulez pas me dire d'où vous venez ? dit l'infirmier. On vous cherche peut-être...

En fait, il se débrouillait fort bien ; dommage qu'il se trompe de cliente.

— Comprenons-nous bien, repris-je avec tout le calme

possible, je ne suis pas une malade mentale échappée de la section Psychiatrie. C'est que...

Une infirmière émergea de l'une des salles, et il lui jeta un regard implorant que je trouvai très désagréable.

— Écoutez, c'est... une urgence. Un patient armé d'un couteau...

— Très bien, dit-il. Vous voulez dire que quelqu'un de votre étage vous a menacée, n'est-ce pas ?

Précision adressée à la nouvelle intervenante : il ne me croyait toujours pas. Et, après tout, je le comprenais.

— Voulez-vous venir dans mon bureau pour m'expliquer tout cela ?

— Mais... il m'a suivie jusqu'ici !

— Ne vous en faites pas. Avec nous, vous serez en sécurité. (Il jeta un coup d'œil à mon bracelet.) Rachel, n'est-ce pas ? Venez, c'est par là...

Il fallait que je me tire de là.

Soudain, je vis le regard de l'infirmière se diriger par-dessus mon épaule. Et elle se décomposa.

Un doigt de glace caressa mon échine. Je n'avais pas besoin de regarder pour savoir que Melphalan était là.

— Mais qui..., marmonna-t-elle.

Je posai une main sur l'épaule de chacun d'entre eux et tentai de les entraîner à ma suite.

— Venez, pour l'amour de Dieu, il ne faut pas rester...

Mais le type se dégagea et, après un coup d'œil angoissé, sa collègue — une étudiante de troisième année, d'après sa ceinture — en fit autant. Je me retournai. Melphalan se dirigeait vers nous, comme un poivrot en maraude. Il n'avait plus son couteau et semblait complètement perdu. L'infirmier fit un pas en avant, les mains écartées ; lui bloquant le chemin sans paraître menaçant.

— Bonsoir. Je peux vous aider ?

— Oh, mon Dieu, non... Ne vous approchez pas de lui !

Il me jeta un regard quelque peu irrité ; puis revint à Melphalan, juste à temps pour voir le scalpel s'abattre sur sa gorge.

Tout arriva si vite que je ne pus réagir ; lui-même resta un instant figé, les yeux écarquillés. Puis la plaie s'ouvrit, libérant un jet de sang pendant que Melphalan le saisissait par le col de sa blouse autrefois blanche et le propulsait contre le mur, puis s'emparait de son menton et lui ramenait la tête en arrière pour compléter le travail. Lorsque le Clinicien le relâcha, le pauvre bougre était quasi décapité.

Je plaquai les mains contre ma bouche — même après tout ce que j'avais vu, je n'étais pas au-delà de l'horreur — et reculai. Mais l'autre infirmière, blanche comme un linge, fit néanmoins un pas en avant. Elle fixa son collègue, les yeux écarquillés par la terreur, puis — avec un effort évident — Melphalan, qui se tenait là, lame dégoulinante de sang à la main. Et elle tendit le bras vers lui.

— Je vous en prie... (Elle s'arrêta pour se racler la gorge.) Je vous en prie, donnez-moi ce couteau. Personne ne vous fera de mal, je vous le jure...

Je lui pris la main et essayai de l'entraîner à ma suite ; elle se dégagea. Malgré le spectacle de mort qu'elle venait de voir, elle réagissait encore selon les instructions données durant son apprentissage. Comment maîtriser un intrus armé, aussi dément soit-il. Elle cherchait à protéger ses patients et avait plus de courage que je n'en aurais jamais.

Bien sûr, l'idéal eût été qu'elle se contente de lui demander de poser son couteau et, ce faisant, évite de croiser son regard ; mais, quoi qu'elle dise, cela ne nous aiderait guère.

Je fis un autre pas en arrière ; j'aurais voulu tourner les talons et m'enfuir, mais je savais que je ne pourrais pas l'abandonner ainsi. Je la regardai avancer dans sa direction ; et Melphalan en fit autant, comme hypnotisé. Impressionné, peut-être. Peut-être, pensai-je dans un sursaut d'optimisme, parviendrait-elle à le repousser...

— Je vous en prie, chuchota-t-elle. Donnez-moi ce couteau...

Et c'est ce qu'il fit. Le hurlement de la malheureuse me vrilla les tympans. Je tournai les talons et m'en allai.

Et le Maître des Médecins me suivit.

Maintenant, nous étions entrés de plain-pied dans la section; des patients et leurs visiteurs nous jetaient des regards effarés depuis les chambres. Je pouvais presque sentir le souffle de Melphalan sur mon épaule. Je tendis la main, me cramponnai au chambranle de la porte du débarras et virai abruptement pour m'y engouffrer. Melphalan s'arrêta en catastrophe et se retourna; j'étais prise au piège et il le savait. Il fit un pas en arrière pour me bloquer le chemin, son visage tordu en un rictus sauvage.

Peut-être son épreuve l'avait-il ralenti, à moins qu'il ne fût trop sûr de sa victoire finale. Toujours est-il qu'il souriait lorsque je lui balançai en pleine figure le manomètre que je venais de récupérer.

C'était la seule arme que j'aie pu trouver : un simple appareil de mesure de la pression sanguine. Mais c'était un bloc de métal dur et lourd qui s'abattit sur son visage avec un craquement sinistre. Le verre se brisa, libérant un jet de mercure. Il chancela; j'inspirai une grande goulée d'air et le levai à nouveau.

Melphalan tomba à genoux. Son visage bouillonnait d'un liquide visqueux et noirâtre. Je le dominai de toute ma taille, mais, tout d'un coup, le manomètre me parut trop lourd pour mes pauvres bras; je le laissai tomber.

Il s'essuya la manche. Son visage était déchiré et il devait souffrir de plusieurs fractures, mais il n'était pas hors d'état de nuire pour autant. Loin de là. Alors qu'il se relevait péniblement, je reculai, le dos au mur. Les étagères autour de moi étaient remplies d'instruments, de paquets stérilisés, de sacs à IV. Mais rien qui puisse servir d'arme, rien qui puisse stopper son implacable progression.

Il me regarda en un instant d'épouvante, puis leva le couteau et s'avança.

Je n'aurais jamais cru pouvoir dire une chose pareille, ni même y croire; et certainement pas à un boucher comme Melphalan. Cependant, alors qu'il levait son scalpel et visait mon cœur, mon esprit s'emplit de ces mots qui en appelaient à un pouvoir situé bien au-delà de notre entendement à tous deux. Les mots mêmes que Jésus avait dits à Judas.

Ami, fais ce que tu es venu faire.

Le couteau oscilla; il me jeta un regard incrédule.

Et je surpris un mouvement dans l'entrée, au moment précis où une barre de métal s'abattait sur son crâne, l'envoyant bouler en avant.

C'était l'un des docteurs qui se tenait là, fixant le vagabond qu'il venait d'assommer, son visage aussi pâle que sa blouse blanche. Il avait trouvé un trépied de goutte-à-goutte et l'enserrait entre ses mains comme s'il voulait plier le métal. Vu son expression, il devait avoir constaté le massacre qu'avait commis Melphalan. Et, quelle que soit son expérience, rien ne l'avait préparé à un tel spectacle.

Je réalisai que le scalpel se trouvait désormais à terre, tout près de ma cheville. Je l'éloignai d'un coup de pied.

Melphalan émit un grognement.

Mon regard balaya la pièce puis se posa sur l'une des étagères. Je saisis un paquet, le déchirai en catastrophe, farfouillai à l'intérieur — puis regardai le médecin.

— Il faut qu'on le retourne, lui dis-je avec hâte, le tirant de sa transe. Allez, aidez-moi.

Et nous nous sommes tous deux agenouillés à côté de Melphalan et l'avons fait rouler sur le dos. Sous son masque sanglant, ses yeux étaient grands ouverts. Une main jaillit et tenta de me griffer, mais le latex souillé glissa le long de mon avant-bras, laissant des traces noirâtres sur ma peau. Je serrai les dents, finis de préparer le tube naso-gastrique et l'insérai dans la narine du Clinicien. Je poussai. Encore et encore. Ignorant ses convulsions.

— Tenez-le, grinçai-je.

Mon propre genou était planté dans sa poitrine et je m'y appuyai de tout mon poids tout en insérant le tube dans sa cavité nasale, sa gorge, puis le long de son œsophage, vers son estomac. Sa main agrippait ma blouse, à la déchirer. Il reprenait des forces.

Je continuai ma pression.

— Que... qu'allez-vous faire ? fit le docteur d'une voix rauque.

Le tube était en position.

— Tenez-le, fut ma seule réponse alors que je me levais pour inspecter l'armoire où étaient conservés les produits dangereux.

Ceux-ci étaient sous clé, bien sûr ; je ramassai une cuvette de métal et fracassai la porte de verre du cabinet, puis tendis la main vers le produit désiré. Une écharde m'égratigna le bras ; je ne la sentis même pas. J'étais trop occupée à lire les étiquettes des bouteilles jusqu'à ce que je trouve le mot magique : *Extrêmement toxique*. Je m'emparai de la bouteille d'acétone, puis me retournai vers les deux belligérants.

Melphalan avait presque retrouvé ses esprits ; le coup qu'il avait reçu aurait sans doute tué un être humain normal, mais les Cliniciens étaient d'une autre constitution. D'après Razoxane, il n'y avait qu'un moyen de les tuer : l'éviscération. Mais peut-être qu'une corrosion interne aurait le même effet.

C'est avec cette idée en tête que je tombai à genoux, ouvris la bouteille, pris l'autre extrémité du tube et y versai le liquide.

Melphalan poussa un cri étouffé, atroce. Il se débattit et tendit son corps comme un arc, ses talons martelant le sol ; il se griffa le visage, la gorge, l'estomac. Je continuai de verser alors que le docteur se redressait, livide ; et, lorsque le flacon fut vide, je battis moi aussi en retraite. Le tube retomba aux côtés du corps secoué de spasmes ; puis j'entendis un gargouillement sinistre au fond de sa gorge — et, sous nos yeux, il se raidit une dernière fois, puis retomba, inerte.

Dans le silence qui s'ensuivit nous parvinrent des bruits de voix ; des patients angoissés et des infirmières tentant de les rassurer. Quelqu'un avait sans doute appelé à l'aide, des infirmiers et des assistants devaient converger de tous les coins du bâtiment. Bien que nous n'ayons plus besoin d'eux.

Enfin, je l'espérais.

Je regardai le docteur — Dr Rees, m'apprit son badge — qui me rendit mon regard. Il n'avait rien fait pour m'empêcher d'administrer cette dose mortelle ; l'horreur des meurtres commis par Melphalan devait avoir supplanté l'éthique médicale. Mais je voyais qu'il commençait à réaliser qu'il avait aidé à tuer quelqu'un ; peut-être même s'était-il rendu complice d'un meurtre, pur et simple.

— Croyez-moi, lui dis-je, il n'y avait pas d'autre solution.

Il fit une grimace et regarda le cadavre de Melphalan.

— On l'avait désarmé, pourtant, marmonna-t-il. Nous aurions pu le maîtriser jusqu'à ce qu'on nous envoie de l'aide...

Je secouai la tête.

— Non, impossible.

Il y eut un silence. Quelqu'un avait décroché le téléphone de la station et demandait la police. Le Dr Rees, qui devait ne jamais avoir vu un film d'horreur de toute sa vie, fit un pas en direction du cadavre.

Je lui pris la manche et le tirai en arrière.

— *Attendez!* Pour l'amour de Dieu, ne vous approchez pas de lui !

Il me fixa un instant à travers ses lunettes, puis se dégagea.

— Écoutez, qui que vous soyez, il est mort, et je dois faire les constatations d'usage...

Il se tourna vers Melphalan.

Et celui-ci s'assit d'un bloc, son visage tordu par la souffrance et la haine.

Le Dr Rees recula, puis me bouscula et fonça dans le couloir. Je le suivis pendant que Melphalan se relevait maladroitement, le tube encore enfoncé dans sa narine. Il resta là, secouant la tête pour reprendre ses esprits — en une réponse purement animale face à la douleur. Puis il me vit, debout dans l'entrée, et ses yeux brûlants sous ses cheveux coagulés croisèrent les miens.

— *Raah-chell*, râla-t-il.

Puis sa main passa sous son manteau et en tira un autre

couteau — celui que j'avais vu dans mon cauchemar — qu'il brandit tout en progressant péniblement vers moi.

Je plongeai en arrière, trébuchai et tombai, me cognant la tête contre la rambarde du mur opposé. Je m'effondrai, à demi assise, mon crâne pris dans un étau douloureux. À travers un brouillard de larmes, je vis Melphalan s'inscrire dans l'entrée du débarras. Il y avait des gens autour de nous, mais personne n'osa s'interposer alors qu'il plantait ses deux bottes de chaque côté de mes jambes et se penchait vers moi. Le tube pendait toujours de sa narine, dégageant une odeur âcre d'acétone.

D'instinct, je fouillai les poches de mon manteau et en tirai le briquet que j'y avais mis. Je le tins à hauteur du tube et, alors que Melphalan posait son couteau sur ma gorge, l'allumai.

Il y avait encore assez d'acétone dans le tube, et celui-ci s'embrasa immédiatement; la flamme grimpa rapidement, puis continua son chemin dans le corps de Melphalan — jusqu'au réservoir de liquide inflammable qu'était devenu son estomac.

Et celui-ci explosa.

Un instant, on eût dit que les flammes se contenteraient de dévorer son corps; puis, soudain, elles jaillirent. Je levai un bras pour me protéger de la chaleur, mais déjà il titubait en arrière, battant des bras.

Tout autour de moi, des hurlements résonnaient dans l'air empreint d'une odeur hideuse; des volutes de fumée grasse montèrent jusqu'au plafond. Quelqu'un actionna la sirène d'incendie, renforçant encore le tumulte.

Melphalan était en feu.

Ce n'était plus seulement l'acétone : tout son corps était embrasé, comme si sa longévité avait rendu sa chair plus combustible, son sang plus volatil. Il ouvrit la bouche pour hurler, mais il n'en sortit qu'une langue de flamme. Même son cerveau, temple de son savoir, était en feu : écœurée et fascinée, je vis fondre ses orbites, laissant deux puits au regard brûlant.

Puis il tomba en arrière, levant frénétiquement les bras, telle une torche humaine. Alors que je me relevais, je vis un dernier soubresaut animer sa carcasse noircie, puis il retomba et se consuma.

Je partis dans le couloir, évitant les lits que, par mesure de sécurité, on éloignait de la section. Mais le brasier était si intense qu'il s'était déjà éteint, faute de combustible. Mes jambes me lâchèrent alors, et je m'adossai au mur, me laissai glisser jusqu'au sol. Une infirmière délaissa le groupe de patients qu'elle guidait vers les portes et vint s'enquérir de mon état. J'acquiesçai, réussis à lui décocher un sourire de remerciement alors que, sans le savoir, je pleurais des torrents de larmes.

CHAPITRE TRENTE-CINQ

Mark coupa le moteur et, pendant un instant, nous restâmes là, en silence, regardant droit devant nous. Milston Road était déserte en cette fin d'après-midi. Enfin, je me tournai vers lui et lui souris.

— Hé, ne fais pas cette tête d'enterrement, il peut ne rien arriver du tout.

— Ça s'est déjà produit, Rachel.

— Tout ira bien, je te le dis.

Il me rendit mon sourire, mais restait soucieux.

— Tant que tu es sûre que...

J'acquiesçai.

— Il faut que je le fasse, et seule. Je n'en aurai pas pour longtemps.

Nouveau silence. Une voiture nous dépassa.

— Tu sais, murmura-t-il, tout le monde sera content de te voir revenir.

J'eus l'impression qu'il avait envie de me dire ça depuis un certain temps déjà.

— Attends-moi, d'accord ? lui dis-je gaiement en sortant de la voiture. Merci, Mark, je n'en aurai pas pour longtemps.

— Ne te presse pas, insista-t-il, et son regard me dépassa brièvement pour parcourir la haute grille de fer forgé. Prends tout ton temps...

J'opinai, fermai la porte et partis d'un pas vif vers le cimetière, sans regarder en arrière.

Pour lui, cela devait être ma façon de surmonter toute

cette violence et cette horreur — et le fait de savoir que j'avais vu la mort de très, très près. Ceux qui m'avaient examinée par la suite m'avaient conseillé de m'exprimer le plus possible, de ne pas garder en moi ma peine, ou ma rancœur, ou mon angoisse. Pleurer sur la tombe de ma meilleure amie me ferait certainement du bien, me permettrait d'accepter ce qui était arrivé et de reprendre ma vie normale. Et il avait tout de suite accepté de me mener ici.

Mais, aujourd'hui, je ne pleurerais pas. Ce n'était pas nécessaire.

Pour la police, l'affaire était classée. Et, en effet, leur théorie était la bonne, même s'ils ne pouvaient savoir en quel sens. Le vagabond psychopathe qui s'était immolé par le feu en plein hôpital était certainement le tueur qu'ils poursuivaient, du moins nous l'affirma leur porte-parole. L'individu avait assez de lames sur lui pour pratiquer une douzaine d'autopsies. Comme il avait un score de six victimes officielles, la presse avait sauté sur l'occasion, et vite tracé un parallèle avec la Maison de la mort de Fenner Street, où des instruments chirurgicaux et « d'autres éléments de l'enquête » avaient aussi été découverts, et l'on attribuait à notre tueur psychopathe un nombre de victimes dépassant la dizaine. On parlait aussi d'une éventuelle complice, la mystérieuse « femme en noir » qui avait « semé la terreur à l'hôpital » un mois plus tôt —, mais personne ne savait où elle se trouvait actuellement.

Au niveau national, on oublierait bien vite cette histoire, reléguée en bas de page par de nouvelles atrocités plus récentes. En ville, on en parlerait encore quelque temps et les lieux du crime attireraient quelques curieux morbides. Mais l'affaire s'était dénouée de façon aussi spectaculaire qu'une œuvre de fiction. S'il restait des angles à arrondir, on avait déjà trouvé moyen de les polir — voir de les oublier purement et simplement.

Oh, bien sûr, on avait aussi parlé de moi : l'infirmière héroïque qui avait mis un point final aux exactions du Boucher. Je n'avais aucune idée de ce qu'ils avaient pu tartiner et ne voulais pas le savoir.

Et voilà. Une vendetta sanglante qui durait depuis trois siècles s'était conclue; les portes de l'Enfer s'étaient ouvertes et refermées. Et le monde continuait de tourner et personne n'était plus avancé — excepté Jenny et moi.

Je m'arrêtai devant la tombe, les mains profondément enfoncées dans les poches de mon manteau. Pas de fleurs aujourd'hui, vivantes ou mortes — et je n'en avais pas apporté. Je savais qu'elle s'en passait fort bien, et ne ressentais pas le besoin de lui en offrir. Il était temps pour moi de penser à la vie; et Jenny Thomas était bien vivante. Pas en chair et en os, bien sûr : son enveloppe corporelle gisait à mes pieds. Mais son esprit, son essence avait survécu par-delà la mort : elle avait atteint un stade d'existence que, par le passé, j'avais accepté sans réfléchir — et dont j'avais fortement douté ces derniers jours. Cette nuit-là, elle était revenue pour me sauver; et je savais qu'elle me regardait en ce moment, qu'elle était consciente de ma gratitude et de mon affection.

Mes pensées se dirigèrent aussi vers Razoxane. Où pouvait-elle bien être en ce moment? Il m'avait fallu un certain temps pour admettre qu'elle n'allait pas surgir à un moment ou à un autre, telle qu'en elle-même : puante, déguenillée et joyeusement agressive. Bizarrement, malgré la façon dont elle m'avait traitée, je gardais l'espoir que, contre toute attente, elle ait pu échapper à l'Abîme; et qu'un jour, même dans la folie qu'elle s'était rêvée, elle trouverait le moyen de rentrer chez elle.

Ce matin-là, j'étais retournée à l'église, pour la première fois depuis des mois. Le bâtiment sombre et vide m'avait paru fort accueillant, et j'étais restée là un bon moment, me repaissant de son atmosphère — jusqu'à satiété. En repartant, j'allumai quelques cierges qui vinrent s'ajouter à la constellation lumineuse au coin du porche. Une pour Jenny. Une pour Sarah. Une pour Razoxane.

Prie pour moi...

Il y avait longtemps que je ne m'étais pas sentie si bien.

Enfin, je levai les yeux de la tombe vers le ciel; les

nuages s'amoncelaient autour de la ville, comme de l'encre diluée. J'inspirai profondément et me retournai pour partir vers la grille. Quelqu'un se tenait au beau milieu du chemin, et mon cœur s'accéléra — puis se calma : ce n'était qu'une vieille femme serrant contre elle un bouquet de fleurs. En m'approchant d'elle, je lui dédiai un hochement de tête poli ; enregistrai son manteau élimé et sa constitution frêle. Ses cheveux teints en noir qui s'échappaient de sous son écharpe contrastaient avec la pâleur de sa peau. Je la dépassai avant de remarquer un étrange détail.

Les fleurs de son bouquet étaient mortes.

Je fis les trois pas suivants en pilotage automatique, mon esprit tourbillonnant. Des roses recroquevillées, des œillets desséchés, des pétales décolorés et friables. J'avais déjà vu un tel bouquet morbide, ici même. J'avais alors soupçonné les Cliniciens, mais ceux-ci étaient morts et enterrés, et il n'y avait que cette vieille femme dont les cheveux teints évoquaient des souvenirs lointains, et qui correspondait à la description donnée par les journaux après l'assassinat de Jenny...

Je me retournai.

Et la femme que Jenny avait connue — et redoutée — sous le nom de Mme Lennox me regarda.

Elle souriait.

OUVRAGE DE LA COLLECTION « TERREUR »

Iain Banks
Le seigneur des guêpes

Clive Barker
Secret Show
Le royaume des devins

William P. Blatty
L'Exorciste : la suite

Robert Bloch
L'écharpe
Lori
Psychose
Psychose 2
Psychose 13
Contes de terreur

J. R. Bonansinga
Black Mariah

Randall Boyll
Froid devant
Monssstre
Territoires du crépuscule

Marion Zimner Bradley
Sara

Ramsey Campbell
Envoûtement
La secte sans nom
Soleil de minuit

Cathy Cash Spellman
Dans les griffes du diable

Matthew J. Costello
Cauchemars d'une nuit d'été
La chose des profondeurs
Né de l'ombre

Martin Cruz-Smith
Le vol noir

Thomas Disch
Le caducée maléfique

Katherine Dunn
Un amour de monstres

Jeanne Faivre d'Arcier
Rouge flamenco

John Farris
L'ange des ténèbres
Le fils de la nuit éternelle

Raymond Feist
Faërie

Christopher Fowler
Le diable aux trousses

Ray Garton
Crucifax
Extase sanglante

Christopher Golden
Des saints et des ombres

Linda C. Gray
Médium

William Hallahan
Les renaissances de Joseph Tully
Tully

Barbara Hambly
Le sang d'immortalité

Thomas Harris
Dragon rouge
Le silence des agneaux

James Herbert
Dis-moi qui tu hantes
Fluke
Fog
La lance
Les rats
Le repaire des rats
L'empire des rats
Le survivant
Sanctuaire
Sépulcre

Shirley Jackson
Maison hantée
La loterie
Le cadran solaire

Graham Joyce
L'enfer du rêve

Stephen King
La part des ténèbres
Salem

Andrew Klavan
Il y aura toujours quelqu'un derrière vous
L'heure des fauves

Dean R. Koontz
Le masque de l'oubli
Miroirs de sang
La mort à la traîne
La nuit des cafards
La nuit du forain
La peste grise
Une porte sur l'hiver
La voix des ténèbres
Les yeux des ténèbres
La maison interdite
Fièvre de glace
Lune froide

Steven Laws
Train fantôme

Tanith Lee
La danse des ombres
Le festin des ténèbres

Charles de Lint
Mulengro
Symphonie macabre
Les murmures de la nuit

Bentley Little
Le postier

Charles McLean
Le guetteur

Robert Marasco
Votre vénérée chérie

Graham Masterton
Démences
Le démon des morts
Le djinn
Le jour « J » du jugement
Le miroir de Satan
La nuit des salamandres
Le portrait du mal
Les puits de l'enfer
Rituels de chair
Transe de mort
Manitou
La vengeance de Manitou
L'ombre du Manitou
Le trône de Satan
Apparition
La maison de chair
Les guerriers de la nuit

Robert McCammon
L'heure du loup
La malédiction de Bethany
Scorpion
Le mystère du lac

Michael McDowell
Les brumes de Babylone
Cauchemars de sable

Andrew Neiderman
L'avocat du diable

Garfield Reeves-Stevens
Contrat sur un vampire
La danse du scalpel

Anne Rice
Chronique des vampires
1. Entretien avec un vampire
2. Lestat le vampire
3. La reine des damnés
4. Le voleur de corps

La momie
Le lien maléfique

Anne Rivers Siddons
La maison d'à côté

Fred Saberhagen
Un vieil ami de la famille
Le dossier Holmes-Dracula
Les confessions de Dracula

John Saul
Cassie
Hantises
Créature

Peter Straub
Ghost Story
Julia
Koko
Mystery
Sans portes, ni fenêtres

Michael Talbot
La tourbière du diable

Bernard Taylor
Le jeu du jugement

Sheri S. Tepper
Ossements

Thomas Tessier
L'antre du cauchemar

Thomas Tryon
L'autre
La fête du maïs

Jack Vance
Méchant garçon

Lawrence Watt-Evans
La horde du cauchemar

Chet Williamson
La forêt maudite

Paul F. Wilson
La forteresse noire
Liens de sang
Mort clinique

Bari Wood
Amy girl

Bari Wood/Jack Geasland
Faux-semblants

T. M. Wright
L'antichambre
Manhattan Ghost Story
L'autre pays

XXX
Michèle Slung présente :
22 histoires de sexe et d'horreur

Douglas E. Winter présente :
13 histoires diaboliques
L'année de la terreur

Achevé d'imprimer en février 1996
sur les presses de l'Imprimerie Bussière
à Saint-Amand (Cher)

POCKET - 12, avenue d'Italie - 75627 Paris Cedex 13
Tél. : 44-16-05-00

— N° d'imp. 411. —
Dépôt légal : mars 1996.

Imprimé en France